OPEN YALE COURSES

耶鲁大学公开课

文学理论

THEORY OF LITERATURE

［美］保罗·H. 弗莱（Paul H. Fry）著
吕黎 译
罗钢 汪民安 推荐

前　言

本书里的章节在出版过程中经历了极为不寻常的变化，尽管收录本书的丛书系列可能让它看起来不是这样。没错，我在2009年春季学期开设的26讲的耶鲁大学公开课"文学300"录了像，当你开车上班或者去跑步的时候，你也可以当录音听。当人们认为转写成书稿也许也会有吸引力之后，这些讲座最后变成了文字形式的这本书。这些讲座都是我根据一页左右的潦草笔记即兴讲的。录音带被送到圣地亚哥，在那里，一台机器写下了它认为自己听到的东西。这份稿子又被送到纽黑文的一个人的手里，她又做了她能做的事情。这就是我接手的起点。我本应该完成我过去几个月里一直在做的这项工作，但那时缺乏动力，我只是花时间浏览了文稿，做了一些简单的修改——尽管我意识到这份记录稿经过多次转手，已经变得像一个笑话或者一堆闲言碎语。

在某种程度上，就应该让它保持那个样子，因为这些本来就是转写稿，而不是重写，尽管它们的准确度只达到了电视上为有听力障碍的人提供的即时字幕的水平，但是不会有人说这份稿子经过了有意而为的改动。但是，它们现在变成了一本书：诚然，既有数字版本也有印刷版本，但仍是一本书。耶鲁大学出版社的一位编辑收到并接管这份转录稿后，做了一些润色修改。然后我收到了这些讲座的压缩文件包，进一步的编辑工作已经启动，我也开始工作。这时，我不断想起我为学生布置的（在本书第13章中加以讨论）一篇非常有名、以难读著称的论文的开头几段，那就是雅克·拉康的《无意识中文字的能动性》。他说，他这篇文章是一个研讨会发言的文字稿（*écrit*，收录在一卷《著作选集》【*Écrit*】中）。他觉得，如果他想完全传达他对语言在无意识中扮演的角色想要表达的看法，保留那个场合的口语形态很重要。同时（尽管拉康没有这么说），对任何曾经当过听众的读者来说，这一点是很明显的：在即兴讲话中传达的信息或许对那个场合来说是足够的，但听众对其记录下来的方式的接收，与一个读者在更为休闲的状态下关注文字版本时接收信息的方式并不完全相同。因为这本书是为读者准备的，所以我修改了讲座中在我看来需要进一步详细阐释的地方，同时希望全程保留一种现场听讲座的感觉。我是一个臭名昭著的"散文化"的即兴演讲者，所以当你遇到一个长句子时，请不要认为它在讲课时是短一些的。

没有我的助手斯蒂芬·埃斯波西托不可或缺的全面帮助，我不可能集中精力处理我已经描述过的那些意外的挑战。斯蒂芬是给这些讲座进行录像时的助教之一，也是一位冉冉升起的重要的比较文学学者和理论家。我欣然地接受他对这些章节做最后一遍的通读和修改，当我把稿子递给在波士顿的他时，每一份稿子的标题都是"修改稿，X 号"。他撰写了书目文章《阐释的种类》，以及每一个话题的进阶阅读书目，这篇文章在全书的最后。他还提供了我们认为必要的参考文献（尽可能少），以及附录中的文章段落。我在一些课上打印并散发了这些段落或者上传到了网上，以便学生讨论。

尽管引用我布置的复印材料是一个挑战，估计至少会引起我们大体上希望避免的烦恼，但是引用我们的主要教科书还是容易的。我强烈建议我们的读者考虑购买这本优秀的书。这本书以其明智、丰富的选文（选文覆盖了整个批评史）和通情达理的导读在这个领域独树一帜。这就是大卫·里克特（David Richter）编纂的《批评传统：经典文本和当代趋势》（The Critical Tradition: Classic Texts and Contemporary Trends, 3rd ed. Boston: Bedford/St. Martin's, 2007）。本书所有方括号里的引文页码都是该书第三版的页码。

本书的头两章是导论，给出了许多大家通常可能期望在前言中看到的申辩、免责声明和自夸，所以我在这里不想多说我接下来对这个广阔学科的巡视包括哪些内容。但我意识到，我的课程大纲中没有包括一些近来很有影响的人物和思想，尽管你可以零星地找到对这些潮流的间接提及和预测。比如"伦理转向"，如我指出的，也包括晚期的德里达，但是我没有讨论吉奥乔·阿甘本（Giorgio Agamben）或者诸如雅克·朗西埃（Jacques Rancière）和阿兰·巴丢（Alain Badiou）等新马克思主义者的作品。还有一个潮流发端于英国，以西蒙·贾维斯（Simon Jarvis）、凯斯顿·萨瑟兰（Keston Sutherland）等人为代表的马克思主义者对文本表面做出了才华横溢的解读。他们采用的微读法（micro-reading）是由蒲龄恩（J. H. Prynne）开创的，刚刚通过他们大有前途的学生们传到美国海岸。

文学社会学也是一个新兴的领域，但是我对约翰·杰洛瑞（John Guillory）的讨论（并在那个语境下提到了皮埃尔·布尔迪厄）并没有结合对其他重要著作的讨论，比如社会语言学家迈克尔·西尔费斯坦（Michael Silverstein）的著作。皮尔士的符号学影响了西尔费斯坦思想的形成；比如纳普和迈克尔斯的新实用主义观点（本书有所讨论），如今把注意力集中在文学知识和品位在社会和文化中的流通，但必须说明的是，这更多的是以哈贝马斯的"公共领域"概念为模型，而非布尔迪厄的"惯习"（habitus）概念。后者与作为索绪尔传统的竞争者兴起的皮尔士传统中的社会标志符号（socially indexical sign）相似，我们的讲座对这场竞争给予了极大的关注。对皮尔士传统的概述还没有著作出版，我希望很快会出现。读者可以在本书第25章的开头找到一些关于这个主题的讲解。

最近，福柯（本书有所讨论）和葛兰西（只顺便提了一下）以外的知识流通理论将学者们引入了相互关联的一些领域：系统理论（尤其是尼克拉斯·卢曼的）、媒介史、再媒介化、媒介理论（这个领域的经典是马歇尔·麦克卢汉和弗里德里希·基特勒的著作），以及这些领域中更专门的书籍史（如彼得·斯塔利布拉斯和大卫·卡斯坦的著作）。所有这些以及更多的内容需要另一门课、另一本书来介绍。

确认我在学术上受到了哪些人的恩惠——我是说我受到的个人恩惠，因为这里写下的这些名字大部分都以自己的方式被列入了书目文章之中——是极其巨大的挑战。我在这里只能列出其中一部分人名，这些年来他们的教导和对话塑造了我对这门学科的理解，不管他们是否知道这一点：Jeffrey Alexander, Johannes Anderegg, Marshall Brown, Margaret Ferguson, Stanley Fish, Hans Frei, Harris Friedberg, Paul Grimstad, John Guillory, Benjamin Harshav, Geoffrey Hartman, John Hollander, Margaret Homans, Helmut Illbruck, Carol Jacobs, Barbara Johnson, Jeremy Kessler, Eric Lindstrom, Alfred MacAdam, David Marshall, Irving Massey, Rainer Nägele, Ana Nersessian, Edward Nersessian, Cyril O'Regan, Brigitte Peucker, Anthony Reed, Joseph Roach, Charles Sabel, Naomi Schor, David Simpson, Peter Stallybrass, Garrett Stewart, Henry Sussman, Steve Tedeschi, Michael Warner 和 Henry Weinfield。在这些课题上教育别人（并且允许别人接受教育）是一件如此重要但又精细的工作。与以往类似的场合相比，我现在的痛苦尤甚，尽管我已经列了一个似乎相当长的致谢名单，我无疑还是遗漏了许多值得在这里提到的人名。我只能希望他们能够因为未被提及而免于受责松一口气。从我20世纪80年代开设这门课程开始（当保罗·德·曼的学生把他们的优势和热诚带入我们的进程时），有很多助教帮助过我，我在本书题词中对它们表达了谢意。对于一直以来给予我建议和鼓励的人，除了斯蒂芬·埃斯波西托，我还要感谢耶鲁大学公开课的创始人和不知疲倦的支持者 E. E. Kleiner 以及耶鲁大学出版社的 Laura Davulis, Christina Tucker, Sonia Shannon, Ann-Marie Imbornoni 和 Aldo Cupo。我也要感谢韦斯特切斯特图书集团的 Wendy Muto 和 Brian Desmond，以及我的文字编辑 Julie Palmer-Hoffman。

目 录

前 言   1

第1章 导 论   1
第2章 导论（续）   12

对阐释和阅读的第一组反思

第3章 进出阐释循环的方法   29
第4章 构形的阅读   42

文本和结构

第5章 自主艺术作品的思想   59
第6章 新批评和其他西方的形式主义   73
第7章 俄国形式主义   89
第8章 符号学和结构主义   104
第9章 语言学和文学   119
第10章 解构主义 I   136
第11章 解构主义 II   152

作者（读者）和心理

第12章　弗洛伊德与小说　　169
第13章　理论中的雅克·拉康　　184
第14章　影响论　　198
第15章　后现代精神　　213

社会语境

第16章　读者与文本的社会渗透性　　229
第17章　批判理论的法兰克福学派　　243
第18章　政治无意识　　258
第19章　新历史主义　　272
第20章　经典女性主义的传统　　286
第21章　美国非裔批评　　300
第22章　后殖民批判　　315
第23章　酷儿理论和性别表演　　330
第24章　文学研究的制度建构　　344

反对理论与支持理论

第25章　理论的终结？新实用主义　　361
第26章　结　论　　376

附　录 I　讲座上引用的段落　　391
附　录 II　阐释的种类　　397
注　释　　415
出版后记　　417

第1章

导　论

"理论"的前史及其兴起

阅读材料：

马克思、尼采、弗洛伊德和保罗·利科的著作片段。

　　首先我要谈谈我们这门课的名称，因为其中包含几个大词："理论"和"文学"当然要讲，"导论"这个词也值得说说。

　　"理论"这个词有很复杂的词源学历史，我不想对此多说，只想指出它的意思为什么令人感到困惑。在某些时期，这个词的用法使它有我们现在称为"实践"的意思。而在另一些时期，它又完全没有实践的意思，而是一个实践可以诉诸的概念。理论的后一种含义现在很流行，但我们接受这个含义也许有些过于不假思索了。然而，对我们来说，理论和实践的区别是不言而喻的，但理论和方法论之间的区别却没有那么明显。是的，将方法论称为"应用理论"可能很有道理，但这使它听起来好像是我刚才所谓的实践（经过规划的实践）的意思。另一方面，理论并不总是立即就实用的。理论可以纯粹是推测性的行为。它是关于某种事情的假设，这种事情的真正本质不需要一定是可见的，因为理论可以将之呈现出来。无论理论的对象是什么，如果真有一个的话，由于人们的思想存在局限性，理论自身更紧迫的需求都是严格的内部一致性，而不是在一个既定领域得以应用。

当然，理论大多数情况下无疑是为了应用而存在的。通常，咱们这种课程都有某种检验文本，比如《利西达斯》(*Lycidas*)、《古舟子咏》(*The Rime of the Ancient Mariner*)、一部短篇小说。每过一段时间，课堂讲解都会停下来，作品被拿出来，然后用最近讲到的理论来分析这部作品。这样，你将会听到对《古舟子咏》的后殖民主义解读，或者创伤理论的解读，等等，这将会贯穿这门课的始终。顺便说一句，曾经有过很多很好的解读。

我不愿意说理论总是应该有用的，尽管我知道情况通常是这样的，但我也不会偏离这个常规。我会对此开一些无伤大雅的玩笑，至少使它时不时地看上去像是在小题大做。**我们的**文本是一本儿童故事书《拖车托尼》(*Tony the Tow Truck*)。这是一本由硬纸板做成的小书，每一页的下面有一行文字。每一页上还画有带着不同表情的拖车，背景是带有表示赞同或反对表情的一排房子。我们暂时不会回到这个文本，但是庆幸的是，这个文本很短，以后我们会用它说明不少问题。当别人回到《利西达斯》的时候，我们将回到《拖车托尼》来介绍如何运用理论。

我的这个选择没有任何贬低理论的意思，也不含有任何对文学作品的歧视。这更多的是想提醒大家，假如你能用理论分析《拖车托尼》，你就能够用理论分析任何文本。同时，我也是要提醒大家，阅读——阅读任何东西——毕竟是一种复杂、几乎具有无限潜能的行为。

理论探讨根本性的问题，而且有时会建构体系。在这一点上，理论与哲学，尤其是形而上学，可能很像。这就是说，理论旨在对可以被思考的对象进行总体描述，这与哲学很相似，或者说足以与哲学匹敌。但是，20世纪以来的文学理论在大多数情况下与这个时期的大部分哲学都不同，因为它带有的怀疑态度达到了令人吃惊的程度。在文学理论中，对我们进行思考的基础似乎有着各种各样的普遍怀疑，这种怀疑正是现代文学理论史的特征。我们在这门课上读到的理论并不都是怀疑性的。文学理论中最有力、最深刻的一些思考在其意图和观点上都是建设性的，但是无论你高兴与否，更多的时候你将面对这样的事实：你将发现这门课的阅读材料大部分都是由这种持久的怀疑支撑的，或者我应该说是被它损害的。理论的怀疑论是极其重要的，我将不断地提到这点，但现在我只是顺带提一下，以便唤起理论的氛围。

回到"文学"这个词。这门课不是关于相对论、音乐或者政府的理论的。这门课是关于文学的理论的，而文学的理论与其他种种理论一样，需要进行定义。对我来说，理论提出的最基本，也许最吸引人的问题可能就是"什么是文学？"我们课上的大多数阅读材料都回应了这个问题，轮番为我们提供了种种有趣而奇妙的定义。有些定义是以形式为基础的：循环性、对称性、精简的形式、不够精简的形式、重复。有的定义以摹仿为基础：对"自然"、心理状态或者社会政治状况的摹仿，这些定义诉诸摹仿的复杂性、平衡、和谐，或者有时是不平衡、不和谐。有些定义专注于文学与其他话语类型之间在认识论上的差异：大部分话语致力于真实反映世上事物的实际状态，而这种观点认为文学话语没有这样的责任，应该被认为是虚构的，它编造事物而不指涉事物。

所有这些定义都曾流行过。我们会重温它们，当我们更多地了解它们后，我们会发现它们各自的优点。但同时，正当我一口气说出所有这些可能的定义时，你们也许在想，你们可以轻易找出所有这些定义的反例。嗯，不错，你们这么说有道理，但同时，你们这种强硬态度会引起一种令人不安的感觉（不是吗？），文学可能**根本**什么都不是！换句话说，文学也许是无法被定义的，无法由一个定义说明，而只是你觉得是文学的任何东西，或者更准确地说，是你所在的解读群体认为是文学的任何东西。但是，即使你得出了这个结论，文学的定义似乎也不会无效。只要你们知道特定群体对文学有着特定的观念,这些观念自身就值得研究。毕竟,你们自己也完全知道,实际上也认同在你们大家中间什么被当作文学。我刚刚描述的是所谓的新实用主义者对文学和定义的大体看法,但这并不能使我们免于限定研究对象的任务。定义对我们而言很重要,即使它是临时的,在这门课上我们当然不会一笔带过。

除了给文学下定义,文学理论还提出了一些多少能打开这个领域的问题。什么产生了文学?文学的效果是什么?对起源问题我们会问:什么是作者?文学权威的本质是什么?同样地,如果文学有效果,那它一定作用在某个人身上,这就产生了另一个有趣而令人烦恼的问题:什么是读者?文学理论主要涉及这种类型的问题,我们这门课的结构就是按照这些问题组织起来的。从课程内容上你会注意到,我们的课程从文学由语言形成的想法转向文学由人的心理形成的想法,再转到文学由社会、经济、历史的力量形成的想法。就文学具有什么样的效果而言,这些想法必然会有相应的推论,我们的课程就按照同样的顺序介绍这些推论。

最后,文学理论还提出了另一个重要问题。在转向形式、心理和社会之前,我们先从这个问题开始。它不是一个"什么是读者"这类的问题,而是"阅读是怎样完成的"。这就是说,当我们说我们能够充分地解读某个事物,或对正在进行的阅读有某种依据,我们——任何人——是如何得出这样的结论的?阅读经验是什么样的?我们如何直面文本?文本在很多方面与我们相距遥远,我们应该如何与之发生联系?这些都是所谓的阐释学(hermeneutics)提出的问题,我们很快会讨论这个难解的术语。它来自希腊神祇赫尔墨斯(Hermes)的名字,这位神祇将语言教给了人类,他有许多头衔,其中之一是信使之神。

关于**文学**和它在理论中的语境,我们就谈到这里。现在让我赶紧讲讲"导论"这个词。我在20世纪70年代后期和80年代开始教这门课,那时文学理论绝对是时髦的东西。我的一位同事曾经半开玩笑地说,他希望他的门口也有黑皮的特许证。理论那时既热又酷,带来的结果就是,它不是一个人有自己主张的问题,而是要有非常强烈的主张。所以,许多人认为你无法教一门理论"导论"。他们的意思是,你无法教一门概论课程,比如说:"如果今天是星期二,那就讲福柯。如果今天是星期四,那就讲拉康。"这种做法是对理论的背叛。人们认为,需要做的是去努力抓住所有可能的理论的基础。你是一位女性主义者或者马克思主义者或者保罗·德·曼的学生,如果你打算教概论课程这种东西的话,你必须从你的基本信念中推导出其他的部分。

这就是人们那时觉得教理论应有的方法。教一门导论课很尴尬。那时我教的这门课叫"文学Y",像现在一样,是我们文学专业学生的必修课。保罗·德·曼教的是"文学Z",他把它上成了一门阐释技艺的课。那门课确实使其他各种形式的理论黯然失色,非常严格而有趣0,但那不是一门概论课。人们想当然地以为,所有其他的东西都要从一个基本思想中推导出来。但他们就没有稍微假设一下这种可能:许多认为自己是基本理论的一系列思想,竞相吸引人们的注意,可以令人愉快地以折中方式兼收并蓄——这或许就是我们在这门导论课上时不时要做的。

我怀念那时的酷和热吗?既怀念也不怀念。华兹华斯说过:"能活在那样的黎明中是何等幸福。"我希望能够说服你们,现在"进入理论"对我们还是有好处的。我们仍然有见解,我们需要有,最重要的是,我们需要承认我们有。我们仍然需要承认,我们的思考都来源于理论原则,而文学新闻大体上不需要。我们必须理解,我们的所为、所说,和在论文与文章中写的内容都是以一些理论为前提的。假如我们不接受这些理论,那我们就不过是天真地复制,完全不清楚我们是怎么利用它们的和它们怎么利用我们。因此,和以前一样,理解理论是至关重要的。

认识到理论的声望已经衰落、曾经的热闹已经过去,也是有好处的。(我在这里说的不是方法论,人们现在仍像以前一样还在热切争论方法论。)我们处在现在可以被我们称为历史的有利位置。我们将要学习的理论中的一些,实际上是大部分,不再被视为当今各种方法论的本质基础。

我们要学的每一种理论都有其繁荣的时刻，而且作为一种范式，仍然对其他范式的形成产生间接影响，但其中的大多数不再是人们仍在热议不休的议题了——这给了我们站在历史的角度进行观察的机会。因此，在不时地解释某些理论议题和思想为什么在特定历史时刻声名鹊起时，我将会有合理的自信。有了这个增加的维度后，**导论**就不仅仅对那些想了解理论高峰的人有价值。它的价值还在于为我们展示了理论现在如何一方面成了一个历史话题，而在另一方面，是我们全身心投入并致力于研究的对象。所有这些就是教一门文学理论导论课程的理由。

文学理论是如何与批评史联系在一起的？批评史也是一门我喜欢教的课。通常，这门课的内容包括从柏拉图到 T. S. 艾略特或者从柏拉图到 I. A. 理查兹或其他某个20世纪早期的重要人物。这门课与文学理论课有一个重要的共同特征：和理论一样，文学批评持久地关注文学的定义问题。在讨论文学的定义时，我提出的许多问题对于文学批评和文学理论同样相关。但是，我们仅凭本能就能知道，这是两种非常不同的事业。首先，有一样东西在文学批评中是理所当然的，而在文学理论中却不是。文学理论不关注**评价**。文学理论将评价或者鉴赏视为任何读者反应经验中的必然组成部分，它更倾向于在描述、分析和推测等问题上进行讨论，正如我说过的那样。或者说得更准确一些：特定读者在特定环境下如何和为何评价文学，或者没有或拒绝这样做，这就是文学理论的课题，或者至少是理论引起的方法论的课题。但是，我们为什么**应该**或不应该评价文学或者某部作品，只属于批评的领域。然而，我应该有资格说，理论有时暗含了价值，即使它没有如此公开宣称。菲利普·西德尼爵士（Sir Philip Sidney）曾说"诗歌不肯定任何事，所以从来不说谎"，这既属于理论又属于批评。保罗·德·曼很可能完全同意这个说法。

这是理论中缺失的东西。但什么是理论有而批评没有的呢？在这节课剩下的时间里，我将主要讲一下这个问题。理论中出现的新元素是怀疑主义，这是文学批评在很大程度上所不具备的，文学批评总是在坚持某种原则。文学理论对其主题的基础保持怀疑，大多数情况下，对自己的论点的基础也保持怀疑。这到底是怎么发生的呢？尤其是在20世纪及以后，人们为什么对确认为真的阐释的可能性有如此普遍的怀疑呢？

这个答案存在于人类思想史中。我认为，这种怀疑主义的种子是在我们经常称作"现代性"的时期种下的。我们不应该混淆现代性与现代主义，后者是20世纪早期的现象。现代性指的是现代思想的历史，我们可以将它追溯到笛卡尔、莎士比亚和塞万提斯的"现代早期"时代。注意一下这些人物：在《第一个沉思》中，笛卡尔想知道他怎样才能确定自己没有疯，或者他的头脑是否被一个邪恶的天才所占据；莎士比亚关注哈姆雷特这样的角色，后者可能是个疯子也可能不是；塞万提斯把他的主人公**写成**一个疯子——或者至少我们很确定这一点，而堂吉诃德不这么认为，他理所当然地认为自己是理性、有条理的思想者。同样，我们都认为自己是理性的，但是塞万提斯使我们好奇，我们如何才能知道自己不是像堂吉诃德那样的歇斯底里的妄想狂。

所有这些对理性思维基础的怀疑都产生于17世纪。那么，我们为何在那时对"我知道什么"和"我如何知道"之间的关系变得如此神经质呢？我认为在《第一哲学沉思集》（*Meditations*）接下来所说的内容里，笛卡尔至少部分地描述了这个问题。笛卡尔提出了一个问题，他怎么知道自己是存在的呢？在他看来，这个问题的答案部分取决于，异己的存在并不像它们看起来的那样存在着。笛卡尔给出了一个令自己满意的回答："我思，故我在。"随之而来的推论是，因此所有我思考的事物也可以被理解为是存在着的。

这个"笛卡尔革命"为之后150年间我们称为启蒙运动的时期建立了一个中心前提。从那以后，人们认为心灵与心灵所思之物有一定的距离。一开始，人们觉得幸好有这样一个距离。毕竟，如果你站得太近或太远看一张照片，你都无法看清楚，它会失焦。但是如果你和它之间的距离正合适，它就聚焦了。这种科学客观性思想的基础就是在观察者和被观察者之间保持客观的中间距离,在它的激发下,法国启蒙主义者编撰了《百科全书》。但是渐渐地,这段距离既不太大也不太小的假定开始受到侵蚀。尽管许多严肃的康德研究者没有把康德归在怀疑主义者一边,但他在1796年确实说过和笛卡尔的"我思"一样著名,却更加令人不安的话:"我们无法认识物自体。"确切地说,康德在物自体周围竖起了一座巨大的脚手架——尽管我们无法认识事物本身,但我们可以用很多方式测量它,间接地去认识它——以至于将他归在怀疑主义者一边似乎很无礼。但同时,从主客体之间距离产生的危机感开始在这种思维中出现。

1807年,黑格尔在《精神现象学》(The Phenomenology of Mind)中说,在近代历史和最近的意识发展过程中,某种不幸的事情发生了。我们有了"苦恼意识",这种精神的异化状态驱使我们远离我们观看的事物。我们不再确定我们看到了什么,因此意识感到被异化了。在这里,你可以看到思想史的主流是怎样一步步向怀疑主义敞开了大门的。但是,至关重要的转折还没有到来,因为在所有这些论说中,甚至包括黑格尔的,都还没有质疑意识思考所思之物的权威。意识可能并不能清晰地思考对象,但它仍然是产生自己思想的根源,尽管这些思想可能是不确定的。但是接着又出现了三位伟大的人物——还有其他一些人,但这三个被认为是奠基性的人物——他们开始提出问题,使整个有关意识的议题复杂化了。他们的论点是,意识不仅无法清楚地理解它所观之物,因此与它异化了,而且与自身的基础也异化了。与自己所观之物相比,它对自身从何而来的认识并不更多。换句话说,意识不仅与世界异化,而且抹除了自身思考的根源。

在《资本论》里关于商品拜物教的著名论述中,马克思描述了我们通过人类劳动创造产品并将其转化为商品的方式。这种方式就是我们认为商品有客观价值,但没有生产它的劳动价值。他将商品拜物教与宗教做了比较:上帝是人类脑力劳动的产品,我们将其对象化,然后假设他是我们的创造者,有着永恒不变的商品价值。马克思的观点的一个方面,是认为意识(也就是我们相信事物的方式)被蒙蔽了,因为它是由它无法控制的因素决定的：社会、历史和经济的因素塑造了那些我们认为是真实的思想，创造出了被马克思称作意识形态的东西。

所以到了19世纪中期，意识面临着双重的挑战：它不仅要与自己和所观之物之间的非真实关系（被意识形态扭曲）做斗争，还要与自己和自身基础之间的非真实关系做斗争，这种基础是"真实的存在条件"，塑造了资产阶级的世界观，使之看起来是普遍的。这个论点与尼采的是一致的，但是尼采变换了攻击的理由。对尼采而言，造成意识运作机制不真实的是语言的本质。当我们认为我们在讲述真理的时候，我们其实是在使用一些陈腐的修辞。"那么什么是真理呢？一群活动的隐喻、转喻和拟人法，也就是一大堆已经被诗意地和修辞地强化、转移和修饰的人类关系……现在不被当作硬币而只被当作金属的硬币。""**现在**"这个词很有意思，那些曾经想把尼采征召进反对语言中的真理主张的队伍中的人，并不是总能注意到这一点。尼采似乎设想语言或许一度也能命名现实，那时语言领域的货币还具有真实的交换价值。他认为语言**现在**遭受了陈腐修辞的征服性入侵，这些陈腐修辞支配着我们相信什么是真的。我们用一种修辞手法来说天地之间的关系，很快就会相信存在一个天神。我们不明智地使用了无法被——或者不再能被——证实的修辞，从言语滑向信仰。

最终，弗洛伊德赞同在意识和无意识之间存在着同样的关系。意识是我认为我每时每刻在思考、在说的东西，而决定意识的是无意识，也就是每时每刻不断扰乱我们的思考和言说的东西。在《日常生活的精神病理学》（*The Psychopathology of Everyday Life*）中，弗洛伊德提醒我们，弗洛伊德口误并不只是偶尔发生的，即兴演讲者对这一点最有体会，它随时都在发生。弗洛伊德口误是人们隐约意识到的意识在无意识的影响下产生的失误。但是在弗洛伊德看来，它代表了理性永恒地、无法逃避地臣服于欲望。

保罗·利科（Paul Ricoeur）是阐释学传统中的现代哲学家。他并不完全相信马克思、尼采和弗洛伊德，在附录Ⅰ里第1章的第三段中，他反驳说，这些现代思想的伟大先驱，尤其是现代文学理论的伟大先驱一起统治着一个"怀疑学派"（school of suspicion）。就像"怀疑主义"一样，"**怀疑**"这个词也能被理解为否定。也就是说，在我们看到的东西中，我们观察到的任何看起来是显而易见的事物，都会被这种思维用反直觉的否定破坏掉。由于它是辩证的，是所设定的反面，否定不仅仅**认可**那些我们觉得自己确定知道的东西（任何人都会同意，社会经济力量、语言和无意识对思想产生了**一些**影响），而且**同时**也在破坏它。将马克思、尼采和弗洛伊德当作强否定的思想家来接受，产生了非常巨大的影响。当我们下节课阅读福柯的《什么是作者？》时，我们会回到马克思、尼采和弗洛伊德是如何被接受的问题上，以及从福柯的观点出发如何理解这一点。福柯认为，相信作者存在是危险的，因为我们会马上把他们转化为权威。但是，如果因为这个原因而说相信作者存在是危险的，那我们怎么对待马克思、尼采和弗洛伊德这些福柯本人的伟大先驱呢？我们会看到，福柯在《什么是作者？》一文中直面了这个问题，并以一个引人注目的思想转折做出回应。对我们来说，我们刚才讨论的这些段落以及他们三位作者全部作品产生的影响，在很大程度上可以被理解为对我们的主题——我们学习的文学理论现象——进行的说明。换句话说，由于这些人物产生的影响，文学理论在很大程度上是一种怀疑的阐释学，是一种被它的支持者和反对者都承认的否定的练习，尽管他们之间曾经发生过激烈的争吵。

在我刚开始教这门课的那段时间，谩骂攻击文学理论的著作可以塞满有6英尺高的书架，许多是为普通读者写的，有些含有学术分量。今天，你可以选修文学理论这门课或者退掉它，不必大惊小怪。但当时那种令人难以置信的强烈抗议，说明它具有强烈的吸引力。对许多人来说，文学理论与我们所知道的文明的终结有些关系，他们之中的很多人一段时间内还写了书。人们认为基础知识——似乎激发了许多在文学理论中至今仍然存在的东西——遭到破坏严重威胁了学术散发出来的理性，由于这个理由,文学理论在无数激烈的辩论中遭到了攻击。文学理论受到镇压,部分是因为理论所具有的独特的怀疑主义。我想现在最好强调一下这一点,因为人文学科今天仍然受到攻击,但是重点不同。攻击人文学科的主旨不再是它的否定性,而是它的无用,这有时是一个必然包含的结论。

我认为,在利科的否定性万神庙中,还遗漏了一种影响,那就是达尔文的影响。我们可以期待这种影响对文学理论和21世纪的其他理论会越来越重要。我们可以很容易地将达尔文看作第四个怀疑的阐释家。他自己对怀疑并不感兴趣,在自然选择理论中也看不到对广为接受的宗教的真正威胁。但是,他确实是一种有关意识的思考方法的奠基人,这种方法将意识视为是由他物决定的,或者是由社会生物地决定的,或者是在认知科学领域那样认为被决定的,或者是像人工智能那样被决定的,等等。所有这样的思考都传承自达尔文,而且将在21世纪越来越有影响力。我认为,能够改变20世纪文学理论的认知和研究形态的,将是越来越多地强调用认知科学和社会生物学途径去研究文学和阐释过程。它们源自达尔文,正如同20世纪诸多思想潮流来源于我们刚才讨论过的那三位人物。

但是,怀疑的阐释学首先引起的是像空气中的不安这样的东西,这也是由巨大的历史变化造成的;这终于使我能够简要说明一下亨利·詹姆斯(Henry James)1903年的《使节》(*The Ambassadors*)和契诃夫1904年的《樱桃园》(*The Cherry Orchard*)中的片段。我在努力提醒你们,这是一个特殊的历史时刻。在两本书中,主人公都提出意识——也就是对活着的感知以及存在于世界中的感知——不再具有能动性;开始感到意识在某种程度上不过像傀儡一样是被操控的,我们能做的事极其有限。《使节》中的斯特瑞塞和《樱桃园》中的叶彼霍多夫所说的观点极其悲观和忧郁,与天气相应和,还能惊人地预知被更加系统阐释的文本内容。下一节课我想从詹姆斯和契诃夫的片段开始,然后再进入"什么是作者?"这个问题。

第2章

导论（续）

理论和功能化

阅读材料：

米歇尔·福柯：《什么是作者？》，见《批评传统》，904—914页。
罗兰·巴特：《作者的死亡》，见《批评传统》，874—877页。
亨利·詹姆斯和安东·契诃夫著作片段。

在第一节课中，我们讨论了为什么20世纪的文学理论受到了怀疑主义的影响，但在我们讲怀疑主义时，我们事实上也介绍了另外一种与它同样重要的理论，即**决定论**。我们说过，在思想史的发展过程中，首先你会遇到对观察者和被观察者之间距离的关注，这导致人们怀疑我们是否能按照事物本来面目去认识它。但是，随着马克思、尼采和弗洛伊德等人对这个问题的进一步推进，你有了更深的疑问，不仅仅是我们能否按照事物本来面目去认识它，而是我们如何才能相信观察者的自主性。假如意识事实上可能——根据上面几位的看法，这是非常可能的——是被隐藏的因素所主宰、控制、决定的,我们怎样才能确定意识是独立的呢?在文学理论的争论中,决定论至少和怀疑主义一样重要。它们在许多方面都有着明显的联系,但在这节课里,我想集中在决定论的问题上。

在上一节课里,我根据利科的说法提到,马克思、尼采和弗洛伊德是开启理论的否定性氛围的主要人物,然后我加上了达尔文。在我们开始考虑人的能动性在20世纪遭到围攻的情形时,提到达尔文可能是切题的。每一种情况都对我们拥有自主性的想法产生了威胁,我们认为自己能够独立行动,或者至少以我们个人为一个整体行动,而不是像木偶一样被牵着走。尤其是在达尔文之后,我们对遗传基因和其他这类因素的理解让我们开始想知道,我们怎么能觉得我们自己、我们中的每一个人是自由的能动者。这样,除了人文学科中的观点,当科学界的观点也在回应如天谴一般不可避免的历史灾难时,能动性的危机加深了。

在这个时代的黎明时分,我们发现了我上节课介绍过的安东·契诃夫和亨利·詹姆斯的作品片段。让我们先从契诃夫开始。你们都知道,《樱桃园》讲的是当时的社会经济状况,即很快导致了1905年孟什维克革命的环境,对一处地产带来的威胁,以及各种角色人物在面对这个威胁时产生的不同反应,包括逃避。在这些反应中,来自一位仆人的更为有趣,但他不是主要人物。叶彼霍多夫是家里的管家,像是一个自学者。也就是说,他完全没有受过正规教育,却了解了知识界的潮流。他满怀自怜,他的言论最典型地反映了契诃夫作品中晦暗的社会思想环境。他说:"确切地说我是个有教养的人,读过各种各样的名著,但我怎么也找不到自己的方向,不知道自己想要什么。"在我引的这一小段独白中,请注意他不断谈及语言,以及他自己受制于语言的变幻莫测的方式。他在寻找一种"确切地说"的方式。他是个知识渊博的人,觉得自己陷在了书本学习的迷阵之中。他完全受到了不属于他自己的语言的影响,尤其是在他可能不知不觉地引用《哈姆雷特》经典台词的时候。"我该活着还是饮弹自尽?"——或者确切地说,"生存还是毁灭"?就这样,他把自己塞进了一个戏剧传统之中，而他自己就是这个传统中的一个角色。他以此表明自己来自这个传统中吸引人的著名桥段，只不过是以一种次一级的形式，并流露出与主人公类似的想法。

在这里，我们看到了一个陷入语言陷阱中的角色。"确切地说，也别管其他问题，我必须说……"这意味着，他**被强迫去说**。如果这些陈词滥调能够让他拥有属于他的自我，那他将是一个自我主义者："我必须说，对于我和其他事情，命运对我很无情，就像风暴对待小船一样。"[1]在这一段的末尾，他说："你们读过巴克尔的书吗？"亨利·托马斯·巴克尔（Henry Thomas Buckle）如今早已被人遗忘，但在那个时候，他和写出了《西方的没落》（The Decline of the West）的奥斯瓦尔德·斯宾格勒（Oswald Spengler）一样有名。巴克尔是一名维多利亚时代的历史学家，专门研究西方文明解体的问题，他是19世纪晚期主张一切都在迅速恶化的代表人物。在某种意义上，叶彼霍多夫读过的一本著作**决定**了他也是一个巴克尔。"你们读过巴克尔的书吗？夏尔洛塔·伊凡诺芙娜，我想和你说几句**话**。"这些话中充满了词语、语言、言论和书籍，这正是这个角色的困境。他的言行是由书和语言所决定的，他也能够模糊地感觉到，虽然读书令他引以为傲，同时也是他的问题所在。

接下来让我们看看风格完全不同的一个段落，来自詹姆斯的《使节》。年长的兰伯特·斯特瑞塞是个十分迷人的角色，他来到巴黎想将朋友的儿子查德·纽瑟姆接回家去接管家族企业。他家在马萨诸塞州的伍利特市，制造一种没有指明的家庭用品，可能是卫生纸。在巴黎，斯特瑞塞完全被那里的都市文化震撼了。他感到自己错失了什么东西。他去参加了一个雕塑家举办的晚宴，在那里他遇到了一个叫小比尔汉姆的年轻人。他把小比尔汉姆拉到一边讲了一通话："别学我。别给生活留下遗憾。尽可能好好活。不这样的话就大错特错了。"他接着说了理由：

> 无疑，这件事——我说的是生活这件事——对我来说不会有什么

不同了；因为它最多就是个罐头模子，要么是凹凸不平地装饰着赘物，要么就是光滑平整得可怕。人的意识像一团无助的果冻，被倒进这个模子后就"获取"了形状，就像那个大厨所说的，差不多被它紧紧束缚着：人只好尽其所能活下去。但是，人还是会有自由的幻象。²

这时候，远比叶彼霍多夫聪明的斯特瑞塞说了一段很明智的话，我觉得可以为我们所用。他接着说："所以，别像我这样，从来没拥有过这种自由的幻象。正好在那个时候，我要么是因为太愚昧、要么是因为太聪明，从而没有这种幻象。我无法确定是哪一种。"假如是因为太愚昧，那他就应该可以无拘无束地行动。他就可以成为尼采在一本关于历史的用途的书中所说的那种"历史的人"。他自然就可以仿佛拥有自由一般一头扎入生活，尽管他可能由于太愚昧而无法认识到这自由只是一个幻象。另一方面，如果是因为他太聪明，事实上就是这样，从而无法沉浸在那种幻象中并以为自己是自由的而生活，假如他是因为太聪明了而没有这么做，他将是一个文学理论家的原型。他会是那种无法长时间忘记这一点的人，即自由只是为了避免20世纪某种思维中特有的成见的一种幻象，这种成见能够造成严重的后果。他表现出了应有的谨慎——一个被决定的存在能知道什么呢？——最后说得很好："我无法确定是哪一种。"

这样，这些富有特色的段落将我们引向这节课的主题，即作者权威的丧失：用罗兰·巴特文章的题目说就是"作者的死亡"，这也隐含在福柯提出的问题"什么是作者？"之中。随着对人的能动性的否定，文学理论的第一个牺牲品就是作者、作者的观念。

现在让我来设置一下场景。和斯特瑞塞一样，我们在巴黎，但是是在70年后。也不一定非要在巴黎。可以是伯克利或哥伦比亚，抑或是柏林。这是1968年或1969年，马上迈入20世纪70年代。学生和他们大多数的教授都在街垒里，不仅抗议越战，而且抗议威权政府（authoritarian）对抗议活动的镇压，这是20世纪60年代的标志。在巴黎，激烈的学术造反采取了各种形式,但主要围绕着一个后来很快上了美国车贴的主题:"质疑权威(authority)"。所以,在学生运动发展到最高潮时,法国最杰出的知识分子写了一篇题为《什么是作者?》("What Is An Author?")的文章。

然而,福柯给出了一系列历史中产生过的这个问题的答案,它们绝不是直接和简单的。可能由于你预想了刚才我一直介绍的历史背景以及福柯的作用,此时发现福柯实际所说的比自己预想的更加令人困惑和沮丧。但是,你还是可以看到,《什么是作者?》字里行间充满了你们预想到的批判精神。由于这门课是导论课,我不会在福柯的论证中令人意想不到的转折上花太多时间,我只想强调你们可能已经预想到的内容。

现在,我们大多数人都会扬起眉毛提问:这个叫福柯的人是否真的不认为他自己是个作者?毕竟,他是个超级明星。他习惯于被人们认真对待。他是想说他不是一个权威,而只是一个"作者功能"吗?他是想说他自己文章的文本领域不过是一套结构上的运作,人们可以像发现一个情节或一个语法元素那样,在其中发现一个**作者**吗?好吧,这是一个皇帝的新衣那样的问题,从长远来看我们会认真对待它。但是,**有许多与这个问题保持距离、甚至解除这个问题的办法,我们需要对它们进行研究**。

所以,是的,这个听上去口气非常权威的人看上去应该是一个作者。我从来没有遇到过比福柯更像作者的人,但他却问有没有作者这个东西,或者如果有的话,确定作者是什么是多么困难。让我离题讲一个学术趣闻,它也许能帮助我们理解一个明星作者和根本没有作者的想法之间的奇妙联系。我的一个前同事20世纪60年代时在约翰·霍普金斯大学修一门课。这门课由乔治·普莱(Georges Poulet)讲授,他是一位"现象学批评家",很遗憾我这门课没有时间讲解他的重要著作。不管怎么说,普莱也是一位明星作者。他在课上会一直讲个不停,他的学生则会不时地举起手,然后说出一个名字。有人会举手说:"马拉美。"普莱会说:"是的,精确!"然后接着讲课。一会儿其他人又举手说:"普鲁斯特。""啊,准确!普鲁斯特,普鲁斯特。"接着继续讲课。我的同事决定试一试。他举起手说:"伏尔泰。"这是个著名的作者,但理论家通常在他身上找不到什么有趣的地方。果然,普莱满脸疑惑地说:"什么?……我不懂您说的。"然后带着疑惑继续讲课。

这种拽人名的习惯事实上说明,它们不仅仅只是名字,甚至不仅仅只是明星的名字。这些名字明显还代表着作者身份(authorship)之外的东西,代表着有趣的"话语"领地或领域。普莱这种类型的理论家相信一个作者的全部作品是一个整体,可以被理解成一个结构性的整体。他的那些评论也是服务于这个目的的。他会说"马拉美的文本"或者"普鲁斯特的文本"。在这种语境中,提到一个作者就是命名一块领地。当然,我的同事已经完全弄明白了这一点,因为他很清楚,当他说出"伏尔泰"时,普莱对它没有什么反应。话语中既有与我们相关的和有趣的领域,也有完全不相关的领域。我们也许会自发地做出这些区分,但是我们需要明白,当我们把作者身份给予这样的领域时,我们很可能并**没有**想到某些有意图的意识,而是许多孤立的文本现象、"签名"以及其他许多文本特征。这些文本特征不一定是作者的踪迹,而可能是超个人的语言效果或者场合的限制。

普莱和福柯时代的理论家喜欢说"话语"或者"话语性",以反对作者的语言。我上节课说过,当人们在尝试定义文学时,有时只能举手投降,说任何人认为文学是什么,文学就是什么。这些人更喜欢使用"话语""文本域""话语性"这些词语,而不是"文学"。像很多术语一样,这种曲折的表述有它的道理。"话语"或者"话语性"指的是话语成为讨论的角斗场的潜力,暗示了作者之间和言语类型之间的界线是易于穿过的。一个人可能会踌躇地说出文学话语、政治话语、人类学话语,即使他并不想谈论文学、政治、人类学。根据同样的理由,"范妮·伯尼"(Fanny Burney)、"玛利亚·埃奇沃思"(Maria Edgeworth)、"简·奥斯汀"(Jane Austen)、"乔治·普莱""米歇尔·福柯""茨维坦·托多洛夫"(Tzvetan Todorov)这些名字是公开的领域,不是封闭的私人领地。这是言语的习惯,从各种形式的言语之间的可渗透性中产生。这些习惯挑战了这样的观点：某种形式的言语可以被理解为被授权了（authorized）的私人财产。

　　这里最好先来纠正一个有时是故意的常见误解：没有人——福柯肯定没有——说过或者会说一部文稿没有一个作者，不是由某个或者某些人写成的。没错，巴特谈到了作者的"死亡"，但他也不是说作者不存在。我们被问的问题不过是：在我们要弄清一个既定话语领域的性质时，我们是否真的一定要诉诸一个作者的权威？我们可以很容易地在文本经验中的某处找到作者，其优势在于它来自我们正在阅读的一个文本，而不是一个由上而下的指令。作者是一套实践、一个虚拟的存在，而不是一个实在的东西：福柯将之称为一种"功能"。现在的关键问题是，首先，我们如何确认作者的存在？其次，在我们试图决定一个文本中的意义时——这是下一节课我们要讲解的内容——是否要诉诸作者的权威？假如作者是一种功能，那种功能就是在文本领域中的这里或那里，或许是或然出现的东西，就是我们需要与演讲者、叙述者，尤其是戏剧中的人物区分开来的东西。这是你们从高中英语课以来就应该熟悉的思维转换。

　　对福柯来说，一个文本就是由交互作用的功能构成的实体。对巴特来说，一个文本也是一个功能的系统，但他更强调这个系统对其他系统的渗透性。在《作者的死亡》（"The Death of the Author"）[874]中，巴特开篇就引用了巴尔扎克的短篇小说《萨拉辛》：

　　　　在他的小说《萨拉辛》中，在描写一个伪装成女人的被阉的男歌手时，巴尔扎克写了下面的句子："**这就是女人自己，带着她突然而来的恐惧，她无理性的奇想，她本能的焦虑，她鲁莽的大胆，她的小题大做和她诱人的情感。**"谁在说这些话？是还不知道这个男歌手是隐藏在女人身份下的小说的主人公吗？是带着从个人经验中获得的关于女人的哲学的巴尔扎克这个人吗？是巴尔扎克这个作者在声明关于女性的"文学"思想吗？这是普遍的哲理吗？浪漫的心理吗？我们永远不会知道，好的解释是写作就是对每一个声音、每一个起点的破坏。写作是中立的、合成的、间接的空间，在那里，我们的主体/题（subject）【这是故意的双关语】滑到【"我们的主体/题"意思是说我们有时不知道说到的是什么，而且更重要的是，**这个**主体、作者的主体、某个说话主体的真实的身份，这些才是滑走的东西】所有身份都在其中失去的否定中，这从身体写作的身份开始。

在写这篇文章的时候，巴特正在写整整一本关于《萨拉辛》的书，叫作《S/Z》。在那之前，他一直被视为重要的"结构主义者"。在这本书里，他开始越来越关注那看起来是结构的东西中迷宫一般的无形性。尽管福柯和巴特是在同样的反权威氛围中推翻了同样的权威，但是，与福柯相比，作者在巴特那里丧失得更彻底，在福柯看来，"消失"都可能是在夸大其词。

我觉得，与巴特所设想的相比，福柯认为一个文本领域必然是一个更稳定的系统。福柯说，当我们说作者功能而不是作者时，我们不会再提出诸如下面的这些问题［913］："一个自由的主体怎样才能渗入事物而给它以意义呢？它怎样才能从内部激活语言的规则，然后形成完全是它自己的设计呢？"换句话说，我们不会再问作者是如何把自主的意愿施加到所要表达的主题内容上去的。我们不再假设文本意义与作者原意重合。福柯接着说：

相反，这些问题要被提出："在何种情况下，以何种形式，主体这样的东西才能在话语的秩序中出现？在每一种话语形式中，它占有什么样的位置？承担什么功能？遵守什么规则？简言之，【当我们说作者功能的时候】这是一个剥夺主体（或者其替代物）【比如一个角色、一个说话人，就像我们说在《我已故的公爵夫人》（"My Last Duchess"）中，说话人不是作者一样】作为起因作用的问题，是一个分析作为一个变量的主体和分析话语的复杂功能的问题。

（这种"话语"中的"主体"总是指说话人的主体性，不是指主题内容。）

关于福柯和巴特在废除作者时说了什么和没说什么，我们已经说得够多了，现在可能是要为作者辩护一下的时候了。我将替你们之中所有那些想站出来为作者辩护的人代言。我想引用塞缪尔·约翰逊（Samuel Johnson）在《〈莎士比亚戏剧集〉序言》中一段精彩的话，他在其中解释了为什么我们总是对作者的权威充满敬意。福柯和巴特总是暗示，这明显是一个遵从权威的问题，就仿佛权威是挥着警棍猛击他们的警察，这不仅仅是一个那样的问题。我们也可以将作者视为人类的成就。约翰逊如是说：

> 在人类的作品和人类的能力之间，总是有一种无声的关系。人们能把自己的想法延展到多远？能认为自己天生的力量有多强？由于这种探索比我们会把某种特定表现评定为何种等级远为高贵，好奇心总是在忙于发现我们可以使用的工具、审视我们的技艺，忙于弄明白哪些可以归于作者的原创力，哪些又应该归于偶然的外力帮助。[3]

将文本领域看作一个系统当然很好，但与此同时，我们应该提醒自己要注意到自己的价值。我们想说一部"作品"（某个人的作品）不仅仅是一套功能，或者像人们在实验室里会说的那样是一组变量。它是由天才创造出来的。它是让我们"高度"评价人类能力的东西。尤其是在这个充满烦恼的尘世里——约翰逊非常清楚这是一个泪之谷——这是我们坚持想做的。我们尽力抓住这根稻草，是在以一种致敬的精神，而非卑屈恐惧地诉诸作者的权威。

但是我们谈论的是不同的时代，泪之谷的性质可能已经发生了变化。这是1969年，根据巴特和福柯的说法，断言要把作者作为一种家长式的资源、一种权威去诉求的目的，就是甚至要在学术界里也要对阅读文本的方式实行**管制**。（索邦大学一位愤怒的大腕儿写了一本名叫《新批评还是新骗局》【*Nouvelle critique, nouvelle imposture*】的书来反对福柯。）换句话说，他们二人坚称，与将作者浸没于文本领域的功能性中相反，诉诸作者是一种对**意义**可能性的限制和管制。

让我引用两个表达了这个意思的段落，先回到巴特［877］。巴特说："一旦作者被消除了，想要破解一个文本就是毫无希望的。"顺便再说一下，巴特和福柯在这里又有了分歧。福柯不会说"毫无希望"，他会说我们可以破解它，但作者功能只是破解过程的一个方面。但是巴特已经进入了学术生涯的一个新阶段，认为结构看起来是如此复杂，以至于它们不再是结构了。这与解构主义的影响有非常大的关系，我们会在以后回到解构主义这个问题上来。

不管怎样，巴特接着说：

> 给文本一个作者就是给那个文本强加一个限制，给它提供了一个最终的所指，关闭了书写。这种观念非常适合批评【这里，批评很像管制——"批评"意味着成为一名肮脏的批评家去批评】，后者指派给自己的任务就是在作品下面发现作者（或者他的位格：社会、历史、心理、自由【也就是能动性】）：当作者被找到后，文本就被"解释"了——批评家的一个胜利。

换句话说，对意义的管制成功完成了，批评家胜利了，就像是在20世纪60年代后期的造反中警察胜利了一样。我们可以用福柯的声明强化这种态度［913］："因此，作者是个意识形态形象，通过他，人们标识出我们害怕意义扩散的方式。"

再一次，我们可能会对怀疑主义产生怀疑。你可能会说："我为什么不应该害怕意义的扩散？我想知道事物的确定意义。我不想知道它有一百万种意义。我来这里是想学这么多词说的是什么意思。不要告诉我，我在这里枯坐余生就是为了分析一个句子。不要给我讲巴尔扎克短篇小说中那些令人头晕目眩的句子。我在这儿是要知道事物的意义。我不在乎是否受到管制。无论怎样，让我们完成任务。"假如你以这种暴躁的方式回应，我是会感到同情的。原因在于，在某种程度上，对诉求一位作者的意识形态误用的关注，完全属于它所处的历史时刻。在那时，你很难在说"作者"这个词的时候不想到"权威"，在没想到警察的时候也绝不会想到"权威"这个词。这一切我都懂，那时我在伯克利大学上学。这就是一种甚至直到今天可能还渗透在我们许多人生活中的思维结构，而且一直在各个地方影响了很多人。我们绝不能忘了这点。但是，它现在不像在巴特和福柯这些文章发表的时刻那样，是学术界默认的起点。

说完所有这些之后，理论家该如何为一些特定的名字，比如她自己的，恢复名誉呢？"你不是个作者，但我是"：让我们假设一下，某个人可能自欺欺人地怀着这个念头。你如何为这样一个看起来说得通的念头辩护？毕竟，福柯——他把自己放在一边，从不提起自己——非常欣赏某些作者。和许多他的同代人以及其他世代的人一样，福柯尤其欣赏马克思和弗洛伊德。从整体上排斥作者身上如同警察一般的权威性是危险的——我们在其中一些人身上确实能发现独裁倾向——尤其是当我们并不觉得马克思和弗洛伊德是这样的时候。福柯是怎样论证某些有特权的作者——也就是说，人们经常引用这些作者而不觉得受到管制——能够保持荣誉地位的呢？

顺便说一句，福柯在这里没有提到尼采，他本可以这么做，因为福柯在著作中受到的最大的影响可能就来自尼采的"谱系学"思想。坦白说，我觉得福柯没有提到尼采是个意外。对我们来说，这本该形成一个完美的对称，因为在上一讲中，我们还引述过利科的话，大意是说马克思、尼采、弗洛伊德这些作者是——这是利科自己用的词——"大师"。哇！大师？这是福柯最不想听到的词。那么，他是怎么绕开这个问题的呢？他发明了一个概念。他说马克思和弗洛伊德不是作者，而是"话语性的奠基者"。所谓话语性的奠基者，就是随着时间的推移，他的话语能够引发建设性的、进步的回应。在这里,他对学术遗产的奠基者和文类发展过程中有影响力的创新者做出了微妙的区分。他谈到安·拉德克利夫(Ann Radcliffe,他在这里本应该提到霍勒斯·沃波尔【Horace Walpole】,但是无所谓了)是一位创建了某些特定隐喻、主题和写作前提的人,这些东西主宰了此后一百年,事实上直到现在的哥特小说的写作,但她还是**不应该被称为话语性的奠基者**。福柯声称,她没有建立起一套话语或一个论辩的场所,在这种话语或论辩场所中,没有必然归属的思想仍然能够得以发展。这在我看来是非常反文学的,仿佛是想说文学的影响与跟随一位"话语性的奠基者"演讲或写作并不是一回事,但我不想在这一点上花费精力了。

福柯也非常注意把马克思和弗洛伊德这样的人与伽利略和牛顿这样的科学家区分开来。这里要替福柯辩护几句,你们要注意,我们会说马克思主义者或者弗洛伊德学说信奉者(Freudian),但我们不会说拉德克利夫信奉者(Radcliffeian)、伽利略学说信奉者(Galilean)或者牛顿学说信奉者(Newtonian)。我们以作者—中立的方式使用形容词"牛顿的"(Newtonian),就像普莱在我讲的学术趣闻中使用这些术语的方式。但是,我们不会把现在还对牛顿力学感兴趣的作家称为"牛顿主义作家"。这种用法上的区别可以证明福柯对文本遗产的理解是正确的:马克思和弗洛伊德这种作者功能——如果在普莱的课上提起他们的名字,会引起热情的回应——是马克思主义和弗洛伊德学说话语领域的地标。在某种意义上,它可以巩固福柯的论点:"马克思"和"弗洛伊德"是论辩和思想发展的特殊的开幕式,我们不需要向原创者的势力俯首。这当然是可以争论的。当然,有很多人认为马克思和弗洛伊德是暴君,但是在他们创立的传统中,人们完全可以把他们视为策动了思维的方法的人物,但他们不一定权威性地主宰了这种思维方法。不管怎样,话语性的奠基者是福柯专为这些特权人物发明出来的特殊范畴。

很快就可以得出结论:如福柯古怪地顺便提到的[907],作者的死亡和将作者简化为作者功能的一个后果就是作者"失去了法律地位"。什么？那版权呢？知识产权呢？没错，作者没有法律地位的说法是要把我们带回18世纪。然而，再一次的，我们需要注意福柯清楚认识到的知识背景。版权是作为一种资产阶级思想产生的，它可以允许我说我拥有我的作品，我是我的作品的拥有者。随着资产阶级思想自身的消失，作者的消失实际上使人们将版权或者知识产权概念搁置一旁。在福柯的时代，让－吕克·戈达尔（Jean-Luc Godard）证明了这点，他不再是导演（作者），消失在电影公社里。所以，在福柯关于作者没有法律地位的说法中还是有一致性的。

也许在这一点上，真是到了我们要坚持己见的时候了。"我是个拉丁裔女同性恋者。我作为一名作者站在你们面前，为了自由的目的想要表达一种身份、找到一种声音。不是要管制你，不是要否定你的自由，而是要找到我自己的自由。作为一名作者，我骄傲地站在你们面前。我不想被称作一个作者功能。我不想被称作一个比我自己庞大的东西的工具，因为坦白说，我一直就是被这样看待的。现在，通过在我的作者身份中注入权威性，我想提醒你们，我不是任何人的工具，我是自主的、自由的。"

传统的作者概念，称它是家长式的概念吧——在20世纪60年代后期饱受福柯和巴特著作的怀疑——明显可以向这个方向改变。它可以被视为**新发现的**权威性的来源，是刚刚被解放、希望被持这样观点的阅读共同体接受的人们的自由来源。很难知道福柯会怎么回应这一点。它带来的问题使纠缠着我们这门课的许多阅读材料的一个问题表面化了，甚至或者尤其在我们称为文化研究以及关注身份政治的那种理论思考中。在这些学科中存在着这样的思想分野：有的人肯定这里所说的身份中的自主的完整性和个体性，有的人则认为，所有的身份都只是通过社会实践的网络显示出的"主体的位置"，简单地说就是**功能**。在那些与身份政治不直接相关的理论形式中，也存在这种分歧。在那些觉得发现自主的主体性更重要的人，和那些认为重点是在任何或所有极不稳定的主体位置中发现自我（ego）或自由被从自我（selfhood）中抹去的人之间，迟早会发生争论。

　　导论的课程到这里就结束了，我们已经稍微接触了我们以后会不断谈到的重要议题。下一节课，我会转到一个有着更为严格的范围的主题：阐释学、阐释学是什么，以及我们怎样思考互相矛盾的阐释学前提造成的后果。我们主要的阅读材料是伽达默尔的著作选文，以及海德格尔和赫希（E. D. Hirsch）著作中的一些段落。

对阐释和阅读的第一组反思

第3章

进出阐释循环的方法

阅读材料：

汉斯-格奥尔格·伽达默尔:《将理解的历史性提到阐释原则的高度》,见《批评传统》，721—737页。

马丁·海德格尔和赫希著作片段。

尽管这个词有着唬人的发音，"阐释学"可以很容易地被定义为阐释的科学。你可能会以为阐释学一直是大家感兴趣的话题，但事实上，人们对它感兴趣是很晚近的事情。亚里士多德确实写过一篇题为《解释篇》(*De Interpretatione*) 的论文，中世纪也非常关注阐释，所以我假定，我刚才所说的情况部分是因为"阐释学"这个词那时还没有出现。但也同样因为，应该对我们如何阐释事物做一个系统的研究这种想法，在很多时候并不是一个迫切要关注的问题。

虽然在犹太法典传统中早就有惊人的阐释业绩，但导致我们所谓的"阐释学"在西方兴起的是宗教改革。我认为这一点至关重要，我会解释原因，因为在这个历史事实的核心，我们能够发现人们为什么在某些时段在乎阐释，而在其他时段又不在乎。你一般不会在如何进行阐释、如何才能确定阐释的有效性等问题上纠结不已，除非（1）意义对你来说变得非常重要，以及（2）确定意义变得很困难。你可能会问自己，难道意义不是一直都很重要吗？难道确定意义不是一直都很困难吗？事实上不是这样的。假如你的圣经是由教皇或者教会长老的临时法庭裁定的，你自己真的不需要担心它的意思是什么。他们会告诉你它的意思。但是在宗教改革以后，当每个人与圣经的关系变成了个人关系的时候，当每个人在牧师的指导下都要参与到理解这部复杂著作（谁真的知道那些寓言的意思是什么？——整部圣经都在提出阐释的问题）的时候，对怎样阐释圣经的关心当然就变得很流行了。不用说，由于它是圣经，它的意义对你来说当然很重要。确切了解它的意义和为什么它的意义很重要，这对你来说很关键。

所以，在新教盛行后，对阐释学的思考由于同样的原因站稳了脚跟，人们开始撰写有关阐释的论文，但都是圣经阐释。换句话说，阐释学是从宗教中开始的，因为对于普通人来说，唯一需要理解的关键文本就是圣经文本。很快，宪政民主出现了，当这一切发生后，人们——作为公民，或者作为有选举权的人，或者作为被国家或者民族赋予了权利的人——对自己遵守的法律的本质开始变得越来越有兴趣。阐释学因此逐渐从宗教的范围扩展到了法律研究上。在思考如何阐释圣经的过程中发展出来的主导原则，那时被用在了阐释变得几乎与圣经一样重要的东西上。你当然知道，在法律研究领域，阐释学直到今天仍然是不可或缺的：比如，理解宪法意义的根据是什么？关于这个问题有着广泛的争论，你在法学院选的很多课都是为了仲裁这个争论的。所以你再次看到，对一个读者的共同体而言，当一个领域的基础文件的意义变得比以前更重要的时候，而且人们认为很难准确把握它们的意义的时候，阐释学就进入了这个领域。

我们到现在还一直没有谈到文学。事实上，随着宗教寓言的消亡，中世纪全神贯注地阅读世俗文本，尤其是希腊和罗马的世俗文本之后，在现代早期和18世纪的大部分时间里，人们都没有致力于发展文学的阐释技艺。想想那些你学过的18世纪的作家吧。最引人注目的是，他们所有人都把意义视为理所当然的。比如亚历山大·蒲柏（Alexander Pope），甚至是塞缪尔·约翰逊，在思考文学为什么重要、文学的本质是什么的时候，没怎么考虑阐释的问题。相反，他们关注**评价**，关注建立一首诗应该是什么样子和它应该要达到什么目的的原则，在此之中提出的问题主要是道德的和审美的。他们之所以不关注阐释，是因为对他们来说，**好的**作品是那些有着毫不含糊的清晰性的作品，是那些意义是如此透明而**不需要**被阐释的作品。事实上，当时剧作家在给别人的剧作写序言的时候，经常互相指责说对方晦涩难懂，也就是说，指责对方的作品**需要阐释**。"我不明白你的那些隐喻都是什么意思。你不知道隐喻是什么。你所做的就是犯了一个又一个的文字错误。没有人能理解你。"这是在18世纪戏剧作品的散文或者韵文的序言中不断出现的主题。从中可以看出，不仅没有人研究如何阐释，而且人们认为它是不必要的，除非你想读糟糕的文学作品。如果你不得不对它进行阐释，它就很糟糕。

当18世纪慢慢过去，随着浪漫主义的出现——如大家所熟知的，但我认为经常被夸大了——出现了对天才的崇拜。在这个时期，人们认为最好的作品来自作者超凡的敏锐才智和精神洞察力。随着这种对卓越想象力的新的重视，文学创造者开始被视为神圣的造物主，在某种程度上成了造物主的代表。要记住，在18世纪期间，世俗化随着启蒙运动的发展在西方文化中不断增强。当圣经的重要性在某些圈子里消减时，文学天才的作品开始与之争锋。诺思洛普·弗莱曾经把浪漫主义时期的经典作品称为"世俗的圣经"。理解这种文学的意义变得越来越困难，你们之中读过布莱克和雪莱作品的同学可以证明这一点，因为这种文学是非常个人化的，不再反映蒲柏时代文学作品的共同价值观——"思想平常，但无人表达得这么恰当"。因此，在浪漫主义时期，当文学开始在部分读者那里至少在一定程度上代替了宗教时，意义的重要性和理解上的难度都在增强。此时，文学阐释学就变得很必要了。

浪漫主义时期有一位神学家叫弗里德里希·施莱尔马赫（Friedrich Schleiermacher），一生都致力于建立一种既可以用于文学又可以用于圣经研究的阐释学。他的著作建立了一种传统，在这个传统中，文学是阐释学思想的核心问题。后来直接受施莱尔马赫影响的是19、20世纪之交的威廉·狄尔泰（Wilhelm Dilthey）、1927年写作《存在与时间》的马丁·海德格尔和伽达默尔。此外还有一个对立的传统：从康德到胡塞尔，再到埃米利奥·贝蒂（Emilio Betti）和赫希。我们将在合适的时候讨论赫希与伽达默尔的争论。

那么，施莱尔马赫传统的阐释学的基本问题框架是什么呢？你们可能都听说过"阐释的循环"。它描述了读者和文本的关系，或者在某些阐释学学者眼里是读者和作者的关系，但这不是伽达默尔的看法。比如，赫希认为阐释的循环是读者和作者之间的关系，而文本只是指向作者意义的一个中介性文件。但是伽达默尔和他的传统对这个循环的理解非常不同，当我指出伽达默尔对"浪漫主义"那可能令人惊奇的态度时，你们就会明白这一点了。但同时，所有人都会同意，读者和文本或者作者之间的循环关系可以用很多种方法来描述。它经常被按照部分和整体的关系来表达。循环性的问题框架是这样进入其中的：我进入一个文本时，首先读到的当然是一个词或者一个句子。文本还剩余很大一部分没有阅读，所以第一个片段是一个**部分**。但是，基于一个想象的或者假设的**整体**，我马上开始形成对这个部分的意见，而这个整体是我从这个或者其他的部分中投射出来的，是先于初步阅读就拥有的一个意见。我接着用这个对整体应该是什么样子的理解继续读后面的部分——词、句子，无论什么东西。我不断将后面的部分归入整体感，而由于对后面的部分知道的越来越多，这个整体就会发生**变化**。这种阐释活动的循环性呈现为从一个部分转移到对整体的预想，接着回到下一个部分，再回到一个修正过的整体感，如此这般不断循环。

这个循环性还可以被理解为现在与过去之间的交换，即在我特定的历史视域和其他某些我试着去理解的历史视域之间的交换。我把我对世界的理解带入我与文本的接触之中；我会联系我已有的知识去考虑文本似乎要表明的内容，同时，我允许文本通过传达它的信息来修正我已有的认识。最后，由于阐释学不仅是一座跨越历史鸿沟的桥梁——它还可以跨越社会或者文化之间的鸿沟，或许这差距也没有鸿沟那么大——就是在与他人的对话中，我们也进行着阐释学的活动。我不得不试图去理解你所说的内容，然后在我要说的话中指涉我对你说的话的理解。为了保证对我们的谈话内容保持相互的和不断发展的理解，我们之间交流的循环要保持开放。跨文化的对话明显是同一回事。所以阐释学不完全是伽达默尔所谓的**历史**视域的融合，也与社会、文化和个人视域的融合有关。所有这些都包含在伽达默尔所说的"视域融合"（*Horizont-verschmelzung*）之中。

在下面这段话中，伽达默尔表达了他所认为的这种思维的循环是怎样运作的［722］：

> 一旦某些初步的意义在文本中出现，【读者——伽达默尔用的词是"他"】就把一个意义投射到作为整体的文本中。【换句话说，一旦他知道部分是什么样的，他就投射或者想象包含了这个部分的那个整体应该是什么样的。】仅仅因为他以对某种意义的特别期待的方式阅读作品，后者【就是初步的意义】才会出现。前投射【就是说，在我们阅读之前就有的对文本的理解】不断地被他洞察到的意义所修正。这种前理解的作用方式就是理解存在着什么。

"存在着什么"（what is there）是伽达默尔从海德格尔那里继承下来的一种表达，它呼应了伽达默尔经常说的"主题"（*die Sache*）的意思。换句话说，读者努力理解文本的意义就是在努力理解主题，或者存在着什么。我觉得用一句俗语应该能很好地说明:"这个文本到底是什么意思。"

不管怎样,你在这个段落中可以看到,伽达默尔在描述我们阅读所具有的循环性时,使用的方式可能会引起我们的关注。我们不时地被到处出现的"前结构""前投射"和"前有"打断。我们可能会问,难道我们不能客观地理解"存在着什么"吗?换句话说,如果我已经对它的意义有了某种形式的初步想法,我对阅读的东西不就无可救药的带有偏见了吗?我为什么就不能把我那些初步想法放在一边?尤其是当文本告诉我越来越多的东西时,这样我能准确地理解存在着什么。即使假定文本告诉我的越来越多,如果你告诉我,我的理解发生的每一次修正都是进一步阅读的结果,因而它又变成了另一个前投射或者初步想法,那我怎样才能知道存在着什么呢?

海德格尔和伽达默尔坚称,即使我们总是在我们的初步想法中进行阐释——我们将看到,伽达默尔大胆地将其**称为**"**偏见**"——如海德格尔所说,存在着两种进入这个循环的方法,一个是好的,一个是坏的。换句话说,当你试图下结论说,如果无法摆脱前理解那么循环就是糟糕的时,你要知道,循环并不必然就是糟糕的。伽达默尔和海德格尔坚持认为,进入这个循环的方式同样可以是"建设性的"。

为了理解这个说法,大家可以看一看附录里海德格尔选段的第二段的第一句。他说:"解释可以从有待解释的存在者自身汲取属于这个存在者的概念方式,但是也可以迫使这个存在者进入另一些概念,虽然按照这个存在者的存在方式来说,这些概念同这个在者是相反的。"你们很可能会问,如果我们陷在前理解之中,我们怎么能从"存在者自身"中汲取什么东西呢?好吧,让我给你们举一个支持海德格尔这种区分的例子吧。在18世纪,一位名叫马克·阿肯塞德(Mark Akenside)的诗人写了一首很长的散文诗,题为《想象的快乐》(*The Pleasures of the Imagination*,1744)。你在诗中会读到一行,说"世界的主宰精神"举起了"他柔韧的(plastic)手臂"。[1]我们现代读者都喜欢聚合物。我们知道塑料(plastic)

是什么东西。严格地从我们的视域出发，我们会毫不犹豫地下结论说，造物主举起了假肢。但是，我们毕竟还是对于阿肯塞德写这首诗时的视域有一定了解：我们知道，在18世纪，plastic 这个词意思是"弯曲的""有力的""柔韧的"。这样，我们可以打开我们封闭的视域，然后得出结论，造物主举起了他弯曲、有力和柔韧的手臂——我们会立即发现，这行诗好理解多了。

在这里，你能够看到好的和坏的偏见的区别。好的偏见是我们**提前意识到**——仍然是一种"偏见"（*Vorurteil*，前判断）——plastic 的语义已经发生了改变。坏的偏见是，我们一刻都没想到它可能有其他的历史视域，就匆忙下结论说 plastic 是一种聚合物。假如我们援引这个词在18世纪的意义，我们马上就能明白，这行诗的意思很明白。但假如我们采用这个词在我们时代的意义，我们就不得不承认，这行诗没意义。

我们在后面读卫姆塞特（W. K. Wimsatt）的论文《意图谬误》时，会回到这个例子。届时我会提出这样一种可能，即把这行诗理解为造物主举起了假肢可能是有道理的。但就现在来说，你们应该清楚，阐释行为中包含着有益的前理解和无益的前理解，而这是理解它们之间的区别的一个好办法。

刚刚举的这个例子可能讲得有点快，所以让我回去填补一些空白。读完伽达默尔你可能会了解到——也许从我们选取这篇阅读材料的那本伟大著作《真理与方法》（*Truth and Method*）的书名中就能知道，它暗示真理和方法之间是有**区别**的——伽达默尔对其他人的阐释学方法提出的最大质疑就是，他们相信有一种阐释的**方法论**。在你读过的这段选文中，伽达默尔主要攻击的是被他称为"历史主义"的方法论。

对我们来说，历史主义是一个很复杂的词，因为在后面的课程中，我们会讲到新历史主义。而新历史主义与伽达默尔在这里反对的历史主义没有或者几乎没有什么关系。伽达默尔所说的历史主义是这样一种信仰：为了能够进入其他时空，你可以撇开前理解，可以完全摆脱自己的主观性、自己对事物的看法。也就是说，你可以抛弃你自己的思想，然后完全进入别人的思想，这是达到"历史客观性"的"方法"。在这节课结束时你会明白，这个想法其实有某种高贵之处，应该能够与伽达默尔阐释学的高贵之处相提并论。从这个意义上来说，伽达默尔之所以反对历史主义，首先是因为他认为这是不可能的。你无法摆脱前理解。人们能做的就是承认存在另外一个视域，不要想着完全"悬置"或者撇开你自己的视域，这是不可能的。你试着寻找共同的基础，寻找融合现在与过去、这里和那里的方式，结果就是伽达默尔所说的"视域融合"。视域融合的积极效果就是伽达默尔所说的"效果历史"，意思是有用的历史，也就是说，真的能够为我们所用的历史，可以从中学到东西的历史，而不仅仅是将过去客观化的档案材料。伽达默尔还认为，即使历史主义是真实的，在它里面也有不道德的因素，因为它俯首于过去，认为过去不过是一个信息仓库，而忘记了过去可以教给我们一些东西。在结尾处我们还会回到这一点上。

为了让这个观点看起来更有道理，也许我们现在应该反思一下。毕竟，我们之中的大多数人都为自己的客观能力自豪，不想动摇我们这样的信念，即我们可以"悬置"我们的偏见，以其本来面貌看待过去或者任何别的他者的形式。所以，让我们看看《存在与时间》中《阐释循环的分析》一章中的一些段落，看看海德格尔是怎么看待这个信念的。首先：

> 当我们要做某事的时候，对切近之物素朴的看源始地具有解释结构，如果想对某种东西不是以"作为"的方式来把握，恰恰需要做出某种调整。

海德格尔说的是什么意思？让我做个思想实验。我看着教室的后面，我看到了一个写着"出口"的指示牌。我没有阐释它。我对它没有任何前理解。我就是看着它。但是，等一等，我怎么知道这是一个指示牌呢？

我怎么知道上面写的是"出口"呢？我已经把一千个前理解带到了"看"这个简单的动作上。海德格尔承认，想象能够对某个东西"朴素的看"而不是将它"作为"某种东西来看（"不是以'作为'的方式"）的可能性，并不是完全无趣的。仅仅在眼前有某种东西，可能会令人兴奋。但他认为这近乎是完全不可能的。**忘掉**我正在看一个写着"出口"的指示牌，而只是在看"存在着什么"却不知道它是什么，这是一个非常困难的精神活动。换句话说，我事先并非**不**知道那是一个写着"出口"的指示牌。这个过程中可能有感官刺激，但没有意识的前行动。不管是否准确，我最先知道的一件事就是这个物体是某个特别的物体，而不是别的什么东西。

正如海德格尔所指出的，假如我们真能体验到的话，这个表面上很源始的"仅仅在眼前有某种东西"的时刻来自对前理解的遗忘。我总是对我看到的任何东西都已经有了一种解读，但这并不意味着我的解读是正确的。这只是说我无法逃避这样一个事实，即我的思维的第一个活动，不是最后一个而是第一个活动，总是阐释性的。这段话接着说："这个没有'作为'结构的把握是朴素地领悟着的看的一种褫夺【你可以发现海德格尔被它深深吸引住了，因为他改变了修辞】。"简言之，**不去理解**将是非常不同寻常的经验。理解是一种囚禁。海德格尔说不必去**素朴地**理解是令人兴奋的，但他同时坚持，就算这有可能，也是对思想进行了极其艰难的扭曲。我们之所以必须认识到，当我们是阐释者的时候（我们在生活中的每一刻一直都是阐释者），我们总是带有前理解，即"偏见"，这就是原因。

那伽达默尔的用词"偏见"是怎么回事呢？他知道这个词将会对我们的感情有所冒犯，因此为它做了一定的辩护，为它寻找合适的词源。在法语和德语中,偏见一词都有"前判断"或者"先判断"的含义。他说，法庭现在还在使用这个意义上的偏见，指达成判决的过程中的一个阶段。它们不必被视为粗俗的偏见，即以糟糕方式进入阐释循环的那些例子。顺便说一句，这些例子中的一种就是"对偏见的偏见"，伽达默尔认为这是欧洲启蒙运动的标志性立场——这个偏见使他们提出了客观性的要求。

但是，偏见是有害的。我们知道偏见对历史和社会都发生了什么作用，那我们怎么胆敢以这种方式试图为它辩护呢？我们不得不承认，伽达默尔在你们读过的这个选段中所做的至少是思想保守主义的一种表现。他在选段中谈论"古典主义"的整整一节可能初看起来完全跑题了，让人脸红。但我们要认识到，当他讨论古典主义，即后来他所谓的"传统"时，他是在构建他的论点：除非我们和我们所阅读的东西享有广泛的共同基础，否则我们不能真正有效地融合视域。对伽达默尔来说，古典主义或者"传统"的伟大之处是，他认为那是我们可以共享的东西。伽达默尔提出，古典的东西就是那些并不主要是说给自己所处的历史时刻听的，而是说给所有时代听的东西，它以不同方式向我们所有人诉说，但确实在向我们诉说，提出了说出真相的要求。

我们认识到，伽达默尔当然有权在思想上遵守保守的教条。他不认为人们能够理解过去或他者，除非他们之间享有许多共同的基础。我们权且不从此处做出任何有关伽达默尔本人的必然推论，但我们可以看到，正是在这里，偏见"庸俗的"和破坏性的一面有了溜进来的机会。在伽达默尔正确地称作古典的——古典时代——传统中，许多最尊贵的人物都认为奴隶制是完全适当的、自然的。这个传统也包括现代时期许多不停质疑奴隶制的人物。尽管政治哲学家和思想史家经常谈论这个话题，伽达默尔没有谈论这些。但我们认识到，如果一个人不能做到比享有共同基础的姿态所暗示的更有批判性、更加自我疏离，那么奴隶制就是他要与传统分享的偏见的一个方面。一旦我们清楚地懂得"偏见"只是指不可避免的前理解、是一种可接受的进入阐释循环确实必要的方式，将我们对偏见的偏见一并抛弃就会是很愚蠢的。

在这节课剩下的时间里，我将提醒你们注意两段话，一段出自伽达默尔的文章，我马上要引用，另一段是附录中的第四段，是一个叫赫希的美国学者写的。你们可能知道，赫希是每个学龄儿童都知道的一部词典的作者，在文学理论整个盛行期是学术右派的英雄。赫希一直是研究阐释学的严肃学者，长期就阐释的原则与伽达默尔发生争论。

序幕是这样的：伽达默尔不仅反对历史主义，也反对他所谓的阐释学中的"浪漫主义"。如我前面表明的，这是因为浪漫主义关注作者的心灵。伽达默尔认为，与读者遭遇的应该是文本，而不是作者，因为被他称作文本的"主题"的东西，至少在同一级别上既属于它的历史视域，也属于个人心灵。相反，赫希认为意义是"意识的而不是词语的事件"，就是说，意义既不是在学术史的某一时刻被发现的，也不是在文本的词语（仅仅被看作词语）中被发现的，而是属于作者的心灵。赫希被"意图"所吸引是我们一会儿还要谈到的问题。

这两个段落将我在描述伽达默尔的立场时一直试图唤起的两种观点并置在一起。伽达默尔观点中的崇高和宝贵之处在于，它对"真实"的东西感兴趣，对于在意义、获得意义和获得作为真理对我们诉说的东西之间可能存在一种关系，保持开放的可能性。而在另一方面，赫希则激发了一种完全不同的崇高。当我把这两个段落并置在一起时，我想让你们知道，它们之间是不可调和的，但是它们允许我们做出选择，或许还暗示了不同形式的承诺。

伽达默尔说 [735；他在这里又一次攻击了历史主义]：

> 从历史角度来理解的文本被迫放弃了它的这样一个主张，即它所说的是真的。当我们以一个历史观点看待过去的时候，我们以为自己理解了。也就是将我们自己放在历史环境中，寻求重建历史的视域。但事实上，我们已经放弃了从过去中寻找任何对我们有效和可理解的真理的诉求。

这个论断也适用于文化对话。假如我知道在另一种文化中，吃完饭后打嗝是对厨子的恭维，但是我从这一点中没有得出任何结论（除了"但这不是我家乡的习惯"),并以此为傲,这就相当于历史主义。它对我来说只是一个表面上的事实,而不是为了接受某种事实而做出的努力。伽达默尔接着说:"因此,这种对他者的他者性的承认,使其成为客观知识的对象,表明对其真理诉求的根本悬置。"我认为,这是一个迷人、精彩的论断,它可以提醒我们,当我们在捍卫客观性时会出现什么风险。

好的,但是现在让我们听听赫希所说的。这不是一个简单的选择。赫希正确地引用了康德,说:"康德认为,道德行为的基础是人应该被看作目的本身,而不是其他人的工具。"换句话说,一旦我利用你,将你工具化,你对我来说就是手段,而不是目的。这是康德的立场,赫希奋起维护。如果我认为我无法接受一个实体作为那个实体、作为目的本身的真实意义,那我就是为了自己的利益而**利用**它。这样,对他人在说真理这一点保持开放的可能性就是完全不可能的了。难道它只有在教给我什么东西的时候才有意义吗?

赫希接着说:

> 这种命令可以转化为人的词语,因为言语是人在社会领域的延伸和表达,也因为如果我们无法将人的意图和他的词语结合在一起时,我们就失去了言语的灵魂,也就是传达意义、理解说话人的意图。

请注意,尽管这个观点的崇高之处和伽达默尔的崇高之处有明显差别,让我们感到左右为难,但请注意,与伽达默尔不同,赫希没有提到真理。他谈论的是获取意义——这当然是件好事——他让"获得正确意义"的观点尽可能地有说服力,但仍然很重要的是,他不谈论真理。对赫希来说,重要的是意义。对伽达默尔来说,重要的是真实的意义。这是两者的根本分歧所在。由于相信前理解不可避免,伽达默尔愿意牺牲意义的历史和文化准确性。他说,在我的阐释中总是带有"我"的成分,但他坚称,如果对别的视域毫不在意,阐释的循环就是恶劣的。我无法说"plastic"

的意义是"聚合物",但是我需要记住,正是这个我在接受的教育环境中,知道"plastic"曾经有不同的意义,正是这个我对"plastic"特别感兴趣,原因恰恰是它的意义已经改变了。

顺便说一句,说赫希忽视真理是相当不公正的。对赫希来说,他当然在乎别人说的是否是真的(这就是为什么他曾经说过学生必须学习核心真理),但是在他这段文字中所采取的哲学立场上,并没有体现这种信念。至少部分由于这个原因,所有学者和所有读者都不得不在这两个不可调和的选项中做出选择。这个选择将笼罩在整门文学理论的课程上,贯穿在理解文学理论传统的过程中。在我今天所说的这两个立场的差别之间,你们还看不到任何终点。

第4章

构形的阅读

阅读材料:

沃尔夫冈·伊瑟尔:《阅读过程:一种现象学的方法》,见《批评传统》,1002—1014页。

在这节课中,我们将继续讨论阐释学的方法。在我进一步谈论赫希,然后再转到沃尔夫冈·伊瑟尔(Wolfgang Iser)之前,我想先回到伽达默尔,谈一谈他作品中暗含的对书的品位,谈一谈以他的阐释学方法确认的那类文学和学术标准。你们记得伽达默尔关注古典主义的规范,在选文的靠后部分他开始将之称为"传统"。对于他和政治或文化保守主义者来说,传统很重要,但原因不同。伽达默尔认为,读者理解一个遥远视域的能力是有限的。他不认为读者能够施展神迹,仅凭直觉就能够感受到另一个时空的观点。因此,古典主义或传统的价值在于,在我们称为经典的文本中有明显的共同基础。有时我们把它们称为"伟大的书",这种类型的文本对所有时空都有影响力,或者我们觉得它们好像是有影响力的。当它们之间的历史差异如此巨大,有时甚至不可调和时,以这种方式谈论这些文本真的有好处吗？对于这个问题人们有着广泛的争议。但现在，我只会再重复说一次，伽达默尔对经典抱持的保守主义与他对读者拥有跨越巨大**空隙**的能力持怀疑态度有关。我在这里使用"空隙"（gap）一词是经过深思熟虑的，因为在谈论读者与文本之间的距离优势以及（如我们会看到的）一个文本的连续时刻之间的语义距离时，伊瑟尔给这个词赋予了完全积极的价值。

伽达默尔真的低估了读者精神跳跃的能力吗？也许是的。在一个解释这个问题的脚注中［731］，伊瑟尔说了句很特别的话："正如在对话中，我们只是在我们与他人都同意的主题范围中理解反讽。"这就是说，假如你表达了一个与我完全不同的观点，伽达默尔认为，我就无法知道你是不是在说反话，或者如果你是在说反话，我也无法理解。在我看来，这毫无疑问是错的。想想政治吧：政治脱口秀、政治竞选。当我们的政治对手讽刺我们的观点时，我们能很好地理解这个反讽。我们习惯了，我们让自己习惯了，当然，我们的对手也能理解我们的反讽。具有讽刺意味的是，政治对手之间有一种共生关系，就是双方恰好能互相理解对方的反讽，而这无疑也适用于一般的对话。大多数形式的反讽都能很容易地被解读，这种能力完全不依赖于任何必要的潜在的共识。

现在，如果我这么想是对的，那我们也许在伽达默尔对读者思维灵活性的保守态度中找到了一个漏洞。他的前提是，如果要理解就必须有一个共识基础。但是，如果刚才我们所说的是真的，即尽管我们互持异议也能理解对方的反讽，这对我们阅读与自己意见截然相反的文本的能力来说也应该是完全适用的。我们觉得自己永远不会承认这种文本的价值，但我们可以理解它。因此，如果理解不能通过共识来预测，那么，我们所说的"开放标准"（尽管我们承认，它不必是一个连续的传统标准）的可能性会再一次出现，而伽达默尔在这个问题上的保守主义就可以置之不理了。

然而，伽达默尔并没有坚持**绝对的**连续性。事实正好相反。你们记得他在选文的开头说：为了意识到我们面对的是一种在我们自己的历史视域中不是太合适的表达和思想，我们需要"突然停下来"（pull up short）。换句话说，回到我们前面的例子，我们需要意识到在阿肯塞德的用词"plastic"之中有怪异之处，通过突然停下来，我们意识到我们需要伽达默尔所谓的视域融合的这种基本阅读活动。在这样的时刻，我们在会意地和一个不属于我们自己的视域打交道，若使理解成为可能，我们必须与这个视域协商。

即使是在伽达默尔眼里，我们也是能做到这点的。事实上，他坚持认为如果我们没有这种突然停下来的经历，我们的阅读是被禁锢了的。我们想当然地认为，我们正在阅读的东西完全属于我们自己的视域，根本不去努力理解那些在本质上或以某些方式不同的东西。正如我所说的，伽达默尔承认甚至坚持这一点，但是他并不强调这一点，因为隐含着的需要突然停下来的空隙并不大。我们可以很轻易地跨过它。让我们再拿"plastic"来举例：假如我们不知道这个词在18世纪时是什么意思，我们仍然能够注意到，这个词的现代意义在这里是不合情理的，所以我们去查《牛津英语词典》，我们发现它还有别的意思，我们的问题就解决了，我们接着阅读。但是伽达默尔认为，可能还有其他需要突然停下来的场合需要超乎读者想象的理解力。当我们转到伊瑟尔的时候，你会发现，这是伽达默尔和伊瑟尔之间的本质区别，后者在某些方面一直是伽达默尔的信徒。对伽达默尔来说，读者和文本之间、我的视域和文本的视域之间的空隙必然很小。对伊瑟尔来说，为了让被他称作"读者行为"的阅读行动真的能够快速运转，**需要**一个大得多的空隙。我们会看到，这个区别说明了暗含在他们两人所持标准之间的明显差异。

但在这个时候，我想讨论上节课结束时引用的赫希的其他段落。我们很快复习一下这段话。你们记得伽达默尔说过，如果我们希望过去对我们"说真话"，在理解过去的他者性时，我们就一定不要尝试去压制我们自己的观点。假如我们只是悬置自己的感受，这是不可能发生的，因此我们就不得不把阅读理解为一个积极的对话。在另一方面，赫希通过借鉴康德提出，过去和在文化上完全不同的作者应该是目的本身，而不是我们的工具，所以我们应该严格按照他们自身去理解他们。

我在那个语境中介绍了赫希。现在，让我们简要地回到他那里。首先，我们上节课也提到过，赫希的论点是"意义是意识的而不是词语的事件"。换句话说，文本可以供我们去确定意义，但意义不在文本之中。意义属于作者的意图，那是我们通过文本要获得的东西。我们必须把纸上的文字归于作者的意识。

换句话说，我们将语言表达归于**思想**。正如赫希在一本题为《阐释的目的》(*The Aims of Interpretation*)的著作中提出的，这意味着在阅读一个文本时，我们应该试图以释义（paraphrase）的方式理解它。对此，我们可能是以这样一句话开头："作者想说的意思是……"因此，我们不是在文本中寻找**文本**可能要说的意思。赫希认为，如果你只诉诸文本自身，它可以意味着任何东西："我没有油了"可以意味着"我跑出了一片氩气云"。相反，我们应该试图去发现作者"想说的意思"。

我很想说这些全都是废话。如果是那样的话，我们竟然要通过伸手可取的实在文本去发现最多只是虚拟的、我们不得而知的东西中的意义？我们为什么不能就在文本中寻找意义呢？那可能更说得通。我们除了解释文本别无选择。除了在决定文本中文字的意义这个基础上，我们不可能知道作者想要说什么，那么为什么不把注意力就集中在被当作作者意义的文本的意义上呢？除了在想象性的科幻小说的语境中可能有意义，无论诉诸言语语境还是作者意图，"我跑出了一片氩气云"这句话一样不合情理。赫希是《意图谬误》("The Intentional Fallacy")一文的作者韦姆塞特的学生，但明显是个叛逆的学生，我们讲到韦姆塞特时就会看到这一点。脑袋里想着韦姆塞特，赫希坚持认为，为了建立"阐释的有效性"（这是他论述阐释学的第一部重要著作的题目），诉诸意图是你唯一能做的事情。

从直觉上我们很难赞同赫希的观点，顺便告诉你们，我是不赞同的，随着这门课向前推进，我的理由会逐渐积累起来。但是我想先说几句维护赫希观点的话。如果我们反思这个问题，我们必须认识到，我们实际上是通过释义的考验将意义确立为作者的意图。比如，在考试前你们的老师会告诉你们："不要照抄你们学过的作者的用词。我想知道的是你们理解了这些作者。"想想这些话。通过将这些作者的意思用**别的话**表达出来的方式，你向你的老师证明你理解了这些作者。通过这种方式，你描述了作者想要表达的意思，而不仅仅是在试卷上来上一大段冗长的引文，表示这是文本所说的内容。老师要的是解释，而不是引文，解释的形式就是释义。除非你能确定一个人人都能理解的意义，一个能被一群人所理解、能用其他话表达的共享意义，否则你就无法释义这个意义。赫希争辩的是，如果你能用其他词语表达作者说的话，那些其他词语就确保了意指的意义，即作者的**思想**。

我认为，这是一个对赫希来说相当重要的有利论证，但即使在这一点上，我们也会发现一种反驳：如我们所表明的，我们**总是**在"用其他话"描述意义。"我跑出了一片氪气云"可能是也可能不是"我没有油了"的意思，无论我们是诉诸文本的意义还是作者的意义，在这两种情况下都是一个释义。但是，我们只能勉强承认这么多（当我们思考话语是否有一个指涉对象时，这么做是很重要的）：我们需要认识到，为了保证相互理解而必须诉诸释义实际上必然会导致这样的假设，即意义是一种**被指涉的思想**（referred-to thought）。

一门文学理论课不可避免地会说明，释义对于严格的阐释任务来说是不充分的，但是我现在不想就此展开。克林斯·布鲁克斯（Cleanth Brooks）的著作无疑也在赫希的思考之中。布鲁克斯是一位新批评主义者，也是赫希的导师韦姆塞特的诤友。他在《释义异说》一文中坚称，如果文学阐释将文本表面的复杂性简化为释义的话，它就是一个笨拙、机械和僵硬的练习。在这里，我先把释义的问题放一放。

在我已经给你们的一篇文章里，赫希提出——我现在要释义了！——伽达默尔没有认识到文本的**意思**（meaning）和文本的**意义**（significance）之间的区别。这是赫希的另一个重要立场，我们可以这样理解它：文本的意思是作者希望文本表达的，我们可以通过一个可靠的释义把它建立起来。文本的意义（赫希并没有否认对它的兴趣）是文本**对我们来说**的意思，比如，我们可以将其翻译成我们时代的语言，或者为了某个理由或者学术观点而改造它。赫希坚持认为——当然，这是他的这个区分变得有争议的地方——对意思和意义做出区分是有可能的。假如你是一个优秀的历史学家，可以准确、毫无争议地确定作者的意思，用上所有语义学证据，排除一切无关紧要的东西，逐步确证你最终找到了正确的意思，一旦你完成这项工作后，你可以随意地在文本上强加任何意义。

伽达默尔没有对这种区分做出过评论，但他肯定不认为我们可以在意思和意义之间做出可靠的区分。因为进入阐释循环的正确的和必然的方式是达到视域的融合，我们自己的视域和文本视域的融合，我们无法清楚地知道意思在哪里终止，而意义又从哪里开始。作为一个定义，赫希的区分本身是足够清楚的，甚至是令人振奋的。但是要在实践中维护这个区分，说你知道了作者的意思，现在要以完全不同的姿态解释这个意思对你来说有什么意义——好吧，这可真是个本事。

现在我们转向沃尔夫冈·伊瑟尔，这位理论家关注他所谓的读者行为或者阅读行为——他有一本书就叫《阅读行为》（*Der Akt des Lesens*）。带着这种关注，他加入了来自胡塞尔以及更直接的是波兰学者罗曼·英伽登（Roman Ingarden）的现象学传统。英加登的分析方法是读者在与一个文本协商时从一句转移到另一句。在你们读过的文章中，他经常被引用。（正是因为想着英加登，伊瑟尔才谈论句子—思想和句子—思想之间的"空隙"——英伽登是不同意这点的——而不是文本和读者之间的空隙。）这些作者和伽达默尔一起影响了伊瑟尔，接着伊瑟尔又变得非常有影响力。在他对读者经验的兴趣的影响下，康斯坦茨大学在20世纪六七十年代创建了一个思想流派,举办了一系列关于被称为"接受理论"或者"接受美学"的研讨班。伊瑟尔在康斯坦茨大学的一位同事叫汉斯·罗伯特·姚斯(Hans Robert Jauss),我们最终会讨论他。所谓的康斯坦茨学派的影响传播到了美国,在这里有很多分支,在另一位我们会讨论的批评家斯坦利·费希(Stanley Fish)的早期著作里,这种影响尤其显著。

接受理论是一个半理论、半学术的领域,在诸如"书籍史"和媒介接受研究这些最新学术活动中仍然很兴盛。在伊瑟尔学术生涯的后期,他每年都到加利福尼亚大学厄湾分校教书。那时他正投身于他的研究项目的一个新领域,被他称为文学人类学,提出的根本问题就是我们为什么会有虚构作品和我们为什么会互相讲故事。伊瑟尔的所有著作都是建立在文学作为虚构作品这个概念基础上的。他几乎完全就是一位小说研究者。事实上,伊瑟尔和伽达默尔之间的一个重要区别在于,伽达默尔是一位学术史家,他眼中的经典文本包括哲学著作、社会思想著作和古典文学著作,而伊瑟尔一直是文学叙事作品的研究者。

但是,尽管有这种差别,你在读伊瑟尔著作的时候会发现,在语调上、在理解我们与文本世界进行协商的方式上,伊瑟尔更像伽达默尔而不是赫希。我们可以用两种方式说明这个问题。首先,伊瑟尔重构了伽达默尔所说的视域融合,这正是赫希所反对的。比如,他说[1002]:"文本和读者的汇合让文学作品出现。"伽达默尔可能会说读者的视域和文本在其中显现的视域的融合。"汇合"、"融合"意味着,它不是文本的视域,也不是读者的视域,而是视域融合时产生的效果史。这些视域的融合构成了"作品"——部分是别人的,部分是读者的。这等于说,意义的空间是"虚拟的",这正是伊瑟尔所用的词:"我们永远无法指出这种汇合的精确位置,它必须一直保持是虚拟的,既不能等同于文本的现实,也不能等同于读者的个人意向。"

此外,伊瑟尔和伽达默尔还持有共同的信念,即意义的解释不可能完全是客观的。伊瑟尔和伽达默尔一样不支持历史主义,反而坚持上述两个视域的偏见之间存在相互交换［1005］："一个文本拥有几种不同的实现的潜能，没有哪个读者能穷尽所有的潜能，因为每一个读者都以自己的方式填补空隙。""空隙"是一个有趣的词。我真不知道作为赫希的信徒的伊瑟尔是否表达的就是我要说的**意思**，但是除了表示有限宽度之间的空缺外，"空隙"还使人想起火花塞。为了让电流在火花塞中运作，两个接触点之间需要被空出"空隙"。它们必须被强迫分开一定的距离，但不能太远。间隙太大就不会产生火花了，太小就短路了，也不会有火花。对我来说，阅读时的顿悟瞬间——就是在读者和文本的空隙之间来回运动——似乎可以被这样理解：读者和文本之间的关系就好像火花塞两极之间的关系。

那伊瑟尔和伽达默尔又有怎样的区别呢？基于刚才我们说到的有关赫希的内容，有一点区别是很有趣的。另外一点重要的区别我们刚才已经提到过了，一会儿还需要返回去再谈。首先，伊瑟尔似乎确实在"阅读"和"阐释"之间做了区分："文本直接指涉我们自己的前理解"——伽达默尔会将它们称为"偏见"——"这在阐释的活动中被揭示出来，而阐释是阅读过程的基本因素。"在这个句子中，阅读和阐释之间存在一个楔子，就像赫希在意思和意义之间插进的楔子一样。意思或阅读是对文本的解释，而意义或阐释则是对这个解释的应用。然而伊瑟尔对这个区分不太在意，所以在这点上他和伽达默尔的区别不大。

但是另一个分歧对伊瑟尔的思想来说很重要。在这一点上，伊瑟尔强调创新是主宰阅读的阐释策略的价值原则。**创新**是伊瑟尔追寻的标准价值，这使他与伽达默尔的连续性传统标准有很大不同。伊瑟尔对火花塞之间要留空隙的理解大胆地肯定了读者的想象力。为了说明伊瑟尔所谓的"虚拟工作"是如何完成的，让我快速浏览一些段落。伽达默尔说，为了意识到你的视域和文本视域之间的区别，你需要"突然停下来"，需要感到惊讶，但伽达默尔并不强调这一点。伊瑟尔把他的重点全都放在"惊讶"这个因素上了。如果它不会让人感到惊讶，它就没有价值，它就是被批评家和伊瑟尔本人不屑地称为"烹饪的"——太令人熟悉了，就像日常做饭一样——东西。如果惊讶的因素要在阅读过程中起重要作用的话，空隙就必须拉到最大。这就是伊瑟尔在我要快速引用的那些段落中想要说明的。

"在创造的过程中"，如果一个文本要想激起读者惊讶的情绪，"文本既不能走得不够远，又不能走得过远"［1003］。在这个特定的段落中，需要承认，你能够看到伽达默尔保守主义的一丝端倪。文本有可能"走得过远"，就会向我们提出过高的要求。《芬尼根守灵夜》以这种方式冲击了一些读者。我们一句接一句地看不懂，甚至搞不懂一句话内那些词语的意思。许多读者确实满怀热情地去迎接这个挑战，但是根据伊瑟尔的说法，这种文本至少冒了走得过远的风险。他再次强调："我们可以说无聊和过度劳累构成了两道边界，越过边界，读者就会离开这个游戏场地。"如果没有惊讶，阅读文本就没有意义。如果太过惊讶，它会引发过度劳累，我们就会感到受挫而把书扔到一边。

伊瑟尔说："期待很难在一个真正的文学文本中完全得到满足。"［1004］当被应用到伊瑟尔描述的阅读过程中时，"期待"调节了阐释的循环。据伊瑟尔所说，阅读是由对期待的破坏构成的。但是，为了补偿这个从可预见性中的解脱，句子之间一定要有一个意义在移动，即接下来好像要发生什么事，无论那是什么。如果没有那个潜在的意义，那无论发生什么都只会让读者感到受挫。但如果我们期待接下来会发生什么事情，然后发生了不同的事情，这些都是有益的。这个评价原则彻底颠覆了伽达默尔默认的标准。在文学文本中建构价值的因素是创新、对被破坏的期待的期待，而不是连续性。在跨越这个深渊时，我们没有感到听到了真理，而是感到惊讶，这种惊讶具有建设性。

当伊瑟尔提到"解释性文本"时，他可能在暗指伽达默尔，因为后者主要研究解释性文本：哲学和社会思想著作。这些著作不会试图令我们感到惊讶或戏弄我们，而是试图设计一个一致、连续的论证，使我们的惊讶最小化。哲学和社会思想很难懂，但它们不是因为惊讶这个因素而难懂,是词汇和思想的复杂性使它们难懂。伊瑟尔承认这一点:"当我们指涉解释性文本想要呈现的对象时,我们毫无保留地要求解释性文本……【不要引起惊讶】,【但这正是】一个文学文本的缺点。"对伊瑟尔来说,这是非虚构和虚构作品之间的区别。

当我们开始讲俄国形式主义者时,我们很快就会遇到"陌生化"这个词。"陌生化"的准确含义是让你突然停下来或者让你感到惊讶,使你觉得你以为会发生的事情或者你原本以为事情所处的状态都不是如你所想。诗人华莱士·史蒂文斯(Wallace Stevens)非常漂亮地表达了这个含义,他说诗歌应该"让可见之物变得朦胧一些"。换句话说,它应该使那些变得过于熟悉、可预测的东西陌生化。关于阅读过程的这个方面,伊瑟尔说:"将读者认为他知道的东西陌生化必然会构成一种张力,这种张力会使读者加强他的期待,同时也会加强他对这些期待的不信任。"[1010]

这个宣言至少将价值部分地转移到了或许可以被称为阅读心理的东西上。阅读需要一种张力:同时怀有期待和认为期待应该被破坏、将会被破坏以及对将可能被如何破坏的警觉。对于伊瑟尔来说,这种张力提供了阅读时的心理兴奋。简言之,伊瑟尔认为健康的读者应该努力工作,放弃休闲。在以下的两种场景中,则没有足够的工作可做。一方面,如果文本看起来仅仅就是真实的,如果没有以日常生活为基础进行编造,那作为一个虚构的世界就没有意义。在这里空隙不够大。作为一个对阅读文本所做出的暗中评价,这是一个有争议的说法。小说史反复证明,人们支持小说世界努力与事物的本来面目完全一致。乔纳森·弗兰岑(Jonathan Franzen)的小说无疑就是因此而受到普遍欢迎的。期待的破坏不是这类小说背后的动力。这里有一种也许是伊瑟尔没有考虑过的心理满足:摹仿的满足。它使我们像亚里士多德那样发出感叹:"啊,那就是他。"

另一方面,伊瑟尔说,阅读一个提供了永恒不变的幻象的文本是没有任何价值的。换句话说,一个世外桃源被创造出来,我们知道那是一个幻象,但是一旦我们住进去后感到无比舒适,一旦我们到达那里后就不再改变我们的期待，它就变得像子宫一样舒适。伊瑟尔在这里说的是被他称为"烹饪文学"（culinary fiction）的各种亚文类，诸如护士小说、艳情小说和某些种类的侦探小说，尽管很多侦探小说比这种描述所暗示的要好得多。在生活中，穷人几乎是不可能和王子结婚的，但在烹饪文学中，这是一个不会遭到破坏的期待，一定会发生。因此，伊瑟尔不赞同这两种阅读经验，因为在其中没有阅读工作可做。

伊瑟尔争论说，文本和读者必须是一种合作关系。文本的多义性本质——事实上，如果它是个好文本的话，它会冒险提供多种意义的可能性——和用舒适幻象诱惑读者是两个互相对立的因素，这种对立具有建设性。换句话说，读者不可否认地希望舒适地停留在极度真实的虚构作品、护士小说和艳情小说的世界中；但是，好的文本不停地使读者突然停下来，阻止舒适地带的形成，这样，我们身上支持幻象的倾向和文本不断破坏幻象的方式之间的张力，就是伊瑟尔想要提倡的阅读的心理满足或者阅读的张力。

现在简单说说《拖车托尼》。我希望你们注意几个地方，期待及对其可能的破坏会在那里出现。不得不说，如果我们要以这种方式严肃地阅读《拖车托尼》的话，我们就不得不站在儿童的立场上进行思考。作为读者或者听者，我们必须把阅读这个文本时体验到的心理兴奋看成是儿童的心理兴奋。要做到这一点不是很难。比如：

> 我是拖车托尼。
> 我住在黄色的小车库里。
> 我帮助抛锚的小汽车。
> 我把它们拖到我的车库。
> 我喜欢我的工作。
> 一天我抛锚了。
> 谁会帮助拖车托尼呢？

这是个有关张力的很好的例子。我们有一个期待，即有人会来帮助托尼，我们又处在悬疑之中，即不知道谁会来帮它。在成人的眼里，这是一个烹饪时刻，因为我们知道这是个民间故事，在民间故事里每件事都要发生三次。我们不用接着读下面的内容就能猜到，有两辆车来了之后没有帮助托尼，第三辆会帮忙。甚至可以注意一下题目：《拖车托尼》（*Tony the Tow Truck*），有三个词是押头韵的。当我们读俄国形式主义者的著作时，我们会知道他们早期的一个研究发现："诗歌里的重复与民间故事里的反复类似。"在《拖车托尼》中，我们发现了完全一样的东西，"t-t-t"的重复以及接下来的三个事件：小汽车尼托（Neator，"崭新"的意思）、小汽车斯皮迪（Speedy，"快速"的意思）和小汽车班皮（Bumpy，"颠簸"的意思）一个接一个地来了，而只有班皮解决了问题。

不管怎样，我们有一个期待。这里有悬疑的辩证法：一方面，这个危机能解决吗？另一方面，对成人来说，危机在民间故事中注定会被解决。对儿童来说，他们毫无疑问已经产生了一种期待，但是它被这个期待会被破坏的恐惧给抵消了。

"我不能帮你，"小汽车尼托说，"我不想被弄脏。"
"我不能帮你，"小汽车斯皮迪说，"我太忙了。"
我非常伤心。
这时一辆小汽车停下来了。

"停下来"（pulls up）和伽达默尔所说的"突然停下来"（pulled up short）很像，这一点很有趣；对我来说，这句话中还有另一个期待的危机。作为一个儿童，我需要与那个习惯用法协商。我才3岁，我可能不知道"pulls up"是什么意思。正是因为这个原因，这本儿童读物考虑得并不周全。但同时，它又符合我们的目的，因为它引发了一个阅读难题，一个需要读者在继续阅读故事前就要完成的虚拟工作。儿童不得不去查明"pulls up"的意思，就像《想象的快乐》的成人读者不得不去查明"plastic"是什么意思一样。如我所说，这是个有趣的反讽，这个阅读中的特殊困难正是伽达默尔所谓的突然停下来。

这样，你解决了困难，接着不出所料：

> 这是我的朋友班皮。
> 班皮推了我一把。
> 他推了又推，终于——我上路了。
> "谢谢你，班皮。"我回头喊。
> "不客气。"班皮说。

这里又产生了一个期待。这种故事都有一个道德寓意。在拖车和把它从抛锚状态中解救出来的帮手之间出现了一种温暖的互惠感。所以，这个期待就是故事中会有一个道德寓意。它会是什么呢？如在《古舟子咏》中一样，这里有很多种附加道德寓意的方式。我们根本不清楚《古舟子咏》为什么会落在"应该爱万物，万物既伟大又渺小"这个道德寓意上面。《拖车托尼》也是这样。它碰巧以"我把这样的叫作朋友"结尾，但因为文中可能还有其他的道德寓意，因此我们必须一直处于悬疑状态之中，直到把它找出来。再一次，读者仿佛带着一种愉悦的兴奋经历这个悬疑时刻，直到道德寓意被揭示出来。通过这些方法，《拖车托尼》可以以一种能够阐明沃尔夫冈·伊瑟尔所谓的"阅读行为"的方式加以解读。

我将提出一个问题作为总结：伽达默尔和伊瑟尔之间有显著的区别吗？伽达默尔似乎要强加给我们一个传统标准，而伊瑟尔似乎要强加给我们一个创新的标准，难道历史主义让我们就没有一丝喘息的机会吗？为了达到客观历史主义而做出的所有努力都必须让标准顺其自然地发展。奇怪的是，阐释学原则几乎确实在暗中使评价前提成为必需。相比之下，难道历史主义不是恰恰破坏了标准，让阅读过程、阅读经验变成如档案一般无所不包，而不是遵循标准？

　　好吧，障碍在这里：用赫希的术语说，只有在我们**能够**区分开意思和意义之后，这一切**才可能**是摆脱了阐释学限制的解放性后果。如果我们真的能够确定历史主义者的阅读方式是有效、起作用的，那么只要我们希望，我们就可以通过说明某些特定文本具有某种特定意义、哪些文本才是我们关心和想读的，来建立一个标准；但是，那将总是一种自愿的姿态，而非必要的。然而，如果意思和意义是相互渗透的，那我要做的就是建立一个仿佛是无意识或者半意识的标准。我会告诉自己，这个文本的确切意思就是如此这般，但同时，我会寻找肯定某种意思、反对另外某种意思的方法，而我自己却没有意识到。

　　因此，从上述各种观点中我们可以看出，在我们对应当如何阅读的假设中总是包含价值判断。评价可能看起来与单纯考虑应当如何阅读没有太大关系，但是，它有一种从我们无法完全逃避的历史视域中发言的方法。

文本和结构

第5章

自主艺术作品的思想

阅读材料：

威廉姆·韦姆塞特和门罗·比尔兹利：《意图谬误》，见《批评传统》，811—818页。

菲利普·西德尼爵士、伊曼努尔·康德、沃尔特·佩特、奥斯卡·王尔德和约翰·克罗·兰色姆的著作片段。

在这节课中，我们开始学习一系列20世纪"形式主义"的方法。这是一个大词，而且常常是个贬义词。在我们进行一系列讨论之后，我希望它不再令人感到可怕，你们也都能弄清楚它的各种背景和含义。我们现在开始讲解的这个主题既属于批评史，也属于文学理论。我曾经说过，批评史和文学理论之间是有区别的，其中一个区别就是批评史涉及文学评价，也就是我们为什么在乎文学以及如何找到一种评价文学是好还是坏的方法的问题。这是文学研究思想的一个方面，它倾向于放弃文学理论，但并不放弃我们现在的阅读材料。当韦姆塞特和比尔兹利谈论一首诗的"成功"的时候，他们完全理解整个批评体系，包括它的理论基础——定义什么是诗歌、决定如何才能最好地解读一首诗——是朝着文学评价发展的。尽管我们现在的主题是属于文学批评实践的，我们将在阅读的内容中注入理论能量，把焦点放在诗歌是如何被定义的以及应该得到我们支持的最佳的阅读诗歌的标准上。

下面我可能只会提韦姆塞特，但你应该知道，他的朋友、这篇文章的合作者门罗·比尔兹利（Monroe Beardsley）是一位专攻美学的哲学家，在天普大学教书。在《词语的象征》(*The Verbal Icon*)一书收录的文章中，有三篇是韦姆塞特和比尔兹利合写的，其中一篇就是《意图谬误》。韦姆塞特在耶鲁大学教书，这里通常被视为新批评派的大本营，韦姆塞特是他们的理论领袖。克林斯·布鲁克斯也属于这个小组，他们整合出一套文学教学方法和态度，使之成为与耶鲁大学英语系和比较文学系有紧密联系的第一波——两波中的第一波——文学理论潮流。事实上，一些新批评派成员在来耶鲁大学之前就完成了他们的大部分重要工作。其他人则从来没有在耶鲁大学教过书，但这个运动还是与这所学校紧密地联系在了一起。假如这门课是其他一类课程，比如由我们会讲到的约翰·杰洛瑞来教的话，讲课老师可能会把这种联系合理地解释为文学教育社会学的一个方面。

我刚来耶鲁大学的时候，韦姆塞特还在教书，刚刚退休的克林斯·布鲁克斯仍在主持年度垒球比赛，所以我感到与他们之间有一种个人联系。我从亲身经历中懂得，我也希望你们最终懂得，从新批评中发展出来的"细读"风格在那些通常对它抱有敌意的批评和理论上产生了重要的影响，而它们并不总是承认这一点。即使新批评继续影响着每一个仍然相信阐释（不是所有人都相信）的批评家，直到今天，它的后继者一直对新批评发出愤怒的反驳。有关这些反驳方式的问题，我最好还是留到以后再说吧。

如果不是因为这些新批评派成员，你们可能没有人能在初中和高中的英语课上坐着耐心听完整整一节课。克林斯·布鲁克斯和诗人、小说家罗伯特·潘·沃伦（Robert Penn Warren）在1939年时出版了一本叫作《理解诗歌》（*Understanding Poetry*）的书（他们那时都不在耶鲁大学）。此书后来风行全国，一版再版。学校老师突然找到了让孩子们在教室里待上50分钟的方法。"细读"，也就是你拿起一个文本就能用它做点什么的想法——相信讲解一个文本不仅仅是背诵、假装很感兴趣，然后没话找话地评论一番——首先是一场教学革命。它向学生们引入了复杂的挖掘意义的领域，学生们很快感到自己也能为之贡献真知灼见。在老师的引领下，他们看到了思想类型和说明这些类型的方法。他们知道的下一件事情是，50分钟很快就过去了，每个人都听得很开心。这在以前的英语课堂上从未发生过，从我们的观点来看实在难以置信。

说真的，正是由于新批评，许多对我们这种课程感兴趣的人早就对文学产生了兴趣，尤其是那些上私立学校的人；但细读也是公立学校的教学特色，无论那里的老师是什么时候在大学里选修了英文课。除了它的优点以外，细读还总是可以消磨时间。如果你有多于50分钟的教学时间，你仍然可以充分利用。T. S. 艾略特是新批评派的元老级人物，但他觉得新批评的前途是灰暗的，把它称作"柠檬榨汁机学派"。他的意思是，这是一个会耗尽它的主题的痛苦过程。但这个过程在智性上有奇妙的激励作用，因为它使学生注意到，他们原来觉得很简单的东西其实是多么精妙。新批评营造了一种氛围，让人们接受了如下看法：精细、复杂的思维是令人振奋的，而不是如口臭一般的社交尴尬，甚至**诗人**（那些给我们带来了"玫瑰是红的"的好伙计们）可能也是值得仔细认真思考的。它使这些课堂上的许多学生开始明白，更好的阐释来自更好的思考。

细读使人们关注形式，尽管自古以来优秀的批评家一直也没有忽视过形式。当柏拉图用《理想国》的整个第10卷进行论证可以将诗人逐出他的理想国时，他对诗人提出的部分控告就是他们是糟糕的摹仿者。他们的摹仿离我们在现实中遇到的事物的**理念**有三层远。他们把一切都弄错了。他们认为在水中发生折射的棍子本身就是弯曲的棍子。他们受制于每一种可以想象得到的幻象,所以不值得信任。苏格拉底称他们是骗子。所以对于柏拉图来说,诗歌已经被作为形式来定义了:一种将正确的摹仿歪曲了的坏形式。

当亚里士多德撰写《诗学》的时候,他非常有意识地反驳了柏拉图在《理想国》中提出的论点。反驳的立足点可能是这样的:在柏拉图说诗人拙劣地摹仿了现实的时候,亚里士多德却说这是一个范畴错误,因为诗人并不摹仿现实,他们重构现实。诗人不是按事物实际的样子摹仿事物,而是按他们应该是的样子进行摹仿。换句话说,诗人的工作是对杂乱无章的现实进行组织,赋之以**形式**。顺便说一下,这个现实不是柏拉图所谓的现实,后者认为现实是理念的王国。在亚里士多德笔下,诗人做的工作是重新排列现实世界里存在的元素,更好的是对其进行规范化。这是形式主义的真正起源。

在文艺复兴时期,诗人和朝臣菲利普·西德尼爵士(Sir Philip Sidney)创作了一篇高雅、华丽的文章,为诗歌辩护,其中一个版本题为《诗辩》(*The Apology for Poesie*)。尽管他是柏拉图的狂热崇拜者,但是在这篇"辩护"中——对诗歌进行的辩护总是对柏拉图提出的反驳——西德尼用引人注目的华美修辞发展了亚里士多德的形式概念,别出心裁地再一次证明了亚里士多德首先提出的反驳,令人印象深刻。在你读到的段落中(见附录),西德尼谈了各种各样有价值的话语:神学、赞美诗、科学、哲学、历史、世俗诗歌。换句话说,是所有你能想到的对人类福祉有益的方式。他说,除了其中一种以外,其他的每一种都是"服务性科学"。这就是说,除了一种以外,哪怕是赞美诗,其他所有的话语都要么为自然世界服务,要么为神的国度服务。它们之所以重要,是因为它们如实摹仿了这些无可怀疑的世界,或者至少是加以颂扬。你们读到的第一句是这样的:"送给人类的艺术中【除了一种】没有不把自然的作品当作自己的主要对象的。"虔诚的西德尼之所以会认为,远比世俗诗歌高级的艺术——赞美诗,甚至神圣的知识或神学这些神圣话语都是"服务性科学",这就是原因。关于诗人，西德尼说了一些很特别的话，他认为诗人位于神学和其他一些传统上与诗歌相敌对的话语（科学、哲学和历史）之间的某个地方。这就是诗歌的独特之处：

>只有不屑于受任何这样的臣服【换句话说，臣服于事物本身的样子】所束缚的诗人，才能以自己创造才能的活力提升、事实上培育了另一个自然……他不肯定任何东西，所以他从不撒谎。

这样，柏拉图就是错的。诗人不是骗子，因为他谈论的不是任何可以被证实或者证伪的东西。他把自己限定在自己创造出来的世界中。西德尼认为这是一种魔术。比如，他援引伪科学占星术。他说：诗人"在他自己智慧的黄道十二宫中自由地漫步"。他还援引伪科学炼金术。他说，和我们其他人一样，诗人住在一个黄铜世界里，但从这个黄铜世界中他造出了一个黄金世界。简言之，诗歌具有转化能力。通过再现事物应然而不是实然的样子，它转化了现实。这个论点再一次为这个想法做出辩护：文学为有缺陷的现实赋予了形式。

现在，当我继续做这个简略的介绍时，我并不是暗示说直到康德之前，形式的观念在西德尼之后就停滞不前了。其间当然发生了很多变化，但康德在哲学史上引发的著名的"哥白尼式革命"的一个方面，就是对我们所具有的一种特殊能力的思考，这种被他称为"判断力"的特殊能力调节着我们对事物的审美理解。在1790年出版的《判断力批判》中，除了其他内容，康德还勾勒出了一种关于美的哲学，一种关于通过"判断力"将事物理解为美（*schön* 或者"美的"，是拉丁语 *formosus* 的对等词）的手段的哲学。尽管对西德尼毫无了解，但在这方面，康德很大程度上是追随着西德尼的，你将会看到这一点。

我将坚持读完这些段落，这样，我希望一切都变得很清楚，尤其是这一点：我们已经看到，西德尼实际上把诗歌排在神学和其他科学之间的某个地方。在人们可以追求的使命中，诗歌不是最高等的。西德尼全心全意地相信这一点，所以当他在一场战斗中受了致命伤后，知道自己快要死了时，他命人将他所有的诗稿都烧掉。他毫不怀疑地相信诗歌低于一种更高的思想形式。在某种意义上，这也是康德说的意思，尽管他想的不是神学，而是由理性能力假设的道德律令。在你们将要阅读的这些段落里，你们可以看到他的意思不是要说艺术和对美的判断是人类能力的最高表现。和西德尼一样，他的意思不过是，它们具有一种其他东西不具备的特殊品质。这就是这个传统试图阐明的观点。在我从康德著作中选取的第二段里，他是这样说的：

> 愉快和善二者都和欲求能力有关【愉快就是我们的强烈欲望、我们的感觉能力——顺便说一下，康德称之为"理解力"——体验对象的方式。对于理解力，事物要么是愉快的，要么是不愉快的。相反，善是我们的认知能力和道德能力——康德称之为"理性"——理解这些相同事物的方式。事物要么是被赞同的，要么是被反对的。但是，如康德所主张的，在理解力或者理性中，事物的存在和欲求能力有关——我想、我不想；我同意、我不同意】，并且前者【也就是说，愉快】带有以病理学上的东西为条件的愉悦；后者带有纯粹实践性的愉悦，这不仅是通过对象的表象，而且是同时通过主体和对象的实存之间被设想的联结来确定的【换句话说，通过我希望要它或者不想要它、同意它或者不同意它的方式】。

换句话说，我的愿望不仅决定了对我的理解力的感受对象的态度，也决定了对我的理性的感受对象的态度。但是，对既不是愉快的也不是善的感受对象的态度是**冷静的**，不是为我而观照对象，而是在对象本身中和为了对象而观照对象。这就是**判断**的态度，就是不是将事物看作愉快的或者善的，而是看作美的。

接着看下一段:"**趣味**是通过**不带任何利害的**愉悦或不悦而对一个对象或一个表象方式做判断的能力。"换句话说,在其他两种能力的支配下,我喜欢它或者不喜欢它是因为把它当作愉快或者不愉快、善或者恶。但现在,我的喜欢既与欲望无关,也与同意无关。我是根据判断力的原则,而不是根据理解力(它是有欲望的)或者理性(它是道德的)原则。

所以在第四段:"**美**是一个对象的**合目的性**的形式,如果这形式是**没有一个目的的表象**而在对象身上被知觉到的话。"在这里,康德在**合目的**(purpos*ive*)和**有目的**(purpose*ful*)之间做出了区分。有目的是一个对象的实际目的。它能做什么?它能为我做什么?它在世界中怎样运作?与其他对象相比,它的功能是什么?它能产生什么影响?尤其是对于我的生活来说有什么影响?这些问题对于理解力和理性都是合适的。但是,由判断力感受到的对象的合目的性(purposiveness),是对象就自身而言是充分的方式。它有它自己的内在目的,这个目的并不必然对其他事物能够产生任何影响。人们可以说,它有一个内在的统一性。它的每一个部分只为自身整体的存在而存在,充满活力。**它是一个形式**。因为我们可以看到它有整体结构,因为我们可以看到它具有组织和复杂性,所以那个形式是合目的的,尽管不是有目的的。

因此,这就是康德在合目的和有目的之间做出的著名区分。前者是指一个审美对象的内在组织,后者是指任何对象——包括从欲望上或者道德上观照的审美对象——的品质,只要它在世界上起作用或者是为我们所用。如我已经指出的,一个审美对象**可以**被看作是有目的的。我观看一具被艺术史家称为裸体的没有穿衣服的身体。比方说,我不承认它仅仅是一具裸体,我渴望它或者不赞成它,这样,它就不再是审美对象了。我一会儿会回到这一点,但我希望你们能够看到,这个例子怎样显示出合目的和有目的之间的区别。

为了换一种说法描述这些重要的区分,我想讲讲塞缪尔·泰勒·柯勒律治(Samuel Taylor Coleridge)的一段话。至少在这个场合,柯勒律治是康德的信徒。我认为，他很好地解释了我们刚刚讲解的康德的论点。柯勒律治在这里比康德更强烈地强调道德能力比审美能力更优越，尽管与欲望一样，道德能力也有欲求的动机。在附录的第五段中，你们可以找到下面一段话中的大部分内容：

> 【柯勒律治说】美同时既与在它之下的愉快区别开来，又与在它之上的善区分开来：对这两者来说，必然有利益附着在它们身上。它们都按照愿望行动，为了图像的现实存在或者深思熟虑的想法而激起欲望。而美感仅仅在冥想或者直觉中满足地存在，不管它是一个虚构的阿波罗还是一个真实的安提诺乌斯（Antinous）。

美的判断不依赖于对象的实际存在而得到满足（它可以在我们智慧的黄道十二宫中自由地漫步），所以这意味着这种满足的性质不是来源于"利益"或者欲望。我们不是因为它是一种占有而欣赏它，而是因为它是**一种形式**。

奥斯卡·王尔德（Oscar Wilde）一直是个诙谐的人，与历史上任何思考文学理论这个主题的人相比，他也许发明了更多的优秀的文学理论，只是他提出它们的方式使它们看起来完全不像文学理论。《道林·格雷的画像》的序言是由一系列格言构成的，他在其中说："一切艺术都是相当无用的。"我希望在读了上面这些片段以及对它们冗长的讲解之后，你们可以马上明白王尔德说这句话是什么意思。他是在挪用功利主义传统中的一句令人厌恶的用语——上帝不允许任何东西是无用的！——并且指出艺术是**唯一**无用的。它不诉诸主体利益的简单欲求或者高尚理性的形式，因此，它对我们来说没有工具性的用途。我们不必像公司股东一样，在它那里有一种"利益"。我们不必为了欣赏它而在它里面有一种利益。我们可以让自己远离我们的主观意愿、需求、喜欢和不喜欢，能够以一种快乐、建设性的方式与艺术共存，这对我们和艺术都有好处。因为，假如我们认识到在世界上有种东西有其内在的价值和重要性，我们称之为美，却不是我们觊觎或者想抛弃的东西，那我们就会发现自己具有无功利性的能力，同时，我们允许艺术摆脱我们对它的计划。我们由此在自己身上发现一种品质，那就是自由，它是许多价值体系的基石。

为了认识到事物是自足的和有价值的，我们不必对事物有工具性的利益。认识到这一点向我们显示了对我们自身非常重要的某种东西。我认为王尔德以及先于他的康德的建议，对于我们认识到自己作为独立的道德主体的价值很重要。无功利性导致了这样的认识，即自由不仅对我是可能的，对那些我在其中没有工具性利益的事物也是可能的。我们再一次看到，在这种有关艺术和人的判断力的观点之中隐含的是一种认识方式，由此我们知道，在我们的其他品质之外（其中有些是非常好的），我们还是自由的、自主的。这不是我们第一次在这门课上提起这个观点，也不会是最后一次。这种对我们拥有的自由的发现，以及由此意味的事物拥有能够摆脱我们欲望的自由，让形式主义传统挺直了腰杆；你会看到，形式主义借此抵抗了无数对它提出的异议。当我们需要的时候，我会一个个轮流讲解这些异议。许多对形式作为内在价值——如沃尔特·佩特（Walter Pater）在19世纪末赞美"为艺术而艺术"的价值——发起的指责，都是因为没有认识到或者愤怒地拒绝无功利性（disinterestedness）和漠不关心（indifference）之间的区别。

约翰·克罗·兰色姆（John Crowe Ransom）从没来过耶鲁大学，但他是自称新批评家（The New Critics）的一个自认的学派的创始人或者第一批成员之一。他出版了一本题为《新批评》（*The New Criticism*）的书，这是这个学派名称的来源。你可能已经注意到，在韦姆塞特的文章《意图谬误》中，有一个脚注提到了一个叫乔尔·斯平加恩（Joel Spingarn）的人，他在1924年写的一篇文章就叫《新批评》。斯平加恩的主题与新批评派毫不相干。他指的仅仅是最近的批评，尽管在某种意义上，这也是兰色姆在写他那本书时想说的意思，但很快，这个标签就被赋予了一种特殊的观点。而且在新批评家们之后,罗兰·巴特和一些他的同时代人——如我们提到过的普莱,还有让·斯塔罗宾斯基(Jean Starobinski)等——的著作也被法国媒体称为新批评(La Nouvelle Critique),但是不要把这个标签和我们现在要讲的主题弄混。

新批评家们有时也被称为"美国的新批评家们",他们是一个学派——我是经过深思熟虑后才使用这个术语,因为他们更情愿把自己视为一个小组。他们完善了我们一直追溯的艺术作品——兰色姆称之为"分离的本体论对象"(discrete ontological object)——具有独立地位的思想,以及我们可以借助的将它视为独立的复杂体来欣赏的方式。

我们对这个学派思想的初步探讨将是阅读韦姆塞特和比尔兹利的《意图谬误》,我马上就会开始;重申一下,我们要看的兰色姆的两段话能使附录中的段落补充完整。这两段话能把你们阅读《意图谬误》时遇到的那种观点和我一直试图勾勒的传统联系起来。你们现在应该能够完全明白第一段话的意思了,因为它仅仅是把我发给你们的康德和柯勒律治的段落换了种说法:"【兰色姆说】被称作美的经验超越了强大的伦理意志,就像它超越了动物般的激情一样……事实上,后两者是相互竞争也相互协调的。"换句话说,伦理意志和动物激情的相同之处在于,它们都是根植于利益的。这是肯尼思·克拉克爵士(Sir Kenneth Clark)使用"裸体"(nude)一词的意义所在,这个词读作"nyewd"。从欲求和道德理性来看光着身子的人,"光身子"这个普通用语是个不错的选择,无论是从康德称为"理解力"的角度还是被他称为"理性"的角度来说;但是,如果我们真的相信,从被称为"判断力"的独立能力来看,还存在一个审美的范畴的话,我们需要为我们看到的东西另找一个词。菲利普·珀尔斯坦(Philip Pearlstein)和卢西安·弗洛伊德(Lucian Freud)等现代人体画家可能会强烈反对这一点,他们会坚持认为任何视觉感受中都存在着欲求和反感,但这在一定程度上却有助于我们的论点。当我们看着一幅传统的裸体画时,我们不说:"哇,这是一个光身子!"我们说:"这是个裸体!"

这种本能地对术语进行的选择证明，我们所有人都以一种半意识的方式承认，审美判断一定与欲求和道德判断有些区别。

但是，很多深思熟虑的人认为这种区分是没有意义的。事实上，20世纪的主导观点是，没有这种叫无功利性的东西，无论我们看到的是什么我们都在其中有利益，这个不动感情或者无功利性地进行沉思的康德时刻，不过是20世纪早期的批评家 I. A. 理查兹所谓的"幻象审美状态"（phantom aesthetic state）。在以后的课程中，我们会花更多的时间支持理查兹，而不是反对他。然而，我们还是要顺便公正地检视一下康德的高贵思想：我们会突然发现，自己无意间、不受任何文化专制（这是《蒙娜丽莎》，我最好在它前面看得如痴如醉）的支配，站在一样东西面前歪着脑袋拼命地鼓掌，感到此时此刻的感受与平时看东西时不同，确实有这种感觉，难道不是吗？这也是用一种直觉的方式承认，无论给无功利性下定义还是为它辩护可能有多么困难，这样的思维状态似乎确实在某些特定时刻能被感受到。比方说，在看某个艺术作品或者某处风景时，我们就是能感到与看别的东西时不同。也许我们不知道其中的原因。也许我们会怀疑这种区别是不是像康德坚持的那么绝对。但是，**在偏好上**我们就是有这种感觉，没有理由不去承认它们。这至少有助于我们理解为什么我前面勾勒出来的那个传统会存在。

现在让我们转到韦姆塞特。他直接攻击了他所谓的"对文学的浪漫主义理解"。他说的"浪漫主义"是什么意思呢？它是这样一种态度：假定一首"诗"（新批评家们用这个术语指称"文学作品"）是某种激情的**表达**，或者是深刻的天才找到的一种形式的表达，但最重要的是表达。顺便说一下，就这一点来说，韦姆塞特和伽达默尔是相同的，因为伽达默尔也不赞成浪漫主义以作者为中心的做法。伽达默尔感兴趣的是被他称为主题的东西。他对**你的**或者**我的**表达内容的方式并不关心。他感兴趣的是读者是以何种方式理解文本传达的意义的。尽管他们两人有着深刻的不同，但在这点上，韦姆塞特和伽达默尔确实有相同点。

因此，一首诗不是一种表达，而是一个有着自足意义的独立客体。假如这个意义对于专心的读者不是不言自明的话，那我们就不能评判说这首诗是成功的。这就是评价出现的地方。一首诗的成功或者失败取决于意义的实现。它不取决于我们在档案中找出的作者在信中对这首诗说了什么，或者他是怎么告诉朋友的，或者他对报纸说了什么。如果一首诗的意义在它自己身上是不清楚的，我们就评判说这首诗是失败的。我们不参考作者的意图。如果我们尊重诗歌的自主性的话，我们就没有理由去求助于别人。

因此［811］："作为评判一个文学艺术作品是否成功的标准，作者的设计或意图既无效也不可取。"由此可以推知，即使是一首短诗，甚至一首激情四射的抒情短诗，也不能证明求助作者的合理性。甚至一首个人的抒情诗也应该被戏剧化地予以理解，就好像这首诗是勃朗宁或者艾略特的一段戏剧独白。在韦姆塞特看来，任何一首诗的说话人都是一个被赋予了某种性格、某种观点、需要提出某种论据的说话人，我们对刻画这个人物的方式的理解要来自诗歌本身，而不需要那个站在诗后某处的作者的生平来支持。

那么，我们为什么要聚焦在"诗"（poem）上面呢？请注意，我们从不说"文学"。我们甚至也从来不说"诗歌"（poetry）。这种类型的分析关注的对象就是诗。如约翰·邓恩（John Donne）所说，每一首诗都是一个精心制造的小世界。它是一个微型宇宙，是精华或者本质的东西。换句话说，如果把文学理解为建造世界的方式，那么诗就是所有其他方式的模范——再说一次，不是对事物实际状态的再现，而是对它应然的状态的再现。在这里，亚里士多德所说的"事物应然的样子"不一定是理念，相反仅仅是指有形式的、组织有序的、最重要的是，有内在的一致性、自身有充足意义。这就是为什么在新批评派那里，诗、抒情诗在所有形式的文学话语中拥有特权。对于新批评家们来说，所有的文学作品都暗指着是一首"诗"，但是在这种分析中，真正的抒情诗占有特殊地位，由此使得更加宽泛的说法可以成立，足以立即说明所有他们所主张的东西。带有浪漫主义色彩的词"诗歌"的缺席是有重大意义的。与"诗"相对，"诗歌"是那种从内心深处迸发出来的东西，它是强烈感情的自然流露。新批评对此不感兴趣。如 A. E. 豪斯曼（A. E. Housman）所提到过的，韦姆塞特开玩笑似的把这比喻成喝完一品托啤酒然后散散步。新批评对可能由此带来的自然流露不感兴趣。

无论如何，韦姆塞特接着争辩说，如果我们要从诗本身中去发现意义的证据，我们应该记住有三种证据，按重要性排序从大到小直到零。对一首诗的意义影响最大的是"语言"，也就是说，是那些为了理解一首诗的准确意义我们所有人都共享的、能够完全理解的（如果需要的话可以查阅一部好词典）公共领域的词语。某些词——当然，你从高中课堂以来就长久地对此保持警惕——通常有五六个意义。新批评很乐意向人们展示，所有这五六种意义如何对一首诗的意义都产生了影响。所有这些都被视为完全合理的证据，人们以此来逐步建立对诗的阐释。在天平的另一边，就是我已经提到过的那种完全无关的"证据"：作者在给朋友的信中，或者在报纸上谈论他的诗，等等。假如这些声明没有在诗中得到反映，或者——这一点更有可能——对它作为一个浑然一体的言语到底是成功的还是失败的丝毫没有影响的话，它们对阐释就没什么帮助。

但是在这里，韦姆塞特承认，在这两者之间有一个相当麻烦的第三类证据。它与语言相关，因此把它指出来是合理的。但是，它也与作者的个人风格有关——特定作者运用语言的方式，比如，使用某个小圈子里共享的用语，或者甚至沉溺于对某些词的私人误解。当你们在读惠特曼的作品时，你们必须知道他说的"camerado"是什么意思。它并不完全是我们其他人在说同志或者同伴之谊时通常想要表达的意思。假如我们想要理解惠特曼想要表达的意思，这个词负载了其他需要考虑进来的意义，韦姆塞特可能也会承认这一点。这是非常棘手的问题，因为它肯定让作者在其中发挥作用了。韦姆塞特在他文章的剩余部分中讨论了不同类型证据之间的模糊边界。第二号证据类型不用考虑,第三号证据类型可能值得考虑,但是必须小心谨慎地进行处理。

但是,最让我感兴趣的是一个脚注。它出现在关于特定作者使用的语言可能带有个人风格的论点那里。这个脚注[814—815n]是一条非常犀利并且违背直觉的声明,一如你在这门课上其他地方见到的这类声明。它无疑是新批评派成员里能够做出的最震撼的声明:"在一首诗写完之后,词语的历史也有可能会提供意义,如果与原来的类型相关的话,这个意义就不能因为对作者意图的顾虑而被排除。"这是很大胆的。造物主"举起他柔韧的手臂"——每个人都知道阿肯塞德的意思不是指聚合物,但是现在我们都被半机械人迷住了,我们非常认真地考虑塑料的性能。在某种意义上,说他有一条义肢意味着对造物主的致敬,也是在承认"世界的主宰精神"停驻在永恒时刻这个事实。他不受历史的制约。这个"精神"在18世纪就知道,"plastic"有一天会有聚合物的意思。因此,如果世界的创造者选择举起他的义肢,这仅仅是一种让我们明白他在永恒时刻全知全能是什么样子的方式。简言之,假如你认真对待韦姆塞特这条脚注,它能给你一种合理的方式,不去讽刺阿肯塞德的诗句,而是去强化它的意义,赋予它一种形式的多样性,而这是其他方式无法给予的。

下一节课我会首先讲一讲叶芝作于1935年的诗作《天青石雕》("Lapis Lazuli")。他在诗中提到,那些重建已经被破坏了的东西的人总是"gay"。假如我们诉诸意图,那么叶芝并不是想说他们总是我们口头所说的同性恋者。他使用的是尼采在《快乐的科学》一书中的德语词"快乐的(fröhlich)"的英语译法。叶芝是尼采聪慧、认真的读者,事实上,他在《天青石雕》中解释了尼采在那本书里讲的东西。下一节课一开始,我们会像在这节课中对"plastic"做过的事情一样对待"gay"这个词,然后会讲解克林斯·布鲁克斯的一篇文章,以及有关新批评的其他问题和它思想上的前辈。

第6章

新批评和其他西方的形式主义

阅读材料：

I. A. 理查兹:《文学批评原则》,见《批评传统》,764—773页。

威廉·燕卜荪:《含混七型》,纽约：新方向出版公司,1966年,16—19页。

克林斯·布鲁克斯:《反讽作为结构的原则》,见《批评传统》,799—806页。

在上一节课里，我给出了一些例子，用来说明如果人们认真对待韦姆塞特《意图谬误》中那个不寻常的脚注的话，可能会发生什么。他在那个脚注里说："在一首诗写完**之后**，词语的历史也有可能会提供意义，如果与原来的类型相关的话，这个意义就不能因为对作者意图的顾虑而被排除。"不仅是那些顾虑作者意图的人，而且是所有想知道什么可以被当作证据的人，听到这句话都**应当**感到十足的震惊。你可以想象一下，当一位**语文学家**看到一种理论指出，在理解一首诗的意义时，某个特定历史时刻的词语的意义可以扩大，甚至能被推翻，该是一幅怎样的情景。所以，为了让这个脚注显得稍微更合理一些，我又返回"造物主举起他柔韧的手臂"的例子，然后提议说，通过接纳"plastic"一词可能和那首诗的意义有关的时代错乱的现代意义，我们毕竟可以建设性地使阿肯塞德的意思复杂化。

这里有个离我们更近一点的例子，来自叶芝1935年创作的《天青石雕》。这首诗的开头是："我听到歇斯底里的女人们说／她们厌倦了调色板和提琴弓／厌倦了那些永远快乐的诗人。"[1]即将到来的战争的阴云正在开始聚集。很多人说："我们已经厌倦了这毫无生气的文化。我们需要想想重要的事情，尤其是政治和社会秩序。"叶芝不同意这一点，借助厌女症者的恶意中伤，他坚持认为艺术有持续的作用——事实上这毕竟很有可能，即使是在那样的时代。所以他"厌倦了"每一个说不想谈论绘画、音乐和"总是快乐的"诗人的人。

这首诗涉及一块石头，一块有瑕疵的中国天青石雕。这个瑕疵看起来像一条"河道"，我们可以想象一个朝圣的僧侣从那里往上爬向启迪。叶芝在接下来的诗中谈到了文明是如何崩坍的：一切都崩溃了，但是还有把它们重建起来的可能。"一切都倒下了，又被重建／那些重建的人是快乐的。"如我上节课所说，叶芝不知道我们可能想赋予"gay"这个词的时代错乱的意义，这是毫无疑问的。叶芝想到的是尼采的用词 *fröhlich*，在那个语境中你可以将它译为"充满活力的快乐"。叶芝是从尼采的一本著作的英译书名中借用的这个词。

嗯，好吧，但如果你是一位酷儿理论家，或者如果你想要强调酷儿性在我们文学传统中的重要性的话，你可能非常想说时代错乱的词义丰富了这首诗的内容：那些重建文明的人不仅像创造者一样充满活力的快乐，而且他们还是公开的或者被认出来的同性恋者。（也许这能使有关歇斯底里的女人们的喋喋不休更有意义。）这个以文本为基础的声明可能会激起语文学家们的怒气，也可能不会，但它确实给这首诗增补了一种内部一致性。如果你们还记得，至少它可能可以被当作赫希所说的"意义"。

在《拖车托尼》的第二行，我们得知"我住在黄色的小车库里"。当然，如克林斯·布鲁克斯可能会指出的，"黄色"一词的指示意义（*denotation*）

不过是车库被漆上了某种颜色,而它的内涵意义(connotation)则是对胆小怯懦者的侮辱性诋毁,也可能是对亚洲人的侮辱性诋毁,尽管作者毫无疑问地从没想过它的内涵意义——这是一本写给小孩儿的书。也许温和的托尼真的就是一个胆小的亚洲人。好吧,我们说这和文本没有任何关系,但是,让我们假设它们之间有关系。我们可以带作者去看心理医生,然后问他为什么车库是黄色的,而不是其他颜色。再一次的,一个几乎从各方面来说都毫不相干的含义使读者的思维活跃起来,无论结果是好是坏。

因此,你看到了包含在韦姆塞特脚注中的非凡意义。也许在今天接下去的讨论之前,我们的例子已经说明**整体性**(unity)这个概念对新批评家们来说有多重要(这个概念包含了我一直使用的术语"一致性"和"复杂性"的意思)。我们在这节课上讲的所有内容都和整体性的评价标准有关,康德可能会认为这种整体性是一个合目的多样体的整体,它会被判断力评判为是美的。所以,一个词的内涵意义如果能对文学文本的整体性、对整体性的复杂构建有贡献的话,即使在语文学上是不正确的,它也是有价值的,也是使用得当的。然而,如果这种语文学上的越界只不过是伽达默尔说的"坏的偏见"——某个读者的个人偏好,在阐释文本时没有任何用处——那就不应该予以考虑。所以,标准是这样的:内涵意义必须与我们批评家试图在文本中发现的整体的形式有关。整体性的原则制约着我们的阐释决策,不仅仅对那些我们基于韦姆塞特脚注做出的半开玩笑的阅读适用,对那些可能含有一定微弱合理性的阅读也是适用的。

现在要说一些与直接影响了新批评的那些前辈有关的内容。首先,学术界在20世纪三四十年代见证了一种趣味标准的兴起,这种标准主要是由伟大的现代主义作家引入的,尤其是T. S. 艾略特。比如,你可能注意到了,布鲁克斯对邓恩有种痴迷。他是从艾略特的文章《玄学派诗人》("The Metaphysical Poets")中受到的影响,那篇文章是对邓恩的一本诗集的评论,它让邓恩一夜之间在许多人心目中成了英诗传统中的重要诗人。艾略特在《玄学派诗人》中做出的一些评论对新批评有着深远的影响。他说："我们时代的诗歌——如我们所在的世界一样的复杂——一定是困难的。"他还说，诗歌必须调和所有不同类型的经验：阅读斯宾诺莎、做饭的气味、打字机的声音。所有这些都需要在一首好诗的意象中紧密地结合在一起，就像邓恩和赫伯特在一首诗里所做的那样。这种复杂性的模式对现代文学和现代文学批评都很重要。詹姆斯·乔伊斯等其他现代主义者也对文学作品具有独立整体性的思想做出了贡献。在《一个青年艺术家的画像》中，斯蒂芬在他研究形式和阿奎那的论文中以及所有剩下的部分中提出，艺术品和它的创造者被切断了联系，因为它的创造者从中撤退了出来，坐在一旁修剪指甲，这句话很有名。你们记得，韦姆塞特提出艺术作品在出生时就和它的作者被"切断"了联系，他很可能当时正想着乔伊斯作品中的段落。它的脐带被切除了，它独自在世界上漫游，自身是一个整体。

现代主义是一个根源，但我们还需要考虑学术批评的状况。20世纪30年代，兰色姆在他富有争议的宣言《新批评》和《世界的身体》(The World's Body)两本书中，挑出了两个主要对手。第一个是老派的语文学，总是坚持认为"plastic"的意思就是它在18世纪的意思。当时大部分教授都是语文学家。这是文学研究达到成熟期的黄金时代，各种文本的标准版本纷纷出版。伟大的学术刊物都还在初创阶段，权威地储存着对知识的贡献。尽管几乎所有很重要的东西在那时已经积累了起来，但文学传统的基本事实仍在建立，这也是年轻一代中的一些人总是感到焦虑的一个原因。语文学在19世纪末和20世纪初的繁荣已经为我们创造了我们现在还在使用的档案，我们对此已经习以为常，但是，新批评家们看到了某种动脉硬化，感到在这个知识积累的过程中，来自阐释的挑战被遗忘了。

另一种主流实践可以被称作"鉴赏式教学"。I. A. 理查兹的同时代人及剑桥同事阿瑟·奎拉-库奇爵士（Sir Arthur Quiller-Couch）就是著名的"Q",他那些富有魅力的讲座事实上内容空洞。他们不过就是在课上引用伟大的文学作品,鉴赏式地引用。在与"Q"同时期的耶鲁大学,我们正好有个相似的人物,叫作威廉·莱恩—"比利"—菲尔浦斯(William Lyon—"Billy"—Phelps)。他会走进教室,兴高采烈地引用丁尼生,拍着手说:这真是美妙的诗歌呀!学生们都很欣赏这种风格,把数十万美元的学费交给了大学。换句话说,这是种**宝贵**的教学法,但新批评家们可不想成为其中的一员。

在这方面,他们所处的环境和你们将要看到的俄国形式主义者所处的学术氛围很相似。他们想要的是一种经过深思熟虑的系统阐释方法,这样的话,批评实践就可能不会显得那么迂腐而漫无目的,或者不会那么激情四溢而漫无目的。就是在这样的学术背景下,新批评在20世纪三四十年代出现了,它自身也受到了英国学界主流思想的影响。

你们在为这节课做阅读准备的时候碰到的第一个人是 I. A. 理查兹。在进入剑桥大学英语系之前,理查兹接受的是巴甫洛夫心理学的训练,这就是为什么你在他的文章里能看到"刺激"和"需要"这些词。他关于大脑对经验的反应的看法,以及将这些反应分为简单的、反抗的、调试的,也都可以追溯到巴甫洛夫的原则。这些来自心理学的思想主宰了理查兹对他的文学事业的理解,甚至是在他写作《文学批评原理》(1924年)的那个时期。对理查兹来说,阅读是经验,是大脑受所读之物影响的方式。因此,尽管他的主题是文学,他一直在谈论人类心理学:文学回应了什么样的需要?心灵是怎样回应文学的?这些心理反应好的一面坏的一面都是什么?等等。

另一个反映理查兹是科学家的方面在于,理查兹真的、认真地相信语言可以通过**指示物**(reference)牢牢地抓住世界。可证实和可证伪的命题对理查兹来说是科学实践的本质,他非常看重这一点。换句话说,他不像大多数文学批评家和艺术家那样讨厌科学。即使和布鲁克斯也不像,尽管他跟随理查兹做出了我下面要描述的基本区分。理查兹的学生威廉·燕卜荪（William Empson）也是这样的人。在成为英语专业的学生前，他读的是数学专业。理查兹真的相信文学研究可以建立在科学基础之上。

由于理查兹如此严肃地对待科学，他实际上颠覆了我们上节课讲述的西德尼、康德、柯勒律治、王尔德和韦姆塞特等人的思想。他不认为只有艺术才是自主的。他说科学是自主的［cf. 766］，意思是说科学事实可以用不指涉任何心理语境或依赖任何人类需要的陈述来描述。科学之所以是自主的，是因为它是对事实或者谬误的一种声明，纯粹、简洁、不受任何因素影响。

他接着说：

> 声明科学是自主的不是让我们所有的活动都服从于它。【诗歌由此引入。】这只是断言，只要指示物的任何部分都没有受到歪曲，那它就属于科学。这绝不是断言，任何指示物都不可以受到歪曲，如果能够从中获得好处的话。正如无数人类活动如果要达到令人满意的效果【科学活动】就会要求指示物不受歪曲一样，同样有无数同等重要的人类活动需要受到歪曲的指示物，或者说得更明白点，就是虚构。

你在这里可以看到理查兹在被他称为"科学陈述"和"情感陈述"的东西之间所做的基本区分：这个区分的一极是真实的可指涉的、可以毫无争议地证实或者证伪的东西，另一极是情感的东西。理查兹后来更改了他的说法，不再使用科学的和情感的语言。他以"陈述"和"伪陈述"取而代之，分别指科学和诗歌。从那些喜爱诗歌的人的立场来看，这是更危险的。如果你打算像理查兹一直做的那样为诗歌是"伪陈述"进行辩护的话，你就**真的**是孤立无援了。当然，"伪陈述"只是他在这里所谓的"虚构"的另一种表达方式。

一旦我们适应了这种词汇，一旦我们习惯了这种无可置疑的科学观点，我们就会想知道，我们到底为什么需要伪陈述或者虚构呢？顺便说一下，我们很清楚，许多优秀的科学家就是无法忍受阅读诗歌，因为它是"假的"。如理查兹所说，诗性思维中总是有些古老、原始的东西。这并不是说它不试图讲述真理，如同西德尼所说的那样（它"不肯定任何东西，因此从不说谎"）。跟随着柏拉图，理查兹实际上竟然想说的是，诗歌就是在**撒谎**。诗歌似乎不断地让自己陷入麻烦之中："很明显，大部分诗歌是由只有傻瓜才想试图证实的陈述构成的。它们不是可以被证实的那种东西。"[768]

通常顺着这个思路，有些赞成这个观点的人会来提醒我们，比如说，尽管民主社会是最适合生存的社会，但诗歌更偏爱封建社会，因为它更适合诗歌创作。类似的还有，虽然我们都知道宇宙是什么样的——我们不再称它是哥白尼式的——诗歌却对哥白尼式的宇宙有着奇怪的偏好。换句话说，诗歌里的所有东西都向着某些更早的思维方式倒退。理查兹不加批判地欣然接受了这种思想，这是他通过"虚构"或者"伪陈述"表达的意思。

如果诗歌是这样的，我们为什么需要它呢？理查兹认为，这是因为它满足了在我们的心理构成中科学无法满足的需求。我们的欲望杂乱一团。其中包括追求真理——可以从科学中习得——的欲望，但是，也有大量的需求需要由幻象或者想象来满足。他说，这种满足之所以重要而有价值，是因为除非我们的需求能被和谐地组织起来，使它们融合在我们有时所谓的"综合体"里面，否则它们一定会把我们撕成两半。文学可以调和冲突或对立的需求。理查兹如此看重这个想法，以至于他在另一篇文章里，不是你们已经读过的这篇，令人震惊地说："诗歌能够拯救我们。"换句话说，诗歌今天所做的事情是宗教从前所做的。记住，这是一位科学家说的，诗歌并不比宗教更真实，但它能起到宗教的作用，所以能拯救我们。尽管看起来他在诸如《文学批评原理》等书中声称要歌颂的观点损毁了，但是理查兹确实主张：诗歌的任务就是协调相互冲突的需要。

这有点像亚里士多德提出的净化（catharsis）思想，可以用很多方式去理解这种思想。弥尔顿在《力士参孙》（*Samson Agonistes*）的结尾处将它理解为通过耗费情绪而对情绪进行顺势疗法式的净化：作为这个悲剧的结果，我们有了"心灵的平静，耗尽的热情"。这可以作为理查兹著作的主题句。冲突的需求通过诗歌经验达到和解，造成了一种净化，得到"心灵的平静，耗尽的热情"。对于理查兹的观点来说，悲剧可能是一个优秀的范式。尽管他没有这么说过，但我们可以想象他会说：悲剧调和了暴力的需求和公正的需求。

理查兹有个本科学生叫威廉·燕卜荪，他找到理查兹说，他有一个关于含混（ambiguity）的想法。他说他觉得这个话题值得研究，所以他想知道理查兹是否介意他来研究这个问题。理查兹说这听起来像是个好题目，然后让他回去研究。几个月后，燕卜荪给他拿来了20世纪最伟大、最让人惊奇的批评著作之一的手稿：《含混七型》（*Seven Types of Ambiguity*）。你们阅读材料中的简短摘录就出自燕卜荪的这本书。

我认为，在所有写过文学批评的人中，燕卜荪是最有趣的一个，拥有优秀独角喜剧演员不动声色的技巧和恰到好处抖包袱的能力。我非常喜欢读他的书，当我被要求写一本关于他的书的时候，我就写了。我希望你们也喜欢他。他的书引人入胜，他之所以是个卓越的批评家与人们在读他的书时感受到的乐趣是无法分开的。我特别喜欢他在你们材料里的节选部分中说的那些关于"气氛"的话。他以自己的方式回应了"激情四射的"或者"鉴赏式"批评。Q、比利·菲尔浦斯和其他鉴赏学派的作者和教师都有一个花招，他们说他们是为了"气氛"而阅读。他们说，当人们遇到了伟大文学作品时，自然就能感受到。他们作为教师和批评家的目的就是唤起事物的气氛。燕卜荪回答说：气氛确实是存在的，我们确实应该谈谈它。但是，如果气氛没有阐释功能的话，它有什么用呢？假如在我马上要引用的《麦克白》中的一段话里存在某种气氛的话，它一定是由于某种原因被设置在那里的。对我来说,他接下去说的话是你们能够见到的有关文学片段最激动人心的精辟解析之一。假如我听起来有点像比利·菲尔浦斯(只不过是在谈文学批评,而不是丁尼生!),我很抱歉,但我确实很兴奋。

如燕卜荪所说,刺客们刚刚离开屋子,麦克白在摆弄着自己的拇指,希望天快黑下来,因为只有天黑后才能杀班柯和弗林斯。所以他很自然地望向窗外,看看天色如何。他这时说:

> 来吧,使人盲目的夜,
> 遮住可怜的白昼的温柔的眼睛,
> 用你无形的毒手,
> 摧毁那使我苍白的桎梏吧!

燕卜荪没有提最后一个词"pale",但是在和乌鸦与白嘴鸦的并置之中,我觉得它在文中很有意思。

后面接着是:

> 光线暗淡了,乌鸦
> 振翅飞到白嘴鸦林中。

燕卜荪把这几行用斜体标示了出来,尽管他对段落中的每一部分都有所评论,这两句将是他后面要谈的内容的真正焦点。

> 白日里善良的东西开始沉沉睡去,
> 而黑夜里捕食的黑使者会起来。
> 你对我的话感到非常惊奇,但你不要作声。
> 【麦克白夫人走进屋子】

以不义开始的事情,必须用罪恶使它巩固,
所以请跟我来。²

燕卜荪被这一段迷住了,他在接下来的几段中告诉了我们他为什么入迷,理由复杂得令人惊奇。他想表明的是,这就是人们在谈论气氛时所要表达的意思。它不是你自然而然感觉到的东西,而是可以描述和分析的东西。我只想谈谈他所说的最后一部分。他说:"**白嘴鸦**喜欢成群居住在一起,主要吃素。"——我被这句话打动了,不得不打断说,燕卜荪就是那个说古舟子射下信天翁因为船员们饿了的人。在1798年版的《古舟子咏》中,硬饼干上已经生了虫,所以燕卜荪很自然地说:"我听说,舟子射下的那种信天翁做成的汤味道不错。"

不管怎样,我们从这里开始:

白嘴鸦(rook)喜欢成群(crowd)居住在一起,主要吃素。**乌鸦**(crow)既可能是**白嘴鸦**的另一个名字,尤其是看到单独一只时,也可能指的是独来独往的食腐的乌鸦。这个淡化的双关语【这个含混——记住,这是一本关于含混的书】在这里是暗示:麦克白向窗外看时,试图把自己看成一个杀手,而且只能是把自己置于乌鸦的位置上看自己。意思是说,他享受权力的日子正在来临;他不得不用名字的区别(**白嘴鸦—乌鸦**)把自己从其他白嘴鸦中区分开,就像国王的称号一样;他实际上迫切想要成为其他白嘴鸦中的一员,而不是谋杀他们;他再也不能,或尚有希望与白嘴鸦联系在一起;他谋杀班柯是企图获得心灵的平静,但不过是饮鸩止渴罢了。³

我完全不确定关于《麦克白》的这一段还能再多说什么了。燕卜荪强调主宰这一段的是复杂的含混模式,而不是气氛。当然,如果你愿意你可以称它为"气氛",只要你愿意让它接受语言的分析,只要你愿意说明这个气氛是如何和为什么会有这样的性质的，以及是怎样从精神冲突中产生的——这里正是理查兹和燕卜荪的相关之处：这个说话人的诗歌、这个说话人/杀手的诗歌，急切渴望着协调和调和各种愿望，就像他急切渴望在他和将自己孤立、自己正在背叛的社会之间进行协调和调和一样。我要补充一句，麦克白不是莎士比亚。莎士比亚在此表现出他试图表达一些描写直接心理活动的诗歌无法表达的事情，在这个过程中唤起了他自己头脑中的非常复杂的努力，去通过语言媒介来反映这个时刻的紧张局面。我认为，燕卜荪在这个方面和理查兹观点一致。

但他们之间也有很大的不同。首先，燕卜荪不接受批评应该聚焦于读者的文学经验这个假设。理查兹事实上与伊瑟尔、汉斯·罗伯特·姚斯和斯坦利·费希——我们后面会讲到这些人——这样的人物很像，他们对读者反应和读者的经验结构感兴趣。燕卜荪有时会想到读者，但他从没真正说过他认为意义在何处，除非它可能是在作者意图的领域中。他非常认真地致力于弄清作者的意图，比理查兹更在意意图，当然也比新批评家们在意，这是他们之间的一个严重分歧。尤其是在他的最后几部著作中，他利用传记材料，赋予了作者极为惊人的意义，而其他批评家对此只能绝望地认输，但是他总是诉诸作者的意图。然而，与此同时，燕卜荪没有在作者、文本和读者之间做严格的区分，认为它们有不同的功能。对燕卜荪来说，在阐释学看来是三种截然不同的意义来源之间，能够从容地来回平滑移动。燕卜荪的工作对象是一个合成物，它最终要诉诸作者，但也涉及分析文本本身和理解它对读者产生的影响。

所有这些都让燕卜荪与理查兹在某种程度上有所区别，我认为，燕卜荪和我们正在讨论的其他学者之间最重要的区别——这个区别甚至使燕卜荪预示了新批评的出现这种说法略成问题——是燕卜荪很少关注一个文本的**整体**。他对"诗"的整体性真的不感兴趣。他只想尽其所能地谈论特定的局部效果，当然可能会有一些暗示，他所说的东西对我们的理解会产生影响，比如说，对《麦克白》的整体的理解；但他并不会对《麦克白》的整体做系统的解读。他总是放大某个东西，思考一会儿，然后离开去思考别的东西，让我们自己决定他的局部洞见是否能对我们理解作为整体的文本的文学整体性产生影响。

燕卜荪还有另外一个观点值得一提，我认为这个观点使他与理查兹和之后的新批评家们截然不同。燕卜荪完全愿意接受这个观点：诗歌也许并**不能**调和互相冲突的需求，从麦克白这个角色的心理活动就可以看到这种观点。归根结底，诗歌也许就是要表现需求之间不可化约的冲突的。燕卜荪在《含混七型》里讲的第七种含混就是有关"作者思想中的根本分歧"[4]的。你们可以看到，他在这点上与他的老师有分歧。文学并不能统一对立面，并不能调和不同的需求，而是让事物保持原来的样子，让它全部的复杂性被展示出来。燕卜荪就是对文学做到这一点的方式着迷。保罗·德·曼不止一次将燕卜荪认作解构主义的先驱，而不是新批评的。由于燕卜荪不关注整体性或者对立面的和解，我认为他是解构主义先驱这种说法是正确的。追随着新批评，解构主义也是一种细读的模式，而燕卜荪这样具有独创性的细读者是前所未有的。

尽管有着自己的癖好，燕卜荪的影响是很广泛的。在我们离开他的话题之前，需要再说一点，那就是他的阐释目的与新批评家们的——美国新批评家，尤其是布鲁克斯的——完全不同。布鲁克斯公开承认他对整体性的关注。在《精致的瓮》(*The Well-Wrought Urn*)、《现代诗歌和传统》(*Modern Poetry and the Tradition*)以及其他那些使他声名远扬的著作中，布鲁克斯使用了很多术语来描述文学的复杂性是怎样为整体性服务的。在你们读到的这篇文章中，他使用的是"反讽"。他承认他可能过度延展了"反讽"这个词的含义，但他试图争辩说，所有他在这篇文章中讨论的意义的复杂含义都可以被认为是反讽。在其他伟大的文章中，比如《精致的瓮》第一章，他谈论的是"悖论"，而在别的地方，他又用别的方式说明复杂的情感和思想是如何在诗中统一的。

燕卜荪的用词"含混"在新批评的著作中继续发挥着重要的作用。

假如人们厌倦了说"反讽"或者"悖论"这样的词,它无疑是一个备用选项。然而,另一个由新批评的奠基者之一、诗人和评论家艾伦·退特(Allen Tate)提出的词是"张力"。也就是说,文学文本将对立作为一种张力来解决,将冲突体验为张力而悬置起来。在离开这个概念之前,我只想说,所有这些词——反讽、悖论、含混、张力——关注的是人们在文本或者"诗"中发现的作为其意义组成部分产生的种种效果。如韦姆塞特在他题为《感受谬误》("The Affective Fallacy")的文章中所认为的,正是在这里,新批评家们与理查兹有了明显的不同:理查兹也强调冲突,虽然并不否认它起源于文本,但他将冲突导向了文本之外的读者的头脑之中。

顶着新批评的帽子,我现在打算提出,《拖车托尼》描绘了一个复杂的意象类型,揭示了拖和推之间的冲突,这很适合与拖车有关的故事。在后面的课上,我会在另一个语境中回到"推"这个概念(你们可以猜测对于一个小孩来说它是什么意思),但现在你们可以知道,推和拖之间的张力是这个故事的一个发展动力。托尼被困住了,不能拖东西了——这是他自己的救助方式——它需要被别人推,这很有**反讽**意味,通过布鲁克斯的术语,我们可以很容易看清这种状况。

但从某个方面来说,《拖车托尼》可能并不适合作为新批评的范本。布鲁克斯提出,诗歌与道德有关,但不应该指向某种道德标准。新批评家们可以欣赏这个故事的地方是,由于认识到助人的方式不止一种,新的道德视域被打开了;但不幸的是,《拖车托尼》提供了一个更加抽象的道德标准,因此削弱了叙事的整体性。

对布鲁克斯以及所有新批评家们来说,在文学整体性中寻找的价值是,它是复杂的,它通过"偏见"或者悖论以及反讽的翻转使科学陈述扭曲,它在词语的指示意义和内涵意义之间造成了一种张力。这样,问题就是——燕卜荪预先提出过的问题——这种张力、这些复杂的调和运动为什么必然会导致**整体性**?

我们以布鲁克斯对华兹华斯《露西组诗》中的《她住在人迹罕至的

地方》("She Dwelt among Untrodden Ways")[引用，808]的解读为例。他的解读强调了诗中的反讽。布鲁克斯假装如履薄冰地谈论华兹华斯与反讽的关系（归根结底，他的整个立场就是你在任何有价值的诗中都能找到反讽），但他确实成功了。比如，你不能说露西同时既是一朵花又是一颗星。她是一朵花，她会枯萎，她不容易被人看见，最终凋谢回归土地——相反，如果她是这朵不容易被人看见的花，一颗星就无法映射她。但不管怎么说，对说话人来说，她就**是**一颗星，尽管别人没有注意到。说话人感情的深度和露西在世上的寂寂无名之间的关系是说话人想要抓住的反讽，它调和了诗中看上去散乱的事实。

　　这个阐释自身是很了不起的，但问题是，细读总是可以更加**深入**。我们可以说："看看我，我在调和不协调的东西，我在创造类型，我在显示意象群的整体目的"，以及其他。但是通过这种方式，你的解读只能在一定程度上聚拢在一起，你拢在一起的东西很容易就会散架。它之所以散架了或者有散架的危险，是因为在其中塞进了过多的意义。在英国，布鲁克斯的同时代人 F. W. 贝特森（F. W. Bateson）写过一篇文章，讨论同一首诗。他在文中指出，这首诗充满了冤亲词（oxymoron）。[5] 一条路（way）是一条通路，但是如果人迹罕至，怎么会有一条路呢？那么，一条人迹罕至的路是什么意思？或者，"无人赞美"她但"少有人爱"是什么意思？与其把注意力放在"无人赞美"和"少有人爱"之间的古怪差别上，为什么不去关注**无人**赞美她这个想法本身？这明显是假的，因为就在此时此地，我们发现作者在赞美她，可能是在一如既往地赞美她。简言之，华兹华斯为什么一直在让我们注意到这些逻辑混乱？"她默默无闻地活着，很少有人知道"：假如有人知道她，她怎么可能默默无闻呢？简言之，这首诗到处都是复杂性，但谁说它们已经**被调和**了呢？它们是阴魂不散的冤亲词，有可能是用词不当，或者更可能是语法错误，不管什么理由，它们留下了许多不解之谜。

　　因此，贝特森似乎在争辩说，华兹华斯要我们注意那些不能被调和的情绪或者感情冲突,所以才有结尾的感伤"啊/对我来说是有差别的"——确切地说,是无法被调和的差别。这种类型的细读不是被用来研究整体性的,而是证明我们借以观看作为一个统一整体的实体的技艺,可以很容易地被用来将这个实体打碎,可以吸引我们注意那些无法调和的东西,就像说话人无法接受露西的去世,就像燕卜荪的第七种含混标示出的作者思想中的根本分歧。

我认为,新批评家们可以因此而受到批评。如果有人将解构主义视为对新批评的回应,那么新批评之后的细读做的正是这个工作。解构式回应从本质说是认为,你不能随心所欲地把一条带子捆在一个东西上,然后说:"啊哈,这是一个整体!"如果你不断扯带子的话,带子会掉下来。东西就又散了,它归根结底不是一个整体。一个我们经常会问起的问题是,一代人偏好整体性,下一代人喜欢非整体性,到底是本体论的问题(存在物要么是一致的,要么是混乱的)还是心理的问题(健康的思维要么寻找和谐,要么寻找不和谐)?但我们现在先把问题放在这里。

然而,这个问题确实也有一个社会政治的维度。在过去的四五十年间,新批评受到了上千种不同的批评。其中有一种需要我在这里讲一讲,其他的可以再等一等。自主的观念、诗歌不依赖世界上任何东西的观念,这些都是很容易被严重破坏的东西。想一想布鲁克斯对兰德尔·贾雷尔(Randall Jarrell)的《第八空军》("Eighth Air Force")的分析。他的结论是,这首诗的主题是关于处于压力之下的人性的,不管人性是否是善良的;布鲁克斯说,由这首诗阐明的这种论点"可以让我们成为更好的公民"。换句话说,阅读诗歌的经验不仅仅是一种审美经验。它不仅仅是一个对冲突的需求做私人调和的问题,无论是在文本中还是在头脑中做这种调和。从这个观点看,它是一种**社会**经验,而新批评家们的社会经验无疑是保守的,就算不是反动的。你们已经看到,对平衡意见、平衡观点、平衡需求的需要,恰恰是以代表整体性而赞同社会和政治中央集权的方式坚持的。那么,在这种观点下,文学怎么能推动社会进步呢?就这个问题而言，如果人们倾向于那种方式，它怎么能是反动的呢？为了隐含的社会整体性的利益，新批评在进行微观管理。

在新批评之后的四五十年中，一直有人恼怒它产生的影响，这实际上是引发这种怒火的理由的一个温和版本。由于各种传记材料的披露，新批评经常被与反动联系在一起。在它众多的批评者那里，这场运动的宗教前提也没有被落下。当布鲁克斯谈论莎士比亚诗歌的时候，他的文章中隐含着主教派的观点：从永恒的观点来看，世上的事物不可避免地看起来是反讽的。如果我们从上帝或者永恒时刻的视角来看事物的话，很自然会用反讽的语汇来思考。关于这一点，我们暂时离开新批评家们。

第7章

俄国形式主义

阅读材料：

鲍里斯·艾亨鲍姆：《"形式方法"的理论》，见《俄国形式主义批评：四篇论文》。林肯：内布拉斯加大学出版社，1965年。

维克多·什克洛夫斯基：《艺术作为手法》，见《批评传统》，774—784页。

尤里·提尼亚诺夫著作片段。

现在，我们要踏上把我们带向解构主义的一段路程，这段路程前后相继，没有间断。我根本不用费力去指出其中的相似处和不同处，因为随后出现的理论家们自己就会在我觉得合适的地方思考与前人思想交汇的问题。但对后面的种种发展来说，奠基者俄国形式主义和费尔迪南·德·索绪尔（Ferdinand de Saussure）的奠基性著作之间的关系是个相对复杂的问题，我会稍迟一些再做总结。当我们真的讲到所谓的"结构主义"时，当你们读过了罗曼·雅各布森题为《语言学和诗学》（"Linguistics and Poetics"）的论文后，很多东西就会变得更清楚了。雅各布森是后续发生的所有事情的真正交汇点，无论是在学术上还是国际上的活动。他早年是俄国形式主义刊物《诗歌语言研究会》（OPOJAZ）的重要撰稿人，后来移居到布拉格，在那里加入了一个语言学小组，这个小组被认为是结构主义的源头。之后他又移居巴黎，在那里与克洛德·列维-斯特劳斯（Claude Lévi-Strauss）进行合作。他最终到了美国，在哈佛大学教书。他的杰作《语言学和诗学》是他在印第安纳大学的一场演讲的演讲稿，这是整个文学理论史上最重要的文献之一。这篇文章对我们也很重要，它是俄国形式主义和索绪尔符号学的交叉点或者韦恩图（Venn diagram），从中我们可以获得对这两种思想后续发展的理解。

但现在，我们先考虑俄国形式主义者。我要怎样才能说清楚这对我们来说绝对是新篇章呢？我知道，由于我已经决定违反时间顺序，把新批评放在俄国形式主义前面讲，所以它的新颖性被削弱了。新批评无疑是形式主义的另一种变体，但与此同时，它与我们前面讲的阐释学是有连续性的，因为新批评家们都还在关注阐释的原则。现在，我们要把阐释学暂时抛到脑后，先讨论一下最好被称为"诗学"的东西（对文学或者其他话语的构成特征进行的研究），尽管在这个过程中我们也会看到评价活动总是偷偷地出现。

仅仅是为了解释清楚我们马上要做的跳跃，我在这里再多说一句，那就是阐释学致力于意义的确认。在伽达默尔那里，这个意义常常会被称为"主题"，主要集中在内容上。即使是像新批评家们那样关注形式的批评家，也将形式看作使意义复杂化的手段，意义仍然是其可预见的目标。在这一点上，俄国形式主义者与他们非常不同，因为令前者感兴趣的是，如何通过有效利用他们所谓的"文学性"（literariness）——文学性的手法——来妨碍我们获得意义。在这个过程中，当我们说"意义"时，我们确实改变了对这个"意义"的理解。换句话说，如果说阐释学致力于研究交流或者理解的可能性的话，那么俄国形式主义者感兴趣的是被称为"文学性"的那个语言交流的特殊层面，他们实际上漠视交流和理解——"文学性"并不一定要完全阻碍交流和理解，而是要实现不同的目标。语言表面的粗糙化——维克多·什克洛夫斯基（Viktor Shklovsky）称赞它是"陌生化"的关键方面——使我们的阅读慢下来，阻碍我们获得意义，俄国形式主义者关注的正是这一点。

你们也许无法完全信服我刚才谈到的这种研究方法上的彻底决裂。因为你们已经注意到，新批评家们和沃尔夫冈·伊瑟尔也向我们展示了文学如何使阅读慢下来并使我们的理解复杂化的。上面提到的所有人似乎都同意，与我们在一个实用的信息中感受到的两点之间最短距离不同，"文学性"（俄国形式主义者的称谓）或者"诗性语言"（俄国形式主义者间或使用的称谓和新批评家也使用的称谓）是使我们的阅读慢下来的东西。它在两点之间创造出一个距离——不是一条直线，而是阿拉伯式的复杂图案。换句话说，它让我们在阅读中停下来。俄国形式主义者公开宣称他们只关注文学被组合成整体的方式。艾亨鲍姆不断谈论的题目——《〈堂吉诃德〉是怎样制成的》《果戈理的〈外套〉是怎样制成的》——反映出了这种专注。尽管新批评家们和沃尔夫冈·伊瑟尔也对形式的粗糙化感兴趣，但他们是因为阐释的目的才重视它。是的，它让我们慢了下来，但是这使我们获得了更丰富的意义。而另一方面，俄国形式主义者只关注他们认为是对如下问题的科学理解，即文本的各个零件是怎样在形式上组装起来的。那么，当我们的课程进展到此时，我们会暂时搁置一下我们对意义的兴趣，而将注意力放在文学是怎样被制成的问题上。

比如，以《拖车托尼》为例。我提到过，这个文本中一个有趣的现象是"t"这个音重复了三次："托尼"（Tony）、"拖"（tow）、"卡车"（truck）。我们刚读完"拖车托尼"，就碰到三组或者三次其他汽车：尼托、斯皮迪和班皮。需要注意的是，《拖车托尼》文本在不同层面上都出现了这种三个一组的现象。它们完全与艾亨鲍姆经常引用的奥西普·布里克（Osip Brik）的名言相符："诗歌里的重复等同于民间故事里的反复。"[1] 在评论这个三个一组现象时，我们发现了《拖车托尼》的一些形式和结构上的东西，但我们还没有发现任何意义。这个文本中遍布着三个一组的现象，但从这个引人注目的发现中似乎没有推断出什么。也许如果你够聪明你可以赌它具有某种意义，但那肯定不是俄国形式主义者的目的。注意到不同的文本层面是以一系列相似的三个一组组织在一起的，这是为了科学的目的而做出的关于形式的经验性观察。

俄国形式主义者坚称他们的做法是科学的，其中一种方法是重视分类——文本各部分之间的联系被称为"手法"（device）。此外，他们好像认为自己信奉的这种科学态度受到了攻击，甚至连表露出这种态度都是有危险的。当阅读艾亨鲍姆那篇在修辞上相当古怪的文章时，没有人会忽视他对"斗争"、战斗、作战的迷恋。你们会对自己说："天啊，这不过是文学。放松一下，它没那么重要。"但对于艾亨鲍姆来说，这是生死攸关的大事。我会很快概述一下之所以会如此的社会和历史原因，但与此同时，弄清楚他是为了什么而斗争也是很重要的。

就在文章的第一句中，你会读到"为科学而斗争"[2]这个表述。艾亨鲍姆声称，他认为主导着大学文学教育的是完全没有受过训练的、不系统的思维，他的这场战争就是要反对这种状况。在他看来，当关于文学做出的最严密的思考都发表在流行刊物上时，这种局面非常可悲。

毫无疑问，这是这场斗争的一部分，而另一部分就是打破你对你所谈论的东西的某种理解方式。你想系统地谈论它，但如果你不知道你谈的是什么，你怎么能系统地谈论它呢？你需要把研究对象确定下来，这是第一原则，其他原则都是从中产生出来的。俄国形式主义者迈出的第一步就是认识到"文学"无法作为研究对象（就像我们会在索绪尔那里见到的一样，索绪尔认为"言语"无法作为研究对象）。谁知道什么是文学？从来没有人真正知道如何为被当作文学的东西下定义或划定界限。既然如此，那还不如在人们阅读的东西中分离出一种相对来说可以被观察、描述的现象，然后将这个数据库命名为"文学性"，正如我们将要如此称呼的那样。我们可以找出具有某种功能的某种手法，通过研究和增补它们，我们可以演化出一个基于观察得出的具有更广泛意义的理论。

我在这里故意使用了"演化"这个词。在艾亨鲍姆"为科学而斗争"这个概念背后,有两个关键人物。第一个自然是马克思,他的智识影响导致了1917年布尔什维克革命的爆发,那时俄国形式主义运动正处于高潮。在这种氛围下,就如同在"阶级斗争"中一样,斗争的想法很流行。如我们将要看到的,艾亨鲍姆在1927年使用这个词是深谋远虑的,但同时,很有趣的是,他想到的这种科学不是随便哪种科学,而是达尔文式的科学。毕竟,达尔文像马克思一样强烈地关注斗争:为生存而斗争,为主导权而斗争。请注意"主导"一词对如下二者的重要性,我们以后还会回到这一点:俄国形式主义者思维中的"主导"和物种在一块栖息地上为了主导权而进行的斗争。所以,如果你们从"文学演化"的角度考虑,就如同我推荐你们读的尤里·提尼亚诺夫(Yuri Tynianov)写于1927年的文章得出的结论,你会将文学史自身看成文学手法为了争夺"主导权"——也就是在一个既定文本中"激发"或者预先选择手法——而产生的一系列变化。

因此,就在文章的第一句话中,艾亨鲍姆同时借助了一个马克思主义的词汇和一个达尔文式的词汇。这部分解释了为什么他的文章读起来那么费力。阶级斗争是一把解开1927年俄国大多数谜团的钥匙,它自己也许还在与另一把钥匙——物种间和物种内的生存竞争——竞争解释的权威。假如那些被俄国形式主义者鄙视的无组织、无系统的学者不能认识到这些斗争——阶级斗争、为科学而斗争、作为斗争科学的科学——的重要性,假如他们不能适应这些潮流,那就显示出他们是多么过时了。

但在另一方面,你们为这节课阅读的艾亨鲍姆的文章《形式方法的理论》("The Theory of the Formal Method")作于1927年,是直接针对里昂·托洛茨基(Leon Trotsky)1924年发表的轰动一时的著作《文学与革命》(*Literature and Revolution*)而写的。托洛茨基的《文学与革命》是一本犀利的书,攻击了许多文化潮流,尤其痛击了俄国形式主义者。托洛茨基提出,对于形式的执着是一种唯美主义——顺便说一下,在艾亨鲍姆的文章中他一直否认这一点,这是对托洛茨基的公开反驳——这种唯美主义对历史，更准确地说是对阶级斗争置之不理。托洛茨基的文学品位并不单一，他并不是不由自主地坚持每个人都要放弃美学的考虑，都去写社会主义现实主义作品。顺便说一下，直到1934年国际苏维埃作家会议将社会主义现实主义定为官方政策之前，这种情况并没有发生。托洛茨基著作瞄准的是那些可以被理解为沉溺于自我、漠视历史和阶级斗争的特殊的"唯美主义"类型，俄国形式主义者就是其中主要的目标。

1927年，事情发生了变化。革命已经过去10年了。社会和政府不断官僚化，遭受全面的监视活动和社会工程化。我完全不清楚，俄国形式主义者和他们的盟友未来主义者——包括马雅可夫斯基（Mayakovsky）和其他人——在1927年是否、在何种程度上感到来自政府的敌意和不断增长的威胁，专家们在这个问题上也没有达成任何共识。有不少证据显示，他们确实感到有些焦虑。我们也确实知道，在几年之间，他们都消失了，改造了自己，或者流亡了。尽管如此，直到大约艾亨鲍姆创作那篇论文的时期，在俄国的大城市里，学术活动仍然相当活跃，氛围良好。那时，那里无论如何也绝不是什么思想的荒原。但我们确实需要知道，在托洛茨基的著作出版之后，艾亨鲍姆在他的文章中使用了官方语言作为幌子、迷彩服。那时最好不要直接承认官方的批评，最好是主张他们唯一的"敌人"是学者和象征主义者。然而，他确实用一种方法间接提到了托洛茨基的批评。那是形式主义者维克多·什克洛夫斯基对以前的"民族志学"理论家亚历山大·维谢洛夫斯基（Alexander Veselovsky）的精彩回应，我将来会讲到它。

现在，敌人是学者波特勃尼亚（Potebnya）这样的人，他支持象征主义者——形式主义者的另一个非常活跃的对手——的主张，认为诗歌是由意象构成的，是由形象塑造的思想类型。对象征主义者来说，这种塑造源自无意识，通过音响和语言进行强化。所以在他们眼里，语言是意象和思想的附属，是这些材料的侍女。换句话说，语言是承载象征性思想能量的容器。在你们读过的艾亨鲍姆这篇文章中，他主要致力于阐明他强烈反对这些思想的理由。

在我们转向这个反对意见的理论要点之前,很难不谈谈当时人们的感受,就是一种官僚制度掌控了一切的印象,一种我们对周边事物的感觉变得自动化了的氛围。雅各布森在他题为《论消耗了自己诗人的一代》("The Generation That Squandered Its Poets")³的文章中非常清楚地表达了这种感受。尤其是什克洛夫斯基,他非常关注感觉的自动化,我们因此不再能够看清周围的东西。不久前我曾引用过华莱士·史蒂文斯的话,说诗歌应该"让可见之物变得朦胧一些"⁴。就是因此,什克洛夫斯基和他的同事们坚称,通过各种手法造成的文本表面粗糙化可以使我们已经自动化了的感觉陌生化:不但能使我们突然再一次看到我们一直在使用的语言的非语义特征,而且能让我们借助语言的手法重新看到世界本身,这些语言手法扯掉了罩在我们眼前事物上的熟悉化的薄幕。因此,陌生化的一个目的就是袪除雅各布森在《论消耗了自己诗人的一代》中称为"byt"的灰度一致性。我认为人们应该认识到,这是俄国形式主义者著作背后的主要动机;因此,虽然他们宣称要追求严格的科学性,但是要由一个半隐藏着的审美议程、一种隐秘的回报来限定,我们需要把它理解为一种提醒,提醒人们生活不必像近来的样子那么沉闷。

那么什么是文学性呢?它是一种感觉,我们在其中能够感受到那些吸引我们注意力的文本中的手法显然是新颖的,或者是什克洛夫斯基所谓的"可感知的"(palpable):它们是我们不熟悉的方式,因此使我们耳目一新。那时全球刮起了追求新奇的热潮。同时,在西方现代主义盛期的艺术家那里,埃兹拉·庞德(Ezra Pound)将"日日新"(make it new)作为他的口号。在上一节课讲新批评的历史背景时,我引用过艾略特、乔伊斯和其他人的各种言论。他们所有人都坚持语言必须难懂且新颖,要接受特殊环境的即时性,摒弃熟悉、普通和模糊。换句话说,这是一个跨国的思想,尽管它在所出现的地域具有明显的地域面貌。如我们所说,令俄国形式主义者感兴趣的新奇只是隐含的审美的,而不是随便哪种新奇。它只与能起到陌生化效果的、使语言可感知或粗糙化的形式有关，这种形式具有不及物的物质性。

我们不能再绕开"形式"这个多少有点难以解释的词了。"形式"是与什么相对而言的呢？对俄国形式主义者来说，这是个关键问题，位于他们与象征主义者进行"斗争"的核心。他们在反攻中非常大胆地探讨了形式的问题。在他们的纲领中，**任何东西**都是形式。换句话说，在形式和内容之间没有真正的区别。在他们看来，这是他们各式各样的敌人在讨论文学问题时犯下的根本错误。然而你可能想争辩说，形式主义者自己的基本区别也是二元的，难道不是吗？诗歌语言和实用语言之间的区别、情节和故事之间的区别、节奏和节拍之间的区别，所有这些都暗中回落到形式和内容之间的区别。好吧，实际上我认为俄国形式主义者可以反驳这种指责，我想花点时间阐述一个可能的辩护理由。

首先是"诗歌"语言和"实用"语言的区别，你们在 I. A. 理查兹和新批评家们那里就已经听到过这个区别了。但是，即使新批评家们确实坚称形式就是意义、形式就是内容，等等，他们并不真的想打破形式和内容之间的区别。他们认为在诗歌语言中占主导地位的是形式，在实用语言中占主导地位的是内容。正是这个事实显示出他们对这个区别的坚持，除了在修辞上略作姿态，他们从来不否认这种坚持。但俄国形式主义者以不同的方式看待形式和内容之间的区别。对他们来说，所谓的内容，本身不过是诗歌语言的一个功能。换句话说，实用语言在任何文本中都与诗歌语言共存着，承担着一种与指示物无关而与诗歌语言有关的功能。与其他任何手法一样，实用语言及其指称的内容是文本**中**的一个变量，应该被当作与文本的其他方面有一种动态、功能性关系的存在。在文本的那些其他方面中，文学性更加不证自明。换句话说，这不是一个诗歌或者小说以某种方式是更严格的诗歌语言的问题。你可以主张诗歌功能——这是雅各布森最终在他的《语言学和诗学》一文中用来指"诗歌语言"的术语——在诗歌或者小说中是主导性的。但这并不代表实用语言的缺失，或者没有自己的功能，与其他手法的功能相比有所区别，不起作用。简言之，如果人们希望分离出被称作"内容"的什么东西，最终会发现不过是各种手法中的一种手法。

顺便说一句，如果我们从诗歌语言和实用语言开始讨论，那我们就和俄国形式主义者站在了同一个起点上。如同艾亨鲍姆所解释的，在1914年，他们出版的第一本刊物完全是关于诗歌音响的，是关于音响如何似乎完全独立于意义的解释的（也就是说，它不是某个内容的形式）。在这种语境中，艾亨鲍姆顺便提醒我们，我们应该警惕认为音响从本质上说是拟声的那种想法，这种想法认为音响反映了它所说的东西的意义。形式主义者和索绪尔都非常小心地提防着音响本质上是拟声的这种假设——这是二者之间最重要的联系之一——因为这种假设与象征主义者的思想一样，再一次暗示了音响是从属于意义、从属于它听着像的那个东西的意义。俄国形式主义者的早期著作的重要性就在于建立了这种思想：音响是独立的，它不从属于任何东西；尽管与其他手法会相互作用，但它是独立的一种手法；它不是为了任何哪怕是极小的阐释目的而存在的。事实上，令人惊叹的是，它的存在是为了在我们倾向于称为"诗歌"的那种文本中**阻碍理解**的。它是重复的、冗余的，是一种延缓剂。这种语言或者其他各种语言都是一种手法，在涉及其他手法时它被称为一种"功能"。也就是说，它**有**一种功能，有助于我们理解文本是如何具有结构的。文本结构的每一个方面都可以理解为具有一种功能。

以"西班牙的雨大多落在平原上"（The rain in Spain falls mainly on the plain）为例。在这个范例文本中，半谐音占主导地位。它是重复的，我们很容易就能发现，它与普通交流事实的表达方式不一样。但是，如果我们不是俄国形式主义者，我们可能会想说："好吧，这是一个有助于记忆的手法，换句话说，它是从属于记住一个事实这个任务的。"顺便说一句，我从来不知道这是否是个事实。许多山区都是多雨的，但比利牛斯山可能特别干燥。我真的不知道这是否是个事实，而这一点在电影《窈窈窕淑女》(*My Fair Lady*)中非常不重要。在《窈窕淑女》中，重要的是为了带出情节的反复而复述这句重复的诗。伊莱莎·杜尔利特不断地试图复述我刚才说的话，但是，就像尼托和斯皮迪没有或者不愿意将托尼推出来一样，伊莱莎不断练习这句话："The rine in Spine falls minely on the pline"。由于她总是不能正确地发音，所以电影情节的重复加强了音响的重复。对伊莱莎来说，这个陈述是否是个事实完全不重要，对亨利·希金斯来说也完全不重要，对《窈窕淑女》的结局来说同样完全不重要。在《窈窕淑女》中，重要的是在主角转变为淑女的过程中重复所具有的功能性——就好像元音从"我的"(my)中占有欲强的"我"(I)转变为"窈窕淑女"(Fair Lady)中悠长而平滑的"一位"(a)。(甚至拟声也可以被视为一个文本内的手法。)所以，在形式主义者看来，我们需要理解这个手法起作用的方式，否则，我们可能会将它视为交流西班牙天气的一种记忆手法，仅仅是某个内容的一种形式而已。

不管怎样，俄国形式主义思想的第一波潮流严格地只与音响有关，但他们知道，从长远来看，他们要以同样的精神去处理文本的每一个方面，而不仅仅是音响。音响有时可以加强意义，但一旦我们清楚了它有时候无法加强意义，那我们就会明白它的功能在根本上和本质上并不是指示性的。其他的手法也一样，可能有时候是有所指的，或者好像有所指，但是与交流功能相对的文学功能只在它与其他手法的功能的关系中出现。文本中的某些部分可能比其他部分更难进行这种处理，但不一定非如此不可。比如，在社会主义现实主义或者任何一种现实主义的例子中，人们可能将这种文本的主题称为它们的"社会功能"。在一个现实主义文本中，社会功能的存在涉及——事实上是"激发"了——明晰的风格、丰富的细节和某些诸如隐喻、象征、寓言等隐性遗传特征（如达尔文可能会说的）。在形式演化的某一时刻，人们会发现社会功能已经占据主导地位了。人们因此就可以避免形式—内容的二分法了。别人所说的内容是一种与其他手法相似的手法，它与所有其他被看作文学方面的手法一起为争夺统治地位而斗争。

再以"情节"和"故事"的区别为例。你会发现俄国形式主义者在这个问题上的论点真的是如履薄冰。我们都会同意,情节是故事的构造,是故事被组成的方式,《外套》就是这样制成的。但是,如我们所说,情节是**围绕着**(about)故事的,在这种情况下,我们怎么能否认它是内容呢?好吧,也许我们可以。首先,要注意,有些时候占主导地位的故事具有明显的形式的特征。我想到的那个故事你们所有人可能在学校里都读过了,就是蒂姆·奥布莱恩(Tim O'Brien)的小说《士兵的重负》(*The Things They Carried*)。它讲的是越战期间一名士兵背包里面的一系列东西,仅仅是一系列东西而已。当然,背包里的所有东西都能唤起回忆,暗示着一个读者能够拼凑出来的情节。换句话说,在故事的结尾,一个暗含的情节是存在的。这刚好与情节和故事的通常关系相反。通常情况下,一个情节能够构造出某种暗含的东西——发生了的事情、我们可以通过释义谈论的事情,或者可以作为表面上外在于文本的主题谈论的事情。但在奥布莱恩的故事里,主题被首先给出。这个主题自身成了主导的手法。它暗示出了构造它的方法,但这个方法不是主导的。占主导地位的是背包里的东西,用几乎没有任何技巧的方式列了出来。在这个例子中,你可以将情节和故事之间的关系看作手法之间的关系,尽管人们总是很想说故事是内容,情节是形式。

任何手法在文学史上的一个既定时刻都可以占据主导地位。你们都知道,在朗费罗的《海华沙之歌》(*Hiawatha*)中,音步是主导的,大致与史文朋(Swinburne)和罗伯特·布里吉斯(Robert Bridges)实验希腊音步同期。在丁尼生那里,音响是主导的,"古老的榆树林中鸽子的呢喃,还有成群飞舞的蜜蜂的嗡嗡声"(the moan of doves in immemorial elms, and murmur of innumerable bees)。丁尼生认为,英语中最美的两个词是"地窖门"(cellar door),人们可能会说,这个表达毫无任何补偿的价值,没有内容;在他的诗作中,这种听觉的美经常没有指示的功能。所以我们可以说，如同大多数维多利亚时期的诗歌，丁尼生的诗歌——当然也包括史文朋的诗歌——的主导手法是含有韵律的音响。再往前推50年，在济慈的诗歌中，我们可以说主导手法是意象，是他对通感（不同感觉融合在唤起的意象中的方式）的著名的强调。在格特鲁德·斯泰因（Gertrude Stein）的诗歌中，占主导地位的无疑是重复。在不同阶段的华兹华斯或者乔伊斯和伍尔夫那里，占主导地位的可能不是"形式的"。想想我们对华兹华斯无韵诗的感觉，它们渐渐仿佛就如同读散文的感觉一般。马修·阿诺德说"华兹华斯没有风格"[5]，我不认为他说得对，但很多人确实同意他的看法。在华兹华斯以及乔伊斯或者伍尔夫（她的作品充满风格）那里，跨越不同阶段占主导地位的可能是意识的内在性，也就是说，是被我们称为意识流或思维内面的东西激发其他所有东西在文本中发展的方式：在现代主义者那里是省略号、词语倒置和碎片化，在华兹华斯那里是在反思和幻想中踟躇的同位语。简言之，很多被理解为"文学的"因素的文学特性，都可以变成主导性的因素。

　　现在，一旦我们开始谈论正在变成主导性的手法，我们必须相应地考虑主导地位的短暂性。在一代人那里属于烹饪文学的——这里我在暗示艾亨鲍姆引用的一个片段——比如，在陀思妥耶夫斯基之前的犯罪小说中的手法，在另一代人那里变成了绝对的中心。艾亨鲍姆主要考虑的是《罪与罚》，但对陀思妥耶夫斯基的其他作品来说同样也是如此。廉价商店里出售的侦探小说中的手法确实变成了一种主流文学样式中的主导，但随后就被其他手法代替，退回到类型小说那里去了。我说这些的目的是，一旦你开始思考主导地位的短暂性，你就也开始思考**文学史**了。

　　在众多针对俄国形式主义者发起的最具误导性的指控中，其中之一是由托洛茨基发起的。他说俄国形式主义者忽略历史，这也是人们对新批评家们经常发出的指责。俄国形式主义者完全没有忽略历史。几乎从一开始，他们就将注意力转到文学史编纂的问题上来，在20世纪20年代时逐步增强。他们在这方面发表了不少振奋人心的言论。在你们的阅读

材料中,我们看到艾亨鲍姆引用了维克多·什克洛夫斯基对民族志学批评家亚历山大·维谢洛夫斯基以前一个观点的回应:

> 他【什克洛夫斯基】碰上了维谢洛夫斯基的准则,这个准则建立在如下这个民族志学的原则上:"新形式的目的是为了表达新内容。"【换句话说,新内容就是那些迫使文学技巧发生改变的社会、历史和环境的力量。】[6]

这就是维谢洛夫斯基的"民族志学"的文学研究方法。这明显也是历史唯物主义或者社会主义的立场:历史创造文学;除了文学的历史,社会的历史也创造文学。什克洛夫斯基不同意这个观点,提出了完全不同的观点:

> 艺术作品从其他作品的背景中以及与它们的联系中产生。艺术作品的形式是根据在它之前的其他艺术作品的形式被限定的……不仅是仿作【顺便说一句,仿作在俄国形式主义思想中是个很宽泛的术语,在某种程度上就是变化的意思,通过改变,一个文本在重复另一个文本时,不可避免地会精心发展自身的手法和重点、寻找不同的动机】,而且是任何类型的艺术作品,都是在与某种类型的形式的相似或者不同中被创造出来的。**新形式的目的不是为了表达新内容,而是为了改变已经失去了审美素质的旧形式**【失去了陌生化、扯开我们眼前的薄幕的能力】。[7]

毫无疑问,你这么说当然是非常令人振奋的,也是很大胆的,但是维谢洛夫斯基确实是正确的。我们当然知道文学是由历史合力创造出来的。说一个新形式的出现不过是为了取代一个在审美上不再可行的旧形式,这是什么意思呢?这个看法是我们所有人对什克洛夫斯基的这种观点的自然回应。正是为了抵消我们的这种回应，我要让你们阅读提尼亚诺夫的文章《论文学演化》("On Literary Evolution")结尾处的一个特别段落。这篇文章写于1927年，也是对托洛茨基的《文学与革命》做出的回应。提尼亚诺夫说：

> 在形式主义者的历史编纂中，并没有完全抛弃主要社会因素的重要性【换句话说，我们不是在这里做游戏，我们也能理解我们称为"社会功能"的重要性】。相反，它必须通过文学演化的问题得到全面的解释。这与建立主要社会因素的直接影响的做法完全不同，【这里是这个段落真正不同寻常的地方】后者将关于文学的演化的研究替换为关于文学作品修正的研究，也就是对变形的研究。[8]

我希望你们看出了区别。在自然选择中，某些事情发生，然后产生变异。新的基因出现并占据主导地位，不再是隐性的或者潜在的，然后生物体就改变了。这就是演化，但是生物体也受到环境变化的影响。比如，拇指是在演化中形成的，但假如随后发生了一场大地震，长拇指的人从地球上消失了，那么人类非常有可能再也不会发展了。这就是一种对形式的**修正**，与这种形式的演化相当不同，事实上对后者有害。让我震惊的是提尼亚诺夫在这里做了一个很重要的区分。某个时期可能会提供让社会主义现实主义出现的那些动力，但如果沙皇下旨让你必须创作社会主义现实主义作品，这就是修正，是一种对就其本身会在并且确实在文学史编纂的确定场域中进行演化的东西进行的修正。

对我来说，这种区分是非常令人信服的。唯一能够对它提出的反驳可能是，我们大多数时候没有必要去做出这种区分，因为这么做得不偿失。它迫使我们采用奇怪的迂回说辞，使我们免于明说社会因素与文学演化没有任何关系，我们不可能一直崇尚这个区分，但是，我认为在我们的脑海深处一直保留这种区分是非常重要的。提尼亚诺夫应该感谢达尔文给了他《论文学演化》这个文章标题——不是"革命"(revolution)而是"演化"(evolution)。然而,我毫不怀疑,正是由于托洛茨基在《文学与革命》中提出了文学应该遵从某种标准的思想,提尼亚诺夫才会提出演化不是修正这种想法,这是他的无声抗议。

在下一节课我们要转向索绪尔之前,我们会很快地讲一下针对俄国形式主义理论提出的一些可能的批评。

第8章
符号学和结构主义

阅读材料：

费尔迪南·德·索绪尔：《普通语言学教程》选段，见《批评传统》，842—847页。

索绪尔的其他著作片段。

让我首先重申一下我的想法：我想等到我们讨论了罗曼·雅各布森的《语言学和诗学》之后，再对俄国形式主义和费尔迪南·德·索绪尔的符号学概念进行对比。到那时，我认为与雅各布森都有牵连的这两个运动之间的关系会更自然地成为我们关注的焦点，如果我现在就试图勾勒出这两个运动之间的联系就没有那么自然。

符号学本身不是一种文学理论。如我们将从雅各布森那里看到的，文学研究可以被理解为——也就是说，"诗学"可以被理解为——符号学的一个子领域，但符号学本身不是一种文学理论。因此，你们可能会很受挫，因为你们今天阅读的材料不太会告诉你们有关文学的知识。当我们接下去谈论我们的话题时，这种情况还会发生。但是，我们的任务当然是要从这些对文学研究没有直接影响但却深刻影响了这个领域的理论文本中发现其对文学的意义。比如，索绪尔的符号学极大地影响了一系列内容广泛的文学理论。符号学后来发展成我们所谓的"结构主义"，后者接着又将自身的术语、议题和思维框架传给了解构主义、拉康式的精神分析、法国的马克思主义，还传给了种族、殖民和性别的二元对立理论——换句话说，传给了许多我们将要学习的理论。

现在，我要说一点离题话，你们可以把它当成轶闻或臆测——我总是觉得这一点非常有趣，所以从来都忍不住要讲一讲——许多在我们这个领域被视为奠基性的文本，按福柯的话来说，它们事实上都没有作者，实在令人奇怪。我们相信亚里士多德的《诗学》不是亚里士多德自己写的，而是他的授课笔记的汇编整理。在中世纪阿拉伯学术的黄金时期，人们围绕《诗学》产生了很多争论，这就是其中的一个原因。在我们发现的那个时期的手稿上，空白处都是笔记，学者们试图重建那些在他们看来前后矛盾的段落。因此，《诗学》是一个饱受争议的文本，没有作者，但它也是一个奠基性的文本。人们认为亚里士多德是"批评之父"，也是福柯所说的那种"话语性的奠基人"，但严格说来，《诗学》的作者不是亚里士多德。

好吧，奇怪的是，索绪尔也是这种情况。如我所说，他可以被视为许多文学理论潮流的鼻祖。索绪尔的《普通语言学教程》（*Course in General Linguistics*）也不是他自己写的，而是他的学生在他从1906年到1911年间开设的一系列课程上记的笔记，后来由他的两个语言学家学生收集、整理成书。在这里，我们又碰到了一个**虚拟的**话语性奠基人。有一些去日内瓦查看索绪尔档案的学者厌恶人们普遍接受的对"索绪尔"的理解，他们希望发现索绪尔并不真的持有被那本教程经典化的立场，以此来使符号学名声扫地。其他一些崇拜索绪尔的人感到有必要将他从编纂者对他的误解中拯救出来。与此同时，还有人像拜访圣地一样拜访索绪尔档案，希望它能彻底证实文本的完整性。但所有这些完全是无关紧要的事情。在我们这个研究领域，两个毫无争议的话语性奠基人严格说来不是作者，考虑到这是我们这些课程的一个出发点，我只是觉得它非常有趣。无论如何，我们必须回到我们的阅读材料上了。

什么是符号学？它是对现存的、约定俗成的传播系统的研究。所有这些系统我们都可以称为"语言"，言语上的"语言"——我们互相交谈时使用的系统——是其中一种，但绝不是唯一的一种。哑剧演员使用的姿势、航海使用的旗语、铁路信号和交通信号灯——红、绿、黄，所有这些都是符号系统，可以用符号学的普通科学做比较研究。所有这些都是使我们的生活正常运转的交流系统，它们的可理解性使我们可以与周围的事物协商。符号学已经扩展到了思想的每一个可以想象得到的领域，在这些领域中，"传播"需要被理解为"可理解性的条件"。比如，有达尔文式的符号学。生态系统也是符号学的。在最广泛的意义上，符号学要解释任何相关事物的领域是如何可以被识别为那个领域的。

现在我要转向一个段落，这种领域的性质在那里可以得到说明。索绪尔说："语言不是说话人的一个功能。"（无论在什么情况下，索绪尔谈论的都是人类的说话语言。）"它是个人被动吸收的一个成品。"这个命题的含义是什么呢？人类语言不是我的语言这个事实——人类语言不是从我这里起源的事实，换句话说，它不是我的私人语言的事实——暗示了一定程度上的损失。当我说话时，当我在言语中使用语言时，我是在挪用一个严格说来不属于我自己的工具。它是**约定俗成的**——也就是说，它是在公共领域供我们所有人使用的——也许我们之中的那些浪漫主义者希望它不是这样的。如果语言是我们自己的，难道不好吗？

和俄国形式主义者一样，索绪尔希望能够确保语言成为一种科学研究对象，这么做获得的明显好处足以补偿这种损失。假如语言不是私人的，假如它不是我独自任意创造出来的，假如它是约定俗成、供我们所有人使用的，那么这些正是使语言起交流作用的前提。换句话说，它是一个约定俗成的符号系统，我们之所以能认出这些符号，正是因为它们对我们所有人来说都是普通的。那么这种约定俗成性就是作为语言学家和符号学家的索绪尔关注的对象。

　　语言是我们用来交流的东西，但它自身并不是交流或者表达的行动。最好和最便捷的说法是：我不说语言，我用语言说话。语言同时作为一个集合、一个数据库——当我们回到我们的坐标图的时候，我们会不断地说到这一点——存在，而且，这个被我们称为语言的集合仅仅是虚拟的存在。我们除了能说它是一个"云里雾里"的数据库，无法说出它具体在哪里。它完全不仅仅是词典里的词汇表，因为为了系统化，这个词汇表必须被作为一个规则系统来构造，而这是词典没有给我们的。你们记得弗洛伊德说过，我们不得不从意识的反常活动中推断出无意识。我们说，在意识之后一定有什么东西，所以我们打算称它为"无意识"，然后试着去描述它。这与语言或者索绪尔使用的法语词 *langue* 非常相似。当我们交流时，我们**所做的**是**说话**，当我们说话时，"我们在'使用'语言"这个说法是正确的。但我们仍然需要记住，语言和言语是不同的实体。

　　如我所暗示的，在某种意义上，我们可以将语言理解为一个混合物，它包括词典里的所有东西，以及所有可以被编码为一套理想的或者完全系统化的语法、句法和习语规则的东西。在对这些规则的描述性和规定性态度之间，这个定义以某种方式根据一些共同要素做出了折中。但是，事实上没有这种混合物。换句话说，我们假设它存在，假设它是由语言学家组装出来的东西，半是尝试半是猜测。但作为一种存在于空间的同时状态（也就是**共时**）中的组合物，语言是我们只能从言语中推断出来的东西，就和我们从弗洛伊德的无意识中推断出意识的做法一样。另一方面，言语不是虚拟的而是实在的，它是我们的行动。言语（索绪尔使用的法语词是 *parole*）是我们挪用、布置和使用语言的方式。言语是虚拟空间中的一套可能性在实际时间中的展开，这套可能性就是索绪尔所说的语言（*langue*）。

　　那么，语言就是一个**符号**系统。索绪尔是怎样定义符号的呢？他的著名图示在一定程度上很清楚地解释了这一点。在图示中,横线之上有一个概念,横线之下有一个音响—形象。换句话说,我想到了什么东西,这个想到的东西与我已经把它交付的音响—形象相对应、不可分离。比如,我们可以这样理解这种关系,如果我们讲的是拉丁语,我们想到"树"(之所以把它放在引号中是为了表明它不应该是一个音响—形象)时,就会认识到对应于树的概念的音响—形象必然是*arbor*。或者,我可以为横线下的音响—形象*arbor*——我还是在说拉丁语——想到一棵树这样的图画。我不大可能很快就回到这里,但在第二个图示旁边的问号中,我们可以发现解构主义的秘密。我希望这能让你保持警惕、提心吊胆。

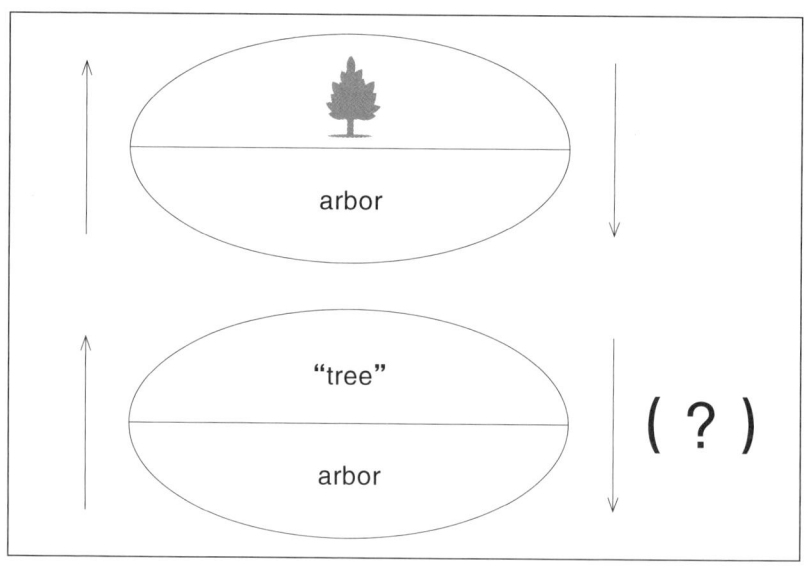

索绪尔认为横线上下之间的这种相互性(由上下箭头表示)是概念和音响—形象之间的一种**任意**关系。他将概念称为"所指",将音响—形象称为"能指"。换句话说,一个符号在一定程度上是由一个瞬时思绪的两面组成的,是被指称的东西和用来指称它的东西之间的一种关系。但是,其中一面不是先于或者独立于另一面而存在的。它们的关系是必然的,是约定俗成的，但也是任意的。所指"树"的能指无论在理论上还是实际上本来很可能是其他任何一个拉丁词，或者任何一个不属于拉丁语的词，因为能指和所指之间没有**天然的**联系。我们将符号组织起来的方式就是在一个展开的序列中调整那些配对——一个概念和一个音响—形象组成的二元关系。这就是我们讲出句子的方式。

通过非常强烈和必要的暗示，索绪尔坚持认为，一个能指指涉的是**一个概念**而不是一个**物体**。这个想法本身并不新颖。约翰·洛克（John Locke）在《人类理解论》（*Essay on Human Understanding*）中，就已经全面讨论了一个词代表了一个思想而不是一个物体的论点，从那以后，人们差不多就普遍接受了这个观点。我们说，在有声语言中，同时也意味着在所有语言中，没有**自然符号**这种东西。尽管人们不时抱有幻想，认为能指中存在某种摹仿性质，将其"钩在"世界上的一个所指上。这一点理解起来有些难度，但不是什么新鲜的东西。索绪尔的原创性内容、科学的符号学的奠基性内容在于他接着建立起来的一个关于符号的原则。我们辨别符号的方式，也就是理解任何一个既定符号的意义的方式，是**差异性的**。这个概念引发出这样一种认识：我们"认出"事物的方式不是肯定性的，而是否定性的。我会用后面的大部分时间详细说明这个概念。

这是我们第一次简单介绍一些基本思想，还有许多内容需要被澄清。我现在想回到语言和言语之间的区别，推荐你们读一读附录里这一节课的第一段选文。和俄国形式主义者一样，索绪尔主要关注的是把符号学建成一门科学。索绪尔也和俄国形式主义者——在某种程度上也和新批评家们一样——在谈论他们的同辈"学者"时一样，对当时语言学研究中的杂乱无章和缺乏系统性很恼火。他在第一段里这么说：

> 如果我们同时从几种观点来研究言语，这样，我们看到的语言学的对象就像一堆离奇古怪、彼此毫无联系的东西。

在下面的图示中,水平的坐标轴代表"言语"。假如我是一名语言学家,我尽可能多地从经验上研究言语,如果我这么做,当我试图组织我的材料时,各种各样混乱的标准就会来争夺我的注意力,令人不安。索绪尔接着说:

> 【这个】做法为好几种科学——心理学、人类学、规范语法、语文学等等——开启了大门。这些科学与语言学截然不同,但由于语言学家用上了错误的方法,它们都声称言语是它们的一个研究对象。
>
> 在我看来,要解决这一切困难只有一种方法:**我们必须从一开始就站在语言的阵地上,把语言视为其他所有言语活动的表现的标准。**

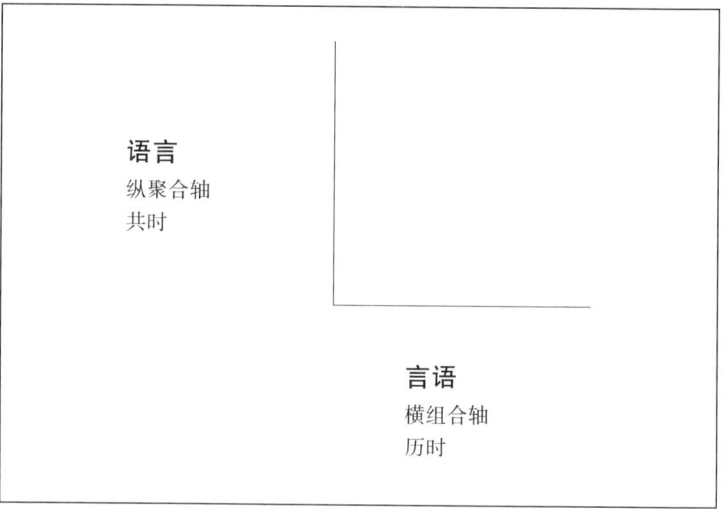

我们要立足于语言的阵地上,而不是言语上,这样我们就可以把它理解为一个符号间的关系系统。言语存在于众多语境之中,过于千变万化,无法在一个需要有科学的研究对象的限定领域中进行研究。另一方面,语言可以提出自己是一个以索绪尔的两个指导概念为中心组建起来的领域:符号的任意性和涉及其他符号时符号所具有的否定性性质。

为了理解符号为什么是和如何是否定性差异化的,我们应该停止使用其他各种用来思考语言——我们的科学研究对象——中的符号的方法,唯一相关的是一个既定符号如何可能被一个口语句子中的位置选中。以"船"(ship)为例。作为一个能指,"船"在音响上与其他某些能指有非常紧密的联系。因为担心会发生弗洛伊德口误,我们不会一一指出它们(由于这个原因,"舟"【boat】可能会取代"船"),但我没有说出来的这些已经有一串了。音响上相近的符号组成语言中一串符号的联想网络,但还有"船"的**同义词**:"小帆船""舟""小舟""帆船""轻舟"(skiff)和 *Schiff*(要注意,后两个能指属于同一个音响串)。同义词也有一串:它们的发音大部分都不相同,但意思仍然是相近的。而且,"船"还有反义词,因此与"火车""汽车""卡车"和"骡子"等其他交通方式产生了联系。通过这些以及其他方式,"船"与其他词串在了一起,在我们说话过程中试图推进意义的表达时,和其他备选项一起供我们选用。

以这种方式,语言中寓藏的每一个符号都处在一组符号串之中,这些符号串互相重叠,包含许多其他符号,而这个符号本身绝对是独一无二的(不会有第二个符号完全处在相同的这组符号串中),等待着被插入一句展开的话语中的某个空位上。顺便说一下,当我不经意地暗示说"词"是语言的基本单位时,我已经把问题过分简化了。情况并不必然是这样的。语言学家可以在不同层面上将语言抽象化。基本单位有时是词组或句子,但有时是音素——不可再分割的音响单位;如果有人将语言作为一种书写系统来研究,那基本单位就可能是音节。而且在书写系统研究中,它还可以是被理解为一个图形要素的字母。在语言学中,人们可以选择多种基本单位或者构成单位进行研究,这就需要一个能够包含任何和所有构成单位的特殊术语:法位(the tagmeme)。因此,无论选择哪个构成一个既定系统中的符号的构成单位,符号在任何一个系统中的差异性联想都是法位性的。那么,我们把符号在任何一个系统中的关系性称为聚合的。为了确认这种系统的术语,我们把坐标图中的纵轴称为纵聚合轴(the paradigmatic axis)。

符号的否定性差异本质上取决于它们的任意性。这就是为什么索绪尔像俄国形式主义者一样提防拟声词的原因。一个拟声词看起来像、听起来也像一个自然符号,但索绪尔非常努力地说明,拟声词总是从属于词源的偶发事件或者方言的奇特性,从来就不是能指—所指关系的内在和构成性质,能指—所指关系毫无例外地是任意的。比如,狗叫声在人类每种语言中听起来都是不同的(bow-wow,vaow-vaow),能够解释这个事实的唯一原因就是,这种音响在一个既定系统中是被置于与其他音响的关系之中的,而不是能指本身具有的一种摹仿要求。人们可以推测,在英语中"vow"被占用指结婚,在德语中"bow"被用来指建筑。

语言中的能指串精简了我们在言语中所做的选择,限制了我们坐标轴的"横组合轴"(syntagmatic axis)上一个挨一个的空位可选择的能指的数量,言语就是在横组合轴上向前推进的。E. E. 卡明斯(E. E. Cummings)大胆地挑战了这个原则,这吸引了一位名为戴尔·海姆斯(Dell Hymes)的语言学家的注意。卡明斯写过像"他跳着他做过的"(he danced his did)这样的句子,你明显不会认为"做过的"(did)这个词与这个联想串有关。[1]"他跳着他做过的":这看起来是个彻头彻尾的失败,正如一个思考语言的学派所认为的,而卡明斯似乎是在用这种"偏离"(如语言学家所说的)表达他对符号学的蔑视。然而,我们需要注意其中有一定的创新性,那就是"d"或者"duh"的音重复着"danced"中的"duh"音。事实上,有各种各样的压力合起来指引着卡明斯选择"did",而不是其他表面看来毫不相关的词。

如索绪尔所说,如果我们在国界的这边看着一头牛叫它"Ochs"(或者"Kuh"),在另一边看着一头牛叫它"boeuf",跨过了一大片水域看着一头牛叫它"cow",那么**事物**和符号之间明显不存在任何自然关系。符号是任意的,然后它们也是差异性的。我必须能够区分出我在任何交流句段中使用的所有符号。我是怎样做到的呢？通过**选择不是其他符号的符号**。我对任何构成单位的认知不是**肯定性的**；我并不是指着它说这就是符号x本身，尽管我看起来正是这么做的，其实我对它的认知是**否定性的**。我仅仅是因为它**不是别的东西**而了解它的。它与那些与它紧紧相邻的符号之间的直接关系，由于相似或者不相似而永远不可能是同一性的关系。它不是那另一个符号，当然也不是其他的符号。如果限定在口头语言上，这一点对于同音异义词来说尤其正确。我们只能根据"这里"（here）和"听见"（hear）的语境才能认清它们，丝毫也不能假装根据它们的音响而肯定性地认出它们。

我马上要举一个例子，应该能够澄清我所谓的否定性识别是什么意思，但让我们先看几段索绪尔重申自己观点的话。首先［845］：

> 语言这个系统中的各项要素都有连带关系，而且其中每项要素的价值都只源于其他各项要素同时存在的结果。

除非通过它与周边所有要素的差别进行区分，否则我无法对它有所认知。他接着说［847］：

> 任何语言片段归根到底除了不同于其他片段以外，不可能有别的基础。**任意性**和**差异性**是两个相关联的性质。

他还说［846］："概念完全是表示差异性的，它们不是积极地由它们的内容，而是消极地由它们跟系统中其他要素的关系确定的。"我曾经承认，我们在直觉上很难接受这个说法。我看着某个东西告诉自己："我知道这是什么。"全然忘了我仅仅是因为在某种语境下才知道它是什么，在这种语境中，它不是它周围的其他东西；与此同时，它不是任何以其存在就可能会改变周围事物面貌的东西。

现在，这里有个例子可以说明，一个在不同的符号系统中来回移动的符号为什么只能被否定性地加以理解。这个符号是一个语言单位，但也属于其他的符号系统。我的例子是红灯。作为一个停车信号，这可能是我们拥有的最简单的符号系统了。这个符号系统中有三个变量：红、黄、绿。我们有两种思考红灯的方式。一方面，假如我们认为我们的知识是肯定性的话，我们会说红色就意味着停止。假如我们只和这个符号系统发生关系，我们可能很难抵制肯定性的思维，因为我们会很快加上"黄色"意味着"慢行"，"绿色"意味着"通过"。每个人都知道这些意思，当我走近一个亮着红灯的路口时，我肯定不会想"哦，不是黄灯，也不是绿灯"。我的头脑不是那么运作的。目前为止，我似乎让红灯就意味着停止这个肯定性的申明成为现实。但假设红灯是在一头驯鹿的鼻子上出现的，或者就是它的鼻子，在这种情况下，红灯这个信号可能就意味着"前进""通行""跟我来""该死的鱼雷"。我们对红灯的反应就是快跑，这明显意味着"通行"。

一般认为重新为颜色进行定义是不明智的。它们的意义事实上不取决于颜色的内在价值，而是取决于颜色之间的差异，而这是约定俗成的。只要红灯意味着非-绿灯-通行、非-黄灯-慢行，一切都毫无问题。想让它意味着别的什么东西（比如"通行"），需要它在一个完全不同的、不存在的系统中否定性地出现。

现在说说另外一种红灯：街边房门前的红灯意味着"请进""往里走"，这个意思是在一个符号系统中与隔壁临街门前的白灯的否定性关系中获得的。这个白灯可能是在晚上开着防备小偷的，所以它的意思是"停止"。换句话说，只有在一个特定符号系统中的二元对立（我们以后会回到这个问题）内，红灯才能被识别。在一个礼堂的门上，红灯不是意味着"请进"，而是意味着"出去""出口"。

我假设有的红灯既不意味着"停止"，也不意味着"通行"，但让我们就限制在指示汽车通行或者与它二元对立相反的意思停止的红灯上。

在情人节的点灯庆典上，红灯意味着"不要停"。有趣的是，它在这里有否定自己在别的符号系统中的意义的功能，当然它俏皮地加强了它在另一个系统中的意义。在一辆救护车或者警车上——当然，它们的灯现在许多都是蓝色的，但让我们假设，传统占了优势，这些灯还是红色的——红灯意味着"让路"或者"停车"。这可能与停车信号灯的符号系统有些许关系，让你脑子里有了"别走"的概念。在这个场合中，同样紧迫的概念"让路"使这个概念变得复杂，因为它的意思是让你走，但是是往另一个方向上走。许多司机被这种混乱弄糊涂了，这显示出救护车的红灯所属的符号系统效率有点低。

最终，我们要考虑圣诞树上的红灯了。我们首先也许会如释重负，认为它根本**没有**意义。我们想说，谈论红灯、绿灯、黄灯、白灯或者蓝灯之间的否定性关系很明显毫无意义，因为它们都有相同的价值。它们都很亮，很喜庆，这就是它们应该是的样子。所以在这里，对于其他颜色的灯而言，红灯似乎并不是任意的和差异性的。好吧，这是因为在这个特殊的符号系统中，这个红灯并不是处在基本构成单位的层面上的。它自身根本就不是一个符号。"明亮的灯"是相关的构成单位，这个单位中的不同颜色被它们的基本意指中和了，尤其是在圣诞树上或者由文化环境赋予了同样价值的其他垂满花饰的东西上。一旦你明白了这点，明白了这个价值，即"圣诞树"是与"红灯"相对的，红灯或许是某些圣诞树的一部分，那你就会回归一个非常明显的符号系统：我们将圣诞树否定性地看作非–犹太教节日蜡烛、非–非洲裔节日蜡烛、非–胡说八道（bah-humbug）式的所有节日装饰均不在场。尽管如此，这个案例可能还没有了结。即使我们不庆祝圣诞节，即使我们取而代之使用非洲裔节日蜡烛，我们仍然知道什么是圣诞树。因此我们说，这种知识不可能是"文化决定的"。但是我们如果认为，这种自由、自发的理解能够证明，树作为一个符号既不是任意的也不是差异性的，那就错了。因为我们完全可以想象这样一个场景：一个从火星来的访客就不会知道它是什么。尽管我们对它很熟悉，但这样就能迫使我们去想象我们借以理解它的那个符号环境。

关于树上的红灯，我再多说一句，然后就让你们从这个例子中解放出来。只有在我们称之为"冬至装饰"的系统中，我们说圣诞树上的红灯、黄灯、绿灯、蓝灯等之间没有区别才是完全正确的。别忘了，色谱**也**同样是一个符号系统，在这个系统中，我们对红色的认知当然是从它与一个方向上的紫色和另一个方向上的橙色的关系中差异性地认知的。或者，如果这个系统被提炼为三原色的话，我们对红色的认知就是从它与蓝色或黄色的关系中差异性地认知的。尽管我们在某种意义上可以说，在每一个例子中，我们对红色的认知都是在它与属于同系统的其他所有非–红符号的对比下来认知的，但我们应该在这里更细致地观察一个原则，它在颜色系统中很明显，但在一个更多面的系统中就容易被忘记：我们对红灯的认知首要地是从与它相互依赖程度最高的符号（黑乎乎的城市街道上的一盏白灯、驯鹿的毛乎乎的棕色鼻子，等等）的对立关系中来认知的。比如，当我们抽象地思考一个交通信号灯时，我们会同意红灯主要是非–绿，其次才是非–黄。换句话说，红灯和绿灯之间的关系是一个互相否定的关系，是**二元对立**。但是当我在一个路口碰到一个黄灯时，在起作用的二元对立中，红灯——被视为有危险或者被警察抓捕的威胁——是非–黄。换句话说，在一个既定系统中，各种二元对立能够自由地移动。但是，经过分析，总是能够找到某个特殊的二元对立，作为符号选择中的主要推动因素。符号在其中显现的差异网络总是很复杂的，但在这个网络中，二元对立关系是产生差异的基本的不可分割的时刻。换句话说，多重的"这个不是那些"是许多相关的二元对立的总和，其中的每一个都是一个"这个不是那些"。

在我们这种课程的大部分时间里，我们谈论的好像就是我们无法知道任何东西。但事情绝对不是这样的。尤其在这个时刻，我们谈论的是我们是如何**确知**事物的。假如我们严肃地对待符号学，它就能教给我们一种相当复杂的理解我们如何认知事物的方式，但它同时坚称，我们是因为事物约定俗成的性质而认知它们的。那么，在这一点上，提出这样的问题是很有趣的：为什么我们**无法**在事物任何时候出现时都能认出它们呢？请注意，我们仍然知道它们是非－其他－东西，而不是仿佛处在一片毫无差异的混沌之中。换句话说，它们自身具有的系统性和情境性仍然是清楚的，但它们自身的性质尚未被我们认知。大家在这里想想圣诞树让来自火星的访客很困惑的例子。这个访客很清楚这是一个符号，但仍然弄不清楚它所属的符号系统。关键在于，如果我们无法确认一个符号，这不是因为我们无法将它作为一个（任意的、差异性的）符号进行识别或者处理，而是因为我们无法认出那个能让这个符号可以被识别出来的符号系统。这又相应地暗示我们无法在更高的层次上认出诸系统的系统。在这个系统中，诸系统都是一个构成单位，任何既定系统都可以在其中被识别出来。

我们费了这么大劲难道仅仅是想说"我们无法认出语境"？或许是这样的。但用符号学的术语来讲这句话，至少让我们可以与索绪尔宣称建立了一门科学相妥协。"语境"可以在直觉上让我们获益良多，甚至有资格成为一个研究领域，但它把我们推向了太多的方向，就如同索绪尔所说的"言语"研究，用他不甚漂亮的比喻说法，就是无法使我们立足于一个特殊的对象上。

那么，符号系统的可识别性就是它们共享的一个约定性。这就是任何个人都不可能让红灯变成"通行"的符号的原因。生态运动也使任何个人想要让绿灯变成"停止"的符号同样困难。这些观察进一步将我们引向一个需要被确立的观点。如索绪尔在讨论语言史中的"历时变化"时所坚持的，我们不能把我们的个人意志强加给符号，它们是通过用法的缓慢改变而发生变化的，而不是通过法令。有些时候，某些个人通过影响力和威望成功地使新符号代替了旧符号，这些事实只是表面上的例外。杰西·杰克逊（Jesse Jackson）几乎单枪匹马地让我们相信，我们应该使用"非裔美国人"（African American）这个表达方式,尽管它很累赘,还是个多音节的词。这看起来是某些人抓住语言的脖颈然后改变它的例子。但是,符号学家对此的回答是,这从来不会仅仅作为强加的意志的结果而发生。它必定是被默许的。你需要使共同体通过语言的惯例默许一个用法的改变。请记住,语言是**共时性**的存在:它只在一个同时的时刻存在。我们对语言的研究是历时性的,也就是说,我们研究它的历史、它在时间中的展开。现在,据符号学家所说,我们并不是把这种展开作为语言受到外部影响而改变——这里是与俄国形式主义者的另一个联系,用提尼亚诺夫的话说就是"修正"——的方式来研究的,而是作为一系列共时的横断面来研究的。在每一个横断面上,人们要么愿意以某种方式使用某一符号,要么不愿意。关键的是,假如他们不愿意,符号的创新用法就不会固定下来,这也就证实了个人法令无法改变语言中的任何东西的观点。

尽管有这最后一分钟的预习,共时性和历时性还是需要进一步的解释。我们还将继续使用图示里的坐标图,在那里,共时性和历时性的垂直关系与语言和言语的关系是相似的,与纵聚合和横组合的关系是相似的,甚至与隐喻和转喻的关系也是相似的。我们需要理解,为什么这么多纵轴上的东西是存在于虚拟空间里的,而大多数横轴上的东西是在真实时间中展开的。所有这些下面都会讲到。

第9章

语言学和文学

阅读材料：

克洛德·列维-斯特劳斯：《神话的结构研究》，见《批评传统》，860—868页。

罗曼·雅各布森：《语言学和诗学》，见《批评传统》，871—874页。

罗曼·雅各布森：《失语症的两种类型和语言失调的两种类型》，见《批评传统》，871—874页。

　　为了准备讲解结构主义，我需要对共时性和历时性做出更全面的解释。我们上节课是以这个二元对立结束的。在我们图示中的坐标轴上，这个对立被表示为纵轴和横轴，它们与俄国形式主义者思考文学历史编纂时的一个特征相切合。你们可能记得，在你们的阅读材料中，俄国形式主义者认为文学文本中的一个手法的功能具有两个层面。一种是**同时功能**（syn-function），它是一个既定文本中一个手法与所有其他手法之间的关系；但这同一种手法还有一种**自动功能**（auto-function），这是这种手法在整个文学史中持存或者再现的方式，它有时处于主导地位，有时是潜在的或隐性的，但始终作为与其他变量相关的一个变量出现。从同时功能上说，三行体有助于《神曲》的编排，并通过雪莱在诗作《西风颂》和《生命的胜利》（"The Triumph of Life"）中对一个预言传统的暗示重新浮出水面。从自动功能上说，三行体总是要么活跃地要么潜在地作为一种诗节的选项出现在诗歌史当中。

在索绪尔的语言学中，共时性和历时性的关系与俄国形式主义那里的同时功能和自动功能的关系非常类似。将语言作为一个系统来考虑，就是在一个既定时刻**同时**来考虑。如果你的关注点是语言在时间中发展、变化的方式，那你就不会倾向于把语言作为一个系统来考虑。你们将会注意到，雅各布森似乎将时间因素引入到了对一个符号系统的共时分析中。他说，你必须同时思考过时的和创新的特征，但要记住的是，在共时的横断面上，这种特征仅仅是相对于某个历史时刻的标准而被标注为过时的和创新的（可以同时向前看和向后看，但不把自身视为时间性的），而不是相对于时间的变化而被如此标注的。

然而下面这个说法也是正确的，某个历史时刻上的系统与它之前、之后，以及其他任何历史时刻上的这个系统都不一样。系统随时间而变。无论什么符号系统——语言、文学史、诗歌史——都会在时间中发生变化。当你对它在时间中发生的这种变化进行反思时，你就是在**历时地**思考它。

索绪尔认为，从共时的角度看某种事物，比如说一个符号系统，它的各部分之间的关系不是**必然的**，从某种角度来说，它们可以具有许多种其他关系，因为这个系统的基本构成单位——符号——具有任意性。但假如你从历时的角度研究一个诸如语言这样的符号系统，变化就**是**必然的，因为正是**这种**变化而不是其他变化，由于某种独一无二的原因而必然发生。但是，尽管历时的变化是必然的，它却是**不规律的**。它不是作为共时系统的结构被引入的，而是因为语言用法的某些方面由于各种原因出现了变化而发生的，这些原因不适合进行归纳概括。当人们开始说"兴高采烈的"（exuberant）以取代"快乐的"（gay）的时候，或者开始说"弯曲的"（sinuous）以取代"柔韧的"（plastic）的时候，这些修正反映出系统受到各种各样的外部压力，但是却与作为一个结构的系统无关。顺便说一句，这个论点对传统语言学中的一些观点提出了挑战，比如你们大家可能都知道的"元音大变化"（the Great Vowel Shift），它有时被认为是一个系统性的变化。"元音大变化"是指15世纪时某个发生了巨大变化的神秘时刻，英语中的每一个元音的音高都上升了一格。结构主义者的语言观认为"元音大变化"只是表面上呈现出规律性，实际上是一个历时现象，也许与方言的地理移动有关，它不应该被认为是规律的，这引起了争论。所以，共时的数据是规律的但不是必然的，而历时的数据是必然的，但不是规律的。

在你们的阅读材料中，当理论家们谈论的是从现存的数据中推断出一个语言系统或者其他符号系统的方式时，比如从言语（speech，*parole*）中推断出语言（language，*langue*），在这种情况下，事情就变得更加复杂了。（我事实上向你们隐瞒了一个事实，索绪尔曾经提出了第三个术语"言语活动"【*langage*】，用来表示所有言语的累积记录。我们在这里会一直使用语言—言语这对关系。）我们曾经说过，语言是一个在时间中被冻住的虚拟实体，我将在下面更详细地解释这一点。列维－斯特劳斯说过，一个符号系统的领域可以在"可逆的时间"中被穿过，意思是说，你可以在其中前后移动而不会改变它的共时特征。相反，言语是在一个不可逆的时间中，或者说是在一个真实的时间中展开的，因为任何言说的语句的开头（在言语中或者在一个完成的文本中）必然在其结尾之前，必然是在时间中一个能指一个能指地展开。人们通常不从历时性上思考言语，但严格地说，它就是这样的。当人们在说话或者写作过程中改变一个句子时，有时看着像在倒流的时间中回到前面去重述什么东西（语言学家称这种变化是"递归的"），这种变化是必然的（它发生了），但不是规律的（它是由于非系统的原因而发生的），它朝向被一个听者或者读者体验到的真实时间中的终点发展，因此是历时性的。即使做修改的人在句子中回到了前面，但在真实时间中他总是向前的。

现在我们可以转向结构主义了。当这场运动在20世纪60年代早、中期从法国登陆美国时，许多人从教条的迷梦之中醒了过来，几乎一夜之间就认识到他们是理论家，或者想成为理论家。这也发生在我身上，那时我是哈佛大学的一名研究生，在那里绝对没有任何其他人注意到了结构主义。在耶鲁大学、约翰·霍普金斯大学、康奈尔大学，人们开始关注这个运动，但在哈佛大学，我是在一位优秀的本科生查尔斯·萨贝尔（Charles Sabel，现在是哥伦比亚大学的一位社会科学和法学教授）介绍下进入这个领域的。我认为他是当时坎布里奇市唯一一个对结构主义有所了解的人。

结构主义开创了所有那些使文学理论直到20世纪80年代末还是一个蓬勃发展的产业的潮流。这些潮流包括如美国人熟悉的拉康的法国精神分析、路易·阿尔都塞（Louis Althusser）的法国马克思主义等。但令人惊奇的是，对文学理论做出了毫无争议的贡献的结构主义，仅仅持续了两年！在我遇到查尔斯·萨贝尔的几年前，约翰·霍普金斯大学于1966年召开了一次著名的会议。在这次会议上，雅克·德里达（Jacques Derrida）看起来至少是惊人地改变了结构主义的方向，美国的理论界接受了"解构主义"。我们接下去的阅读材料就是德里达在这次会议上提交的论文。但是，说结构主义只真正持续了两年并不公平。作为符号学的继承者，我们在整个文学理论中都能感受到结构主义的持久影响。1964年，第一篇结构主义的文本被译介到美国，1966年，上面提到的会议在巴尔的摩市召开。结构主义有很多具有持续影响力的著作，并不是都是在这两年发表的。罗兰·巴特有一本精彩的著作叫《论拉辛》（*On Racine*）。列维–斯特劳斯和雅各布森合写过一篇文章，是评论波德莱尔作品《猫》（"Les Chats"）的论文。人类学家爱德蒙·利奇（Edmund Leach）写过一篇文章，对圣经《创世记》进行了结构主义的分析。事实上，我以后将会说明，他选择《创世记》不是偶然的。此外还有尼古拉·特鲁别茨科伊（Nikolai Trubetzkoy）、A. J. 格雷马斯（Julien Greimas）、路易·叶尔姆斯列夫（Louis

Hjelmslev)、埃米尔·本维尼斯特（Emile Benveniste）等语言学家的重要著作。

结构主义者们大概是在被我们称为"叙事学"的领域里做出了最持久和最丰富的贡献。当我们阅读彼得·布鲁克斯（Peter Brooks）和弗洛伊德的文本时，我们会快速地对一些叙事学理论做个介绍，但现在我想提一下罗兰·巴特写的一篇重要的叙事学文本。在这篇题为《叙事的结构主义分析》（"The Structural Analysis of Narrative"）的长文中，他用二元对立的系统分析了一本詹姆斯·邦德小说。茨维坦·托多罗夫（Tzvetan Todorov）有许多重要著作，其中最重要的是《〈十日谈〉的语法》（*The Grammar of "The Decameron"*）。热拉尔·热奈特（Gérard Genette）有一系列称为《修辞格》（*Figures*）的著作，你们会发现，在你们马上要读到的保罗·德·曼的书中会经常引用他。所有这些著作以及其他许多叙事学理论的著作都直接受益于结构主义思想，或者是结构主义思想的一个方面。

我向你们保证过，我会对俄国形式主义和符号学之间的关系做出描述。这种关系在诸如克洛德·列维-斯特劳斯的作品中，特别是在罗曼·雅各布森的著作中阐明了自己。你在阅读雅各布森——他是参加过这两个运动的人——时可以发现，结构主义从俄国形式主义那里拿来了"功能"的思想。结构主义还从俄国形式主义那里借来了共时功能和自动功能的关系，变成了他们自己的共时性和历时性的关系。另一方面，结构主义从符号学那里得到了知识是否定性差异化的概念：比如，在对俄狄浦斯神话的分析中，列维-斯特劳斯提出，神话没有一个真实的或者本源的"版本"，没有一个其他所有东西都是从中派生或变异出来的原始记述。这种思想就受到了符号学中的否定性时刻的启发。结构主义著作的特征就是拥有这样的根本前提：研究对象是一个组合物、一个共时的系统，不能被等同于一句特定的言语，而是通过研究这一类对象的共同特征而显露出来的。

想要理解结构主义这种本质姿态，最好的办法可能是在罗兰·巴特的文章《结构主义行动》（"The Structuralist Activity"）的一句格言中［871］

寻找："结构主义者拿起实物，拆解它，然后重组它。"你可以在其中发现结构主义的工作和俄国形式主义的工作之间的巨大差别。俄国形式主义并不为了重组而去拆解对象。它只是将对象分解成一个一个的手法，从功能上呈现这些手法之间的关系。这种分析思考的是对象被组合在一起的方式，但确定无疑是从这个对象本身推导出这个结构，如果戈里的《外套》、塞万提斯的《堂吉诃德》、斯特恩的《项迪传》。对于俄国形式主义来说，数据确实在积累，比如人们可以对陀思妥耶夫斯基的作品进行概括，但肯定是在对个别文本的观察中重组一个虚拟对象，比如"小说"。

相反，如巴特所说，"结构主义者拿起实物，拆解它，然后重组它"。他的意思是，你收集了众多的变体和版本，创造出一堆数据，不一定是所有数据，而是与一个既定思想和概念有关的具有代表性的数据量，然后你问这些数据是否能按一种有意义的类型或者"结构"进行安排，列维－斯特劳斯就是在这里引入了"总构成单位"（gross constituent units）的思想。从这种对构成特征的再构形中产生的是一个重组了"真实"对象（们）的虚拟物：在你们读过的列维－斯特劳斯的《结构人类学》（*Structural Anthropology*）的例子中，这个虚拟物可以被称为俄狄浦斯神话背后的深层意义。

所以让我们看看列维－斯特劳斯的俄狄浦斯神话列表［864］，如果你想这么称呼它的话。我想简单地说几句。他考虑了许多不同版本。我们不用费劲去数到底有多少种了。作为一名人类学家，他在田野调查中研究了一个北美印第安人神话和其他种类神话的诸多版本。在俄狄浦斯神话的研究中，他没像在前述研究中那样收集那么多版本，但也有一些。其中一个是弗洛伊德的版本，一个是索福克勒斯的版本，还有其他的版本。他注意到这些版本中有反复出现的特征（事件、象征、词汇类型、礼仪实践），这些特征分属于不同的类型。它们可以被置于表示一个共同主题的竖栏中，而这些竖栏又可以在横轴上当作横断面，显示这些竖栏是怎样相互联系在一起的。比如，一串事件、偶然事件和命名的意外被置于一个被称为"血缘关系的过度决定"（overdetermination）的竖栏中。这样，当安提戈涅试图埋葬她的哥哥时，她冒着失去一切的危险，走向了似乎过度的极端，这是一种血缘关系的过度决定。但同时，在这个神话中还有一系列的行动——向后追溯到俄狄浦斯的祖先，向前讲述了他的后代——与低估血缘关系有关。人们似乎对血缘关系没有给予应有的重视（在悲剧中，无知不是理由），坏事发生了，正如俄狄浦斯杀了他的父亲，娶了他的母亲。

血缘关系的过度决定	血缘关系的非充分决定	对原生性的否定	对原生性的肯定
卡德摩斯寻找他的妹妹欧罗巴，她被宙斯强暴了			
		卡德摩斯杀死毒龙	
	地生人互相残杀		
			拉布达科斯=瘸子？ 拉伊俄斯=左撇子？
	俄狄浦斯杀了他的父亲拉伊俄斯		
		俄狄浦斯杀了斯芬克斯	
			俄狄浦斯=肿了的脚
俄狄浦斯娶了他的妈妈乔卡斯塔			
	厄特俄克勒斯杀了他的弟弟波吕尼刻斯		
安提戈涅违抗禁令埋葬了他的哥哥波吕尼刻斯			

然后还有一个竖栏反映了在所有版本中都有的对从地里出生的东西的奇怪迷恋：在卡德摩斯的故事里，魔怪的牙齿被撒播在地里，长出了腓尼基字母，英雄们以各种不同的方式遭遇魔怪，就像俄狄浦斯遭遇斯

芬克斯一样。所有这些魔怪似乎都不是由父母生出来的——由两个生物生出来的——而是从他们誓死保卫的土地里出生的。他们是从地府来的，或者如列维-斯特劳斯所说的，是"原生性的"，意思是他们是自己从地里生出来的。

这个神话似乎对原生性有种奇怪的迷恋，然而这种迷恋被对它的激烈反抗抵消了（但当然也被加强了），仿佛关键的问题是要坚持生产出我们的父母的二元对立关系，是要通过我们每一个都是从两个生物那里出生的思想，在我们的人性中再次确认这一点。然而，神话能够以完全相反的方式唤起原生性。在俄狄浦斯的家系里，许多人的名字是以拉姆达开头的——拉布达科斯（Labdacus）、拉伊俄斯（Laius）等。拉姆达的字母形式（λ）看起来像一个瘸子。俄狄浦斯这个名字的意思是"肿的脚"、"瘸腿的人"。从第四个竖栏中生发出来的思想是，不仅在魔怪中，而且在我们自己的身体构造中也有原生性的迹象。我们之所以瘸腿，是因为我们的脚是泥土做的，我们是从土地中生长出来的，我们一直带着这个属性，这是在俄狄浦斯神话的展开过程中不断出现的直觉感受。请注意，在众多迅速传播到其他文化的神话的例子中，这是其中一个。亚当的名字是"红土"的意思，他是由从土地中获取的红土创造出来的。

这样你就有了四个竖栏：血缘关系的高估、血缘关系的低估、对原生性的否定和对原生性的坚持。我现在先到此为止，但是我们将来会回到这些竖栏，思考人类起源问题中的二对一的奇妙话题。那时我们会惊奇地发现——或者至少对我来说是这样的——列维-斯特劳斯的分析正是结构主义活动自身的一个寓言。不仅仅是意义，而且是某种特别的意义在魔术师玩的小卡片游戏中出现了。当然，出现这种意义的表面上的不可避免性，可能与为了重组、为了创造一个虚拟的系统对象而进行拆解这种明显的循环性有关。请注意，我已经把出现了这个对象的竖轴画成了虚线。你要是觉得这四个竖栏出于某种预设，也不能怪你。

这不是说列维-斯特劳斯的结论没有惊人的力量。你其实可以通过思考他没有提到的事情来证实这些结论，这些事情应该很容易就能塞进他给我们提供的结构里。乔卡斯塔是上吊自杀的，他没有提到这件事。它不在四个竖栏中的任何一个里，但它明显与血缘关系的过分决定和非充分决定有些关系，你可以自己来选择。她由于乱伦感到有罪，因此她之前低估了血缘关系，而现在高估了血缘关系。俄狄浦斯出生的时候就有残疾，被丢弃在喀泰戎山上。列维-斯特劳斯也没有提到这些，但这明显是俄狄浦斯腿瘸得像字母拉姆达的原因。很明显，他天生的残疾以及在山中被发现就仿佛是在那里出生一般与原生性的坚持有关。最后，在《俄狄浦斯在科罗诺斯》(*Oedipus at Colonus*)的结尾，俄狄浦斯死去的时候被大地吞掉了。你本是尘土，必将归于尘土。在俄狄浦斯神话中，与此相似的是"我来之处乃我去之处也"。因此，这个表格不仅是为了列维-斯特劳斯认为适合提到的内容，也是为了我们自己能够想到的东西服务的。这可以让我们对一种假设保持警惕，即认为他只是在随意摆放他的卡片。

当我转向雅各布森，你们可能会有很好的理由反驳我。你们会说，尽管我一直在强调"为了重组而拆解"，你们却没有看到它在《语言学和诗学》中起作用。你们可能会觉得雅各布森只是在提出一个形式主义的论点。他将所有的言语行动分解为六个功能。但雅各布森毫无疑问做出了崭新的贡献，他提出了诗歌功能这个概念，形式主义者可能会将之称为"文学性"。我在这里首先会引用关键的一段，希望最终能够把它解释为建立在符号学上的结构主义思想。这是很拗口的一句话 [858]："诗歌功能将选择轴上的对等原则投射到组合轴上。"那么，什么是"对等原则"呢？它可以被理解为雅各布森在《失语症的两种类型和语言失调的两种类型》("Two Types of Aphasia and Two Types of Language Disturbance")一文中称为"隐喻"的东西。[1]你们应该记得，在讨论符号学时，我讲了符号是如何在我们的坐标轴的竖轴上成串聚合的。在音响和意义上，词语"船"与一些词相似，而与其他一些词截然不同，但与另外一些词，比如"长满草的",则没有什么特别的关系。也就是说,某些符号与另外一些符号由于强烈的相似或者相异而在选择的序列(记住,这就是"选择轴")中被串在一起。这样,一个符号可以隐喻性地替代另一个符号,或者把自己当作另一个符号的二元对立符号。这种串联在一起的方式就是雅各布森所谓的"对等原则"。

假如这听起来太笼统了,也许最好完全不用差异或者相似性这种词,而坚持使用基本相同或者对立,分别指意义几乎一样的符号、意义相反或者由于其他某种互相对立的形式而聚合在一起的符号。但是,对等原则明显比较灵活,就像诗律也很灵活一样。斜韵可以代替全韵。这些关系可以以各种各样的方式延展,但被理解为音素、词素、文法素的符号聚合在一起的方式仍然是对等原则。我们欣然从语言中选择这样的符号,再将它们沿着组合轴组合在一起成为言语,这就是专注于诗歌功能的人寻找的东西。如果口头的或者书写的言语似乎涉及众多对等中的一种主导的对等,那么这个在组合轴上展开的言语就是从选择轴上投射了对等原则——可以称它为隐喻、相似或者相异原则——的结果:从假定存在的虚拟轴(注意那是虚线)投射到真实的组合轴。语言在这条虚拟轴上是一个系统,而在这条真实轴——之所以是"真实"的,是因为没人怀疑言语的存在——上不是一个系统,是一种符号在真实时间中增添的组合。

这样,诗歌功能,或者说将对等原则投射到组合轴上,就把隐喻倾向强加在了一个可以被称为**转喻**的组合过程中。我们在阅读保罗·德·曼的著作时就会知道,转喻这个词有两个不同但相关的意思。一个意思是,假如我组合一个陈述句,我在做的是将词语一个挨一个排列在一起,因为它们完全符合语法和句法,不会特别注意到意义的相似或者音响的重复。也会运用修辞的手法——你们对此可能很熟悉——就是用不是同义的但有点相关的或者隐喻性的词去替代其他的词。如果你愿意这么说的话,转喻就是松散地联系在一起的一组符号,它们一个挨着一个恰当地排列在一起,符合语法和句法规则、逻辑原则,但同时也符合修辞手法

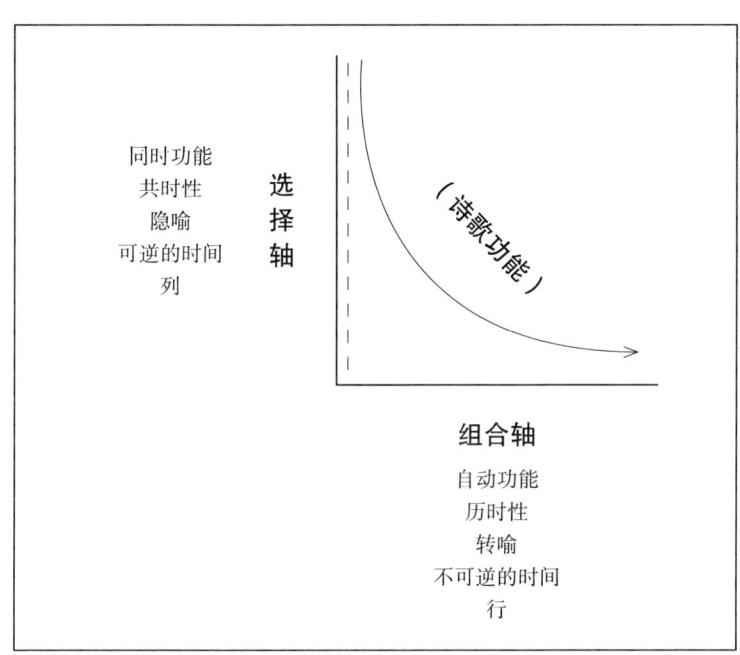

的前提。假如我为我的句子选择了"茅屋"而不是"房子"——事实上这个例子出自雅各布森的文章《失语症》——比如说"茅屋是小的",这里暗含着一种与房子、棚屋、别墅及其他大型建筑相关的转喻关系,但是,或许只有通过那促使我说出几乎纯属多余的"茅屋是小的"的句子的组合逻辑,这个词才能真正选定。所以,对于那些诗歌功能不占主导地位的普通言语来说,组合过程——借用修辞术语"转喻"指代用一个不对等的但相邻的符号代替另一个符号——基本上是转喻的。

现在让我们完整地看看雅各布森所说的六种功能。我觉得做出这些观察并不困难,但我也发现雅各布森对六个功能的分析是详尽的、无懈可击的。他已经穷尽了对一个言语可以说的东西。当然在其他语域还有很多可说的内容,但是从雅各布森的分析出发,几乎是无可挑剔的——可能除了一点外,我后面会谈到。

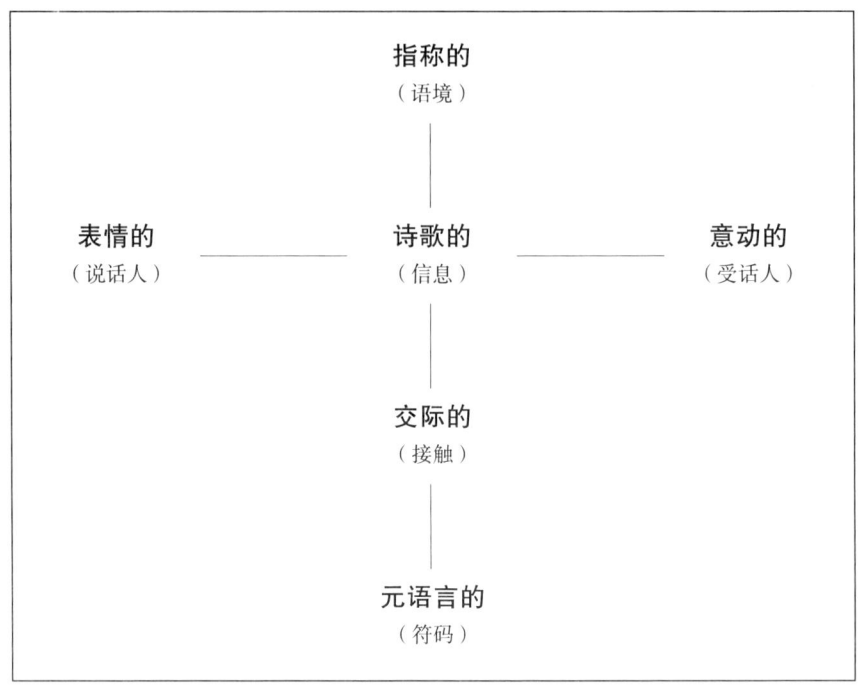

　　为了作为证明的例子,我一直在煞费苦心地寻找一句最平淡的合适的表达,以便说明无论什么样的言语都一定带有这六种功能。我的例子——你们不要激动——是"天在下雨"(It is raining.)。在图示中,你会发现,我们对说话人的"倾向"(set)是表情功能,对受话人是意动功能(一个命令或者说服的企图),对语境的倾向是指称功能,对接触的倾向是交际功能(试音,一、二、三),对符码的倾向是元语言功能(一匹母马是一匹母的马),对信息本身的配置是诗歌功能。

　　这样,让我们假设我是作为一位浪漫主义诗人的说话人。我说——如果我是一位诗人,说出这样的话可能是很不明智的——"天在下雨"。我是什么意思呢?好吧,可能是"我在雨中歌唱",或者是"我的心中在下雨"。换句话说,在我所说的"天在下雨"中,我想表达某些情绪上的东西,在雅各布森所说的表情功能中达到了这个表达的目的。

现在，这句话是被传递给某人的。这个信息是被推向受话人的。一个小孩没有穿外套，正想出门，他的妈妈或者爸爸说"天在下雨"，意思是"穿上外套"。他们不必说"穿上外套"，他们说"天在下雨"，这就在意动功能上达到了这个表达的目的。

任何言语都有一个真实世界的语境。我这么想你们应该不会提出什么异议。现在我是一个气象学家。我看着图表，通过麦克风自信地宣布："天在下雨。"每个人都会认真对待我说的话。"天在下雨"的指称功能就是传达信息。当指称功能在一位权威人士说出的言语中占主导地位时，我相信天就是在下雨。在天气预报员说"天在下雨"时，我并不期待他会偷偷告诉我他此时高兴还是不高兴。我只期待——因此我只听到了——一个关于天气的事实。

现在是"对接触的倾向"。雅各布森给你们举了个精妙的例子，来自桃乐丝·帕克（Dorothy Parker）对一次约会的再现：好吧，我们见面了；是的，我们见面了；是的，我们确实见面了，等等。换句话说，你现在非常不幸、高度敏感，正在没话找话，因为你在约会却什么都说不出来。所以你说："天在下雨。"你的对话者当然会说："是的，天在下雨。"你说："雨下大了。"她说："好吧，是的。也许马上就停了。"对话就这样断断续续地进行，这就是"交际的"功能，是要确认接触没有失灵：你能听到我的话吗？你根本不在乎天是否在下雨，你只想确认交流在进行。假如我是一位物理学家，在与另一位物理学家约会，我说"E 等于 M 乘以 C 的平方"不是要宣称或者宣布"E 等于 M 乘以 C 的平方"，这完全是不必要的。我只是在没话找话。这就是对接触的倾向，在正确的说话情境中，任何信息都有这种功能，就像任何在正确说话情境中的信息都有其他五种功能一样。

对符码的倾向是，当我们无法确定我们在一个既定场合对一个词的理解是否与别人相同时，我们不能只是交谈，而要确保我们把意思表达清楚了。我说："田里有一匹母马。"有人说："什么是母马？""好吧，就是一匹母的马。"作为一个定义，这是元语言功能。但我们的检测文本是"天在下雨"。这里正是有意思的地方。这个"it"或者是"下雨"（is raining）的定义，或者是雨从哪里来（"天"），它到底是什么？其他语言中也有这种奇怪的现象：*Il pleut*、*Es regnet*。什么是"il"？什么是"es"？什么是"it"？是上帝？是雨神？是云层？它也许是云层，但我们觉得这个"it"不是这个意思。"it"是一个语法和句法上的不规则现象，就算是语言学家也很难分析和解释。所以，如果我是在和一个拘泥于字义的人说话，当我试图侥幸说出"天在下雨"时，元语言功能就会跑出来让我难堪。

与元语言功能不同，"天在下雨"的诗歌功能很不幸地并不是那么有趣。这是这个例子的一个缺点。但我们还是可以说出点东西来：前面的"ih-ih"以及"raining"中的两个"ih"，单音节词强化了宣布某件事情的发生，之后跟随的是人们往窗外看时可能会有的延续感："天在下雨雨雨雨。"（It is rainnnnnning）词语的延长传达了一种语义的价值。要想让诗歌功能在这句话中占据主导地位——即使有了这么多i——对任何希望如此的人来说都应该是很棘手的，如我前面所说，任何明智的浪漫主义诗人都不会说"天在下雨"这样的话。但是我要再说一次：如果为言语找到了正确的情境，**任何**功能都**可以**成为主导的。

作为对雅各布森提出的一个言语具有的六种功能的分析，这些也许就足够了。诗歌功能占主导地位的情况致使诗学在雅各布森文章的题目里被包含在语言学之中。当诗歌功能占主导地位时，它反映了与转喻相对的隐喻结构，我们在其中观察到来自选择轴的某种压力，选择轴和对等原则一起影响了组合的方式。还能有什么比"天在下雨"更没有诗意吗？但是突然之间，你注意到了那一串i，注意到了相似的单音节的重复，也许还有别的什么东西。即使是最陈腐的言语组织方式，也能在这种组合中被观察到它的自我指涉（"对信息的倾向"）。正如雅各布森所指出的，我们之所以说"无辜的旁观者"（innocent bystander）而不说"漠不关心的目击人"（unconcerned witness），是因为前者是一个双重的扬抑抑格。

但假如我们说"漠不关心的观众"(unconcerned spectator),我们可能会突然发现自己很想知道,为什么所有这样的组合都是双重扬抑抑格。当言语使用语言时,语言有一种神秘的方式让我们能够感到诗意。

你可能还会反驳说,我仍然没有说明雅各布森是如何"为了重组而拆解"的。好吧,除了敦促你们去读他与列维-斯特劳斯合写的论波德莱尔《猫》的文章外(在这篇文章中,一首十四行诗被重新结构成一个深层的以音响为基础的主题,它与这首诗的论点在一句句诗行中的展开没有或者鲜有关系),我认为我能说的是,雅各布森重组的是一个游荡在组合轴之上和之内的选择轴的幽灵。在将能指组合起来的诗句——人们可以把它看作**一行**(row)——上,任何一个地方,尤其是在诗歌功能占主导地位的地方,人们能够感到在每一个新能指的上面和下面有一个虚拟的**列**(column),由所有在隐喻上相关的能指组成,它们是原本可能被选中而没有被选中的词。在《失语症的两种类型:隐喻和转喻》("Two Types of Aphasia: Metaphor and Metonymy")一文中,在隐喻一极发生的失语障碍使组合轴成为一种对选择轴经常是不合理的复制。这确实是一种神经生理上的紊乱,但正如雅各布森经常提醒我们的,它也是我们在诗人身上发现的一种倾向。

现在我真的到了可以提出一个反驳的地方了。雅各布森其实也试图回应这个造成了小麻烦的反驳,但它确实让我们想到一个更普遍的问题。让我提醒你们注意一个问题,这是一个不亚于区分出六种功能的令人惊叹的思想练习。雅各布森在诗歌功能和元语言功能之间的关系,也就是对信息的倾向和对符码的倾向之间的关系上犹豫了:

> 可能有人反驳说【是的,我们就正在这里反驳】在将同义表达组合成一个等式句时,元语言功能也将对等的单位用作一个序列:A=A("母马就是母的马")。但是,诗歌功能和元语言功能是截然相反的:在元语言功能中,序列是用来构建一个等式的【换句话说,是

为了证明一个术语可以用其他术语来理解】,而在诗歌中,等式是用来构建一个序列的。

很明显,这在某种意义上来说是对的。也就是说,我知道自己什么时候在说元语言,什么时候在说诗歌。你们或许也知道,但雅各布森的所作所为实际上暴露了结构主义者的一个痛处,因为他在诉诸意图:他已经说出了元语言表达有一个意图,而诗歌表达有另一个意图。如果情况是这样,那言语就有一个**起源**;它们起源于一个有意图的意识,就像在非结构主义的传统中、反结构主义的传统中,事物起源于一个先在的原因,而不是起源于两种事物——二元对立的一对儿——的否定性关系。换句话说,假如结构主义自身是对起源(genesis)的一种批判,就像爱德蒙·利奇在对圣经文本《创世记》(Genesis)的分析中所做的那样,列维-斯特劳斯在理解俄狄浦斯神话(**由两个而生还是由一个而生**)时当然也是这样做的。假如结构主义是对起源的一种批判,那么当你不得不在你的系统内的两个实体之间,即诗歌功能和元语言功能之间,**根据它们的起源**,也就是站在它们背面的意图来做出区分的话,会发生什么呢?

如我所说,这个例子看起来似乎无关紧要,因为我们都同意雅各布森,即只要我们看到元语言功能和诗歌功能的区别,我们就能明白这个区别,但他实际上并没有说当我们看到这个区别时,我们就能明白这个区别。假如他仅仅是说任何人都知道什么是元语言功能,什么是诗歌功能,那也许会更安全一些。他反而说的是元语言试图做一件事,就是让一个序列成为等式,而诗歌语言试图做另一件事,就是让一个等式成为序列。假如我是一匹会说话的马,在给我的心肝儿写一张情人节贺卡,我可能会不吝赞美之词,说"母马是马中的女性"(Mare is the female of the horse):扬抑抑格—扬抑格—抑抑扬格,用相对的韵脚将"女性"拥在中间,通过与"母亲"(mère)是同音同义词,使之带有俄狄浦斯的意味,由两个而生。

但是，一旦我们看到了问题，我们可能对所有六个功能都会产生相似的疑问。我站在你们面前说："天在下雨。"你怎么知道我想表达什么意思？我是否是因为紧张而没话找话？我是高兴还是不高兴？我是不是认为你疯了？因为外面确实在下雨，我却没有看到任何外套。或者我是否实际上是一个扮作英文教授的气象学家？你不得不推测出一个意图。如果你是为了做出这些区别而这么做，结构主义是否还能彻底坚持知识是由结构决定（否定性的）的，而不是由起源决定（肯定性的）的？我把这个不需要回答的问题留给你们自己去研究。

我将把对列维–斯特劳斯的批评留到下节课来讲，因为你们会发现，你们阅读的德里达的文章《人文科学话语中的结构、符号和游戏》主要是关于列维–斯特劳斯的。所以，在讲解解构主义之前首先回到列维–斯特劳斯某些方面的论点，是顺理成章的。

第10章

解构主义 I

雅克·德里达

阅读材料：

德里达：《人文科学话语中的结构、符号和游戏》和《延异》。见《批评传统》，915—925页，932—939页。

在这一讲中，我们将遇到在所有阅读材料中最难读也是最有影响力的理论家之一。得益于转向伦理和政治问题，德里达在去世（2004年）前后的那些年里再度流行了起来。他从来没有放弃早期的思考以及臭名昭著的复杂文风，但他使这些特征符合了进步人文主义者的利益。尤其是，后期德里达与意大利哲学家吉奥乔·阿甘本一起，被人们与文学和其他问题的理论研究方法中所谓的"伦理学转向"联系在了一起。当解构主义在20世纪80年代后期的学术界内部多少受到理论攻击的时候（不再只是受公共新闻界里的猛烈抨击），德里达的名誉受到了严重的损害。"伦理学转向"在当下很流行，因此他的最后几部著作使他的名声现在又很高了。

但我们为这节课阅读的那些材料是他很早以前的著作，属于早期的影响范围。

《人文科学话语中的结构、符号和游戏》("Structure, Sign and Play in the Language of the Human Sciences"，下文简称《结构、符号和游戏》)一文是1966年德里达在约翰·霍普金斯大学举行的"人类科学"会议上宣读的。这个会议的本意是为克洛德·列维－斯特劳斯举办一场加冕礼，他的那些被认为是一种"科学"的著作仅仅几年前才突然传到美国。列维－斯特劳斯也出席了。他发了言，也是听众。但是不仅仅是列维－斯特劳斯，人们普遍认为德里达的发言是在罢黜列维－斯特劳斯，而不是为他加冕。列维－斯特劳斯在2009年以101岁高龄去世。在他年迈时，他对自己著作的地位被后续发生的事情所罢免表示出极大的痛苦。

责备德里达的这次发言是很容易的（我不知道列维－斯特劳斯是否这么做过），但是，在思考这次发言以及德里达所有著作——在这个问题上，也包括解构主义——时的众多难点之一，就是断定它们彻底违背结构主义作品的程度。我们经常在列维－斯特劳斯的著作中发现，他在思考自己理解结构的方式时有一种自我意识，甚至是反讽，而德里达同样如此，并在文章中坦率承认这一点。德里达不断引用列维－斯特劳斯来证明自己的论点，只是后面会指出，即使在列维－斯特劳斯最谨慎的言论中，依然有一些东西还是没有想透，或者至少在他著作中的其他地方没有想透。《结构、符号和游戏》一文不是对列维－斯特劳斯的全盘否弃，甚至不是非常有破坏力的批评。我认为，德里达会承认自己是站在列维－斯特劳斯肩膀上的一位思想家。

然而，无论如何，这对美国的理论研究者来说是个十字路口一般的事件，它确实几乎在一夜之间掀起了一场从结构主义跨到解构主义的革命，这场革命在遭受广泛、多样、广为人知的敌意之中，于20世纪70年代和80年代早期一直是盛行的理论范式。作为这个时期的两个关键人物之一的德里达，在很多年中都是耶鲁大学春季学期的年度访问学者。耶鲁大学有一个被一位批评者称为"阐释学黑手党"（hermeneutical mafia）的说法流传了开来，主要就是因为耶鲁大学出现了德里达和保罗·德·曼、J. 希利斯·米勒（J. Hillis Miller）以及与他们更松散地联系在一起的杰弗里·哈特曼（Geoffrey Hartman）、哈罗德·布鲁姆（Harold Bloom）。[1]

这个圈子组成了所谓的耶鲁学派。它在一些圈子中产生了巨大的影响，同时也给自己招致了前所未见的潮水般的愤怒。这一切还与至今有时仍被称为"人文学科的危机"有关。州政府的立法委员们和各种董事会今天比以前更加确信，解构主义从未远去，人文学科不应再受到资助，因为后结构主义的信徒已经把西方文明的基本价值观破坏了。再加上对美国丧失科学竞争力的恐慌以及为滞后的美国工厂补充科学家的必然需求，一起使大学人文学科遭遇了艰难时日，更不用提中学教育中的人文学科了。

所以你们都读过了一篇完整的文章，以及另一篇文章《延异》的一部分，你们已经发现德里达的文章非常难读。事实上，除了发现他的作品很难读外，你们可能愤怒地想知道他为什么要如此写作。你们知道阅读这位思想家的著作具有挑战性，但你们怀疑他是否有必要让文风如此晦涩。你们尤其想知道他为什么不每次只说一件事情。你们甚至可能注意到了，他这么做完全是故意的，作为一种思想过程的解构主义就是让人难以捉摸的舞蹈，人们借此拒绝站在明确的立场上，拒绝任何可以被一个德里达经常称为"超验所指"（Transcendental Signified）的总括术语所主宰的结论，这就是《结构、符号和游戏》全文的主旨。但你们仍然还是很难接受这种风格。

是的，德里达的论文风格像螃蟹一样，总是偏离正常的论证轨道。这种风格就是要使自己避免看起来像是从某些明确的指导概念推导出来的。这是必然的，因为解构主义正是要拆解这样的思维基础，即我们借此认为我们的思维可以从某种确定的概念中推导出来。他也拒绝为了符合某种特别的文类而改造一种书写风格。德里达和保罗·德·曼之间的一个重要区别在于,德里达不是一位**文学**理论家。尽管他经常讨论被我们称为"文学"的文本,但他对书写(*écriture*)的看法使他坚持认为,我们无法在文类之间做出可靠的区分。换句话说,与其他任何总括术语一样,文类也不适合做超验所指。由于这个原因,德里达是那些劝服我们相信没有文学、法律文本、神学文本、哲学文本、科学文本这些东西的人之中的一员,至少他认为它们之间没有清晰的界限。有的只是"文本",思考文本的领域就是思考某种充满了**差异**(更别提**延异**这个新造词了,我们一会儿会回到这个词上)的东西。这些差异太多,一直都在起作用,以至于无法用类别进行简单化。

至此,我一直都在谈论困难和困惑,但鉴于我们大家对此都处于一种高度紧张的状态——我也处在高度紧张状态之中,因为我试图将这一切讲清楚,我在冒险背叛德里达的方式——让我提醒一下我们大家,我们在之前的课堂上其实一直在"做解构",我们在阅读德里达时碰到的很多问题**已经被解释**过了。让我们通过这些我画的小图做一下热身。我相信当你们看到这些图画时,你们已经认出了竖轴。(当我们讲女性主义理论的时候,我们碰到的竖轴会是一幅非常不同的图像——当然我不会冒昧地去画它。)

埃菲尔铁塔为我们提供了一个完美的方式,用来说明竖轴在何种程

度上是**虚拟的**。假如你看到了一条笔直挺立的虚线,那正是埃菲尔铁塔。塔内没有什么东西,它是透明的。但是,如果你站在塔顶的观景台上,全巴黎就会突然在你的脚下被组织起来。你往下仔细观看,就能看到一条壮观的组合轴:圣母院、歌剧院、凯旋门以及其他,而埃菲尔铁塔向它们施加了自己选择的权力。巴黎的这些地标,它的主要符号,以某种秩序坐落在铁塔脚下:从不同的选择轴的制高点看过去,它们会以不同的秩序被组合起来。根据罗兰·巴特在一篇题为《埃菲尔铁塔》("The Eiffel Tower")的文章中所说:

【居伊·德·】莫泊桑经常到塔内的餐馆吃饭,尽管他并不特别喜欢那里的菜肴。他说:"这是巴黎唯一一处不是非得看到铁塔的地方。"2

这段话的意思似乎是——再一次用索绪尔的话说——假如我们"完全立足于"埃菲尔铁塔,我们就能从它真是一个支配性的存在这种想法中解放出来。假如我们真的身在其中,我们就不必再担心它那种将其周围事物组织为严密的伸展模式的方式了。毕竟,我们根据埃菲尔铁塔周围的环境来推断它才是有意义的。埃菲尔铁塔建于19世纪,巴黎的城市轮廓绝不可能是由它**决定**的。就如同语言对于言语来说是迟来的东西一样,它也是迟来的。可以这么说,埃菲尔铁塔具有虚拟性,它组织周围事物的方式是任意的。

华莱士·史蒂文斯有一首诗,对这些相同的思想进行了反思。我确定你们能认出我画的陶罐是史蒂文斯《坛子轶事》("Anecdote of the Jar")中的坛子。史蒂文斯说,这个立于山丘顶上的坛子"让凌乱的荒野/包围了山丘"。这个坛子因此"主宰四方",就像一个文学文本中的"主导"。如德里达所说,它是它创造的系统或者结构的"中心",但它实际上并不是这个结构的一部分,它是外在于那个结构的,是一个从它的创造物中撤退出来的创造者:"它没有贡献出鸟或树丛/不像田纳西州别的东西。"这个坛子被任意地放置在自然世界的游戏的中心位置,这个游戏充满了再生的生机勃勃,充满了快乐的过剩,这个过剩是德里达强调的那些"剩余"(left over)——符号的过剩使用,符号的**增补**——的一部分。当德里达在文章快结尾时写下"痕迹的有生产性的探险"时,里面也有极度兴奋的因素。无论如何,这个坛子被任意地立于无序的荒野中心,将一切组织起来却丝毫没有参加到**自然**、再生性之中。换句话说,它是在结构之外的德里达式的中心:一个不是中心的中心。一会儿我还会再讲到这个问题。

现在谈谈双子塔。我早在2001年之前就开始使用这个例子,但它们那时所意味的正是我们现在悲痛地认识到的:竖轴的易逝性。在纽约,双子塔的作用正如埃菲尔铁塔在巴黎的作用。那个叫作"世界之窗"(仿佛它不属于这个世界一般)的餐馆为人们提供了一个无与伦比的城市景观,周围的所有一切都被组织起来聚集在它的脚下。米歇尔·德·塞都(Michel de Certeau)有一篇关于双子塔的非常好的文章——同样远在2001年之前写成——为这个观点的论述赋予了持久的形式。[3]

推断一个**产生**了经验的不可归约的短暂性本质的空间时刻——也就是将一个从这个经验的连续体中分离出来的时刻推断为产生它的一个**必然原因**——总是有问题的,我们会对此感到不安,以上这些就是现实世界中的例子。要认识到一个组织概念的虚拟性就是要认识到它的任意性,与此同时我们也能认识到,没有了它,组织化的思想就缺失了根基。在很重要的意义上,我们必须认识到,当我们进行思考的时候,我们不能没有一个超验所指,因此,必须如德里达所说,将它"擦除"(under erasure),即使我们不得不承认它的必要性。德里达从未真正声称过你可以不需要超验所指就能进行思考。假如你想理解结构,你就必须带着一些这种推论进行思考。德里达承认,没有"符号"这个主宰概念,他自己就无法写作,但最好给它加上引号,因为它的存在本身就经常是个问题,而且也绝对不能把它提升到创造性起源的地位。我们从一开始在马克思论商品拜物教那里就学到了所有这些内容，之后，当我们将符号学和结构主义的竖轴再现为一条虚线时，我们一直提醒自己注意这一点。《结构、符号和游戏》在某种意义上就是对这条虚线的强调。

同样，通过其他途径，我们已经接触到了你们今天阅读的话题。思考一下下列德里达引用列维-斯特劳斯论神话的本质的两段文字［921］。一旦我按顺序引用完这两段，我将回到列维-斯特劳斯对俄狄浦斯神话所做的分析，然后向你们展示德里达是如何既得益于列维-斯特劳斯的观点，同时这些观点又使他能够批评列维-斯特劳斯的立场。首先：

> 与知识性的话语【就是那种以某种原则或者超验所指、总括术语为基础的话语，换句话说，就是在一个既定时刻，这些东西能够让所有从中涌出的知识成立】相对，关于神话的结构性话语——**神话学**话语——自身必须具有**神话形态**。它必须具有它所谈论的那种东西的形式。

德里达接着说：

> 这就是列维-斯特劳斯【自己】在【下面的段落选自列维-斯特劳斯最著名的著作之一】《生食与熟食》中阐述的观点。【我现在只想引用那段话的结尾：】"为了试图模仿神话思维的自发运动，我的这篇既可以说太短又可以说过长的论文必须符合那种思想的要求并尊重它的节奏。由此可见，这本论述神话的著作本身以其自己的方式就是一种神话。"

因此，在这个时刻，列维-斯特劳斯承认了自己的著作带有某种特点，甚至引以为豪，而这是他在《结构人类学》中分析俄狄浦斯神话的文章里**没有**承认的。在《生食与熟食》中，他说自己研究神话的方式自身只是神话的一个版本，也就是说，它参与了以神话的方式思考事物的过程。它用到了《结构人类学》中所说的思想的"神话素"或者"总构成单位"。它以我们讲解过的那些方式布置和操纵了那些思想的总构成单位，但要注意，列维-斯特劳斯在那篇文章中所说的与德里达刚才引用的段落**形成了鲜明对比**。在那里，列维-斯特劳斯实际上说的是，他用那些横行竖列给我们呈现的神话形式是科学的，而非神话式的。为了得到这个"科学的"结论，他使用了几个俄狄浦斯神话的版本，其中一个被他称作弗洛伊德的俄狄浦斯神话版本。受他任意支配的弗洛伊德、索福克勒斯以及其他所有俄狄浦斯神话版本有着同等的优点，但没有任何一个能提供神话的深层结构性解释或者意义。这个神话的意义只有通过他在此提出的科学才能被发现。

好吧，弗洛伊德也认为自己是一位科学家，他对神话的解读按理说也是科学的。那么弗洛伊德是如何解读这个神话的呢？你们猜到了，**二或一**！换句话说，他的解读是关于乱伦问题的，这正是血缘关系的过度决定和非充分决定的交汇点。简言之，列维-斯特劳斯的结论已经被弗洛伊德预见到了。与此同时，我们发现列维-斯特劳斯在这种场合下是怎么做的呢？他否认了弗洛伊德的影响——这是我的神话，不是他的——这恰恰是弗洛伊德在原始部落中发现的事情。通过否认这个父亲，列维-斯特劳斯落入了弗洛伊德率先分析过的那种神话类型之中。德里达批评列维-斯特劳斯的地方，就是列维-斯特劳斯不够审慎地声称自己的著作是科学的时候。我们将会看到，按照德里达的说法，这也就是说这些著作有一个"中心"。但在很多场合，列维-斯特劳斯承认他的视角不稳定，消失在他所观看的事物中了，而德里达也会为了达到这个效果小心谨慎地引用列维-斯特劳斯。

现在，由于我们也预见到了这些，让我们看看德里达不是谈论列维-斯特劳斯而是谈论索绪尔的一个段落［917］。在这里，他回顾了索绪尔对符号做出的基本定义,被概念和音响形象——能指和所指——之间的可疑关系弄糊涂了,而这种关系是索绪尔观点的科学基础:能指和所指之间任意的、差异性的配对是索绪尔的立足点。关于这样的配对,德里达说:

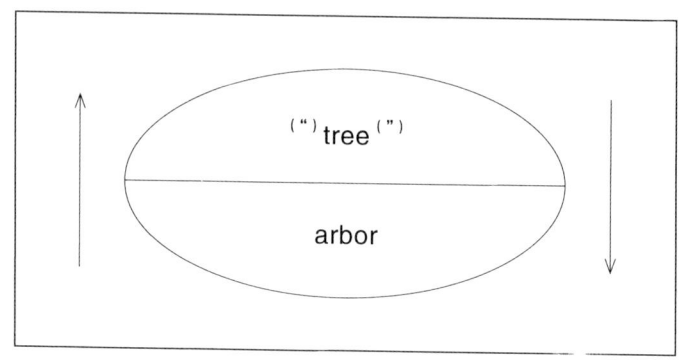

符号这种意指活动的意义始终被理解和规定为指示所指的能指,不同于所指的能指。如果人们擦除能指和所指之间的根本差别,那么,就必须将能指这个词作为形而上学概念加以抛弃。

在这里,我要回到当我讲解索绪尔时画了一个问号的那个图示。假设我不把"能指"和"所指"之间的关系想成是一个被再现的事物和一个词之间的关系,而是两个**表达方式**之间的关系——因为,毕竟,指示"树"这个概念的一个方法就是写下"树"这个词,并给它打上引号。假如我去掉引号,剩下的就只是一个词,没有迹象表明它是一个概念。请注意,现在这是一个雅各布森可能会将之称为"元语言"的关系。它所暗示的是,"树"不过是表示"arbor"的另一个词。换句话说,这不是一个能指和一个所指之间的关系,而是一个能指和一个**能指**之间的关系。这样,这个关系中的二元对立性就瓦解了,我们开始把言语或者书写的组合结构理解为一个能指指向另一个能指:德里达说,除此之外,我们也应该抛弃"能指"这个词,但他可能也会很轻松地对"所指"这个词说出同样的话。

当我"想"一个能指（"树"无疑是由前一个能指所激发的，比如"榆树"）时，它通过联想触发了另一个能指"arbor"，这个能指触发了下一个，下一个又触发了下下个。用解构主义的语言说，我们就有了一个"链"——意指链。它不是一种组织模式，而是一个不断自我—复制、自我—延展的运动，它是线性的，不可化约，通过一个暂时空间化的联想序列向前推进。德里达及其追随者称它为"能指链"。

当你把一个概念/所指和一个音响—形象/能指之间的关系去神秘化后，你也会将一套联想和联想的实际发生方式之间的关系去神秘化，前者存在于虚拟空间之中，后者必然处于时间之中。换句话说，假如一个能指在一个链条中引出了另一个能指，就是在这个维度中，发生了索绪尔所描述的联想。他们不是在一个系统化的空间中，而是在展开的时间中发生的。我们发现自己陷在了一个意指流之中。在我们到来之前，存在着一切可能性。因此就像沿着溪流往下走，我们的联想过程被——好吧，某种东西——向前推进。当我们讲解"增补"和延异时，可以更精确地思考这个运动。

德里达的文章从一开始就以另一种方式肯定了一个我们提到过的观点，即结构主义的危机在于，它需要否认**起源**或原因的出现。在结构主义者看来，假如某种东西出现了，它是从两种东西**之间**出现的。它不是**这个**，也不是**那个**，或者说，它是作为不是这个也不是那个的东西"出现"的。它不是来源于一个先在的单一原因的效果。它是作为一个领域内的差异出现的。德里达在《结构、符号和游戏》一文的第一段以无比复杂的方式说明了这一点［915］：

> 在结构概念的历史上也许发生过可以被称为"事件"【*événement*，某种涌现的东西，某种现在在那里而以前不在那里的东西】的事情。

在头几个词中，德里达预发地宣布了结构主义最大的问题。当结构主义者思考昨天的东西与它们今天的样子有所不同这个问题时，他们不得不这样说：昨天有某种数据的共时横截面，今天的数据的共时横截面略有不同。但在共时记录中，结构主义无法也**不愿意**对昨天的数据如何转化为今天的数据发表意见，换句话说，就是不愿意对**变化**发表意见。他们看到的是连续的横截面，并将之称为"历史"。不是"一件事情引发了另一件事情"，而是如阿诺德·汤因比（Arnold Toynbee）在挖苦他的对手的历史研究法时所说的"一件该死的事情接着另一件"。

德里达在第一段的中着力与这个前提做斗争：

> 它被称为一个"事件"的前提是，这个富有内涵的词并不需要这样一种意义：对这种意义进行还原或悬置恰恰是结构性思想（或结构主义思想）的功能。尽管如此，还是让我用"事件"这个术语吧，为慎重起见，我们不妨给它加上引号。在这个意义上，这个事件的外形会是**断裂**【事件仿佛是从火山中涌出的熔岩】和**重叠**【某种总是在以前已经发生过的事情】。

正如鲍勃·迪伦（Bob Dylan）事实上会说的，某些事情发生了，但并不是新的，琼斯先生，它复制了你从来不知道、但总是在那里的东西。事件出现了，但与此同时，它强加于我们一种看法，即它早就已经存在了，一直就在那里。德里达暗示，那就是结构主义被迫对一个事件的本质所下的结论。但他坚持，这个事件、这个有关结构主义自身的事件难道不是**新的**吗？如果是的话，是由什么引起的呢？

《结构、符号和游戏》一文是对"结构性"的批判。它绝不仅仅是对结构主义的批判。它对任何带有"中心"的东西进行拷问。我看着一个结构说它有一个中心。我指的是一个总括术语、一个指导概念、一个超验所指、产生这个结构的某种东西。德里达说，这个中心同时也是允许结构内部存在有限的自由游戏的东西。一个结构有边界；它可能可以任意变形，但仍然有边界，边界总是对结构内部的自由游戏有所限制。在现象学传统中，这种有限的自由游戏被称为结构的"意向性"。你们应该记得，康德称它为"合目的性"，指物体根据内部动力被组织起来的方式。

但是，讲到作为一个中心的意图性根本不同于讲到一个将它创造出来的有意图的人、作者、存在或者思想，因为这些起源是外在于结构自身的，他们是起源，是原因。但我们是怎样从一个有意图的作者到结构的意向性然后再回去的？德里达令人恼火地告诉我们，一个中心"既是一个中心又不是一个中心"。（顺便说一下，双螺旋体基因既孕育出我们，又被我们所携带。从这方面说，这是一个不是中心的中心的好例子。）一个中心通常被认为能够组织一个结构，但又不真正具有组织任何事物的资格，因为它不在结构*之中*；它是外在于结构的，而不是参与其中的，就像点心切割器一样将自己从外部强加到结构上。

在对"中心"发表了这些最初评论之后，德里达将形而上学的历史描述为一种不断诉诸一个中心的历史：诉诸某种能够孕育一切的基因性冲动。这个名单拟定得非常精巧［916］。它不一定是按时间顺序排列的，但给你的感觉确实是相继不断的有关第一因的概念。我就说说这个名单上的后面几项："超验性、意识或良心、上帝、人，等等。"请注意，尽管这个名单不是严格按照时间顺序排列的，但紧跟着上帝的确实是人。德里达想到的是西方文化的发展。在中世纪，以及某种程度上的现代早期，我们生活在一个以上帝为中心的世界里。就将自己理解为"人"来说，人们将自己理解为神的创造物，理解为众多参与并受益于神圣的当下的实体中的一个。接下来的启蒙时代的兴起也是人类中心主义的兴起，到了启蒙时代的全盛期，你发现从伏尔泰到布莱克到马克思到尼采每一个人都说，不是上帝创造了人类，而是人类创造了上帝。人类变成了超验所指。现在，在这个历史时刻，所有的东西都来自人类的意识，无论什么类型的所有概念都可以从这个角度来理解。

但是，在说出"人"之后，德里达接着莫名其妙地加上了"等等"。

人类仅仅在某个历史时刻作为中心存在,有某种东西将会继人而来。德里达关于"事件"出现的观点是,一个新的超验所指实际上已经替代了人。随着结构主义的到来,世界不再是人类中心主义的了,而是**语言的**。最新的出现、断裂、造成了一种差异的事件,就是作为一个符号系统的语言的出现:

> 这就是语言侵袭了普遍疑问的时刻【出现的时刻,事件】【换句话说,就是语言替代了前一个超验所指:人】;是一切事物在缺乏中心或起源的情况下成为话语——假如我们都同意话语这个词的用法——即成为一种系统的时刻,在这一系统中,中心所指、本源的或者超验的所指绝不可能出现在差别的系统之外。

这样,结构主义话语中的语言这个新起源,就存在于对起源的否定之中。德里达在为语言张目,同时又**擦除**它。他痛苦地意识到,语言在某种意义上就是新的上帝、新的人。(正如我创造了上帝,语言创造了我。)许多解构主义的批评文章都说,在其他能动性不在场的情况下,它为语言授权,赋予了能动性,甚至是意识,就仿佛语言是上帝或者人一般。你们可以发现,德里达预见了这种批评,将它看作一个无法逃避的两难困境。

但结构主义语言这个"事件"确实以一种新颖、较为明确的方式发生了,德里达这么说是为了维护它,因为迄今为止,对形而上学中前后相继的每一个有关起源的说明都是有问题的。我们总是说上帝是无所不在的,人类意识渗透进了它遭遇到的一切东西——简言之,我们是在谈论某种既是一个结构的组成部分然而又外在于它的东西。上帝创造了世界,接着,如弥尔顿所说,他"不受限地隐退了"。上帝不在那里了,变成了隐蔽的上帝,他不在这个世界中,但仍是世界的结构。对人而言也是同样的。人类思想给这个世界带来了意义,然后像旁观者一样站在了一旁。

德里达说，语言不是这样的，它是不同的，因为说语言站在了自己的参照系之外是没有意义的。在确认了这个"事件"是结构主义的语言之后，他接着把这个论点发展成他对结构主义的根本批判。语言不在言语**之外**（或者"书写"之外，我们将会讲到其中的理由），它总是在言语（书写）中显现，而且只在其中显现。就像所指和能指之间的差异要被擦除一样，语言和言语（书写）之间的差异也要被擦除。然而，如果"语言"不是一个虚拟的符号系统，那它又**是**什么呢？解构主义通过质疑能指和所指的差异进而质疑语言和思想的差异，所以语言不完全是索绪尔所描述的那样，尽管如德里达所说，离开索绪尔式的词汇是很难讨论语言的。

另一个与这种对索绪尔的批判同样相关的问题是，索绪尔假设内在的思考（索绪尔将之称为"心理的"）是可以**被说出来的**未经调节的东西，而且事实上是应该被说出来的东西，对这个说的动作的再现是为书写保留的。请注意，索绪尔将一个概念的言语称为"音响—形象"。德里达认为，在索绪尔的传统中，未经调节的语言存在被假定为音响，是"声音"而不是手迹，是言语而不是书写。他声称这种"作为完全在场的声音特权"是隐藏在形而上学整个历史中的偏见。我们究竟为什么认为语言是言语的创造者，是被说出来的东西的创造者呢？我们为什么认为声音是一种完全的在场，就如同在神圣的逻各斯——即道（the Word）："太初有道。"——之中那样，能够同时反映语言的本质以及它在言语中的显现呢？

德里达提出，书写与声音几乎没有什么区别。声音也是在时间中组合在一起被表达出来的。声音是**铭刻在耳朵上的**声响。德里达经常使用一个关于言语的隐喻：耳朵上的书写。索绪尔想要在某种首要、直接和非派生的东西——声音——和某种只是对声音的模仿——也就是书写——的东西之间做出区分，德里达认为这种区分是"形而上学的"，需要受到质疑。德里达在他早期最有影响力的著作之一《论文字学》（*Of Grammatology*）中提出了这种质疑。

对德里达来说，言语和书写是一对二元对立的关联物，但德里达超越了如下论点，即认为书写可以被视为首要的，哪怕仅仅是为了抵消对立的偏见。为了说明德里达的论点，我们需要讲讲他用来批判传统语言观的一些重要术语。首先是有关增补（supplementarity）的概念。德里达指出，一个增补要么完成了某种未完成的东西，要么为某种已经完成的东西增加了内容。比如，我吃维生素C片，我也喝很多橙汁，所以我已经有了很多维生素C。假如我吃一片维生素C片，我就在增补某种已经完满的东西。假如我不喝橙汁，那我的药片就增补了不是完满的东西。但无论是哪种方式，我们总是将之称为增补。想要记住这两种增补之间在概念上的差异甚至都是非常困难的。

以传统观点来看，一个符号是自给自足的。索绪尔认为它既是任意的又是差异性的，使它成了一个科学对象；但是在解构主义的批评中，一个符号被理解为某种一直在扩展意指的东西，是某种不固定的东西，是某种在本质上不能被视为自给自足或者独立的东西。它在渗入或者溢出至后继的符号中时，总是留下德里达所说的"痕迹"。当我们检视一个言语行为的展开过程时，我们会看到后继的符号是怎样受到在它之前的符号的污染、影响的。我们可以通过增补来理解符号在意指链上既自给自足又自我溢出的状态。

延异（différance）部分上是增补的同义词，但我们也可以通过它来谈论声音和书写之间的差异。尽管声音和书写拥有如此多的共同点，它们之间还是有一个区别。如我所说，声音和书写不是一对稳定的二元对立。（在德里达看来没有什么二元对立是稳定的。）声音和书写的区别是，书写能为我们提供许多声音无法提供的关于差异的指示。德里达坚持将差异（différence）错误地拼写为différance，这样做的部分好处是，如果我们仅仅认为语言是被说出来的，那我们根本不能轻易地将延异和差异区别开来。换句话说，延异将差异中的"e"替换成了"a"——同时请记住，《延异》一文反复将"a"视为一座金字塔、字母阿尔法、起源和杀死国王，因为国王是超验所指:"上帝、人,等等"——我们只有将语言指向书写才能理解"a"在延异中的重要性,因为这些差异的模式在言语中无法被记录下来。

差异(有一个"e")不过是索绪尔的语言系统,是一个被理解为一种同时性的差异系统:我们可以在这个大杂烩中进行拣选。(然而,甚至"差异"这个词也能与更严谨的概念"对立"形成某种微妙的对比。)相反,延异引入了**延迟**这种时间概念,它提醒我们,差异——也就是说,我们对差异的理解、我们协商差异的手段——实际上不是在空间中完成的东西,它是在时间中完成的。当我感知一个差异时,我是从时间上去感知的。我不再把符号之间的关系看作一个同时性的问题。为了将差异科学地固定下来,我希望将它看作一种空间关系,但在我实际的意识流中,我是从时间上理解差异的。**我延迟了差异**(defer difference)。时间是符号互相渗入、互相增补的媒介,我需要延异的概念才能进入这个媒介。

下一节课我还会讲一些德里达思想富有特色的发展。我将试着对我刚刚介绍的这些令人头疼的关键词,以及它们与德里达语言观的关系再说几句。然后我们开始讲保罗·德·曼。

第11章

解构主义 II

保罗·德·曼

阅读材料：

保罗·德·曼：《符号学和修辞》。见《批评传统》，882—892 页。
附加的片段。

我要放弃一件对我来说很有趣的事，尽管对你们来说可能并非如此：解读德里达《结构、符号和游戏》一文结尾处那个令人震惊的段落［926］。但我会引用它，这样你们就可以对它做更多的思考，思考它是如何拾起之前的主题，令文章回到它的开头并反思它自己的隐喻：

> 这里有一种问题，我们不妨称之为历史问题，我们今天只是浮光掠影地看着它的**胚胎**、**构成**、**孕育**和**分娩**。我承认，我使用这些词语时不仅瞥见了分娩手术，而且瞥见了在一个我无法置身于外的社会里那些在面对这个尚不能取名的东西时就转过脸去的人，那个

尚不可取名的东西正显露自己并且能够显露自己。临产之时这样做是必要的，但它只属于人以外的物种，是没有定型、不能发声、尚未成熟的可怕怪胎。

好吧，有一个句子是给你们的，也许可以成为一篇评论的题目："解构主义的怪胎"。

我想简要回顾一下德里达和列维–斯特劳斯的关系。我在上节课曾经提示过，虽然《结构、符号和游戏》的某些方面是对列维–斯特劳斯的批评，但在很大的程度上，他重复了列维–斯特劳斯的思考，不管他是否承认这一点。在他引用列维–斯特劳斯为马塞尔·莫斯（Marcel Mauss）的著作所写的《引言》中讨论语言的产生、事件或者突然出现的段落时，就是这样的时刻。从表面上看，在关于语言的突然出现或产生的问题上，他引用的那段话与自己有着同样的保留和犹豫。德里达引用的列维–斯特劳斯的那段话是：

> 在动物生活的层次上，无论语言出现的时间和环境是什么，它都只能于突然之间产生。事物不可能是逐步获得意义的。随着某种转化（对它的研究不是社会科学的任务，而是生物学和心理学的任务），就发生从万物无意义的阶段向万物有意义的阶段的转变。

伴随着"砰"的一声，语言突然就出现了。一个符号系统就位了，而在此之前——昨天或者一分钟之前——根本就没有语言。以下情况是完全不可能的：某人突然看到某个东西，赋予一个意义，然后看到别的东西，又赋予一个意义，长此以往，你看，就有语言了。（如果你在梅尔·布鲁克斯【Mel Brooks】和卡尔·雷纳【Carl Reiner】的《两千岁老人》【"The 2000 Year Old Man"】中听到这种回响，那不是偶然的。）这种重构之所以完全没有意义，是因为一旦出现对意义的思考就会立即将意义赋予所有的东西,这也是列维-斯特劳斯想要主张的。语言不是逐渐出现的,而是存在一个断裂。

德里达对这种论点很感兴趣,因为他在其中发现了与他自己在讨论事件、产生、突然出现等等时一样的犹豫。与此同时,他通过评论的方式指出:如果假设昨天没有语言,只有没有意义的事物,而今天就有了语言——就是说事物有了意义,因为被我们称为语言的符号系统出现了——这就意味着文化一定是在自然之后出现的。按照这种观点,一旦文化出现了——如列维-斯特劳斯在一本叫作《忧郁的热带》(*Tristes Tropiques*)的著作中深刻地讨论过的——我们就会对自然的直接性感到无比怀念,因为它已经被文化疏离和破坏了。然而,德里达指出,这种思乡病使我们怀念的东西出现了。除非有文化将意义赋予自然,否则就没有自然,对自然消逝的悔恨就是这个意义中的一部分。那些认为由于抱有种族中心主义的欧洲人在这个领域所做的莽撞的研究而使野性的思维不复存在的民族志学者,怀着同种类型的思乡病和悔恨。正是种族中心主义的观察者使"野性的思维"(这个表达是列维-斯特劳斯最雄心勃勃的一本著作的题目)这个概念产生的。

但德里达本可以发现,列维-斯特劳斯早已表达过他的评论中的内容。《生食和熟食》一书的题目本身就展现了这种评论。假如亚当坐在伊甸园中吃了一根胡萝卜,他会称之为生食吗?当然不会,因为"生食"这个概念只有在与"熟食"形成对比时才有意义。生食与什么相对呢?亚当会问。"熟食"使"生食"存在,正如文化使自然存在一样。

我们以前就见过理论中的这种基本动态,以后还会看到很多次。它看着像是翻转了一对二元对立中的先后次序,但与其这么说,不如说它提醒我们二元项彼此无法分离。换句话说,做出将事物一种状态的出现归因于它的另一种状态的评论,基本上就是说——我很抱歉我对此做了过度简化,但我真不觉得我这么说是在歪曲事实——我们无法知道鸡和蛋谁先出现,但我们确实知道它们无法分开存在。

这可能就是解构主义的根本动态，但所有研究哲学以及文学理论的人都会发现，在从黑格尔直到我们阅读材料的剩余部分中会遇到的后解构主义思想家的思想里，我们会一再观察到这种动态。在这些后解构主义思想家中，最杰出的是性别理论家朱迪斯·巴特勒（Judith Butler），比如，她提出如果没有"同性恋"的既定框架，"异性恋"是不能想象的。巴特勒性别观的核心就是这两个概念的绝对相互依赖。

那么，在这一点上，我会对德里达在书写和言语之间所做的区分再多说一些。这个区分并不是要反直觉地暗示书写先于言语。德里达只是坚持认为，我们一定不能假定书写是延迟出现的，是为了复制、模仿或者转写言语而出现的。书写和言语是相互依赖的现象。上一节课我们提到了延异。我们说过，有一个"e"的"差异"和有一个"a"的"延异"之间的区别是说不出来的。它是一个只有在书写中才存在的差异，或者延异，我们只有在书写中才能突然理解延异的两重性：差异和延迟。我想在一个有趣的法语的例子上逗留一下——这将会把我们引到德·曼那里——我们英语中没有这个例子，但我觉得这个例子非常有启发意义，所以值得在此引入：是/和（est/et）。一方面，在你**说出** est 这个词时，est 中写下来的 s——我们可以说这个 s 的意思是"意指"——被省去了，est 读作 eh，是"是"的意思。et 的发音也是 eh，它的意思是"和"。法语中的这两个词完全说明了德里达试图描述的"增补"的双重意义。"是"在隐喻的意义上——"这是那，A 是 B"——是在整体上进行增加的一个增补。这是一种通过宣布 A（它等待着通过比较而完成）也是 B 而完成一个整体的方法。

但是，"是"还有另外一种不是修辞意义的意义。尽管从隐喻上可以说 A 是 B，但我们完全知道 A 不是 B。A 怎么会是 B 呢？A 就是 A。事实上，A 是不是 A 都是个问题，但它肯定不是 B。从语法的角度来看，不存在隐喻的神秘效果。从语法的角度来看，这个词是我们说明一个东西是另一个东西的方式或者原则：比如，一匹母马是一匹母的马。请注意，修辞上的"是"和语法上的"是"之间的关系，基本上就是雅各布森所说的"诗歌功能"和"元语言功能"之间的关系。你们在德·曼那里会看到，这个词的修辞意义和语法意义之间有着不可化约的张力：修辞意义要求隐喻性，而语法意义没有提出这种要求，只是在一个句子中建立一个论断。

est 和 et 的重合（后者暗含在了 est 的语法意义中）强化了增补的概念，不是在需要一个增补来补完什么东西的意义上，这是在隐喻上的完成意义，而是在给已经完成的东西增加内容的意义上。在"和"或者et这个表达中，意义的同位语增加与雅各布森所谓的"转喻"非常相似：如同语法上的谓语，事物的增加是紧挨着的，而不要求是隐喻的。这样，仅仅通过看到这两个发音相同的词所导致的张力，就能给我们提供一个标志，帮助我们理解德里达所说的"增补"和德·曼所说的修辞与语法之间不可化约的冲突。

我在上节课提到，在整个20世纪70年代和80年代早期那段繁荣时期，同在耶鲁大学的德里达和德·曼，还有 J. 希利斯·米勒以及和他们联系在一起的学者——杰弗里·哈特曼和哈罗德·布鲁姆，被外界称为"耶鲁学派"。他们在学界受到了极大的推崇，但在学界内外也受到非常多的中伤。在那个时期，有关文学的学术思考能够对远比文学宽广的话题产生强烈的影响。解构主义的范式渗透到了每一个非科学的学科，包括诸如法律和建筑这种看起来极不可能的领域。

20世纪80年代，米勒去了加州大学欧文分校，德里达也随他去了那里。1983年，德·曼去世了，这场运动开始让位于耶鲁大学——布鲁姆和哈特曼在这里发展出了新的热点问题——内外的其他热点和潮流。（尽管如此，我在这里应该说一句，直到今天，许多学者仍然真诚和熟练地实践着解构主义或者德·曼所谓的"修辞阅读"，他们之中的许多人是德·曼的学生或者学生的学生。）接着，在德·曼去世之后不久，他遭到了令人震惊的揭发，我们的编者在《符号学和修辞》一文的前言中以斜体字提到了这件事。这件事本身就很恐怖，从此以后，人们再也不可能像原来一样阅读德·曼了，但我不得不说，这正是解构主义的敌人一直孜孜以求的。事情是这样的：德·曼是一位著名的社会主义政治家的侄子，年轻的时候住在比利时，他为一家纳粹资助的报纸写了一系列带有反犹倾向的文化评论，其中几篇是公开反犹的。这些文章在种族问题和文化倾向上是欧洲中心主义的，它们鼓吹将犹太人从欧洲的知识生活中驱逐出去。这些文章被人收集起来并出版，题为《保罗·德·曼的战时新闻写作》("Paul de Man's wartime journalism")。这些文章激起了人们的狂怒，就与德·曼被揭露时引发的强烈抗议一样。抗议的呼声从来没有被完全压制下去，由于越来越多的事被公之于众，考虑到海德格尔与纳粹政府的合作，抗议的声音越来越大。20世纪80年代末期，在那些真正读过德·曼著作的人和那些没有读过的人之中，爆发了一场激烈的公众争论。有些人反对他的著作，在解构主义自身之中找到了纳粹主义的毒瘤，有些人从对他的全盘否定中奋力拯救他的著作，以保护解构主义的遗产。

这些事都是有记录的，尽管我是那些强烈反对"他的书完全被污染了"这种论调的人中的一员，但我们要停下来思量一个稍微有点窄化的问题才算得体。这个问题是，他的著作在多大程度上可以被视为是他隐瞒过去的托词。在他的著作《阅读的寓言》(Allegories of Reading)中（你会在其中发现《符号学和修辞》的一个版本），那些真正读过德·曼的人会对其中一篇题为《被窃的丝带》("The Purloined Ribbon")的文章指责得最多。这篇文章关注的是卢梭《忏悔录》中的一段，卢梭在那里描述自己偷了一条丝带，把它送给了他喜欢的一位女仆。当被问到是谁偷了丝带的时候，卢梭脱口而出说出了女仆的名字"玛丽永"。德·曼说这真的不是一个指控——事实上，这不过是一个顺嘴说出的毫无意义的词语——他还说，无论如何也没有可能做到真正地忏悔，没有那种仿佛可以用自己的声音去肯定或者否认罪责或责任的本真的主体性。公众在德·曼后来的生活中没有发现反犹的证据，但他们倾向于关注他的隐瞒过去、拒绝忏悔，并将《失窃的丝带》挑出来当作一种进行自我辩护的寓言，当作在一本题为《阅读的寓言》的书中带有私人目的的一种寓言式阅读。

如同海德格尔的情况，无论如何，作为我们现在知道了这些事情的结果，我们已经很难再以与过去一样的方式阅读德·曼了。尽管如此，我要说无论在德·曼那里还是在解构主义之中，都没有藏着经过秘密编码的右翼思想，无论是反犹的还是其他方式的。面对解构主义所谓的毫无疑问是一种怀疑主义的"不可决定性"（undecidability），有两种可能的回应方式。怀有敌意的那种宣称不可决定性在智识和良心中打开了一个缺口，这个缺口可以使狂热和专制趁机涌入。许多人抱有这种观点。正面的回应认为，不可决定性是对所有主张进行的持久、时刻警惕的审查，这恰恰是为了制止和抵抗最糟糕、最顽固的主张，比如狂热和专制。当我们考虑到世界各地的狂热都来自未经质疑的信仰而不是来自怀疑时，我认为这远比怀有敌意的回应合理。在我们的课上，这不是我第一次在一个十字路口前停下脚步，在这里你不可能同时选择两条路，但下定决心做出选择又是很困难的。很多人可能会说或者愿意承认，选择哪条路最终可能取决于性情。但我确实认为，在这个问题上选择一条路要比在阐释学中选择一条路容易。

当我们在进入德·曼之前从整体上谈论解构主义的问题时，如果可以的话，我要多说一句，还有另外一种看待解构主义的方式，不用去批判。人们通常普遍认为，解构主义否认文本之外任何现实的存在。在《论文字学》中，德里达说过一句臭名昭著的话："文本之外别无他物。"他这句话的意思是，没有别的东西，**只有**文本。我们生命的整个身体组织、结构和本质——包括我们只能作为一个文本来认识的历史，包括记忆的文本——能且只能当作一个文本来阅读。他根本不是在说"那一个"（the）文本、某个文本包含了所有重要的东西，也没有说其他东西都不存在。但是，人们普遍相信这就是他的意思。在你们附录里的一个段落中，德·曼反驳了普遍的假设：

在真正的符号学以及其他各种以语言学为导向的理论中，语言的指涉功能【注意这里是在暗指雅各布森】没有遭到否定——事情远不是这样的；【换句话说，这不是一个如约翰逊博士反驳过的那种唯心主义者否定现实的问题。约翰逊博士曾经踢了一脚石头，然后忍着剧痛跳开并说道："我就是如此反驳它的。"没有人否定那个被我们称为石头的硬东西的存在。现实就是给定的，无论它是什么样的，指称功能一直在试图唤起这个现实。】我们讨论的是它作为自然认知或现象认知的权威性的问题……【也就是说，我们能通过语言工具知道事物是什么吗？不是事物是**哪个**，而是事物是**什么**。德·曼接下去说的话非常引人深思：】我们所谓的意识形态，正是将语言现实和自然现实混淆了，将指称与现象论混淆了。【换句话说，意识形态不过是这样一种信仰：语言，或者说我的语言——我用语言所说的和所想的——说的是真理。】

解构主义从来没有说过外面的东西不存在。但德里达说，外面的东西确实以一个文本的形式呈现自己以备反思。所有这些的意思就是它还有待解码。

收录在德·曼第一本著作《盲点和洞见》（*Blindness and Insight*）中的文章主要受到法国存在主义的影响，尤其受到让-保罗·萨特（Jean-Paul Sartre）的《存在与虚无》（*Being and Nothingness*）的影响。虽然《盲点和洞见》中的观点已经是既怀疑又辩证的，预示了他后来著作的风格，但大部分还是早于德·曼后来对语言学以及被他视为语言非意指的物质性的迷恋。语言的这个特质就是诗歌语言研究会在1914年发现的音响的非指称功能。在第一本著作的文章中，尤其是一篇叫作《批评和危机》（"Criticism and Crisis"）的文章——我在附录中引用了其中的一段文字——最好被解读为存在主义式的。但德·曼很快吸收了索绪尔在语言学和结构主义中产生的影响，他的语汇也因此染上了这个传统的色彩。比如，我们会看到，我们在今天阅读的这篇文章中与之搏斗的词汇就来自雅各布森对隐喻和转喻之间关系的讨论。

与此同时，一旦我们知道他们都受到了索绪尔思想的影响，我们也许在这个场合应该说一下德里达和德·曼之间的异同。他们全都想当然地认为，思考起源是很困难的，但人们同时不得不使用某种方法、某种准结构主义的方法认识到，在一个特定的共时时刻之前有一个不同的共时时刻。所以我们在附录的引文中——我在结尾的时候会回到这段引文——会发现德·曼说："可以说，文学理论出现在……的时候。"这是德·曼版本的德里达式"事件"，也和后者一样面临各种困境。德·曼赞同语言的出现与之前的首要所指（"上帝、人，等等"）的出现有质的不同。德里达和德·曼都认为，语言的出现和之前所有的出现之间的差别在于，语言并不声称自己站在自身之外。语言永远置身于自己的系统本质之中，这个中心**不像**其他所有"事件"那样既外在于结构又在结构之中。

他们也都对二元对立关系的相互决定抱有相同的看法。比如，德·曼说［891-892］：

> 人们非常容易就能发现，以真理的名义对批评家—哲学家发出的显而易见的赞美，事实上是对诗人的赞美，因为他们是这个真理的主要来源。

他在这里不是说诗人的思想先于批评家—哲学家的思想，而弗洛伊德在说诗人来得比自己早、在自己知道那些事情之前诗人就已经知道了所有的事情时，表达的就是这个意思。德·曼在接下来的从句中表达了自己的意思：

> 假如真理是对某一类错误的系统性质的识别，那它完全依赖于这个错误的先前存在。

换句话说，真理来自错误。错误不是对真理的偏离。错误不是如柏拉图所说的是对事物的诗意说明，破坏了哲学家发现的真理的完整性。相反，哲学是作为对先前存在的错误的完全确认出现的。德·曼打算用这种方式来思考文学和其他言语形式之间的关系。文学提出错误，接着批评家—哲学家识别出这个错误中的真理，也就是不可化约的必然性。

德·曼对真理—错误这个相互决定的二元对立的处理方式指出了他和德里达之间的分歧。如我所说，德里达把所有的言语都视为话语或者话语性的一个连续组织。我们被话语淹没。是的，我们可以暂时地或者试探性地说一种话语形式与另一种——文学、法律、神学、科学等——相反，但这种区分太容易遭到破坏和去神秘化。德·曼的看法不同，相反，他认为有一种叫"文学性"的东西。在这方面他比德里达更始终如一地跟随着雅各布森。一次又一次地，德·曼简直就像在写《诗辩》一样坚持文学和其他话语形式之间存在区别。

在下面这段话中［883］，德·曼讨论了其他话语形式中缺少的文学特征，听起来非常像一位俄国形式主义者。他说：

> 文学不能仅仅被认为是指涉意义的一个确定单位，可以被不留残余地解码。它的符码出乎寻常的醒目、复杂和神秘；它将过多的注意吸引到了自己身上，这种注意要求一种方法上的严格。我们无法避免由于符码本身而关注符码的结构主义时刻，文学必然孕育出自己的形式主义。

然而，正是在我们思考这种与其他话语形式形成的差异的意义的时候，德·曼听起来不太像一位俄国形式主义者。在他看来，文学的"残余"、它的"文学性"或者"信息的配置"是其他话语形式——它们假设自身是指涉事物的——尚未察觉的必然错误的泄露。文学**知道自己是虚构的**。它不是基于某种事物的，而是被编造出来的。（这也许能让你们在这里想起我们对西德尼在《诗辩》中所说的话的介绍。)作为一个真理,"关于"文学的批评(比如,德·曼的批评)必然要指涉文学中的错误指涉或失败指涉,它们会不可避免地在文学的残余、文学性中显现。这就是为什么批评和所有其他指涉话语总是忘记它们自身的错误。

德·曼相应地写道(在你们附录中的一段里):"【批评】认为符号和意义永远不会重合。这个关于语言的命题在我们称为文学的那种语言中恰恰被视为理所当然的。与日常语言不同,文学处于这一类知识的远端。它是唯一一种摆脱了无中介表达谬误的知识形式。"它摆脱了这种谬误:当我作为一名气象学家说"天在下雨"时,我一定在说一些真实的事情。当文学说"天在下雨"时,它没有在看窗外。**作者**可能一直在看窗外,但一个文本无法这么做。它编造天气。德·曼接着说:"我们所有人都知道这点,尽管我们是以一厢情愿地肯定其反面这种令人产生误解的方式知道这点的。然而,当我们指称文学是**虚构的**时候,真理从我们拥有的有关它的真实本质的前知识中出现。"

这就是德·曼之所以愿意在斯蒂法诺·罗索(Stefano Rosso)对他进行的采访中直言不讳地说明他的著作和他的好朋友德里达的著作之间的区别的原因。他在这个采访中说:

> 我倾向于加诸文本【他是指文学文本】一种内在的权威性,我认为我的这种倾向比德里达的意愿更强烈……我愿意以一种复杂的方式坚持这个主张:"文本解构自身【换句话说,文学是对自身指涉性的持久否定】,是自我解构的",而不是被一种来自文本之外的哲学干涉所解构【德里达将他那精致的大锤砸向所有想象得到的言语形式上,就是一种"哲学干涉"】。

就历史来说,《符号学和修辞》在由《结构、符号和游戏》引发的解构主义运动接近尾声的时候出现。德·曼这篇文章以目前这个形式收录在《阅读的寓言》一书中，于20世纪80年代早期出版。这篇文章在1979年以不同的形式发表过，带有略微不同的结论观点。甚至在德·曼去世和他的过去被揭露之前，就有不少人挥着拳头说："历史怎么办？现实怎么办？"我已经说过，这种反应一定是并且也往往是出于一种天真的误解，但它还是在广泛流传，事实上它也决定了文学理论的未来走向，甚至解构主义自身的"伦理学转向"。处于这种反应的氛围中的德·曼说［883］：

> 我们这么说就好像文学形式的问题被一劳永逸地解决了，结构分析的技巧精益求精到了几乎完美的境界，仿佛可以"超越形式主义"而走向让我们真正感兴趣的问题了，并且对技巧投入的审美关注可以收获最终的果实了。对技巧投入的审美关注使我们做好迈出这决定性的一步的准备了。

从他的观点来看，他明显是在说，如果我们迈出这一步，如果我们要超越形式主义，我们就会全然忘记俄国形式主义者的核心原则，即形式和内容之间没有区别，即我们事实上无法超越形式主义，无论我们多想这么做。这就是他在这篇文章中展开的论证。这篇文章的任务是要证明，即使是在热拉尔·热奈特、托多罗夫、巴特等人严格的修辞分析中，人们假定修辞和语法之间存在的互相强化和补充也是需要否定的，他们所有人都"从雅各布森的严格后退了"。相反，德·曼提出，修辞和语法在任何文本中都必然是不一致的。

我认为，这个论点与德里达的一篇题为《系动词的增补》（"The Supplement of Copula"）的文章有关。在前面讨论作为一个隐喻的（修辞的）"是"和作为一个论断的（语法的）"是"之间的不一致时，我暗指了这篇文章。前者肯定了身份，而后者要么显示了一个主语和一个谓语之间的及物的能动性（这个小孩正在踢球），要么显示了一个主语和它的性质之间的不及物的联系（这个小孩很灵活）。

为了展示这种差异，德·曼以当时的一部情景喜剧《全家福》("All in the Family")开始。如德·曼所解释的，当阿尔奇·邦克的妻子伊迪斯开始告诉他保龄球鞋的花边绣到上面和下面有什么实际区别的时候，他感到很恼火。因为伊迪斯这么做是为了回答阿尔奇的一个不需要回答的**修辞性**问题："有什么区别？"（What's the difference?）当然，这个修辞性问题的意思是"我不在乎有什么区别"。但如德·曼所说，伊迪斯是一个具有崇高的直率的读者，她将这个修辞性问题误解为一个**语法性**问题："区别到底**是**什么呢？我想知道。"阿尔奇无法忍受这一点，因为对他来说这是显而易见的，一个修辞性问题就是一个修辞性问题。

不过，这倒也是崇高的直率。德·曼想指出的是，在不诉诸意图的情况下，一个问题可以既是修辞性的又是语法性的——这两个问题不可避免地潜藏在一个问题里面，这会引发互相矛盾的回答。他在没有改变这个观点的前提下通过转向叶芝的诗歌《在学童中间》("Among Schoolchildren")而使它复杂化了。你们应该记得这首诗的结尾："我们怎能区分舞蹈与舞者？"这是另一个二重的问题。这首诗的惯常阅读以这个修辞性问题结束。这个修辞性问题的答案是，我们无法区分舞者和舞蹈，因为他们在一个综合、象征性的时刻中融为一体了，而这个时刻构成了艺术品。（需要注意的是，一般来说修辞问题暗含了某种隐喻上的同一性——"区别是什么？"【What's the difference?】——这是使它们成为修辞性的东西。）阅读这首诗前面所有的隐喻为我们带来了这种作为艺术品本质的象征性整体的胜利感——这个整体也致使作者与文本、行动者和行动融合，以及被大多数文学理论破坏了的所有二元性的融合。

但德·曼问道，假如这是一个出于真诚（如果有些直率）的好奇心而提出的语法性问题呢？这个问题的答案似乎是显而易见的。这是舞者，这是被表演的舞蹈，很明显他们不是一样的东西。德·曼——他的博士论文研究的是叶芝——接着在叶芝其他诗歌中举出了一系列范围惊人宽广的例子来证明，叶芝清楚地知道语法性差异的不可化约性。在这些证据的基础上，德·曼提出，诗歌中有一种反讽的手段，能将诗歌从其似乎沉迷于其中的象征的神秘化中拯救出来。但是如他煞费苦心地指出的，他并不是在宣称他的解释是唯一正确的。他所宣称的不过是，语法性的差异是存在的，可以从被他称为"证据"的诗歌中推断出来。同样地，基于修辞性问题的象征性解释也是存在的，也可以从这些证据中推断出来。这两种解读无法调和，但哪一种解读都不能被排除。

在一个围绕着系动词"是"构成或者暗含着系动词"是"的句子中——也就是在所有的句子中——隐喻和论断总是不一致的。隐喻是我们所谓的诗意的谎言。每个人都知道 A 不是 B。而另一方面，论断通常是为了满足指涉性的需要而被提出的，是某种真理宣称。但假如修辞性和语法性同时共存于所有的句子中，那真理宣称和谎言始终是相互矛盾的，它们彼此互相拆台。当然，我们完全知道伊迪斯的意图，我们也知道阿尔奇·邦克的意图，所以**我们**不会混淆他们两人所说的意思。但是阿尔奇·邦克的问题确实包含了两种意思，伊迪斯试图通过混淆它们而去澄清它们。

但是——德·曼继续展开他那不同寻常的思想——假设阿尔奇·邦克（Archie Bunker）是 *Arche*（希腊语中的"起源"）*Debunker*（揭露者）呢？假如阿尔奇·邦克是雅克·德里达，说出的问题是"什么是延异？"（What's the *différance*?）呢？这就会是一个完全不同的问题了，不是吗？因为你完全不知道这个问题到底是修辞性的还是语法性的。在这种情况下，这句话完全不可能引发一个意图，因为德里达在此引入的复杂性就是要指出我们说出的延异无法让人分清是 *différence*（隐喻）还是 *différance*（转喻），因此就无法知道阿尔奇是对的还是伊迪斯是对的。

我只能在剩下的这点时间简单说说德·曼对马塞尔在普鲁斯特作品中的阅读隐喻的解读。首先要记住，德·曼在文章的开头，就通过谈论马塞尔的祖母由于无法忍受他在阅读时的内在状态而总是把他赶到花园里去，提出了关于这个段落的精彩讨论。德·曼接着讨论了马塞尔对于如何将外面的东西搬进内心所进行的描述，当后者在寒冷、阴森的屋子里阅读的时候，总是能够意识到在充满阳光的花园里发生的一切。这样，在他着迷地阅读的时刻，里面和外面最终没有什么区别。由此，一个对里面和外面之间的关系的**修辞性**理解、一个调和这两者的隐喻被完成了。但是，语法上的分析表明，这个段落的整个结构都是附加的，是对一个没有同一性内含的意象所进行的复杂化和详细说明。德·曼将这种更多的是在时间中的展开称为转喻。

顺便说一句，我们应该承认，在选择轴上把转喻这个修辞手法与**语法**等同起来时，出现了一个也许是不必要的混淆。但如我在前面所说的，这种修辞向语法的滑动已经在雅各布森那里就被认可了。而且，在我们阅读普鲁斯特时，一旦遇到这种"语法的修辞化"，我们可能就会感到需要默许这种混淆。与此同时，为了防止我们满意地感到这个段落的结构毕竟是语法性的，我们必须记住，整个描写毕竟都是由一个**声音**讲出来的，语调和态度在总体上的一致将一切融合了起来。"这就是我所谓的，"德·曼说，"语法的修辞化。"但他还没有说完！那个声音不是作者的声音。讲话者是在表演隐喻魔力的马塞尔，但我们知道那里还有一个**作者**，名叫普鲁斯特，在煞费苦心地以最辛苦、最审慎的方式将这些描写组合在一起，以语法的（转喻的）而不是修辞的顺序将一个意象构建在另一个意象上。我们已经抵达了"修辞的语法化"，此时我们一刻也不会认为自己还能原地不动。里面是阴冷黑暗的，外面是炎热光明的，两者都是沉默的；但它们在马塞尔使用的（就像是冷水的）"激流（torrent）"一词与几乎同形同音的"热的（torride）"一词听得到的汇合中，融合在一起。内里是隐喻的，外表是语法的；它们有时汇流，有时分流，但总是无法判定的。

还有最后一个针对解构主义的批评需要反驳："它让文学没有意义。"德·曼经常说修辞阅读不是对意义的否定，而是承认意义总是在有生产性的、增补的过剩中存在，我希望我的讲解也说明了这一点。意义永远也无法穷尽。

作者（读者）和心理

第12章

弗洛伊德与小说

阅读材料：

彼得·布鲁克斯：《弗洛伊德的主导情节》，见《批评传统》，882—892页。
西格蒙德·弗洛伊德：《梦》，见《批评传统》，500—508页。

今天的这堂课是一个过渡。我们已经涉猎了那些将形式和语言作为焦点的文学理论，现在我们将转向那些探索文学的心理学侧面的理论，并从这些理论向文学的社会和文化决定因素迈进。

在我们之前读过的一些理论中，已经见过认为思想和言语的存在是语言所赋予的而且无法和语言环境分离的理论。但我们从这些言语、话语和文学的语言决定论过渡到话语的心理决定论将会很顺利，因为我们将借助彼得·布鲁克斯（Peter Brooks）和雅克·拉康（Jacques Lacan）这两位学者的理论，他们的理论都受到了弗洛伊德的精神分析理论的深刻影响，并且以心理分析的术语考虑他们的课题，这些术语对于今天的我们来说是极为熟悉的词汇，我们仍然在使用它们。布鲁克斯和拉康坚持认为，最好从我们已经学过的形式主义和符号学的传统来理解意识与无意识之间的关系。拉康曾经说过一句有名的话，你们马上就会再次听到："无意识是像语言一样被结构的。"布鲁克斯对此也非常赞同。布鲁克斯非常依赖弗洛伊德的文本，尤其是我将尝试进行概述的《超越快乐原则》，除此之外，你们会发现，布鲁克斯是在你们现在已经熟悉了的领域内进行理论创作。顺便说一句，在耶鲁学派的鼎盛时期以及随后的很长时间里，他都在耶鲁。尽管在我上次提到的那个圈子中，他是一个受人尊敬、相对年轻的成员，但我那时之所以没有提到他，是因为他的作品是根植于结构主义和精神分析（拉康在这方面和他一样）的，并且抵制了解构主义的影响。当我们讨论拉康的时候——与布鲁克斯相比，拉康的**风格**更接近德里达——那时我将试图展示结构主义精神分析与解构主义之间的分野。

你们这堂课的阅读材料节选自布鲁克斯的《阅读情节》(*Reading for the Plot*)。在材料的开头，布鲁克斯就借助俄国形式主义的概念来区分"情节"(plot)和"故事"(story)，试图以此解释叙事虚构作品的概念。最终，在克服了要使用我甚至无法拼读的术语的难堪后，我最好让你们知道，俄语里对应情节和故事这两个概念的词语分别是 *sjužet* 和 *fabula*，因为这些就是布鲁克斯使用的术语。对我来说，它们有点反直觉，因为如果你们要在英语中寻找它们的同源词，你会认为 *sjužet* 可能是"主题"(subject matter)，更接近俄国形式主义者翻译成英文的"故事"，你也会觉得 *fabula* 更像是"情节"或者"虚构"。但事实正好相反。*sjužet* 是情节，是一个故事被结构的方式，而 *fabula* 是主题或者组成 *sjužet* 的材料。

此外，关于情节与故事之间的关系，布鲁克斯也使用了在我们阅读过雅各布森和德·曼之后所熟悉的概念，即"隐喻"和"转喻"。当代文学理论家们都心照不宣地同意将古典修辞术中的诸多修辞手法化简为隐喻和转喻这两种，只是在必要的时候才会增加一些（例如在肯尼斯·伯尔克的《动机的语法》一书的附录中有四种，在哈罗德·布鲁姆的理论中有六种，而德·曼自己也会求助于讽寓、反讽和拟人），但以文学理论来看，古典修辞术中最本质性的区分就是隐喻与转喻。隐喻的功能是统一、整合、归拢，而转喻的功能是将符号前后相连，但并不声称要组成统一体或构成同一性。

那么，布鲁克斯究竟从弗洛伊德那里得到了什么呢？他是一个杰出的弗洛伊德学派的学者，对弗洛伊德的所有方面都很有兴趣。但就我们的目的而言，我们需要知道的是，他尤其从弗洛伊德那里吸取的是欲望在无意识中的结构化形式以及这个结构化的本质的理论：无意识是像语言一样被结构的，但无意识可以说是一种**意志力的**语言。我们可以认为弗洛伊德预示了拉康的这个观点，而拉康确实自称弗洛伊德预示到了他的观点。通过转向心灵，我们回到了意向的王国，当然，我们直到现在才遇到诸如无意识的意向这样的东西。布鲁克斯试图将这个广泛的理念映射到虚构情节的构建上。

亚里士多德告诉我们，一个情节要有开端、中间和结尾。我们或许会认为，这是一个哲学家所能提出的最不言自明的观点了，但是我们要注意到亚里士多德在其中表现出的一定程度的敏锐。我们当然可以嘟囔着说，一个情节必须要有一个开端，并且认为，除非我们像《天方夜谭》中的谢赫拉扎德公主那样不顾一切地把故事无休无止地讲下去，那么任何情节都需要一个结尾。但是，我们仍然不妨问问我们自己，为什么情节需要有一个中间呢？这个中间相对于开端和结尾有什么样的功能？而这个中间也不是随意的：为什么亚里士多德说一个情节需要有"一定的体量"？为什么他不能过短或者过长？特别是就揭示开端与结尾之间的必然联系这一点而言，中间起着怎样的作用？何况一个情节的开端毕竟也不是一个任意的起点（任何开端都有本可以称为开端的前身），而是某种特定逻辑的肇始，然后以或悲剧或喜剧或含糊的方式，在情节的中间发挥作用**之后**，通过结尾展现这种逻辑。情节的中间是怎样成了这个测试和探索这种特定逻辑的场地的呢？布鲁克斯相信他可以通过精神分析的术语来理解这些问题。

布鲁克斯也从弗洛伊德那里借用了方法论上的观点。弗洛伊德在《梦的解析》(1905)中对**凝缩**(condensation)和**移置**(displacement)做出了区分，人们可以通过这组区分来理解情节的结构。凝缩将梦的核心象征物提炼为多元决定的整体。这样一来，当人们审视梦的机理时就会发现，潜在的愿望或欲望在梦中通过特定的象征性整体或关系将自己表现出来。移置是指，梦的特定的欲望元素，可能是那些最受压抑的元素，不通过凝缩的象征物来表达自身，而是被移置到表面上看似无关的理念、影像或行动中，而梦的解析者必须对此进行解码。移置会使阐释性理解推延或绕行，而凝缩也可能由于高度的压缩性提炼而使理解变得十分困难。这些运作过程是同时进行的。梦会同时在凝缩和移置中既隐藏又努力显示梦中的欲望对象。

最早注意到在弗洛伊德的凝缩和移置概念与雅各布森的隐喻和转喻概念之间或许会有丰富的理论联系的人是雅克·拉康，布鲁克斯引用了他的观点。这种理论联系的前提是，在我们的日常话语之中，在我们对梦境的叙述和记录之中，以及在我们告诉我们的精神分析医师的所有内容中，欲望是通过梦的这两种修辞手法来表达自身的。凝缩以隐喻的方式运作，而移置以转喻的方式运作。转喻是指意义的拖延或无限延异，而隐喻是将试图沿着情节表述自身的欲望聚拢在一个结晶的瞬间里。布鲁克斯主张，在虚构作品中我们会看到这两种修辞意向并列存在。你们可能会感到这种观点与德·曼在《符号学与修辞》一文中的观点暗含矛盾：隐喻与转喻能否和谐共存，能否导向最终的统一体，两位理论家有不同的意见。尽管如此，这两种机制的确是并存的，我们可以从中看到虚构性叙事的展开与梦境的展开之间的相似性。

如果说在弗洛伊德那里吸引着布鲁克斯的是这一类东西，我们就应该立即认识到，不应当把他看作那些我们禁不住想要讽刺的传统精神分析批评家。布鲁克斯并不会到处寻找俄狄浦斯情结和阳具象征。他并不会在别人点雪茄或戴领带的情景前刻意停留，至少不会长时间停留。在我们的节选片段的末尾，他这样说道［1171］：

> 对文本所做的精神分析批评往往成为对这个文本的心理机制（作者的无意识）、文学反应动力学（读者的无意识），或角色的隐秘动机的研究（假定角色有一种"无意识"），但它本身完全可以是另外的样子。

换句话说，布鲁克斯对于发展一种关于作者、读者或角色的精神分析理论毫无兴趣。我说过我们在课程的这个阶段要回到意向的王国，我们确实回来了，但这是一种经过严格限定的意向，尽管或许也难以免于批评：它是语言本身或文本的动因。

在刚才所引的那一段中，布鲁克斯并不是想要贬低传统的弗洛伊德式的文学批评，或至少不是否定它的全部；他只是想要宣示一个不同的目标。尽管我们在课堂上并不会讲太多关于传统的弗洛伊德式批评的东西，但它其实极为有趣。例如，弗洛伊德的弟子厄恩斯特·琼斯（Ernest Jones）做过一个关于莎士比亚的《哈姆雷特》的研究，产生了很大影响，研究显示哈姆雷特具有俄狄浦斯情结。你只要认真阅读《哈姆雷特》，就确实会在其中看到大量琼斯所说的东西；事实上，劳伦斯·奥利佛爵士（Sir Laurence Olivier）就是借助厄恩斯特·琼斯的理解来扮演哈姆雷特的角色的，这在莎士比亚剧作的戏剧改编史和电影改编史上是非常有名的。他所扮演的哈姆雷特让我们清楚地看到，在与格特鲁德的关系中，哈姆雷特确实有俄狄浦斯情结。另外，还有一些文学作品是在弗洛伊德的直接影响下完成的。在D. H. 劳伦斯的《儿子与情人》中，核心人物保罗·莫雷尔被无法控制的俄狄浦斯情结所困扰。转向当代，哈罗德·布鲁姆这位我们将要学习的文学理论重要学者，从《影响的焦虑》一书开始，就在他的一系列著作中提出了一种作者理论，认为后世的诗人与他们的文学前辈之间的关系，就是儿子和父亲之间的敌对关系。我在提出列维-斯特劳斯的俄狄浦斯神话版本恰好暴露了他对弗洛伊德的俄狄浦斯情结的主张时，所依据的就是这种思维模式。简单来说，带有这种先见的弗洛伊德式的批评广为流传，时有显现，不能被简单地低估为一种对于文学理论的影响。

但正如我所说，布鲁克斯的著作中有一个让人觉得古怪的观点（或许也没有那么古怪），即尽管小说文本本身不会告诉我们关于作者、角色或者我们的隐秘自我什么东西，但是文本自身却仿佛一个作者或一个角色一样拥有自己的生命。情节的展开是为了表述欲望，实际上这是一种特别的欲望，它并不是作者的欲望，而是一种通过故事的机理展现出来的欲望形式，并大体上具有无意识的特征。尽管去掉了任何个人特征，布鲁克斯确实说过他认为这是一种特定的欲望。我们姑且把它称为一种普适的欲望。在这种观点看来，文本结构的功能是为了满足弗洛伊德在他的精神分析作品中经常称为兴奋之消减的欲望：这种欲望可以通过性与快乐原则联系起来，也可以与弗洛伊德在《超越快乐原则》一书中所讨论的死亡冲动联系起来。在后者之中，欲望的消减就意味着以正确的方式实现死亡或者完结。正是基于这两种只能通过兴奋之后才能达到的渴求消减的兴奋（desiring reduced excitation）的形式——还要看这两种形式是否或者在何种程度上能够共存——布鲁克斯解释了情节的"中间"精心策划的对结尾的延滞、回旋和推迟。

显然，无论是梦还是故事都不会简单地吐露这个欲望的满足；它们也会通过延续那激发这个欲望的兴奋来延滞其满足。我相信，在座的各位都有过这样的体验，那就是清晨醒来时，感觉自己整晚都在同一个梦境里兜圈子，常常是在一件大事即将发生的时刻。我们的梦大多数既不令人愉悦也不令人恐惧，而是像蹬脚踏板一般单调乏味，尽管看起来在它们的边缘潜伏着某种兴奋。与梦境相比，小说的长项或许在于，它的艺术手法和结构能够把握使读者感到愉快的延滞的程度，而不会过分逾越那个程度。

然而，小说的中间不仅包含这些延滞的手法，比如重复，它们还有一种带领我们重温令人不快的事物的奇怪倾向。是的，我们喜欢读的是引人入胜的内容，但那并不意味着我们从中一直享受着常规意义上的"愉悦"。伤害、灾难以及痛苦四处潜伏，甚至在漫画小说中也是如此。它们都令人感到不快。我必须承认，近些年来，这个方面对**我**的影响越来越大——在电影上对我的影响更大——使我不能再阅读犯罪小说，尽管我以前对此爱不释手。但是大多数读者以及小说情节的情感策略并没有像我这样的问题。大多数读者在阅读的过程中会进行心理平衡，他们在阅读过程中会快速翻过令他们不快的内容。

情节会常常带领我们重温生活的苦痛，这在布鲁克斯潜心研究的19世纪现实主义小说中尤为典型，原因之一就在于，角色似乎总是不由自主地进行错误的对象选择。他们会爱上不合适的人，会陷于无法脱身的困境，因为他们不够成熟，没有把事情想得那么周到。或者就像在哈代的小说中那样，是因为命运使他们无法做出更好的选择。不管具体情形如何，即使是在那些最伟大和最令人激动的小说里，填充其中间的丰富内容也往往是一些令人不快的经历。如果说激起我们欲望的是快乐原则，那么，这与快乐原则又有怎样的关系呢？

这正是弗洛伊德在《超越快乐原则》（1919）中追问的问题，这个文本就是布鲁克斯的检验文本，它的开端是关于创伤受害者的思考。弗洛伊德的这本小册子写于第一次世界大战末期，当时欧洲有许多作家都在著作中关注创伤受害者。在大约与《超越快乐原则》的写作同时的英国，就有不少小说反映了专职机构中的心理学家关于创伤受害者的研究结果。弗吉尼亚·伍尔夫在《达洛威夫人》中将有自杀倾向的退伍军人塞普蒂默斯·史密斯写成一个战争创伤的受害者，丽贝卡·韦斯特（Rebecca West）写了一篇名为《军士返乡》的小说，其中的主人公回家时已经失去了记忆。弗洛伊德的《超越快乐原则》是对这一战后主题的探讨，布鲁克斯喜欢引用《超越快乐原则》的片段并把它当作具有小说氛围的"主导情节"（master plot）。或许这里暗含着德里达所谓的文学与其他文类之间关系的消泯——正如《精神现象学》和《资本论》曾被称为伟大的文化小说一样——但那并不是布鲁克斯的关注要点。他发现弗洛伊德的这个小册子和他心中所想的情节结构有一种特殊关系，与此同时解释了那些结构。它是一个既在结构之内也在结构之外的中心。

弗洛伊德动笔时，很明显还不知道自己将要得出什么结论。他在开篇告诉我们，他曾治疗过的创伤受害者们在重述他们的梦境或表现出神经质的重复行为（例如，把烟灰缸放到某个特定的地方，并一再重复）时，似乎会不由自主地重复那些导致他们前来求助的创伤性事件本身。他们不会为此胆怯，也不会在任何严格意义上压抑这种行为，而是不断地重复，然而通常也因此以某种转喻的方式移置了事件本身。于是，一个令人不安的问题出现了，这个问题对到那时为止被认为是精神分析学的根基的理念发出了挑战：在此之前，弗洛伊德一直认为无意识的唯一原动力就是由快乐原则驱动的"愿望满足"，而这种行为怎么能通过"愿望满足"解释得通呢？在弗洛伊德之前的预设中，暗含着我们今天会称为社会生物学的一个前提，那就是生命的延续就是要保证性的繁衍；在自我（ego）中，性驱力——可以称之为生命本能——的移置或压抑就表现为对于成功、改进自身、获得成熟的情感和智力的欲望。我们可以把这一切都与快乐原则联系在一起。但是，不由自主地回到创伤性事件又是怎样与快乐原则的运作原理相符的呢？

这时，弗洛伊德回想起他自己家庭生活中的一个场景：他名叫汉斯的小孙子站在婴儿床里，将系在一根绳子上的线轴抛出去，与此同时说："*Fort!*"也就是"去，不在这儿"的意思。随后，又将它拉回来并说"*Da!*"，就是"又在这儿"的意思。"*Fort! Da!*"为什么小汉斯会有这样的行为呢？弗洛伊德很快意识到，这是小汉斯在表达他由于母亲经常离开房间所产生的挫折感。通过这个游戏获得的成就，是他弄明白了如何将母亲系在一根绳子上。没错，母亲会离开，我必须理解这件事；我知道母亲要离开——但是你看,我能把她牵回来,于是她又回来了。弗洛伊德指出,这是对一个创伤性事件的"征服",我们能够通过重复事件来征服它,布鲁克斯也支持这个主张。然而,实现征服还不是故事的全部,故事的另一半,是回到创伤的过程似乎也伴随着愉悦。

弗洛伊德主张,如果我们将它视为一种征服的努力,那么这种无法控制的重复可以说是通过对于死亡的不可避免性的提前预演来进行征服。我们生命中的创伤性事件或九死一生的事件,是对于伺机而动的死亡创伤的预告。弗洛伊德提到了在这些病例中频繁出现火车事故。他由此将重复创伤性事件的冲动视为对一个无法叙述的事件的**重复预演**,这个事件就是赫然出现的死亡,至少对我们自己而言是无法叙述的。

弗洛伊德接下来想知道,为什么当万物看起来都指向生长、繁衍和生存的意志的时候,一个生命体会发生这样的行为。为什么会有这种对于死亡的几乎可以说是急切地预期?他注意到(顺便说一下,这种看法是有争议的,但对他的论点有用),在一些有机体,甚至是分子有机体的行为中,有一种朝向较为简单、较为早期的有机存在形式回归的趋向,也就是指向在我们获得生命之前的存在形态回归的趋向。换句话说,我已经暗示过的故事的开头与结尾之间的关系,是死亡的公约数。作为有机体,我们从无生命状态而来,又在无生命状态中终结,因此,我们必定怀有一种回归起点的欲望。于是,弗洛伊德说:"一切生命的目的就是死亡。"

现在,我们应该看看布鲁克斯是如何评论这非凡的主张的[1166],这样才能让我们进一步看清布鲁克斯是如何将这些想法具体应用于一个虚构的情节结构的:

> 现在,我们需要跟随弗洛伊德去看看他对重复冲动(compulsion to repeat)与本能之间的关系所做的进一步研究。问题的答案就在于"一个对于本能,甚至一切有机生命普适的特征",即**本能就是内在于有机生命的回归较早存在状态的冲动**。

在这一理念的基础上，布鲁克斯继续说道［1169］："（冲动的）这一功能与所有生命体最普遍的努力有关——换句话说，就是回归无机世界的静默。"可以说就是"终于安息了"——但在弗洛伊德的思考中，尚有一个未被抚平的问题，那就是死亡冲动本身是否并非是令人愉快的，而可能是一种受虐欲。无论如何，它始终与快乐原则是不同的，因为它的潜在动机并不是为了延续生命，但是，使弗洛伊德感到非常困扰的矛盾感将会稍微减轻。

事情还不止如此，这就是小说为什么都比较长的原因：不要**太**长，但是也不要太短——正如亚里士多德所说，要有一定的体量。之所以"不止如此"，是因为有机体并不是希望死得越快越好。有机体并不是有自杀倾向，这一点或许是我们最初理解弗洛伊德所谓的"死亡冲动"时容易犯的错误。有机体更加希望的是"**按照自己的意愿死去**"，在正确的时间以正确的方式死去，这就是有机体为什么有一套复杂的防御机制的缘故——弗洛伊德经常将之称为"外皮"（the outer cortex）——这套机制试图抵御和避开可能的创伤。创伤受害者责备自己没能足够警醒地避开伤害。这些人通过重复创伤性事件所希望获得的征服，正是在建立防御机制以免再次发生创伤。

所以说，有机体只希望以自己所愿的方式死去。如果你们在这里能够记起提尼亚诺夫对于文学史中的进化与修改所做的区分的段落，我们就能将它们做一个合理的对比。在弗洛伊德的理论中，有机体想要的是朝着它自身的解体进化，而不是被修改，他不希望受到从外在创伤到内在疾病的任何形式的干扰。他想要度过一个丰富而完整的生命，具有一定体量的生命，然而为的是最终达成所希望的结局，也就是以自己的方式回归到无机的状态。在这个意义上，如果一个故事遭到了**修改**，那它就不会有情节，或者就没有足够的情节。可能会有一个开端，然后被突然终止，使得情节的回旋无法朝向一个正当的结尾进化。

布鲁克斯追随弗洛伊德的主张，认为随着情节向前发展，快乐原则与死亡冲动会相互配合［1166-1167］：

> 因此,虽然带有一定的虚张声势,弗洛伊德能够提出这样的公式:**"一切生命的目的就是死亡。"** 这为我们描绘出一幅有机体的进化图像。在这幅图像中,外在影响所产生的紧张迫使生命体"在实现死亡的目的前越发远离其原本的生命轨道,踏上益发繁复的弯路"。由此看来,自我保存的本能,其功能在于保证有机体循着自己的轨道走向死亡,并避免以任何非内在于有机体意愿的方式回归无机状态。换句话说,"有机体只希望以其自身的方式死亡"。它必须与事件(危险)搏斗,而危险就是通过某种短路帮助有机体过快地达成目标。

布鲁克斯进一步说［1169］：

> 我们也可以说重复冲动与死亡本能为快乐原则服务;在一个更广泛的意义上来说,快乐原则通过监控外来以及内在刺激的闯入和干预为死亡本能服务,并保证有机体能够在被准许的状态下回归静默。

通过这种方式,这些看似相互冲突的冲动能够共存,并在一定程度上相互合作促成美好的人生和情节。

正如我已经暗示过的,以上理论还将面临一个危险的异议,弗洛伊德也承认过这一点。这个异议是,在被我们称为人的功能系统中,要将死亡与性分开是极为困难的。显然,快乐原则的目标是兴奋的消减。性的目的就是为了消减兴奋,消灭欲望。而弗洛伊德在1919年时曾经说过,死亡的目的与此相同。这样一来,我们应该怎样区分它们呢?文学史上有丰富的例证强调二者之间的紧密联系。我们都知道"死去"在早期现代情色诗中的意思是什么。我们都很了解《特里斯坦与伊索尔德》(*Tristan and Isolde*)中的《爱之死》,以及其他文学作品中充满性意味的死亡。这两者在文学中被明显且蓄意地混淆——弗洛伊德一直都说他所做的一切都是在步诗人的后尘而已——而这就对前述理论提出了质疑。如我所说，一个与此相当的理论认为那种去重复可怕的经历、去回顾创伤的冲动也许是某种形式的受虐欲，终究是能带给我们愉悦的。而如果是这样，我们也就不再需要一个专门用于解释死亡本能的理论。弗洛伊德承认做出这个区分很难，尽管他认为他有临床的证据可以证明能够做出这个区分。他会说，受虐欲的病源在于俄狄浦斯阶段的非正常发育，而作为一种重复苦难的冲动的死亡本能，则针对突如其来的创伤的威胁建立了防御机制，以求获得不受干预的终结。

接下来，我们从布鲁克斯的视角来看一看小说的情节（此处追随拉康和小说理论家D. A.米勒的观点）：欲望作为"叙述"出现或开始，其中包含着一个情节的种子。那么，什么是**不能**叙述的呢？不能叙述的就是持续不断沉浸于生活——拉康称其为"真实界"，齐泽克称之为墨迹（the blot）——之中，而这种沉浸让人无法产生秩序或结构感。除非我们对一件事拥有一种开端、中间和结尾的感觉，并以此赋予它一个语境，那么这件事就是无法叙述的。换句话说，可叙述的本身必须具有某种结构。于是，正如布鲁斯克斯所引用的萨特在小说《恶心》中让主人公洛根丁所做的关于叙述开端的思考［cf. 1163］所揭示的，可叙述的起点，在于进入能够开启一个情节的欲望形态的时刻。

当可叙述的成为一个情节，这个欲望的身份就以隐喻的形式出现，并统一或"捆绑"情节，主宰着各个部分的连贯一致。叙事理论总是不无自得地告诉我们，小说之中没有无关紧要的细节。我们被告知，一切细节都不是偶然出现的。在布鲁克斯看来，有关细节的这种必然正确性的感受（这是新批评派将"细读"从诗歌移植到小说的过程中所强调的一个著名的阐释概念、人们可以在马克·肖莱尔、鲁本·布劳尔和大卫·洛奇的书中看到这一点），是隐喻在创作的过程中对情节设计施加的压力造成的。一切都是在一种动机的安排下进行的，而这种动机就是那种推动情节向前发展的潜在欲望。

相比之下，转喻在某种程度上则以作为延滞、绕行、回旋或拒绝完结的原则起作用，例如做出错误的对象选择以及其他不幸的结果、再次发生令人不快的事情，一切在文学情节的"中间"发生的离题万里的事情。这些元素并不是毫无联系的、与隐喻化有冲突；情节归根结底是要将所有的材料捆绑在一起，而隐喻和转喻都可以说是捆绑的形式。布鲁克斯说[1166]："一个文学文本中的'捆绑'，就是一切迫使我们在差异中认识到相同点或在故事素材中发现一个情节的形式化手法（就如同捆绑一样，可能是令人痛苦、寸步难行的）。"

现在我想回到《拖车托尼》（你们想念他吗？），并通过它来展示如何开展对情节的阅读。但我首先要指出，我们为这堂课选择的阅读材料并不仅仅是让大家看到对文学和文学理论产生影响的精神分析学派所提出的问题，同时，也是为了满足你们当中那些爱读小说的人或许会抱有的希望，那就是接触叙事理论，或"叙事学"。我建议你们看看布鲁克斯的选文的开头几页，他在其中回顾了一些叙事理论中最重要的著作，也是我们在讨论结构主义时提到的著作。布鲁克斯专门提到的在这个传统中的理论家包括罗兰·巴特、茨维坦·托多罗夫和热拉尔·热奈特。

不管怎样，让我们回到《拖车托尼》。在《超越快乐原则》的语境下，我们可以把这个故事重新命名为《通向成熟的颠簸（班皮）之路》。这个故事显然含有流浪汉小说的特征。故事发生在公路上。如同流浪汉小说，它的情节的线性发展、事件以转喻的方式设计安排，仿佛在一根珠链上串满了珠子（塞万提斯将堂吉诃德遇到的被铁链串起来的囚犯比作珠链上的珠子），给叙述赋予了一种流浪汉小说的感觉。现在让我们迅速重读一下这个故事，这一次把它看成一篇文章，而不是一行一行的：

> 我是拖车托尼。我住在黄色的小车库里。我帮助抛锚的小汽车。我把它们拖到我的车库。我喜欢我的工作。一天我抛锚了。谁会帮

助拖车托尼呢?"我不能帮你,"小汽车尼托说,"我不想被弄脏。""我不能帮你,"小汽车斯皮迪说,"我太忙了。"我非常伤心。这时一辆小汽车停下来了。这是我的朋友班皮。班皮推了我一把。他推了又推【顺便说一句,我认为这个文本在表面上与一个肛门期寓言很接近,在那则寓言中,英雄不是托尼,而是你们熟悉的《南方公园》中的一个角色,而这个角色当然就是那个说"他推了又推"的】,终于——我上路了。【无论如何,这是叙事的一部分,接下来】"谢谢你,班皮。"我回头喊。"不客气。"班皮说。朋友就是这样的。

我刚才说过这是一个流浪汉式的情节。它的线性重复是把开端和结尾分隔开来的延滞。以前,我们曾把这样的特征称为民间传说的三段式,布鲁克斯也提到了这一点;但通过将开端与结尾之间的中间不断放大,这也是一种向开端与结尾之间的关系施加压力的方式。托尼来自一个黄色小车库,而我们禁不住想知道——尽管这或许是不可叙述的一部分——他是否还能回到那儿。我们知道他"上路"了,但我们并不知道,他是在回到那个黄色小车库的路上,还是在通往汽车坟场的路上——由于他"抛锚了",出了故障,这也是有可能的。

无论是以上哪一种情况,也无论结局如何,不管小托尼最终是到了黄色小车库还是汽车坟场,他将会按照自己的意愿到达那里。但并**不**是作为一个让故事第一部分的每一句都以"我"开头、凡事都把自己放在第一位的自恋狂,因为仅仅做一个自主独立的英雄是不够的。(顺便说一句,弗洛伊德曾经说过想当超级英雄就是不健康的白日梦。)就像在民间故事中那样,你在旅途中需要一个帮手。在小说情节的回旋中,就包含着引入英雄助手的部分。与另一个心智(例如帮手的心智)富有建设性的遭遇可以使我们避免自恋,即便像托尼这么好的人也难免这种倾向,这显现在故事开头不断重复的"我"之中。最后,"我"只嵌入在每一行的语句中出现,是一个被许多他者包围之中的身份,而不是作为一个像卡车一样推动故事发展的开创性的自我。

这个情节的回旋是遭遇一系列错误选择对象并抛弃了它们，例如整洁、繁忙——顺便说一句，这些选择各具魅力，我们不是都想既整洁又繁忙吗？但是这个故事想要向我们的人生——正确地走向终点的人生——推荐的是互相尊重，却不是与整洁和繁忙相关的属性。这个成熟的选择温和地推动了情节向前发展，走向终结，但我们并不确定故事随后将走向何方。我们只能假设故事将被推向一种状态，在这种状态中，黄色的小车库与无法叙述的汽车坟场是没有任何区别的。

我们已经指出了许多转喻的元素，但是，这里还有一个在主题层面上发挥作用的转喻元素。这是一个关于汽车以及其他机械物体的故事。它们有的是能动的，有的是静止的——想想那些在背景中时而皱眉时而微笑的房子——但是它们都是机械物体，不是有机物。用转喻的视角来看，故事中的世界是一个缺乏有机性的世界，它与故事所教诲的人类价值只是相邻的关系。然而，与此同时，故事在主题上具有隐喻的意味，指出了我们共同拥有的人性："朋友就是这样的。"众多动物故事以及类似这个故事的故事——譬如它的原型《小火车头做到了》(*The Little Engine That Could*)——的主旨都是为了将世界人性化，使这个世界变得对儿童友好和有吸引力。从隐喻的意义上看，托尼不是一辆小拖车，而是一个人。他通过认识到自己需要一个朋友而意识到自身所具有的人性，而尼托和斯皮迪没有认识到这一点，所以他们仍然只是小汽车。与故事通过机械物体的转喻性移置相比，这个故事的统一性表现在机械物体成功地人性化上，以及当我们读这个故事时，我们感到自己置身于人群之中而不是机械物体群之中。尼托和斯皮迪头也不回地走了，托尼还在那儿，而班皮会帮助他。自从他踏出车库大门进入世界开始，小托尼经历了延滞，走了弯路，然后奋力向结尾驶去。

下一堂课我们将面临理解拉康这一艰巨的任务。

第13章
理论中的雅克·拉康

阅读材料：

雅克·拉康:《无意识中文字的能动性》，见《批评传统》，1129—1148页。

我在这节课的开头想强调一下，我们评论过的彼得·布鲁克斯的文章和拉康这篇《无意识中字母的能动性》之间有着显而易见的联系。在拉康的观点中，这篇文章涉及的部分可能是你们在了解了结构主义思想后能够最容易理解的内容，同时，这篇文章或许也是了解拉康与文学理论的相关性的最佳捷径。

我们知道，布鲁克斯将虚构性叙事中朝向结局的那种叙事回旋视为通过一系列的绕行（*détours*）——险遇不足或不当的终点并成功避开——使欲望得到延续，直至最终达成一个好的结局，而这个结局则对应着弗洛伊德所认为的有机体对于得偿所愿地死去而不是在外界的影响或压力之下死去的欲望。布鲁克斯将叙事情节中的这种绕行序列称为转喻，现在我们应该能够将之理解为雅各布森所描述的符号在组合轴上的排序。但布鲁克斯还认为，这个符号序列，就一个情节而言就是事件，同时也被某种东西**束缚**着。情节之中的事件有一种整体的效果，布鲁克斯将这种效果称为"隐喻"。如同雅各布森所谓的"诗歌功能"的某种东西，被叠加在了转喻的组合轴上，从而产生了整体感，也就是在符号的使用中产生了一种同一性的循环的感觉。我们在阅读后会产生这种印象，它也可以通过解经的方式予以确证。隐喻甚至可以通过情节的曲折延滞保持情节的整体感。当然，这种对满足的延滞在一个结婚的情节中最为明显、直接明了，但是也有许多其他种类的情节，它们都是对一种欲望的形式的复杂加工。

我之所以对布鲁克斯做了一番回顾，是因为我认为不管拉康令你们感到多么沮丧，你们都能够看到拉康对于无意识的理解与布鲁克斯有一些相同的基本点。对拉康而言，欲望满足的推迟潜在地是无止境的，这在他的思想中也是处于中心地位的。和布鲁克斯一样，拉康的思想可以追溯到弗洛伊德提出、可以说是由雅各布森完成的凝缩和隐喻以及移置和转喻之间的联系。拉康认为，人们对于某种特定的"他者"的欲望永远无法得到满足，我将在这堂课上确证这一点。拉康将欲望对象的推迟理解为转喻，正如布鲁克斯将转喻的活动视为一种延续情节的绕行或者对结尾的推迟。

另一方面，拉康把隐喻视为转喻链的缝合点（*points de capiton*），或者是突然间将一系列各异的能指聚合到一起的"缝扣"，从而使符号发生替换而不是移置。当我们尝试讨论拉康对维克多·雨果的诗作《沉睡的博阿斯》中的诗句"他的麦捆既不吝啬，也不心怀恶意"所做的评论是什么意思时，我们将回到这个问题。与此同时，使拉康对于欲望的解读与布鲁克斯有所不同，亦与其他从精神分析角度来思考这些结构主义问题的人区分开来的关键，就在于拉康实际上不相信能获得满意的结局。他不认为我们可能会拥有欲望的对象。他毫不怀疑我们可以获得我们所**需要**的，对我们来说，我们需要谨记欲望（desire）对象与需求（need）对象之间的根本区别。拉康将前者称为"大他者（Big Other）"，即我们永远无法占有的欲望对象,因为它永远是难以捉摸的。拉康把后者称为"客体小a"(*objet petit à*),也就是我们唾手可得的小客体,它不是真正的欲望对象,而只是能够满足需求的事物。你们很快就会阅读斯拉沃热·齐泽克的著作,你会发现这个区分在他那里非常重要。在社会生物学意义上,你可以获得你所需求的东西,但在精神分析的意义上,你无法得到你的欲望对象。

我们在这儿有一个显而易见的例子可以作为注脚,那就是滚石乐队的一首歌。如果拉康就是滚石乐队成员,他或许会把那句著名的歌词略作修改,变成"你永远无法得到你想要的,但有时如果你尝试"——而且你不得不尝试。即便是为了你所需要的你也不得不尝试,你不能只是在那里呆坐——"有时候如果你尝试,你会得到你所需要的"。拉康指出,欲望对象是不可能实现的,这是因为欲望的转喻结构遵循他所谓的"一条渐近线的路线"。"渐近线"是朝着它想要相交的另一条线不断趋近但却永远无法相交的一条线,这个词语的双关含义同时也暗含着对这个症状的掩饰之意。唯一能够揭示这一症状的就是那些缝合的瞬间,也就是在缝合点上的瞬间,拉康在这篇文章中两次提到,此时隐喻揭示了这个症状。由于永远无法得到欲望的对象,我们所能得到的也就是这些了。我怀疑米克·贾格尔(Mick Jagger)为了能够做出这个重要的区分因而仔细阅读了拉康,但我想你们也需要记住这个例子,以防下次再分不清"欲望"和"需求"的差别。

事情要是能够到此为止就好了,但我们还需要更进一步地贴近文本,并试图弄清我们迄今提及的那些概念,为什么能以拉康提出的术语,同时是结构主义和精神分析主义的术语,向如此多的方向蔓延,简直可以说是四处开花?但在此之前我首先要顺便说两点。

第一,拉康的文风极度模糊、散漫而且繁冗,并且令人头疼地将大量内容想当然地视为常识,这或许会让你们想到德里达,而他关于悬浮在言说与写作之间的公开策略似乎也将我们带回德里达那写作与言说之间的复杂关系之中。无疑，这二人是出于大致相同的理由而故意运用这种艰涩的文风的。他们都感到寻常论说文的直来直往以及清晰的组织结构与他们自己的目标计划相矛盾，而他们的共同目标就是通过再现语言的多层性以及曲折复杂来颠覆言语的沟通目的。"我喜欢艰涩的风格。"拉康在他的文章接近开头的地方这样吟咏道。你们都受过德里达《结构、符号与游戏》这篇文章开篇第一段的折磨，你们都知道德里达是不会不同意这一点的。他们二人对开端与源头这样的概念抱有怀疑，并认为需要颠覆这样的概念。

然而，在这两位法国理论巨人之间有一个重要的区别，我在这里只能稍微讲一讲。在《关于〈失窃的信〉的研讨班》一文中，拉康曾经指出，信件从除了杜宾之外的众人眼皮底下消失相当于无意识对症状的掩藏。而最终所揭示的，比如小说中的信件本身及其内容，就如同一个真理。德里达在一篇名为《真理供应商》("The Purveyor of Truth")的文章中对此做出了评论，供应商在这里指的就是拉康，这篇文章解构了真理在艾伦·坡和拉康那里可能具有的相似意义的条件，他这么做并非是在人们意料之中的。我们在这儿无法深入讨论拉康与德里达的观点，但我们可以从中清楚地看到解构与结构主义精神分析的区别。

对于人文学科的学生而言，存在着不止一个雅克·拉康。有一个做文学研究的拉康，他在我们所读的文本中已经有了很好地体现，尽管他的一些重要观点在文中只是得到了暗示。例如，我们在这篇文章中没有看到关于他对实在界（the Real）、想象界（the Imaginary）与象征界（the Symbolic）三者进行区分的内容。仅凭我们眼前这篇文章，我们无法对这个问题进行实际地探讨，但事实上我们最后会回到这一点。我们对此可以做出谨慎地评论：想象即是转喻，而象征即是隐喻。在我们所读的文章中，直到末尾才极轻地触及了我刚才所说的"大他者"和"客体小a"之间的区分。我们将来会有很多机会来讨论这个区分，因为它是齐泽克文章里的中心内容。尽管如此，当我们聚焦于拉康的结构主义思想对文学研究产生的影响时,我们选择的文章具有相当的代表性。但除此之外,还有一个更加新近的拉康,也就是在电影研究和女性研究当中更为人所知的拉康,甚至对你们在座的一些人来说也是这样。这是与"凝视"概念相关的拉康,这个"凝视"的复杂的辩证法与实在界、想象界和象征界之间的区分和纠结有很深的渊源。鉴于我给你们的阅读材料的选择性,拉康理论的这个部分我们就无法深入接触了。

我顺便要说的另一点是,我希望就我们选择的这篇文章的奇怪语气做一些解释。你们或许会注意到,拉康在这篇文章中傲慢而充满敌意,非常生气,好像一心想要跟别人打架一样。我们阅读材料的作者都很自负,但拉康是其中最为自负的一个。我们只需要习惯这一点就好了,并且要意识到拉康的傲慢主要并不是针对他的听众和读者的愚蠢,而是针对国际精神分析协会中的同行对弗洛伊德的遗产的扭曲,协会中很多成员是所谓的美国自我心理学者。

和拉康一样,自我心理学者的起点也是弗洛伊德为分析过程设定的著名议程:"它在哪,我就应该在哪。"(Wo es war sol lich sein.)换句话说,自我(ego, ich)应该从无意识里本我(id,也是就那个"它",es)的原始材料中,作为人的意识通过升华性欲冲动而走向成熟的能力出现。换句话说,在自我心理学者看来,本能冲动与人的正常的自我克制或成年人的成熟意识之间的关系能够而且应该是一种进步的关系;而精神分析的目的也就是将人们从陷入各种婴儿期或某种神经官能症的困境中拯救出来,也就是支持自我的出现以及强化。拉康憎恶这种理念,因为声明能够出现一个稳定成熟的自我,就是预先假定世界上存在着稳定的人类主体性这样的东西。换句话说,就是认为世界上存在着自主意识这样的东西,而我们的沟通、语言以及其他的符号系统是在它的管辖之下发展的。

拉康对意识的理解则完全不同。令他在通篇文章中以轻蔑的态度表达出最强烈的敌意的,是这样一个问题:对于我们每一个人而言,是否有一个稳定的以及独一无二的主体性?在这个问题上,拉康并不是因为认为我们彼此之间没有区别而提出怀疑。我们显然不太可能把自己**认作**别人，或者认为我们参与到了某种潜意识的普遍连续体（universal continuum）之中（荣格有与此类似的想法）。在伦理学上，我们其实会为人和人之间的孤立而抱怨。但对拉康而言，内部的症候学与语言明显的外在性之间的关系构成了一个终极谜团。在它面前，任何对于"我"所理解的自我和"它"所决定的我之间的关系的肤浅结论都将失效。你们在这篇论文中会发现，拉康的确容许一定意义上的心灵个体化，至少是作为一种可能性，这是他在观点上的一个转折。这种可能性仅仅来源于无意识的符号复杂性，我们每一个人在一定程度上都以不同的方式寓居于这种复杂性之中，但这种可能性并不足以容许任何与自主主体性或自由意识相关的概念。所以，拉康嘲笑这样的观念：一个"主体"可以经由精神分析或仅仅通过成熟地拥有稳定、连贯、有序的自我和身份感就能出现。

那么现在让我们从"镜像阶段"（mirror stage）这个概念开始，这是拉康做过的唯一真正意义上的临床工作。这个概念最早于20世纪30年代提出，先是作为一个关于婴儿对他们的镜像的反应而提出的假设，随后在他的职业生涯中逐渐被抽象为心灵运作的一个固有方面。拉康的精神分析哲学主要是思辨式的，因为他更希望如此。他对哲学和文学素材进行了深入的加工，而从不僵化地扮演精神分析师的角色。他对他的病人缺乏耐心，并对于分析过程有着异于常人的兴趣，这些过程要么是简洁的，要么就是"不可终止的"，正如弗洛伊德在晚期的文章《可终止的与不可终止的分析》（"Analysis Terminable and Interminable"）中所描述的那样。镜像阶段这个概念确实激发出了拉康在各个思考方向上扩展出来的大部分思想系统，但它是一个临床概念。

从临床意义上来说，镜像阶段是指一个婴儿在镜中看到自身的时刻，他不再感到与母亲的乳房融为一体，从而开始意识到自我与他者之间有着某些差异。在6至8个月大的时候，婴儿强烈地意识到无法控制和协调自己的身体，然而当他用手扶住镜子使自己站立起来时，看到的自己是一个完整的整体。从人们最早开始研究这一现象时起，关于婴儿何时和是否能够从镜中**认出**自己的影像就存在着争议，但这种讨论可以说是没有抓住重点。对拉康而言，尤其在他随后几十年中对这个问题进行思考时，尽管只是模糊地做出暗示，他的兴趣点在于婴儿对自身身体的感受以及他在镜中凝视到的明亮直立影像之间令人沮丧的反差。

如果在镜中认出了自己，婴儿或许会感到一种喜悦，因为他觉得自己长得是如此可爱，肯定是母亲的欲望对象。这或许是事实，或许不是，但是我们可以设想的紧随这喜悦瞬间发生的事看起来是更加合理的。《无意识中文字的能动性》这篇文章的开头题词引自达·芬奇，更好地说明了这一切。通过想象另一个主体——一个需要判定的主体——婴儿**坠入了语言之中**，而在那一刻，他不再将自己看作理想的"我"，用弗洛伊德的话来说就是"das Ideal-Ich"。他知道他所看到的那个镜中的直立形象属于另外一个人；镜中的形象作为一个能指、作为这个婴儿的非我直立在他的面前，而依然处于褴褓期中的这个婴儿（**婴儿**："那些包裹你的人不会理解你的语言，你也不会理解他们。"）开始醒悟：他甚至没有自己的名字，更不用说身份。他有"父之名"，可那是另外一个人的能指，也是作为另外一个人的能指，但他却没有父亲的阳具，或者更确切地说他并不是阳具一般的父亲，这时他开始意识到欲望中的竞争。但这里的父亲，同时也是父之**名**、代表着语言的未被占有的能指，只是象征意义上的父亲。在拉康的理论中，欲望的对象毫无疑问可以是**任何事物**，具体取决于欲望所遵循的转喻序列的展开；但起点终归还是俄狄浦斯阶段，因此儿童坠入寓含着他的命运的语言的进入点，被称为"父之名"。

在拉康对弗洛伊德的改写中，永远驱动着欲望的是一种必然的缺乏。而这种缺乏并不是身体上的缺乏。它**不**是阴茎！与此相反，它在本质上是象征之物，是某种自我理想（如同镜中的完美影像），但却不再是**我自己**，而且永远不能再在自我观察中找到这一缺乏物。这一缺乏物从此获得了多种多样我们姑且可以称之为"阳具—逻各斯中心主义"的形式，令人目眩。你们有些人或许会知道，在受拉康影响的劳拉·穆尔维所写的电影批评文章中，那些穿着紧身裙、作为观者欲望或凝视的对象的女性，事实上就像那个婴儿，就像任何其他直立的事物一样。这个"阳具"就是我一直所说的纵轴和被认为是虚拟的存在，我用虚线表明它只是一种假设性的存在。然而，正如拉康指出的，在它自身是"文字的"（literally）的范围内它是真实的，以"文字"的方式主宰精神生活，自认为是或坚持自己是无意识的能动者。

不管怎样，这里提出了一个德里达在《结构、符号与游戏》中曾经十分谨慎地提出过的一个问题：**语言**是如何开始扮演如此重要的决定性角色的呢？语言究竟凭什么得以引入这样一个无法挽救的问题？拉康用一个关于弗洛伊德式的无意识的声明作为文章的开头，他声称这来自弗洛伊德在《梦的解析》中谈论的关于凝缩与移置的关系那个部分。拉康说："无意识是像语言一样被结构的。"这是人们公认的拉康最犀利的灼见，我认为实至名归。如果我们要理解拉康那就离不开这个基础。

"无意识是**像**语言一样被结构的。"拉康说的不是"无意识就**是**语言"，而且他也没有说他的意思是无意识的结构仅仅和人类语言一样。如果要尽可能精准地表达，那么他的意思是，无意识的结构如同一个符号系统。他也从弗洛伊德的《梦的解析》中借鉴了一个观念，即梦境的运作原理和**画谜**——就是那种只要能正确组合图案、数字和音节就能发现隐藏的句子的游戏——的原理是一样的，换句话说，是一系列来自不同符号系统的、可以被解码为人类语言的符号。例如，"我爱（心）纽约"（I "heart" New York）"为了你，亲爱的（小鹿）"（4U, "deer"）等等。

如果无意识是像语言一样被结构的，这就意味着我们不能再认为无意识是本能所寓居的沉默、无差别的场所。这个问题是把拉康与绝大多数其他精神分析执业医师区别开来的巨大鸿沟。无意识并不先于那些被我们习惯上称为"语言"的衍生的表述形式，并不比它更原始。由于与语言相似，本我自身就应该是能指，是"文字"，是隐晦的欲望对象，被隔绝于意识之外。这绝不是说无意识是为思想服务的。和我们阅读材料的很多作者一样，拉康否认语言是为思想服务或传递思想的一种媒介；语言使思想产生，并且实际上无法与思想分离。

你们在这里也许能够看出，拉康不仅与其他形式的精神分析存在冲突，还与整整一个哲学传统存在冲突。如果你是一个唯物主义者，比如马克思主义者，并且相信先有物质，再有意识来指认它们并反作用于它们，无论你把它称为意识、意识形态还是其他什么名称，都是被客观物质条件决定的，那么，你无法很好地理解客观物质条件是由语言生产的观点。同理，如果你是一个实证主义者，如果你相信关于事物的理念可以通过语言来表达，而语言存在的目的也就是为了表达关于事物的理念，那么，你也是将物质置于优先的地位，而思想的职责是对物质进行描述。拉康对于这种马克思主义传统和实证主义者给予了精妙的侧面批评。如果这仅仅是一个马克思与黑格尔相对抗的问题，正如马克思自己希望这场争吵所呈现出来的性质那样，那么拉康对于语言优先性的坚持以及赋予语言一定的权力和能量都可以令人想到黑格尔的"精神"。这确实是他在较宽泛的意义上可以被认为是黑格尔主义者的原因。

那么，"本我"是什么呢？这个通常和本能冲动以及直接、难以控制的欲望能量联系在一起的东西是什么呢？拉康说它就是能指本身："我们应该怎样理解这里的'文字'（letter）呢？很简单，那就是按字面意义来（literally）。"意识的原生基础就是文字。我们还记得德里达引用过的列维-斯特劳斯的话，说语言不是一点一滴地积累着出现的。前一天还没有语言，第二天就有语言了：忽然之间出现了一种给事物赋予意义的方式，用符号学的术语来说，最好把它理解为具有任意性的符号之间的差异化。语言也携带着符号的任意性以及符号之间的差异化关系，索绪尔在自己的著作中描绘了这个特征。拉康也持有相同的观点，认为文字的存在不是为了表达事物，也不是自我雇来规范和开化本我的警察，而是本我自身。这不过是在说，它是一切的开端。"太初有道"，这个"道"就是文字，它生成了表意系统，并通过它播种意识。

我真希望在我说这些东西的时候你们会觉得我是在乏味地重复自己的话。这就是拉康时常重复的部分内容，尽管有时候显得奇怪，但是你们应该逐渐习惯了。拉康通过使用一种结构主义的模式，揭示了无意识是如何支配意指过程（signification）的。他接受了雅各布森对于隐喻和转喻所做的区别，对二者在无意识话语、日常的精神病理学和失语症中的合作关系的理解与雅各布森大部分相同。我们还记得雅各布森不仅将隐喻和转喻同"诗"和"散文"（prose）分别联系起来，而且同精神障碍联系起来。在极端的形式下，隐喻和转喻在语言活动中就表现为两种根本性的失语症或词语处理紊乱症，拉康同样指出了这一点。

当然，拉康从索绪尔那里也有所汲取，但正如我们的编辑在一个脚注中正确地指出的那样，在拉康用于阐释索绪尔的符号图表的算法中含有重大的修正。索绪尔的"所指/能指"变成了拉康的"S/s"。在拉康的运算法则中，我们看到巨大的能指赫然凌驾于小小的、怯懦的所指之上，因为所指几乎不参与想象界的转喻性话语活动。毕竟，你永远无法跨越那条横线从而到达所指，或者说即使能指滑到了横线的下方，它也是将所指取而代之。在索绪尔的理论中，横线将符号的两个部分捆绑在了一起；在拉康的理论中，这条横线是两者之间无法逾越的鸿沟，是两者之间的障碍。事实上，索绪尔的图表与拉康所谓的算法之间**唯一的**共同点就是这条横线本身，它指向一个事实，即能指和所指或者所指与能指之间的关系是任意的，在所指的本质中不存在任何能够产生能指的自然之物，因此这条横线无法跨越。他们在这一点上意见相同，但在是谁产生了对方的问题上，他们看起来是意见相左的。索绪尔暗示，在这个浑然一体的关系中，这个问题是毫无意义的，而拉康似乎坚持，s 是由 S 产生的，只有从这里出发才能获得任何捕捉所指的可能性。

为了说明他们两人之间的区别，让我们回到之前介绍符号学时提到过的那个门上的红灯的例子，因为我认为它与我们现在说的问题能够联系起来。门上的红灯是一个与欲望有关的能指。我们认为这是理所当然的。在其他语境中，红灯与欲望毫无关系，但"门上的红灯"这一能指却试图迎合欲望。但这欲望的对象又是什么呢？我们理所当然地认为我们自己知道，但是让我们再来看一下这个能指。红灯在门的上方，似乎这扇门是通向其后的内容的障碍。那么这扇门是不是就是所指呢？不太可能是。但如果它不是所指，而我们的视野中也没有别的东西，这个能指又是怎样将自己与所指锁定在一个二元的关系之中的呢？欲望的对象隐藏在门的后方，隐藏在加厚的、不透明的横线之后——尤其考虑到欲望和需求的区别，我们永远可以假设欲望的对象即存在于此。你不会对门产生欲望，就好像在拉康讲的小故事中，男孩儿和女孩儿对写着"男"和"女"的门不会产生欲望一样。小女孩说"我们到了男厕"，而小男孩说"我们到了女厕"。或许这看上去颇为健康。我们正在通往某种类似唯异性恋（hetero-normative）的欲望。但是，在这种情形下，欲望的对象究竟在什么地方呢？

　　藏在门后的唯一吸引我们的东西是可以解决当下之急。如果我们仍然无法看到所指，那么我们甚至不能像在红灯下的门的例子中那样可以做出暂时的断言，说这些门本身是凌驾于所指之上的横线。我们或许应该把它们看作在一个意指链中的隐藏的能指，而不是所指。使情形变得更复杂的是，在拉康讲的小故事中还有铁轨，对于拉康而言，铁轨构成了一条更为真实的横线。小男孩和小女孩一本正经地面对面坐在那儿，他们之间是一条禁忌的横线，对"男（厕）"和"女（厕）"试图意指的东西的荒诞性报以会心地嘲讽。他们自己的意指链或者组合轴开过男（厕）和女（厕），驶入夜色中。这里的男孩和女孩是纳博科夫的小说《艾达》中的角色，在小说中，乱伦禁忌被打破。我不知道你们是否知道这部小说，但其中的男孩范·维恩是一个不无魅力的惹人厌的小天才，就像拉康一样，而他的姐姐艾达甚至更糟糕。艾达和拉康故事中的小女孩都喜欢用"白痴"这个词来表达亲密（在希腊语中，"白痴"【*idiotes*】意味着无差别的）。拉康的小男孩儿和女孩儿之所以被分隔开，是因为他们无趣地知道，发现自己将会面临唯异性恋的欲望表达。可是这完全不是欲望的表达，而是需求的表达，因为他们都被禁止代表能指所指向的欲望对象。

因此，欲望就是在话语、梦境或无意识运作方式里的转喻性活动中无法意指的内容的无止境延后。我认为拉康巧妙而令人信服地向我们展示了我们是如何从一个能指转向另一个能指：换句话说，也就是他所谓的"能指链"是如何运作的。你有一系列的同心圆，但每一个圆圈又由许多小同心圆组成，它们与周围的小圆圈以不同的方式相连。下面这幅图很好地重绘了索绪尔意义上的纵轴的联系性结构，也就是语言的共时瞬间，在这个瞬间中，有些能指天然地与其他能指相近，不是与一组而是与很多具有不同属性的组相近。但他们不会天然地与全部能指相近，因此我们得到的是选择轴上的关联簇，而它们就是由链中链表示的。

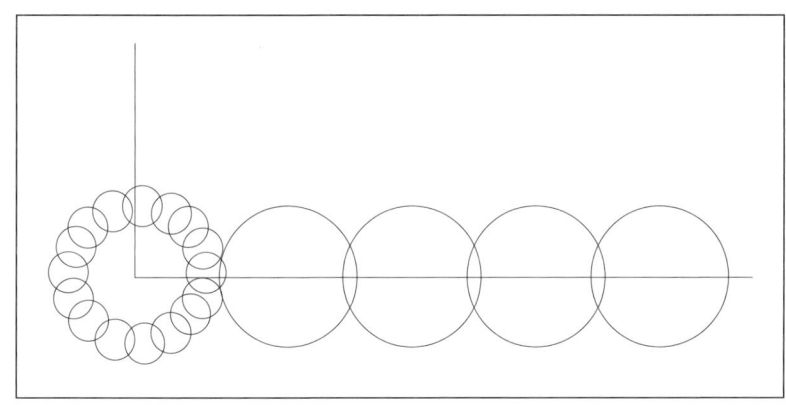

这时，**隐喻**可能会偶尔出现。对拉康而言，这是一个值得高兴的时刻，因为他说这是"诗意的"，而且在他看来，这也是一种**症候**（symptom）的显现，是症候唯一可能的显现。我们之所以会意识到症候的存在，是因为它是公开表达的对欲望对象的缺失的意识，而不是在转喻无止境的喋喋不休中被无限移置的。我们能看见它。我们无法捉住它，但我们能够看见它就是意指活动中被移置的那个东西。隐喻就在这些缝合点上出现。被子的填充物就是转喻的话语（在莎士比亚的时代，被子的填充物被称为"夸大的言辞"），而缝合点将其固定在合适的位置。

拉康给出了多个关于诗意的隐喻的例子，我将聚焦于雨果的例子，因为它比瓦莱里的例子更为简洁。我很高兴看到拉康用了"火花"这个词。你们记得，当我们谈到沃尔夫冈·伊瑟尔的时候，我提到有必要将火花塞隔开。也就是说，为了产生火花，就必须在两极之间留出一定的距离。如果距离太短，就会短路；如果距离太远，就什么都不会发生。在"他的麦捆既不吝啬，也不心怀恶意"中，拉康所看到的火花是博阿斯和他的麦捆之间的关系；这些麦捆本身就是为人所用的，当然既不吝啬也不心怀恶意。因此，我们会按照转喻的原则认为，根据麦捆与博阿斯之间的联系，博阿斯也应该拥有这样的品质。

然而，正如拉康指出的那样，他拥有的大量粮食既不吝啬也不心怀恶意，但吝啬与恶意在"他的"一词中又出现了：如果他是麦捆的拥有者，博阿斯就拥有资本主义精神或达尔文式的竞争精神，而它们所催生出的节俭和竞争性的嫉妒或恶意看似已经从这个句子中被排除了。从隐喻上看，博阿斯被"他的麦捆"这个短语替代了。根据雅各布森所谓的对等原则内的差异，这里的所有格意味着博阿斯正是诗句里不严格地通过转喻表示的那种人的反面；然而与此同时，在隐喻的内部，阳具般的麦捆本身正如俄狄浦斯阶段或原始部落中的"他"一样，也就是在一个婴儿眼中被对象化的"他"的形象。我经常觉得济慈的"如于异邦的麦田中的露德"匍匐在博阿斯的脚边，就像在普桑的《秋天》中一样，正是这样的一个婴儿。

在这里，我认为你们可以看到拉康对于隐喻和转喻之间的关系的理解，是处于雅各布森或布鲁克斯与德·曼之间的，因为在这两种解读之间潜藏着一种无法化约的张力。它似乎同时表示博阿斯是一个慷慨、没有恶意的人，而他又必然是吝啬、恶毒的，因为他是一个财产的拥有者，无法判定到底是哪种情况。但这并不能否认雅各布森对拉康关于组合轴的思考方式产生了主要的甚至核心的影响。隐喻在组合轴上的出现也就是我们识别缝合扣的方式，也就是雅各布森所说的诗歌功能即是对等原则从选择轴向组合轴的转移。

总而言之，拉康说语言是一个画谜，他还说能指在符号界的任何运动——欲望的运动——都是对一种缺失的表述。将能指附着在任何所指上的不可能性（如果能指滑到横线以下，它会取代所指）正是实现欲望对象的不可能性。

创建将"文字"放在最主要位置的学说——这既不是我们第一次也不会是最后一次在各种不同的词汇和语境中看到这种想法——最明显的后果就是"语言思考我"。例如，"我在我不在之处思，故我在我不思之处"。[1142]构成我的思想的东西却不向我显现自身，它就是本我，是文字。我无法向我自己显现自身，因为显现的是我的自我通过话语出现的方式，而它也无法指认我。它既不能将我指认为主体，也不能——在自恋时期，假设我可以通过某种方式在镜像阶段重新想象自我——指认为欲望的客体。

欲望和需求之间的区别一旦在我们阅读的文本中出现，我们还有更多的话要说。当我们思考这种区别时，并不是说我们不喜欢对于我们来说仅仅是需要之物。显然我们很喜欢，但在电影的魔幻世界中所反映的我们的生活——由电影和小说营造的虚幻世界——中，我们注意到这种区分及其引起的共鸣数百年来已经非常重要。以拉康的《研讨班》文集的一篇文章为基础，齐泽克名为《骑士之爱》的文章讨论了一系列电影，他的解读表明，在电影中，人们与大他者的结合会受到阻碍，而这些阻碍反过来又掩盖了对于结合的可能性的回避。

第14章

影响论

阅读材料:

T. S. 艾略特:《传统与个人才能》,见《批评传统》,537—541 页。

哈罗德·布鲁姆:《对优先性的沉思》,见《批评传统》,1156—1160 页。

  在哈罗德·布鲁姆的著作中,如果你主要是对《如何阅读一首诗》《莎士比亚与人的发明》和论宗教的书比较熟悉,那么你或许会对他的名字出现在文学理论课程大纲里感到惊讶。但从20世纪70年代的《影响的焦虑》《误读的地图》《诗与压抑》等一系列著作开始,布鲁姆就处于当时纷乱的文学理论争议的中心。人们把他和所谓的耶鲁学派联系了起来,尽管他在当时就表达了很多对其同事们的著作的不满,但仍然编辑了《解构与批评》(Deconstruction and Criticism)这本书,并在其中收录了自己的作品。

  即使是在我们这堂课所选的阅读材料中,你们也可以发现,相对而言,布鲁姆与解构几乎没有什么关系,虽然我们大体上可以将诗人之间的防御性斗争看作否定,由此可以将之视为是对大多数文学理论所具有的反实证主义主旨的又一贡献。从《影响的焦虑》这一时期开始，尽管他从来没有公开宣布放弃影响论，但他已经停止从所谓的"六个修正比"的角度阅读诗歌。我不会要求你们一定要理解所谓的六个修正比，但我确实认为领会"克里纳门"（clinamen）、"苔瑟拉"（tessera）、"克诺西斯"（kenosis）、"阿斯克西斯"（askesis）、魔鬼化（demonization）和"阿波弗里达斯"（apophrades）的原理，也就是熟悉这些理念，并能实际上将它们作为批评实践的工具是很有意思的。我稍后至少会对其中几个修正比多说一些。

我认为，布鲁姆对于文学理论最重要的贡献就是使他成为一名重要的文学编史学家的那一系列理念。和我们之前已经读过的提尼亚诺夫和雅各布森，以及我们随后将要读到的汉斯·罗伯特·姚斯（Hans Robert Jauss）和弗雷德里克·詹明信（Fredric Jameson）一样，布鲁姆提出了一个富有挑战性的文学史理论。这是人们很少论及的。而事实上，大多数人对布鲁姆的态度，尤其是在20世纪80年代以来的回顾中，往往是想当然地认为他无可救药地漠视历史，对历史毫不关心，也对真实世界影响文学的方式毫不在意。在相当程度上，这个判断是公正的，而布鲁姆也公开宣称这是一种美德。但布鲁姆作为一名理论家的有趣之处在于——这一点和提尼亚诺夫是一样的——他的**文学**史观念，而不是历史观念。（需要说明的是，当布鲁姆在非文学领域中工作时，他展示了十分广博而细致的历史知识。）关于在一个传统中诗歌前后更替的逻辑，他提出了一个强有力的观点，而我认为，作为阐释者，如果我们忽略了这个观点，那么我们将要面临危险。这个论点在结构上是精神分析式的，尽管它经常被过分简化，就如同布鲁克斯的论点一样，被认为是传记式的。布鲁姆聚焦于"诗人作为诗人"的心灵，这个焦点与任何"诗人作为人"的考量是非常不同的。

在我们这门课的阅读材料的三个部分中，我们首先考虑了文学的词符学（logological）起源，也就是语言对文学生产的影响。现在，我们要回顾一下心理起源的概念，也就是人的心灵对文学生产的影响。很快，我们将转向社会政治起源，也就是社会、经济、政治和历史因素对文学生产的影响。想来你们已经注意到，当我们转向"心理"起源的部分的时候，遇到了多大的麻烦。我们不断地说，我们已经到达了这个部分，而且我已经开始说我们即将要离开，虽然事实上我们仍然继续在与语言学模型纠缠不清，我敢肯定你们已经注意到了这一点。我们已经听过了拉康的名言，他告诉我们无意识与语言相似，也就是说，无意识是像语言一样被结构的。而布鲁克斯告诉我们，正是在隐喻和转喻的关系中所出现的言辞结构构成了一个叙事的文本。我们仍在等待某个人就文本的心理起源告诉我们一些东西。

　　布鲁姆将会使我们更接近我们的目标，尽管我们还要拭目以待到底有多么接近。当他谈论"诗人中的诗人"时，他想要描述的是他所谓的"冲突"（agon），也就是后世的诗人与前辈诗人据推测在心灵的本能层面发生的心理斗争。当然，即使是这样，布鲁姆最终也是在讨论文本与文本的关系，除此之外没有别的证据来支持他所描述的心理动态。他可以用心理学的主题来描述他所关注的关系，但这些关系只能从文字的线索中浮现。布鲁姆从不掩饰他对寻找文字影响这种行为的轻蔑，把它称为"发霉的、毫无价值的语文学"。但我认为，随着你研究《影响的焦虑》《误读的地图》及其后期作品中文学影响的案例，你会发现其中仍然存在着一种对于文字的回响的依赖，而这种依赖是布鲁姆的强版理论所极力抗拒却又不得不需要的。接下来我想对影响这个概念做一番详查，事实上我想看一看，对以心理的或者以世界为基础产生的影响与以词语为基础产生的影响所做的区别是多么不可靠。

　　在关于影响的讨论中，将心理的因素和语言学的因素混淆起来具有很长的传统，而这种混淆在"摹仿"这个传统概念中最为深远。柏拉图和亚里士多德都认为诗即是摹仿。他们都说诗歌是"对自然的摹仿"。柏拉图认为，诗歌所做的摹仿是拙劣的，而亚里士多德则认为做得很好，但他们都认为诗歌是对自然的摹仿。最终，摹仿（mimesis）的概念，也就是对自然的摹仿，发生了转变。拉丁语的优美在罗马文学的白银时代达到了巅峰，昆体良、西塞罗及其他修辞理论家不再讨论 mimesis，而是将他们的注意力集中在拉丁语中的 imitatio 这个概念。后者只是看起来与前者完全相同，但它不再是对于自然的摹仿而是对文学模式的摹仿，是对语言的摹仿。这个话题使白银时代和亚历山大文学学派的评论者们能够通过思考特定诗人与其所处的文学表达传统之间的关系来确立经典。摹仿因此从以自然为基础的影响理论中脱胎换骨，成为一种以语言为基础的影响理论。这个转变发生在文学理论自身的延续之中，以及像荷马和埃斯库罗斯的原创性文学模式被维吉尔和塞内卡这样在"文学"上极为重视过去的中介性作者所继承。而有人会说，荷马和埃斯库罗斯除了自然以外没有什么可以摹仿的东西。

亚历山大·蒲柏在《论批评》中触及了维吉尔与对自然的摹仿的关系。他的论点是，荷马之所以直接地摹仿自然或许只是因为当时没有文学模式可供摹仿。维吉尔一开始以为自己可以通过摹仿自然书写自身的民族史诗，但后来他把目光转向了荷马。他首先感到非常不安，因为似乎荷马已经把能说的都说了。在《伊利亚特》和《奥德赛》之后，看起来似乎没有什么可说的了。如果由于荷马已经摹仿了自然而维吉尔不能再这样做，那么，为了解决这个问题，他还可以摹仿荷马：

可是当他检查每个部分的时候【这包括荷马作品的每一个部分以及他自己所要写的史诗的每一部分】
他发现，自然与荷马是一样的。

你们在这里就可以看到一种观点出现了，即摹仿自然与摹仿艺术——也就是摹仿人和历史事件与摹仿语言——是同一个过程必不可少的组成部分。两件事必须同时完成。这也就是在我说我们仍在努力离开文学的语言学起源并转移到心理学起源时的意思。即便是在关于影响的最为传统的论述中，例如，在蒲柏的论述中，我们仍然能够发现，区分自然与艺术是十分困难的。当塞缪尔·约翰逊在蒲柏之后50年宣称"除了对大自然的合理再现，没有什么能够愉悦大众或足够长时间地令人愉悦"时，他试图在艺术再现世界这一理念以及艺术代表着历经时间考验、普遍接受的摹仿世界的规则这一理念之间取得平衡。

那么，如果我们现在来看一看你们已经读过的为这堂课准备的两篇关于影响理论的文章，你们会发现，T. S. 艾略特对这两种摹仿之间的关系是不甚明了的。对艾略特而言，面对传统的个人天才必须解决他所谓的"欧洲心灵"这一问题。[539] 我下面要读的这一大段内容清晰易懂地总结了艾略特的观点：

> （诗人）必须充分认识到这一明显的事实，即艺术永远不会改进，但艺术的材料却不是一成不变的。他必须知道欧洲的心灵、他本国的心灵——总有一天他会发现这个心灵比他自己的个人心灵要重要得多……

且让我在此稍作停留。我想说，这看上去与布鲁姆的**区别**似乎大得不能再大了，因为作为一名浪漫派，布鲁姆推崇个人心灵，或者可以说他任何时候都会支持个人心灵所进行的将自己从之前的、同样竞逐注意力的心灵中区别开来的斗争。在艾略特那里，这种类型的斗争**似乎**是不存在的。艾略特似乎强调自我消解（self-effacement），强调要意识到欧洲心灵比个人自己的心灵更为重要，而如果个人才能要为传统做出任何贡献，那么这种贡献必须建立在一种敏锐的意识之上，那就是要充分意识到一个人不是自身，且不能成为自身。

这一段接下来如此写道：

（欧洲心灵）是一个变化的意识，而这一变化是一种不会在中途抛弃任何事物的发展，它不会淘汰莎士比亚或荷马或旧石器时期晚期人们的洞窟岩画。从艺术家的视角出发，这个成长过程或许可以说是提炼过程，肯定是复杂化的过程，但并不是任何改进。

个人才能必须进入一个文学、哲学以及其他表达方式所组成的巨大的矩阵之中，而这个矩阵虽然不断发生变化但永远不会真正改变自身。我们尤其不能将它理解为朝向某种伟大目标前进的长征或进步，因为任何事物都不会被抛弃，且没有任何根本性的创新能够被引入其中。

我希望你们在这个段落中能够看到许多我们已经讨论过的主题。例如，伽达默尔意义上的传统要求我们要意识到连续性，要有与过去妥协的意愿，以及发现视阈的融合，在这种融合中，过去与现在彼此能够进行真实的对话；再如，俄国形式主义的观点，即任何时期的文学文本中都存在主导和落后的元素，只是它们在之后的文本中会交换位置。简言之，根据这种历史理论，文学的全部可能性始终而且已经存在，而任何一个人独自进入这个表达可能性的汪洋大海都无法表现出浪漫派传统所追求的原创性天才。基于艾略特的传统主义者视角，我们可以想象布鲁姆一定会与这种观点有着莫大分歧。

我想提出与此相反的主张，即艾略特和布鲁姆之间事实上有着大量的连续性，而为了否认这种影响，布鲁姆成了他的前辈的强误读者。我不想在这里就这一论点完全展开全部细节，怕你们认为我有强迫症，但我想就此提出几点，因为它们能够极为有效地向我们展示《影响的焦虑》本身的论点。布鲁姆始终否认传统对于个人才能的影响，他承认影响的存在，但是指的是爱默生、尼采、弗洛伊德、伟大的浪漫主义诗人，最近又加上了莎士比亚，但我认为布鲁姆的论点早已出现在艾略特的《传统与个人才能》之中，至少是以十分简略的形式出现的。

例如，布鲁姆煞费苦心地向我们展示了新对旧的**重构**的方式。他说，

《丁登寺》("Tintern Abbey")的前身文本是《利西达斯》("Lycidas")。也许《丁登寺》还受到了其他诗的影响，例如柯勒律治的《午夜寒霜》("Frost at Midnight")，但《丁登寺》抗争的文本就是《利西达斯》，而布鲁姆能够展示华兹华斯是如何回顾并改写挽歌这一弥尔顿早已确立典范的主题的。这里的关键是，一旦一个强有力的诗人完成了晚近的文本，我们就永远无法像以前一样去阅读其前身文本。换句话说，华兹华斯对于前身文本的强误读是如此有力，以至于成了我们自己的强误读。在读过《丁登寺》之后，我们就无法再像以往那样理解《利西达斯》了。于是我们现在认为，华兹华斯对他自身已经失去的一种特质的反思原来早在弥尔顿那里就已经存在，我们现在也认为爱德华·金（Edward King）是弥尔顿自己的诗人生涯的危机的代言人。

如果这看上去还不足以令人信服，那我们可以再多考虑一些案例。最明显的例子就是博尔赫斯题为《皮埃尔·梅纳德，〈堂吉诃德〉的作者》的故事，尽管他远非与布鲁姆持相同观点。这则故事讲了一个趣闻，内容是一个法国人（我记得是）在19世纪末以西班牙语写了一部小说，而事实证明，这部小说竟然与塞万提斯的《堂吉诃德》一字不差，完全相同。唯一的区别是，这不是塞万提斯的《堂吉诃德》而是皮埃尔·梅纳德的《堂吉诃德》。想一想两者之间的区别。这是一个在不算太久之前用西班牙文写作的法国人。你们可能会说，这实在令人刮目相看，塞万提斯只是在自己的时代用母语写作，相比而言，梅纳德要厉害得多。而且，在这场大师级的表演中，梅纳德的小说为堂吉诃德的故事引入了一个完全不同的历史视角。鉴于塞万提斯认为自己是在讽刺自身所处的历史时刻——他记录了骑士制度的死亡，等等——我们不妨想一想，一个人在几个世纪后用自己所知道的一切——混杂了各种重新考虑过的一切——来写这一历史时刻，该有多么讽刺。我们怎么能再用同样的方式去阅读塞万提斯的《堂吉诃德》？那样就会过于天真。得益于晚来的文本，我们现在能够认识到塞万提斯**早已完成**了皮埃尔·梅纳德的壮举，那就是将一个历史视角叠加在另外一个之上（将自己的叠加在吉诃德的之上），并且作为一个西班牙人，使用一个叫本安赫利（Cide Hamete Benengeli）的摩尔人从阿拉伯语翻译过来的文字进行"创作"。

我们再来看看乔伊斯的《尤利西斯》。我们都知道《尤利西斯》和维吉尔的《埃涅阿斯纪》的前半部一样，以《奥德赛》为基础并改写了《奥德赛》中的情节，但它似乎是通过望远镜错误的一端在看《奥德赛》。它将原作中的英雄观拉低，对近代社会的日常生活做了毫无英雄气质的记述。正是通过追随《奥德赛》，乔伊斯推翻了《奥德赛》的英雄气概。通过这种视角，我们在读过《尤利西斯》之后很难再以同样的方式阅读《奥德赛》。然而，《奥德赛》也对《尤利西斯》中的一切肮脏刻薄做出了自己的反向评述，更为重要的是，奥德修斯那随机应变、随波逐流的生存本能，不仅成为后来地中海上商人们的模范，更是提前为利奥波德·布鲁姆（Leopold Bloom）这个角色提供了草图。

我们现在必须指出，而哈罗德·布鲁姆自己也一定会这样说：《尤利西斯》并不是一个对《奥德赛》的强误读，因为乔伊斯的所作所为完全是有意为之。它是一种蓄意的误读，有其可取之处。以上两个例子之中都不存在心理上的竞争。《尤利西斯》不是一个强误读的例子，但它重构了传统，这一点让它与布鲁姆的理论有共通之处，并且与艾略特关于个人才能与传统之间的关系的理念相通。它不仅仅做出了创新，还能使我们以不同的方式看待传统本身。艾略特说［538］：

> 现存的不朽作品联合起来形成一个完美的体系。由于新的（真正新的）艺术品加入到它们的行列中，这个完美体系就会发生一些修改。在新作品来临之前，现有的体系是完整的。但当新鲜事物介入之后，体系若还要存在下去，那么整个的现有体系必须有所修改，尽管修改是微乎其微的。

我们再也不能以同样的方式看待这个秩序。所以，在传统与个人才能，**或者**强大的前辈和后来的诗人之间，存在着一个动态的相互的关系。

在布鲁姆的理论中，晚辈诗人通过否定前辈已经说过他现在要说的内容而产生的强误读，来肯定晚辈诗人自我的优越：我做的是一件前无古人的事，我要探索的领域前人没有探索过。我所做出的创新是如此之强，以至于我怀疑在我之前是否有人曾经这么做过。这种俄狄浦斯式的对父亲的超越成为晚辈诗人的力量。然而正如我们已经看到的，强大的先辈最终证明自己早已说过晚辈诗人所说的一切。布鲁姆的理论强调一种文学**原创性**的修辞，也就是指开风气之先，同时他也承认较早的诗人总是已经把一切都说过了。"若非此时，不知有时"，这话是弥尔顿笔下的撒旦说的，而不是伟大的浪漫派诗人。因此，布鲁姆的文学编史学同时鼓励创新和保存，或者说注重传统。相比而言，伽达默尔倾向于保守或传统，而伊瑟尔或俄国形式主义者倾向于创新，布鲁姆在强调传统是不变的（所以有"总是已经说过"这种逻辑）同时，也强调传统是不断被重塑或至少被重新思考的。我必须要告诉你们，这与T. S. 艾略特已经说过的理念非常相似。

这就把我们带向了T. S. 艾略特的名言警句［539］："有人说：'已故的作家离我们很遥远，因为我们知道的东西比他们知道的多得多。'说得对，他们本身也就是我们所知道的东西。"我认为这说得相当好，而且我认为布鲁姆也很有可能会以他自己的方式很好地表述这种意思。过去是我们所知道的，但是如果我们足够强大，我们或许并不知道我们知道过去。换句话说，当我写我的新诗的时候，我是在书写过去，但我认为自己是在做一件不同的事情。在布鲁姆的第一修正比"克里纳门"中，我从过去旋转开去，我旋出并下落，就像卢克莱修的原子一样，寻找自己的空间。卢克莱修说，如果不旋转的话，所有的原子都会降落在同一个地方，而这就可以用来描述晚辈诗人对自己的所作所为与前辈诗人的关系的一种意识。晚辈诗人事实上落在了同一个地方，但那旋转的力度、那旋转的修辞姿态如此强大，以至于我们觉得我们已经不在同一个地方了。再一次地，我们同时感到了创新和必要的保守性，或者说新诗人创作的保守一面。

不过，艾略特对诗人的非个性化、对逃避个性的愿望的强调，使他与布鲁姆截然不同。他说［541］："当然，只有具有个性和情感的人们才懂得想要脱离这些东西是什么意思。"进入艺术的世界，就是抛弃那种以自己个人心理上的痛苦为重的感觉（或者至少是希望如此：艾略特的诗人只是**想要**逃离个性），就是将作为诗人和创造者（如果我们还能保留这个词的话）的个人本身沉浸在比一个人本身要无限宏大的世界之中。

的确，这听起来不太像布鲁姆，但我们来看一看布鲁姆的第五修正比"阿斯克西斯"。在那里，布鲁姆谈论了晚辈诗人为了寻找自己的空间、为了使自己与别人不同而付出的努力。你或许会认为答案在于使自己变得比别人伟岸。华莱士·史蒂文斯（Wallace Stevens）有一首绝妙的诗叫作《鬼王兔子》（"A Rabbit as King of the Ghosts"）。诗中的兔子不断膨胀，或认为它自己在膨胀，直到它的身体占据了所有空间。我一直把这只兔子看成布鲁姆所谓的晚辈诗人，但在"阿斯克西斯"中却发生了非常不同的事情，尽管结果或许大致相同。

在为"阿斯克西斯"下定义的过程中，布鲁姆这样说："【诗人】放弃了一部分他自己的人类禀赋以及想象力禀赋。"换句话说，他削减自身，使自己变得比他可能成为的更加渺小——当然，这正是为了使自己变得更加伟大。他放弃一部分自己的人类禀赋以及想象力禀赋，以使自己与他人区别开来，包括前辈。因此，在"阿斯克西斯"中，就对前辈诗人进行强误读的特定活动而言，晚辈诗人有一种自我收缩或自我消解。顺便说一句，在"克诺西斯"中也是如此。换句话说，这和众鬼之王的兔子不同，这与一个庞人的自我膨胀到占据一切空间无关，这比那要更为复杂，而在这个意义上，它也就更接近艾略特。

顺便说一句，布鲁姆从未为选择使用阳性代词道过歉。像他这样的性别语言的辩护者会说（我们当然还会回到性别这个话题）诗人从性别来说是男性的（masculine），但是女人当然也能成为诗人。例如，布鲁姆的确认为艾米莉·狄金森是一位强有力的诗人。这个在性别上属于阳性的理论是以俄狄浦斯式冲突理念为模型的，弗洛伊德也总是因为这种父子之间的敌对而受到谴责。

现在我们来直接讨论布鲁姆，而不是拿他与别人进行比较。布鲁姆的事业总是涉及诗人之间的斗争关系。在他最早的著作《雪莱的神话制造》《布莱克的启示录》以及《想象的群体》中，这种斗争的理念是通过布鲁姆所谓的清教徒主义（Protestantism）体现的。在他看来，他深感兴趣的传统的出现与宗教改革有关，正如我在我们对阐释学历史的简介中所讲到的，在那个时候，人们开始感到他们在与圣经、上帝的联系中有一些私人的性质。也正是在这个时期，人的个体性（individuality）开始变得重要——很多人将这个时期与资产阶级的出现联系在一起。在这个历史时刻，清教徒主义的观念——就像劳伦斯·达雷尔（Lawrence Durrell）作品中的一个角色所说的，这个词单纯地就是指"我反对"（that I protest）——创造出一种每个诗人都感到独立于之前的文学典范的氛围。接下来，"清教徒"在布鲁姆早期的著作中让位于"修正的"（revisionary）一词，这个词在《想象的群体》中有大量的使用。借助于弗洛伊德，修正论后来又让位于"误读"（misreading）。

令人惊讶的是，作者之间存在俄狄浦斯式的斗争这一理念，对于布鲁姆而言没有什么新鲜的，因为我们只需要从文学批评的漫长历史当中随手找出一些篇章就可以看到这一点。你们阅读材料中的前两个例子来自朗吉努斯，他有可能是公元2世纪一位罗马青年的私人教师。这是我从他的《论崇高》中摘取的一段：

> 仿佛出自本能一般【这是在崇高的时刻】，我们的灵魂被真正的崇高所抬升。【到现在为止，这是你期望听到的。】产生了一种激昂

慷慨的喜悦，充满了快乐与骄傲【这是惊奇的来源】，**仿佛我们自己开创了我们所读到的思想**。【黑体是我标的】

随着一个外来的声音将我们带走，我们**被**一个他者所占据、拥有，然而，这在心理上却被体验为**对**他者的占有。在我的幻想中，这是我自己的声音。正像一个小孩在看球赛，有人打出了一个本垒打，而小孩在狂喜中挥动想象中的球棒，仿佛是他自己打出了这个本垒打，他就**是**这位英雄。朗吉努斯说，文学的崇高性也是这样的，这个观点强烈地影响了布鲁姆。

我认为朗吉努斯在接下来的段落中说的话非常对：柏拉图一直在误用荷马，然而，没有什么比证明荷马史诗中的情节，甚至修辞手法对柏拉图思想的形成有很大影响更容易的了。这是一个很有趣的话题，在我看来，朗吉努斯的看法非常正确："如果柏拉图没有竭尽全力与荷马较量高低，那么他的哲学教义就不可能这样完美无缺。"尽管你在心里隐约知道自己是第二，也要争第一，朗吉努斯居然和布鲁姆不约而同地走到了一起。柏拉图想争第一，"也许好胜心切，不免意气用事，但毕竟从竞赛中得到了不少益处；正如赫西俄德所说：'对于凡人来说，这样较量一下是好的。'"

一个更常见的例子来自圣-伯夫一篇名为《何谓经典？》的著名文章，我们再一次可以从中看到布鲁姆的原型。历史上有一系列的文章都叫《何谓经典？》，艾略特在1944年写了一篇以此为题的著名文章，而所有这些文章都对影响论做出了重要贡献。圣-伯夫这样写道：

> 歌德对拜伦所做的评论是正确的。拜伦的诗文辞流畅、善用典故，但他对莎士比亚在角色的创造和塑造上比他更强【拜伦的确总是滥用莎士比亚】感到忧虑。拜伦当然希望否认这一点。莎士比亚对自我主义的超然【这是歌德说的】使他感到不安。他觉得，在自己临近自我主义时，永远无法表现得那么自然。他从未否定过蒲柏，

因为他不害怕后者,他知道蒲柏只是自己身边的一堵矮墙【你们知道蒲柏有多矮】。

换句话说,拜伦选择了一个他自认为至少在创作能量上不如自己的人(他称蒲柏为"安妮王后的小鬼")作为他的文学典范,与此同时,他又不断地否认莎士比亚极其强大的影响,不遗余力地与莎士比亚崇拜以及人们对《哈姆雷特》的高估打嘴仗。他选择了一个比较弱的作为前辈,而不是比较强大的。

除了词汇以及哲学思想的广阔之外,致使布鲁姆的观点显得十分复杂的,还在于我一开始提出的那个问题:传统看法认为影响是艺术—自然问题,布鲁姆对此十分清楚。在某种意义上,影响的危机与人的自然取向有关。而在另一种意义上,且这种意义对于布鲁姆来说明显更为重要,影响的危机与人对其他文本的取向有关。但我们需要注意到,布鲁姆并非总是想说影响只与文本有关[1157]:"弗洛伊德的弟子奥托·兰克(Otto Rank)对于艺术家和艺术之间的斗争,以及这种斗争和与之相反的艺术家和自然之间的斗争的关系有着更为深切的认识。"换句话说,自然就是死亡。作者声称相对于自然生命轮回拥有优先权和优越性,当他无法支撑这种胜利时,自然就是他将以死亡的形式回归的世界。

布鲁姆想要强调,晚辈诗人的部分斗争目标是获得不朽。成为第一,确认自己前无古人,一定程度上就是认为自己也将会成为最后一个,即将不朽,以及自己的人生并不遵循生命的寻常轨迹。你是一种超越历史的力量、天才或权力。在这里,我们看到了布鲁姆所谓的诗人"与时间对峙"。在抵抗死亡的同时,他们坚持自己的领域既不能被优先性更不能被天才染指。

为了快速说明这一点,我们来看一看华兹华斯的一个例子。华兹华斯是弥尔顿的重要强误读者和晚辈诗人。他在一首我们今天称为《〈隐士〉说明》("The Prospectus to 'The Recluse'")的有固定套路的诗中声称,他对写出《失乐园》不感兴趣。对他而言,《失乐园》就是一本老书,是一本属于过去的书。他声称他对弥尔顿感兴趣的东西都无动于衷:"一切力量——一切恐惧,单个或同时出现,/都以个人的形式呈现,/愤怒的耶和华,以及唱诗班/由呐喊的天使组成,还有帝王宝座,/我对这些毫不在意。"《失乐园》只是小孩子的把戏罢了。与华兹华斯自己的目标相比,它什么都算不上:"混乱不能,/厄瑞玻斯底端最黑暗的深渊不能,/任何挖出的障眼物的空虚也无法/在梦的帮助下,孕育出这般的恐惧与敬畏/经常降临在我们身上,当我们窥视/我们的心灵、人的心灵/那是我常去的地方,我的歌的主要领域。"上帝、天堂、地狱、战争、神话、古代的英雄主义,所有这些都让位于唯一、真实的主题——"人的心灵",而这个主题没有堕入自然的饥荒年代的危险,因为这个心灵不是我的心灵而是心灵**本身**,在我的诗歌中它永远不会衰老。

但是,我们看一看陈旧、过时的《失乐园》:这里有撒旦的三个声明。跟随布莱克和雪莱,布鲁姆也同样认为,与其说弥尔顿是华兹华斯的强有力的前辈,不如说是撒旦:"心灵是它自己的住家/能把天堂变地狱,地狱变天堂。"显然,撒旦正在书写《〈隐者〉说明》,因为那正是华兹华斯的主张。撒旦告诉堕落军团:"若非此时,不知有时。"而这正是晚辈诗人一直力图说出的话。而最后,"我自己即是地狱",这的确是一句令人不安的话,但这却是作为众鬼之王的兔子所说的"那是我常去的地方,我的歌的主要领域",心灵就是一切。

因此,通过对《失乐园》进行强误读,华兹华斯认为自己在做一件前无古人的事,而这恰恰向我们解释了强大的前辈诗人早已写下了一切晚辈诗人所能写出的东西。在所有能够反映影响的焦虑的时刻,都能看到保守与创新之间有着动态的相互作用。

现在是我们应该回到《拖车托尼》的时候了。对拉康而言,《拖车托尼》代表着意识退而求其次接受了客体小a。在故事中的表现就是,班皮是不完美的,却是一个乐于助人的朋友。而欲望的对象尼托和斯皮迪,则是不友好的车子。布鲁克斯会说，这些欲望的对象从表面上来看是不当的对象选择，美国的自我心理学家也会这么说。但以一个更为布努埃尔式的方式来说，尼托和斯皮迪沿公路驶去，是托尼的欲望**隐晦**对象，始终游离在小托尼的对象选择之外。因此尼托和斯皮迪是大他者，而班皮是客体小a。

对哈罗德·布鲁姆而言，《拖车托尼》是对《小火车头做到了》的强误读。这一点最清楚地表现为，在《小火车头做到了》的故事中，是班皮而不是托尼扮演了英雄的角色，而新文本的误读则包括让托尼这个英雄需要班皮的帮助。用民俗学的术语来说，班皮成了助人者，而不是英雄，但我们可以看到核心的叙事模式——弱者拥有强者所没有的毅力和精力的模式——对强者和弱者做出了反思。在班皮出现后，我们再也无法以原来的方式理解托尼这个角色，班皮在《小火车头做到了》中的主体地位被托尼挪用了。因此，这里的关系又是一个斗争的关系，涉及英雄气概从一个角色转移到另一个角色，然而与此同时只是将故事按照前身文本完全可以预见的方式进行改写，任何一个给孩子读过以上两个故事的人都能认识到这一点。

我们下一堂课要探讨德勒兹和迦塔利，尤其要谈一谈齐泽克，这将把我们带回更受拉康思想影响的领域。

第15章

后现代精神

阅读材料：

吉尔·德勒兹和菲力克斯·迦塔利：《导论：根茎》，见《千高原：资本主义
　　与精神分裂》，明尼阿波尼斯：明尼苏达大学出版社，1987年。

斯拉沃热·齐泽克：《骑士之爱》，见《批评传统》，1181—1197页。

在这节课上，我们将继续聚焦于个体意识，尽管我们阅读材料的作者是以政治介入闻名遐迩的。我们仍然会将文本或电影的心理起因看作一个文本的象征范型的场域或模型。在齐泽克的材料中，这一点是毋庸置疑的，在德勒兹那里，一定程度上也是这样的。事实上，这也是我们向文学的心理学起源告别的一个时刻，之所以做出这样的安排——结果就是齐泽克和拉康被分开了——是因为我们今天阅读材料的作者会让我们明确知道艺术和诠释有政治风险。

例如，在对电影《哭泣的游戏》(*The Crying Game*)做出的绝妙读解中，齐泽克主张，情节的最终转折并不仅仅是一个人放弃了他肩负的爱尔兰共和军的使命。这个战士并非简单地抛弃了自己在革命行动中扮演的角

色，他在自己的私生活中——在意识中的情欲层面——发现了内在革命的需要。如同在爱尔兰为了支持共和军的活动而发生的思想断裂，他自己的思想必然以同等激进和几乎相同的方式发生了断裂。因此，男主人公与大他者最终悲剧性的邂逅，与他的行为的政治意涵是无法分离的。

　　面对这个主张，我们也许不应该急于接受。正如我们的编辑在斜体的前言中指出的那样，在这种对于一个隐晦甚至超越性的欲望对象的迷醉中，存在着对个体的诱惑，但同时也存在着对社会精神的诱惑。无疑，如果说一个政治理想正是人们无法得到的，这或许会让人失望，但却并非完全不切实际。齐泽克在著作中对宗教表现出了一种着实令人惊奇的友好。毕竟，信仰或为信仰而战的确算得上是一种为了与渴望得到却又无法打个照面的对象产生有意义的关系而做出的努力。但齐泽克认为，问题在于信仰和政治中不仅都存在着一种兴奋，也存在着被一个大的理念逐渐迷醉的潜在危险。尽管总体来说他是一个左翼思想者，并深受马克思的影响，但他有时也承认自己的政治思想不够稳定。然而，他清楚地看到，任何形式的进步集体性（progressive collectivity），包括法西斯主义，都会带来一种被禁忌的愿望产生的魅力。简言之，齐泽克很清楚，他从拉康那里得来的一系列思想也会带来一种在政治领域可能造成危险的眩晕（vertigo）。（我将在这节课的末尾回到希区柯克的电影《眩晕》。）

　　在德勒兹的论述中也存在重要的政治维度。（我大多数时候都会用德勒兹指代德勒兹和迦塔利，二人是长期的合作伙伴。）你们正在读的是他的著作《千高原》（*A Thousand Plateaus*）的第一章，他在其中提出了一种思想实验、一个给读者提出的建议，这一章自身的组织模式也与此呼应。德勒兹指出，需要在思想中进行一种我们或许可以称之为内在革命的活动，但和齐泽克的思想相似，其政治意涵是比较模糊的。也就是说，"根茎式"（rhizomatic）的思考——我们会回到这一点——在根本上是极端去中心化的，因而有利于多元渐进式的民主事业，同样使它可以与其说有利于法西斯主义不如说有利于位于民主极端的自由意志主义。

但德勒兹也足够谨慎地指出，根茎式的思考既会产生**最好的**结果，也会产生**最坏的**结果。老鼠是根茎。野草也是一种根茎。换句话说，任何没有一个主根而以散漫的方式组织自己的事物就是根茎式的。然而，总的来说，正如我在稍后对此做出的更为详细的解释，在德勒兹眼中，根茎式的思考是良性的。但是，无论如何，齐泽克和德勒兹都是在引入新的思考的可能性，尽管非常不同，而两人都足够坦诚地承认，他们并不完全知道这些可能性将把他们带向何方。除了暗示能够得到一定程度的解放，他们没有说过成功进入他们的思想世界究竟意味着什么或有怎样的后果。

稍后我将指出这两位自由思想者之间理论上的联系，但现在我想强调他们之间的巨大差异。德勒兹的思考实验的出发点是树或者树状的（arboresque）思维模式（有趣的是，在他使用的隐喻中，他必须努力避免"根基"一词包含的"根本"的词意）；而齐泽克有时会关注在欲望和需要的符号学被耗尽后还剩余什么，同时试图发展他那古怪的"墨迹"概念，而所谓的墨迹就是指在叙事话语中无法被诠释，也无法被指认为有意涵的元素。在这两者之间几乎找不到什么共同点。（在这里，我借用了布鲁克斯的说法来说明齐泽克的计划——通过布鲁克斯在"可叙述的"概念上与拉康和D. A. 米勒的间接联系——但对于齐泽克而言，拉康的"真实界"概念才是隐秘的背景。）我们在这里可以看到他们的分歧，但有人会说这是他们理论之间的不可通约性。不过，我们需要注意，二人的理论都试图接近一种真实，这种真实超越了寻常指意模式中的那种乏味和可预见性：所谓树状的思考模式与德里达所说的"超验所指"，或者迷失在陈词滥调和陈腐的观念中的想象界的组合逻辑，甚至与拉康的象征界不无联系。德勒兹和齐泽克的共同点就在于，他们都正在提出最新的陌生化形式。

当你阅读德勒兹和齐泽克那跳跃、狂乱的文字时，你们会看到，对于批评和理论先例，他们也都共享一种情绪、立场或取向。他们看起来属于同一时刻。假如仅就他们的文字风格而言，你甚至可以想象这两篇文章是由同一个人所写。好吧，或许不是那么相似，但你们从他们行文中感受到的那种高能，或者充斥着咖啡因的笔触，会让你们想知道这些喧嚣到底属于怎样的历史时刻。

你们可能已经准备好告诉我它属于哪一个历史时刻了，没错，"后现代主义"。德勒兹和齐泽克正是文化史在过去二三十年中所遭遇的这个最难以捉摸的概念的代表。如果你喜欢它，你会说这个概念灵活，但如果你不喜欢这个概念，你会说它很含糊。当我们驻足于"后现代主义"，这两篇文章都值得我们仔细审阅。

在艺术表现中，关于什么是后现代主义，我们或许能够很快达成共识，特别是在视觉艺术中。但我认为在一些小说、戏剧和诗歌的特定潮流中也有所反映。后现代主义是一种对过去采取的折中主义的取向。在狭义上，它是向过去的回归，是将文本的可能性朝向传统、朝向被强调自主形式的现代主义认为过时而不予理睬的表达所属的历史时刻的敞开。在建筑中，有很多杂糅过去样式的折中范例是非常杰出的，但也有很多极其丑陋。大约在15到20年前，在一个时间段里，所有的购物中心都被翻修一新。在翻修以前，这些购物中心都是长长扁扁的方盒子，但在后现代的名义下，翻修者们在这些盒子上装上了小山墙，奇丑无比，比例失调，更糟糕的是，转眼就过时了。最可怕的是，在乏味、盲目的回归传统的号召下，对郊区农场房屋的翻修成了对帕拉迪奥新古典主义的劫掠和歪曲。

但后现代主义在别的领域中起到了不同的作用，例如绘画。自从后现代主义出现，纽约的绘画界并非只由互相取代的单个抽象画派所主导。在艺术世界中，后现代主义不是对于较早的艺术运动的全面回归，例如现实主义，尽管后者也被包容在内；它是各种事物的混合，包括对在画架上进行艺术创作、平坦的画面等提出质疑的最前沿的概念、表演和数字艺术（所谓的杜尚派）。艺术家们一直以来都极为关注他们在艺术史上的地位，但我们在后现代的旗帜下看到的，不仅仅是成群的艺术家希望将自己置于艺术史的这个或者那个时刻。在他们关于艺术的思考中，有一种无政府的独立思想，这种思想已经成为全球化现象，并且预示了艺术哲学领域的重要作品的出现，如阿瑟·丹托（Arthur Danto）的作品。

在哲学中，后现代主义反映出的怀疑不仅仅是如同在理查德·罗蒂（Richard Rorty）那里一样针对知识的根基——我们在这门课上已经持续不断地对这种广泛流传的怀疑进行了或多或少的讨论——还特别针对**各部分**与**各整体**之间的关系。我怎么能那么肯定我的腿是我身体的一部分？因为与此同时，我的腿是一个包含了我的脚这个部分的整体。我如何可以确定的知道什么是一个部分、一个整体，甚或一个**研究领域**？（我尤其希望你们在这里能想起德勒兹。）维特根斯坦在《哲学研究》中有一个更有趣的例子：我们来看看法国国旗，它被称为三色旗，由蓝、白、红三种颜色的条纹组成。作为一个复合体，它们都有着象征价值。然而，蓝色、白色和红色并不必须共生于这一块布上，他们并不必须被看作一个整体。一小条白色条纹是白色这个概念的一个**部分**。如果你看着三色旗，但不知道它是什么，你又怎么能说这条白色是一个整体的一部分呢？你可以说这条白色是一个自主的实体，只是被某人碰巧缝在了蓝色实体和红色实体的旁边。我们必须追问，我们怎样知道什么**是**一个实体。

哲学思考被视觉隐喻所主导。我们由于自己能够看见事物，就认为自己对现实有清晰的感触。但是我们是**怎样**看见的呢？我们应该认识到眼睛的聚焦功能，它会导致"事物"（假定是独立的实体）在视野中任意地变得清晰或模糊。如果你离得太近看某个东西，例如一张脸，你所能看到的只是小点，也就是现实中的毛孔或屏幕上的像素，宛如一幅马克·托比（Mark Tobey）的视网膜符号绘画；而如果你离得太远，你能看到的只是一团模糊，或齐泽克所说的"墨迹"。如果你在看某种东西后闭上眼睛，那也会成为一幅马克·托比的视网膜符号绘画。如果你从一架飞机上往下看，你视野中的事物必定看上去具有一定的形式和结构。但是，这种形式和结构与你站在地面上看到的完全不同，即便你是站在一块平地上，并且能够和你在飞机上看到一样远的距离。这并不仅仅是一个"从不止一个角度看同一个东西"的"视角"问题，你的视觉正在建构完全不同的"东西"。

我絮絮叨叨说了这么多，希望它们不都是离题话，而是对今天的阅读有所帮助。部分与整体的含混同样为科学史带来了困扰。在线性加速器的黄金时代，亚原子粒子之间的关系发生了反转：加速器里的撞击揭示，原先被认为是基本单位的粒子，其内部还有**一种作为一部分的更为基本的单位**！

我们在判定何为整体时遇到的困难会产生后果。当我们想到一个整体时，也就暗指统一性。如果我们无法判定整体，那么，我们认为事物的本质是统一、稳定的混合结构难道没有可能是错误的吗？比如，德勒兹就不希望和统一性发生任何关联，他的整个思考实验的功能就在于对事物去中心化，这样我们就不会再说什么统一体、整体或孤立的实体了。如果它们能被称为实体，那么德勒兹想强调的是实体的同在、混合、飞散、重聚、运动。

后现代的另一个方面是后现代哲学家让-弗朗索瓦·利奥塔所特指的"非人"（the inhuman），或者人的非人化（the dehumanization of the human）。[1]这的确是一个奇怪的术语选择，我甚至认为从特定的视角来看是一个倒霉的术语，因为利奥塔的想法完全不是反人道主义的（anti-humanistic）。尽管这个概念一直关注历史上非人化的惨剧（毕竟这就是选择这个词的原因），但"非人"事实上是一种思考人的新方式。你们将会注意到，德勒兹讨论了"没有器官的身体"这个说法，这不仅在我们选读的文章片段中，而且在他的著作中随处皆是，他正是因此在这里几乎没有对它多做解释。这个说法可能已经让你摸不着头脑。德勒兹指出，这个说法向我们指出了我们是机械的而不是有机的。如果说中心化思想的问题在于它将一切事物看作树状的、看作有根的树，那么这个问题一定程度上就和我们认为一棵树与人一样由不同器官组成有关——树的根和枝干是肌肉组织和循环系统，树叶是毛细血管，花朵是生殖器官，树冠或华盖是树伸向天空的心灵，是树的精神。同理，如果我们将我们的身体看作和树一样，那么我们就把身体的某些部位看作用于认知的，而其他的部位则是有能动性的，是做事情的。如果情况是这样，我们就把身体理解为中心化的，归根结底是有生殖或遗传能力的，看作**生产性的**身体。

德勒兹想要将身体视为互动性的。在德勒兹的思想中，身体无处不在又无影无形，变动不居，具有流动性，在各方面都与广阔的环境有着敏感的接触，并存在着功能的互动。为了确保这种状况，没有器官的身体与其他事物的界面必须是能动而没有操纵欲的，而且是没有认知意向的，后者如"我思故我在，是我自己而非他者，世界是我所认为的存在"。简言之，后现代的非人化并没有导致否认人的重要性，而是引发人们重新思考置身于其他身体和事物之中的人。

很明显，德勒兹强调的是融入他者，强调的是主体与客体之间的连续性，最终，内在的真我、完整的自我和我之外的外界之间的差异变得完全通透，并可以互换。19世纪末的作者和美学家沃尔特·佩特（Walter Pater），在一本名为《文艺复兴》（*The Renaissance*）的书的结论部分就预示了德勒兹的大部分思想。事实上，佩特说的是，我们已经过分习惯于认为我们在这儿，别的万事万物在那儿，而且不知何故地认为我们观看其他事物的视角是安全的孤立状态，赋予我们客观性的力量。佩特接着解释说，我们的存在实际上维系于与外界进行生物化学意义上的互相交换，与其他东西在分子层面上的互相渗透。用他的话说，我们的身体"销金熟谷"（rusts iron and ripens corn）。

德勒兹和迦塔利用他们自己那兴奋、跳跃的文风指出了这些，但你们可以看出，指出人类夸大了人的意识相对于周遭环境的客观孤立，并不是什么新的洞见。这种根茎式的去中心的思想意欲着重关注内部与外部之间的双向渗透性。如果回到我们的纵轴和横轴坐标系，我们可以说，德勒兹与许多我们已经读过的其他作者一样，希望将纵轴虚拟化，甚至消除：也就是将树或树状事物的中心、头部或树冠虚拟化或消除，它们在横轴上的展开构成了万物，无论那是语言还是像语言一样被结构的无意识。

但是现在留给横轴的又是什么呢？这就是德勒兹与解构主义分道扬镳之处，对后者而言，言语，尤其是写作，完全属于语言的范畴。我将在这一点上，也仅仅在这一点上，把德勒兹与拉康加以比较。你们还记得，拉康在《无意识中文字的能动性》中**不仅**谈及一系列以多个小同心圆组成的大同心圆构成的组合轴，他还将语言中的想象或欲望所具有的组合力量与乐谱做了对比。彼此毗邻的符号的组织方式要么是旋律式的，要么是谐音式的，也就是**沿着**横轴既水平也垂直地进行标记。

为了表达沿着组合轴的这种多重性，德勒兹和迦塔利引入了"高原"这个概念。你们所读的文章就节选自被称为《千高原》的一本书。归根结底，"高原"对他们而言比根茎更为重要，但他们引入高原这个概念的目的和引入根茎的目的是一样的，那就是将注意力从单个的主导概念引向多种同时存在的概念。然而，"高原"并不只是语言内部的多重意义或多个符号系统。德勒兹和迦塔利强调"编码的多重性"，认为它不仅仅在语言中发生，而且依赖言语、图形、音乐、电影以及其他符码发生。在这一点上，德勒兹也可以与拉康联系起来，并且按照拉康的观点，可以与弗洛伊德联系起来。弗洛伊德曾说，梦的运作就像一个画谜，拉康将弗洛伊德的观察作为他有关言语的符号学的模型，而这看起来与德勒兹的"编码的多重性"十分相似。

德勒兹与我们已经读过的所有作者的关系都很紧张，与精神分析的推崇者尤其如此。他在《千高原》之前写的一本书叫《反俄狄浦斯》，是对"弗洛伊德将军"的连续攻击。你们或许可以猜到，德勒兹与其说是因为这个概念自身的不足排斥俄狄浦斯情结（很多人都是这种情况），不如说是因为这个概念体现了树状的组织原则。德勒兹想要向我们展示，精神分析的传承仅仅着眼于一个特定的问题是多么的狭隘和不幸。你们或许会认为，那么德勒兹应该会与变化多端的拉康更为亲近，但他如此评说拉康："精神分析将自己的命运维系在语言学上，实在是意料之中。"拉康曾暗示，之所以认为无意识是像语言一样被结构的是由于弗洛伊德在《梦的解析》中曾经这么说过，如果德勒兹相信这一点，那么从字面上就很难断定——这也许不是偶然的——他此处是在暗指弗洛伊德还是拉康。但我认为德勒兹只是想避免与拉康发生正面冲突。拉康对语言学的关注是对弗洛伊德散落四处的洞见做出的重大（也有人认为是不当的）修正，这已经成为共识，而我认为德勒兹的真正标靶是拉康。

而在精神分析之外，标靶就是语言学本身。德勒兹希望以一种就他而言还没有哪种语言学曾经成功适应的方式将语言概念化。他经常提及诺姆·乔姆斯基（Noam Chomsky），后者可以说是他这本书中的恶人，就如同弗洛伊德是前一本书中的恶人一般。乔姆斯基认为，人的心灵为一切语言所共有的普遍的树状"深层结构"提供了物质基础，德勒兹针对乔姆斯基的敌意因此也就不难理解了。但我仍然认为，将乔姆斯基当作整个语言学领域的代言，只是为了避免谈及索绪尔，以及避免惹怒所有结构主义者，包括拉康。毕竟，用德勒兹的话说，索绪尔的问题也在于此，后者关注的二元对立以及符号的任意性本质也是树状的，与德勒兹所认为的符号能够融入彼此以及融入其他符码相左。

那么，我们怎样辨识根茎呢？无论德勒兹的文章有多么令人头疼，但我觉得，你们最终都会非常清楚什么是根茎。如果还不明白，那就想一想流感，德勒兹将其称为"根茎式的流感"。它从别人那里来，而且由于大约学期过半的时候我们都会因它而病倒，因此可以说这种病的传播是根茎式的：我们是脆弱的，它会找到传染给我们的途径。这很像马蜂与兰花之间的关系。马蜂像病毒一样从一朵花飞向另一朵花，降落并散播花粉。与流感形成对比的是遗传性疾病，他们也潜伏在我们之中，因为我们的先天基因就是如此。德勒兹将这种疾病与树状联系起来，它来自某个源头、某个根源。而在根茎式的群落内部，矛盾关系的给予和索取是随机的，无法预测的，就像老鼠相互之间的连身翻滚、地洞组成的迷宫，以及野草的蔓延。它们不是由一个中心进行管辖的，因此是非结构性的自由游戏。

再次强调，在这些隐喻周围的价值系统不是固定的，不是说"树状的就是坏的，根茎式的就是好的"。德勒兹与这样的表述的确很接近，但就像我说的，他也承认根茎式面临着危险。德勒兹同样通过谈到书籍时对各种根进行区分给树状的留了一些后路。他称一种书为"根书"（root book），也就是那种在开头宣告一个主题并系统化地将其展开、重点关注副主题的逻辑序列的传统书籍。然后还有他所谓的"束书"（fascicle book），它有着繁复的侧根但仍能回溯到一条主根。德勒兹将其与现代主义联系起来。束书就像乔伊斯的《尤利西斯》，无所不包。它看起来完全是根茎式的，但它仍有一个作者的统领意识，将万物纳为整体（想想德·曼的"语法的修辞化"），因而仍然是一本束书。它比根书好，但并不是一种突破。现在，德勒兹宣告，《千高原》将成为一本根茎式的书。它是合作的产物，它拒绝层叠的序列，它乐于口若悬河一般地出人意表，又看似不经意地从一个隐喻转到另一个隐喻，这不是为了表述一个共同的根的理念或话题，而是为了模仿突变本身的突变。至于它是否成功，仁者见仁，智者见智。

而齐泽克可以帮助我们理解拉康，也可以让我们重温彼得·布鲁克斯。尽管在你们阅读的文章《骑士之爱》中，对齐泽克而言在叙事作品中体现了欲望的冲突方式的范例是非常精彩且明白易懂的，但我认为，最好的例子仍然收集在齐泽克那本叫作《不敢问希区柯克的，就问拉康吧》的书中。在那本书中，齐泽克在《眩晕》这部影片上花费了大量注意力，我们不妨把《眩晕》看作齐泽克所谈论的那一类情节的一个案例、一个变体。我们可以将它看作一个**拒绝**将就接受客体小a的病理研究。斯科蒂的朋友女艺术家米吉一直爱着他，并一直在他身旁，但他却对米吉的吸引力视而不见，对需求无动于衷，这一直贯穿在他对神秘的玛德琳/卡洛塔/朱迪的狂热追求中。他的欲望的对象不仅距离遥远（他想要与她做爱，但却找了无数个回避的借口），而且是个谜，最终身份的揭晓同时毁掉了她自己以及她对斯科蒂的诱惑力。在灾难最终到来之前是几场令人痛苦的戏，斯科蒂仿佛有恋物癖一般地将朱迪彻底改造为玛德琳的复制品，只有与大他者丝毫不差才能占有她。而当这一切终于完成的时候，这个大他者本身被揭穿是虚假的，她自己只是一个由于不存在而完美的存在物的复制品，斯科蒂的骑士之爱完全崩塌。

考虑一下齐泽克那里的欲望的难以捉摸与彼得·布鲁克斯那里的情节的延展之间的关系，或许会是有益的。布鲁克斯为我们描述了情节的中间如何通过插曲将自己拉长，它们都表现出某种需要校正性重复的失衡。由于现实主义小说的典型情节就是婚姻，许多绕行就与不当的对象选择有关。而这些错误的选择，就像在齐泽克对《哭泣的游戏》的分析中一样，或许也同时包含了不当的政治对象选择。关于这一点，我们可以想想亨利·詹姆斯的《卡萨玛西玛公主》（*Princess Casamassima*）的情节。可怜的海亚西斯·罗宾逊以相似的方式在两面出击，结果在政治上站错了位置，就像康拉德笔下的角色一样混淆了社会主义与无政府主义，同时在爱情问题上也选错了方向：善变的克里斯蒂娜·莱特（Christina Light）显然是一个无法接近的大他者，正如她在詹姆斯的第一部以主人公命名的长篇小说中是罗德里克·赫德森的大他者一样。（克里斯蒂娜·莱特一直是一位公主，这对一个姓氏甚至允诺了宗教启蒙的女子来说是童话般的结果，尽管詹姆斯小说里的真实期望——她不是神圣启蒙的公主，而是一所叫卡萨玛西玛的大房子的公主——使她在齐泽克的"骑士之爱"传统中占了一席之地。）

不管怎样，对布鲁克斯而言，走向适宜结局的情节是经过对兴奋的削减，甚至可能是以死亡的形式达到动态的平衡。这再次让我们想到弥尔顿式的宣泄——"心灵的平静，耗尽的热情"。相比而言，齐泽克更加后现代。跟随拉康的步伐，他将欲望的对象视为渐进线式的，是最终以及永远无法触碰的。或者，如果它**变得**可以触碰、几乎可以触碰，那它引起的问题将会与它看起来解决的问题一样多［1193］：

或许，在骑士之爱自身当中，在期待已久的最高满足的时刻，当夫人对她的仆人施以怜悯时，她并不是在臣服、同意发生性行为，也不是某种神秘的成年礼，而仅仅是由这位夫人发出的一个爱的信号，欲望的对象回应的"奇迹"，向追求者伸出的手。

换句话说，客体变成了主体，在这个角色交换、彼此认可或夫人成为人的时刻——齐泽克将她与施虐关系中的女主人联系起来——在这个成为人并付出爱情的时刻，欲望的对象变得更易触碰。现在是臣服出现的时机，然而，随着她变得更加触手可及，欲望的能量受到了消解的威胁。换句话说，对齐泽克而言，完结是对欲望能量的一种威胁，而不是满足。根据齐泽克所说，欲望内在于语言之中，它是语言的典型运动，并且受到满足的威胁。夫人说："当然，为什么不？如果我愿意，请不要介意。"而这样的臣服竟让她的"仆人"手足无措，拒绝了这长久以来梦寐以求的回应。因为，**在满足中欲望已不复存在**。欲望成了需要，成了仅仅需要满足之事，而不再是如何维系文字永无止境的推进力或能动性——它使我们作为人而存在——的问题。

那么真实界或不可叙述的又是怎样的呢？我们来看看汉斯·荷尔拜因（Hans Holbein）的画作《大使们》（*The Ambassadors*）。画中有两位使节，在他们之间有一张桌子，他们或许正在就亨利八世的某场婚事进行商谈，而作为政治与爱情的交汇，这件事或许不是微不足道的。于是这幅画与欲望的对象有关，而这个对象并不在场，最多只是通过暗示呈现出来。画面的前景有一个**东西**。他像一个阴影一样，从某个角度指向我们，但它不是画中任何事物的阴影、镜像或负像。如果从侧面看，它开始像一个骷髅头。事实上，学者们几乎已经达成共识，认为它可能就是一个骷髅头的奇特扭曲阴影或画像。尽管不是完全无法找到理由，我们仍然很难说出这只骷髅头为什么以这样的倾斜角度出现在那里。这是死亡象征艺术的时代，汉斯·荷尔拜因将象征物扭曲到几乎无法辨别的程度，借

以提醒我们，我们并不总是记得死亡，然而死亡就像某支降胆固醇药品广告里想象中存在的担架一样如影随形。从精神分析的角度来看，也作为我们一直在学习的叙事理论中的一条公理，我们发现自己观察到了一个死亡冲动和快乐原则共同出现的模式。死亡的阴影也正是阳具的阴影，而这个墨迹也正好与之形似，毕竟这是一场关于婚姻的商谈。但墨迹一定是违反礼数的。只要它是我们自己的死亡的阴影，是无法叙述的，而对这两位大使、亨利、亨利最新的未婚妻来说也是如此，这个骷髅头或无论什么东西都会在不合时宜的时候，以某个斜角插入生活的情节之中。我们可以从象征界（阳具、"文字"）或者想象界（作为惯常提示的骷髅头）

来阐释它。然而，就其不能被完全解释而言、就其突破了所有表现的惯例而言，它是属于**真实界**的，它的意义都是我们赋予的。

在讨论希区柯克的书中，齐泽克在希区柯克拍过的每一部电影中都找到了类似的东西，在汉斯·荷尔拜因的绘画中也找到了这种东西，齐泽克将之称为墨迹。在小说中，我们可以将它称作无关的细节。我们觉得小说中的所有事物都有一种正式角色，有其功能。天气、桌上的花儿、路上的灰尘，我们可以正式地安置它们，但在小说中，有些事物的存在是无法解释的，对齐泽克而言那就是墨迹。

现在关于语言中的欲望再多说两句。你们或许会觉得在齐泽克的文章中有一部分跑题了，他忽然提到了奥斯汀的普通语言哲学，以及语言学家奥斯瓦尔德·杜克罗（Oswald Ducrot）关于谓语（predication）的想法。但是，奥斯汀在一切言说中发现的行为（performance）元素，以及杜克罗提出的谓语在任何语句中皆具有主导地位，这些对齐泽克来说都是有重大意义的。奥斯汀发现的行为元素和杜克罗所谓的谓语，尽管只是语言的一部分，但却主导了语言领域。奥斯汀的出发点是区分施行式和记述式，但正如《如何以言行事》向我们说明的，归根结底只有施行式，因为在任何陈述中，都含有行为的元素。与此相似，杜克罗赋予谓语一种有力的能动性，完全主宰了语法上的主语，并在句子中构建了一种行为。在这两个例子中，行为都意味着"欲望"，即在谈到某种愿望的行为中安置自我。当我承诺做一件事情，我激活了实现这个承诺的欲望。当我断言一件事，通过我自身的工具性，我激活了视某物如我所说的——而不是虚假的——欲望。这些论点从而向我们阐明了齐泽克为什么坚持认为语言中不可避免地含有欲望，以及欲望是如何渗透进我们彼此的言说的各个角落的，并且确定无疑地遍布齐泽克给我们提供的电影范例的情节——或者如人们在电影研究中所谓的叙境（diegesis）——之中。

我们可能越来越怀疑我们是否能翻开新的一篇阅读材料，但是下一次我们还要试试。

社会语境

第16章
读者与文本的社会渗透性

阅读材料：

汉斯·罗伯特·姚斯：《文学史作为向文学理论的挑战》，见《批评传统》，981—988页。

米哈伊·巴赫金：《小说中的杂语》，见《批评传统》，588—593页。

既然我们现在转向了那些主要关注文学的社会语境和环境的理论，我们就以米哈伊·巴赫金和汉斯·罗伯特·姚斯这一对开始。将他们两人放在一起讲，就像我们将德勒兹和齐泽克一起讲一样奇怪。我们今天讲的这两位理论家之间最大的区别在于，巴赫金的主要关注点是生产文本的生活世界，而姚斯的主要关注点是作为文本接受者的生活世界，或许应该说是生活世界的演替。我相信大家从已经阅读的这两篇阅读材料以及今后即将阅读的作品当中都会发现，一旦我们把社会背景这个因素考虑进来，那么文学的生产和接受就会比我们预想的更难区分。在所有的话语交流中，例如在我们的日常交谈中，听者也是说者，而读者也是作者。在像布鲁姆那样的文学影响理论中，作者就**是**读者，在某种意义上我认为这也是姚斯的理论。但是在更广泛的意义上，我们将会看到文学的生产和消费很难被分成两个话题。就文学史而言，作者是一位与过去相连的读者，而对于文学作品在未来的流通而言，读者反过来甚至可能就是作者。读者表达见解、传递价值、让文学作品登上畅销榜，并为它们长远的声誉做出贡献。

尽管姚斯没有这么说过，但我一直觉得，他所谓的读者必定和布鲁姆的读者一样，几乎就是作者。任何一个让一部文学作品在文学史上长期留名或产生影响的读者，必然在某种意义上已经表达了自己的见解。无论是在19世纪默默地从图书馆借阅，还是在书店买书，这些都是稍纵即逝的行为，一本书的命运是由评论、流言和口碑所支配的。我们的博客、网上读者回馈、读书俱乐部或讨论小组使这一点比以往任何时候都更是如此。能够创造品位的读者也是一位作者。我要为尚未被承认的这一点啰唆一句：如果布鲁姆提出的作为文学史编纂基本原则的"强误读"(strong misreading)可以被理解为一种作为读者的作者和作为作者的读者之间的关系的话，那么可以说，在某种意义上姚斯也认为读者就是作者而作者也是读者。布鲁姆和姚斯二人都为文学史的编纂做出了一定的贡献。

然而，让我们记住，这堂课标志了我们在阅读材料上的一个转折时刻。我们也许会不时地怀疑我们是不是真的在前进，想知道我们是不是或许需要承认"形式主义"毕竟从始至终也在谈论生活，尽管它自称并从表面看来无视历史和世界。什克洛夫斯基希望文学性不仅能够使语言陌生化，也能使历史和社会现实陌生化。理查兹说，诗歌能够拯救我们。克林斯·布鲁克斯说，诗的功能之一就是使我们成为更好的公民。对于雅各布森而言，任何言说都有指涉的功能。德里达谈过"事件"的神秘，德·曼则谈过普鲁斯特式的氛围。那么，在我们之前读过的理论和我们现在要读的理论之间，要怎样才能找到哪怕是临时的差别呢？也许我们下面所做的这个区分未必站得住脚，但是我们确实还是需要一个这样的区分：在此之前，文本建构了世界，从今往后，我们的世界活在文本之中。文本不再是世界的缩影，而是一个媒介，真实世界在其中穿行。文本仍然是一个会造成扭曲的媒介，但它不再是具有抽象本体论地位的可分离的实体（注意，这同样可以从对德里达文本之外别无他物的前提的正确解读中得出）。文本是世界中的一个客体，由社会力量生成、维持、毁灭。

到目前为止，我们一直把语言当作一种符码（semiotic code）来考虑，尽管我们怀疑这种符码可能只是虚拟的。我们已经强调了我们与语言的关系是多么被动，我们甚至是被语言言说的。换句话说，我们始终认为语言是通过我们言说的；然而我们迄今却一直在另一个问题上奇怪地保持沉默，那就是语言不**仅仅**是一种符码，不仅仅是在任何特定历史时刻都虚拟地存在着的一种东西，而是一种由"**其他人的语言**"构成的符码：这种语言不是抽象的，而是流通着的。在这种意义上，与其说这是索绪尔意义上的语言（langue），还不如说是他所谓的言语活动（langage），即流通着的所有言语的总和。同样地，拉康也认为语言毫无疑问是继承而来的，继承自我们的"父亲"，无论我们多么不希望继承这个"父亲"的语言。当然，他的这种提法只是对更为弥散且复杂的继承方式的一种精神分析式的提炼。

所以我们仍然在思考语言，思考我们学到的语言和言语之间的区分，但不是把它当作一种从现实中抽象出来的语言，而是一种作为社会交换工具在现实中**流通**的语言。那么从现在开始，在我们的阅读材料中，语言就是一种社会建构。在文学理论中，这种新的社会建构意义上的语言仍与个体的言说具有一种决定关系，我们之前在语言学和精神分析学的形式论中已经看到了这样一种关系，但我们现在要理解的是语言用一种新的方式向我们言说的观点。我的声音（voice）——"声音"这个词在这里明显受到很大压力，纵然没人明确地说它消失了——浸透着我周遭世界中的语言的一切沉淀、语域、层次以及取向。只要我的话语还有一定的能动性，那么在这个意义上，我就是从别人那里**获得**语言的。当我根据几条笔记进行即兴演说的时候，语言的社会流动在我的言说内容中可能比在别的情况下更加突出。当你听我脱稿喋喋不休时，你正在听的是互联网的内容，你正在听的是报纸头条新闻，你正在听的是俚语。你听到我说"你正在听"这种表达方式，你可以在布道或政治演说的腔调中发现这种富有节奏的不断重复的短语，它能传递出一种跷跷板或木摇马产生的效果，这是我在写作时可能会试图避免的。就像我们将会看到的一样，写作的确是一种试图占有语言的努力，试图使语言供我们差使，但是写作同样也是始终以别人的语言发声。

原本是"外在的"在这里成了内在的，紧接着，它就成了某个人具有特色的语言的一部分，成了最为别出心裁的话语的组成元素。事实究竟在多大程度上是这样的，也就是说，是完全如此还是只是我们个人言语组成中的一个因素，我想这可能是一个能够永久引起讨论的话题。我们马上就会举几个例子。但无论如何，当我们把语言看成一个社会网络而非一个虚拟系统的时候，尽管语言和言语之间关系的**结构**并没有发生改变——事实上，在接下来的过程中，它不会发生真正的改变——这种关系的**实质**以及我们谈论这种关系的方式却发生了重要的变化。

为了更确切地看一看这个变化在我们这堂课阅读材料的作者的作品中是怎么出现的，接下来，我想引用几段话。第一段来自扎根于俄国形式主义的巴赫金的作品。这一段主要关注形式主义视野下的双声语（double-voicedness）和"杂语"（heteroglossia）的关系。双声语的传统理解反映在反讽的概念中，即一个人所说的话表达的意思并非大多数情况下说者和听者契合的理解。但巴赫金想要让我们注意到另外一种现象：

> 修辞经常被限定为言语对语言的胜利，对意识形态权威的胜利。【通过将人们习得的理念交给反讽这样的修辞形态，我们才得以颠覆那些对思想施以暴政的权威理念。】在这种情况下修辞退化为形式主义的词语游戏，但我们要重说一遍，话语脱离现实，这对话语本身来说也是致命的。话语将会干枯，失去语义的深度和灵活性，失去

在新的生活场景中扩展和更新意义的能力。【当坏事发生的时候，我们说"棒极了！"。我们世世代代如此，这样的表达就已经失去了活力。】实际上作为话语已在走向死亡，因为表意的话语是生存于自身之外的，也就是以指说外物为生命。仅仅作为一种言语的双声语，只是建构在声音的多样性上，而不是杂语上。

双声语是一个个体对于可能不超过两种声音的声音多样性的拿捏把玩，换句话说，双声语并不考虑在语义的诸多可能性以及各语域之间存在复杂的重叠。这种重叠是由多种语言共同体合力塑造话语的各个方面形成的，它迫使我们为了理解这些声音的运作方式而去考虑一种表达所属的生活世界。

汉斯·罗伯特·姚斯对形式主义做出了相似的回应。与巴赫金一样，姚斯受到了俄国形式主义者的强烈影响，在他最著名的文章，有小册子那么长的《文学史作为向文学理论的挑战》中，这种影响得到了完满的表现。在其关于文本与生活世界的关系的理论中，姚斯将俄国形式主义，尤其是雅各布森和提尼亚诺夫的历史编纂学与马克思主义有关文学生产的营销、接受和消费的研究方法缝合在一起。这两种思想在姚斯的文学接受理论中都发挥着重要的作用，我们将在这堂课的末尾回到这一点。

在第二段中，姚斯试图将自己与上述影响之间拉开一定距离，如下：

> 早期的马克思主义和形式主义的方法都将文学事实局限在一个美学生产和再现的封闭圈子内。这样一来，它们就剥夺了文学当中与其美学特征和社会功能同样不可分割的那个维度，也就是它的接受和影响的维度。

换句话说，一个文本在时间中前行的方式，在其读者的眼中发生变化的方式以及随着时间逝去而消长的方式，是一个社会过程，但其动态和轮廓只能通过连续不断的集体审美和阐释判断勾勒出来。正如我们即将看到的，社会媒介或网络中发生的——"接受"的过程——是评价和阐释的过程。

由于我们试图接近这种思想与形式主义传统之间的联系，让我们一起来看看巴赫金关于文学"戏仿"（literary "parody"）的讨论。在这里，戏仿取其狭义，是指对一些知名文学模式或文本的滑稽模仿。巴赫金表示，广义上的戏仿理论基本从属于俄国形式主义的文学史编纂学，在后者看来，使我们能够将新文本从旧文本那里区分开来的创新原则就可以被称为戏仿。那么让我们来探讨一下戏仿，如果我们仅从狭义来考虑它，我们就无法充分了解对话性或杂语调节、影响并使文学话语的表面变得分外复杂的复杂性。狭义的理解让我们又一次陷入二元对立：之前的文本如此这般，而接下来的文本以我们可以称为戏仿的方式戏说前者，但这仍然是一种二元的互动。戏仿在这个意义上仅仅是一个文本与另一个文本之间的关系，这忽略了渗透进后续文本中的洪水般的多重声音。

在巴赫金的改写中暗含着一种拒绝，就是拒绝将文学史从社会史中割裂出来。巴赫金强调文学和社会声音是不可分离的，姚斯表达了相同的看法。在下面一段引文中，你会看到他对提尼亚诺夫在《论文学演化》（"On Literary Evolution"）一文末尾处的一个段落的直接回应。我们讨论过提尼亚诺夫的文章，你们还记得他在演化——一个文本序列发生变异的方式，也可以说是后来的文本戏仿或者改变之前的文本的方式——与修改（modification）——由非文学因素对文本造成的外部影响，也引发了文本变化——之间所做的区分。提尼亚诺夫说，将二者明确区分开来对于历史研究和文学史研究来说都是极其重要的。

姚斯对提尼亚诺夫做出的回应，与其说是实质性的不如说是修辞性的，但它再次标志着从社会方面考虑语言的转变。这也是我接下来想说的，我想以强调这一点开头。姚斯说：

文学演化与社会变化【更确切地说，就是那些可能并且的确修改了文本的社会特征】之间的联系，并不会仅仅因为对它的否定而消失。新的文学作品是在日常生活经验的背景中被接受和评价的。

要注意，这完全是一个对提尼亚诺夫理论的低级误读，因为后者认为，文学作品在文学史中彼此取代的方式和它们在社会日常生活的背景中接受评价的方式是两回事。但是我们仍然可以说，提尼亚诺夫所做的区分是脆弱的，而且在研究文学接受时，无疑是难以保持这种区分的，尤其是我们将作者态度和文本关系也都纳入考虑的话。当一个作者创作一部新的作品时，除了文学惯例外，他还重塑了之前作品中的很多东西，比如其中的看法。并且，我们也没有能够轻易地在形式创新和主要由社会压力所造成的创新之间做出区分的方法，甚至可能根本无法做出这种区分。在社会主义现实主义作品中，对隐喻的回避仅仅**看上去**是一个在形式上做出的选择。美学与社会的因素彼此渗透，就如同在巴赫金的杂语中，人的声音中所有的语域与沉积都会产生互动并彼此渗透。

在迄今为止我们学过的大多数文学理论中，巴赫金和姚斯共有的对形式主义思想的修正起了非常重要的作用。在返回姚斯之前，现在我要先来讨论一下巴赫金。杂语有时候被巴赫金称为"话语的多样性"（diversity of speech），这个概念就是他所框定的"风格场"（the ground of style）。[592]风格场是话语的多样性而不是一种常规性共同语言的整体性，也不是一个作者与众不同的风格。当我跟你们说话的时候，我没有使用一种官方的声音说话。我并没有使用标准英语（the King's English）。事实上，根据上述观点，并不存在标准英语这种东西，并不存在这样一种我们可以指认的孤立、提炼出来的实体。一些封闭的环境，诸如只关注自身的贵族圈或处于社会等级另一极的孤立群体，巴赫金都将之称为"单语"（monoglossal）环境（巴赫金或许不会赞成把所有社会底层的语言都称为单语，因为他认为所有这样的话语环境都酝酿着斗争和反抗）。但我们大多数人的语言都是很多其他人的语言。

如果事实真是如此,那么一种特殊的风格又是怎样产生的呢?我们在谈到一种风格时,完全把它当作一个有关作者标志的问题:"噢,我在任何地方都能认出那种风格。"柯勒律治在谈到华兹华斯的几句诗时说,即便他是在沙漠里看到那些诗行,他也会大声地喊出来:"华兹华斯!"的确,我们能够辨认一些风格,譬如简·奥斯汀的风格。当然,你们可以认为《傲慢与偏见》开篇第一句具有约翰逊博士的风格,但绝大多数人都会认为那是简·奥斯汀的风格。然而,与此同时,这也是一种由很多声音组成的风格,我们最终很难从中析出各种声音并且将它们辨别清楚。

一种风格是许多话语沉淀的复合体,这样一种理念恐怕会将"作者声音"的概念置于危险境地。相应地,这样的理念会让我们追问:是否同意社会方言是通过个人习语言说的?是否同意每个人的语言实际上就是言说我的话语的语言?是否同意这一点将会使我们再一次直面那个沉闷的话题:作者之死。我不同意这一点,至少不是完全同意,巴赫金肯定也不同意,他提出了一个强调作者重要性的理论 [593]:

> 作者似乎没有自己的语言,但他有自己的风格,有自己独具的统一的规律来驾驭各类语言【因此,风格或许就是一个人调节与分配那些对其所说的话产生重要影响的声音的多样性的特定方式】,并在各类语言中体现出自己真实的语义意向和情态意向。【在这里,巴赫金通过借助整体意向这一原则,以及我们能在任何特定小说中都认出这一原则而拯救或保留了作者这个概念。】当然,这样驾驭利用各种语言(又常常完全没有直接的彻头彻尾的自己的语言)丝毫也不会降低总体的深刻的意向性,也就是说不会降低整个作品的思想内涵。

因此,尽管从某些方面来看,这是关于作者之死的问题,就好像福柯或巴特在我们最初的阅读材料中所提出的,但它并不是这样的问题。

我们在大量小说中都可以看到我们至今一直讨论的多声性（plurivocality）。小说是巴赫金最推崇的文学体裁。巴赫金认为一些体裁是单语的：史诗仅仅发出贵族传统的统一声音，而抒情诗只发出孤独的浪漫主义唯我论者的统一声音。在这一点上我认为他有些过度简单化了。他以此为背景来解读小说的历史，解读它的出现和繁荣，在小说丰富的多元性声音中找到了杂语。如我所说，我认为这种文学类型的对比是有些过度简单化的，因为没有什么比将史诗和抒情诗都解读为杂语的表现更为容易和深受启发了。就以《伊利亚特》为例，如果你真的认为它是单语的，那么，你要怎么解释内心感到不满的瑟赛蒂兹的言语？你可以说这只是一个证明存在着支配规则的例外，但事实上那样的言语既不是如神灵一般的暴躁的阿喀琉斯的声音，也不是阿伽门农乏味的官腔，更不是思想上奉行相对主义的萨尔珀冬或者狡猾的奥德修斯的声音。

尽管有上述问题，我仍然认为杂语的基本理念既丰富又重要。让我们用《傲慢与偏见》开篇第一句话来检验检验它，我相信你们大多数人都知道这句话："凡是有钱的单身汉，总想娶位太太，这已经成了一条举世公认的真理。"总的来说，这是一个有着不稳定的平衡的例子，也就是在巴赫金所说的"常规语言"（common language）——因为每个人都这么说——和一些诸如作者反思的东西——巴赫金在另一处所说的"具有内在说服力的话语"（internally persuasive discourse）——之间保持表面上的平衡。

用传统的行话说，它会被认为是一句表达了反讽的话，就是在你们阅读材料第一段中巴赫金所反对的那种反讽修辞。我们可以轻松地下结论说，简·奥斯汀并不相信她自己所说的话。那只是一种客厅里的智慧，而她这句话处处都指明它明显是错的，尽管它被称为一个真理："举世"是指那些与此相关的蠢人，而不是成千上万的既不承认也不介意这类事情的人。况且，所谓的"凡是有钱的单身汉"或没钱的单身汉没有别的事可做只能"想娶位太太"，显然是夸大其词。因此我们可以认定奥斯汀是在说反话，是在讽刺茶余饭后的客厅闲聊。

但我们现在要开始把确认存在这样一个简单的反讽的过程复杂化。要记住，这部小说的情节确实**证实**了开篇第一句话所宣称的"真理"，**尽管**这并不是一个我们愿意支持的真理。小说中的达西和宾利都拥有一大笔财富，也确实渴望娶位太太，并且在小说结束的时候找到了意中人。没错，这里出现了"渴望"这个词。它是什么意思取决于说话人。我们最近对渴望进行了很多思考，因为我们刚刚上完有关精神分析的课程。这个单身汉真正想要的是什么呢？在"渴望"这个词中有一个微妙的双关，它同时意味着"欲望"和"缺乏"。如果我缺乏什么东西，我并不必然对它有欲望，我只是恰好没有它而已。而另一方面，如果我渴望得到什么东西，那么的确可以说我有得到那个东西的欲望。这里是哪一种呢？这究竟是在受到某种社会压力下需要去满足的一种缺乏（"他早该结婚了，很奇怪，他都不想想自己是多富有"），还是一种欲望呢？如果是欲望，那么有钱和这种渴望是没有多大关系的。小说中有一些浪漫故事情节的元素——与那些婚姻情节并不完全一样——恰好提出了这个问题。欲望使人忽视银行存款，尽管欲望喜欢富丽堂皇。奢华、便利、社会接受程度以及舒适，所有这些都与财富有关，但我们却认为，欲望的本质与此有些不同。实际上，这句话的复杂性与这些词的社会含义在这句话中的流通方式有关，并使我们看到，我们之前做出的奥斯汀要讽刺客厅智慧的大胆推断被各种温和的忠贞故事所印证，如我所说一般由她设置的情节所证实。我们要借助于巴赫金才能看清，在解读奥斯汀的时候，反讽这种工具是不敷使用的。

巴赫金的"常规语言"也是一个需要我们掌握的重要概念。这个概念并没有一个特定的价值判断。"常规语言"有点像根茎，可能是好的，也可能是坏的。它**可能**是（我在这儿暗指的是巴赫金论"狂欢"的书）一个拉伯雷式的、狂欢的、颠覆性的、富有能量的来自底层的诸种声音结合体，并足以推翻权威或一个社会的腐朽秩序。常规语言可能是这样的，但与此同时，它本身也可能是权威的、反动的以及愚笨的。常规语言也可以产生那种令人沮丧的诉求的普遍性，令我们对所见和所思产生不加反思的膝跳反射一般的回应，比如在竞选活动中。常规语言包括了上述的所有情况。

而常规语言之所以重要就在于它的流通和存在与巴赫金所说的"具有内在说服力的话语"相关。换句话说，正是其中各种各样的语言的过滤和集合构成了我们所认为的**真实**。我们感受到了一种反思的力量，感受到语言的各个层面之间建立了关系，它们由此而具有说服力，我们就会意识到一种具有连贯性的意识，并将之称为"作者"，也会赋予其一定的权威性，尽管我们未必同意其观点。在《傲慢与偏见》开篇第一句话——里面的每一个词都是常规语言——与这部小说的整体情节之间那种奇怪的自嘲式关系中，我们就感受到了某种内在的说服力、某种话语的连贯性。

我想从我们文选中的另一篇选文里引用一部分，来对上述关于巴赫金的讨论做个总结，我会鼓励你们读读这篇选文的。这篇选文来自《小说中的话语》("Discourse in the Novel")，而我只想引用其中的这个部分[580]："一个人思想意识的形成过程……就是有选择地掌握他人话语的过程。"任何人的意识所达成的连贯性都取决于从别人的言语中精选出一个类似于自主的世界观一样的东西。鉴于小说对教育和发展的强调，巴赫金将之视为**卓越的**社会性文本，而小说"内在的说服性话语"就像巴赫金在对狄更斯的讽刺性风格的分析中所展现的那样，是通过常规语言复杂的并列而达成的，对他人语言的选择正是在此基础上形成一种可辨识的声音。

汉斯·罗伯特·姚斯则经由伊瑟尔将我们带回伽达默尔。我相信你们已经注意到了，姚斯关于期待视野和期待受挫的讨论都与伊瑟尔描述的读者自己填充文本中想象性空隙的角色有很大关系，这些空隙是由于文本远离了常规的期待而需要协商造成的。而姚斯关于期待视野的论述，为伽达默尔所说的"视域融合"的可能条件提供了清楚的思路。但对姚斯来说，这并不仅仅是一个读者的视域与一个文本的视域需要在半途相遇并阐明彼此。这种融合的成败取决于一连串变化的视域，就像对文本做出的审美和阐释反应的方式会受到历史环境的调节一样。

与其说一个文本曾经拥有一种固定的身份，如今的读者对它的理解发生了变化，因此需要从他们自身的视域重新考量，不如说需要确定究竟发生了什么情况，研究在之前的时代与读者自己的时代之间，人们接受这个文本的方式发生了哪些变化。文本有其生命，它的生命也经历了诸多变化，要理解这些变化，需要在各个相继的阶段借助伽达默尔在《真理与方法》(*Truth and Method*)的历史部分中提出的阐释学理解的三个瞬间。姚斯在他的文章开头提到了18世纪时人们对**理解**（intelligere）、**阐释**（explicare）和**应用**（applicare）三者的区分，这有助于我们对一个文本的接受史上任何历史时刻的所有读者或阅读公众群体做出的阐释学理解的三个瞬间进行区分。

姚斯在对文本的审美反应和随后的反思性的阐释反应之间做出了重要的划分。这看起来或许有些令人困惑，因为姚斯同意海德格尔以及其他一些学者的看法，认为我们不可能对事物仅有一种没有反思的纯自发的反应，我们前面提到过这一点。我们只要对某物有感受，就总是已经知道那是什么了，也就是说，我们已经对它有了一种阐释。但姚斯的确在审美和阐释之间做出了重要的区分，他将前者与理解联系在一起，而将后者与阐释学传统中的阐释联系在一起。在此，我们需要理解他所谓的"审美"的含义。一个文本进入历史中流通，并且能够停留在历史中不断更迭的读者的视野里，是因为它在审美上受到赞赏。审美就是使这个文本在历史中维持生命的养料。人们不断地说他们喜欢这个文本。假如他们不说他们喜欢这个文本，那么就不会有它在历史上的阐释或流通的问题，因为这个文本将会消失。就像约翰逊博士所说的那样："一本被人们丢掉的书，再好也没用。"换句话说，从阐释的角度来看，一本书也许是好的，甚至毫无争议地是本好书，但如果它不能使人满意，如果它不能使人愉悦，如果它不能通过使人高兴而使自己审美地附着于一个阅读公众群体,那么之后就什么也不会发生。

　　带着这种对于读者和阅读公众群体在特定视域内的行为方式的理解,接受的历史研究(姚斯与他在康斯坦茨大学的同事们以及伊瑟尔将其称为"接受史")向我们展示,任何特定的审美和接受瞬间在多大程度上受到了之前和之后的历史的影响。换句话说,一个文本随着被别人接受的过程而逐渐产生变化,如果我们不对接受过程进行研究,那么我们就只能天真地认为时间已经过去了,我们想要阐释一个过去的文本将会变得困难,但这个困难与历史变化本身毫无关系。事实上,一个文本会经历一个相继展开的阐释过程,由此它可能会发生翻天覆地的变化:它或许会变得不那么受欢迎或者更受欢迎,对它的阐释也可能更加丰富或更是相反,但这些都是从它最初给予人们的感受出发,裹挟着各种各样增生的含义及愉悦的缘由向我们翻滚而来,尽管也可能消失得无影无踪。英语学界最近有一个被称为"中世纪主义"(Medievalisms)的新兴领域,研究中世纪的理念在后续世纪中的更迭,例如,赦罪僧(Pardoner)在酷儿理论中获得新生,巴斯妇(Wife of Bath)在女性主义研究中获得新生,公务员的声誉(他到底是位智者还是个寄生虫?)随着高等人文研究的社会声望的盛衰而起伏,当然还有越来越多的对米勒的故事以狂欢化方式驳斥骑士的故事中的"对话性"的强调。接受史考虑所有这些变化,无论它们在哪里出现,而最为人所知的例子(几乎所有人都意识到了这一点)也许就是将好战的或平和的国民心态与人们对莎士比亚笔下亨利五世的态度联系起来。

　　今天,有一个概念可能比"接受史"更加具有影响力,那就是由伽达默尔的另一位学生哈贝马斯提出的"公共领域"(public sphere)。哈贝马斯原本研究的是18世纪的观念的流通与接受——启蒙运动的一个特征——的新环境,但他的这个概念如今已被广泛应用于媒介转型的研究之中,尤其是出版文化的兴起。尽管姚斯的许多接受史研究案例都聚焦于单一视域内的反常现象(例如在《文学史作为向文学理论的挑战》一文中，他对福楼拜的《包法利夫人》的接受与费多的《范妮》的接受之间所做的富于启发的对比），我在此仍然认为他对文学史理论做出了贡献。另一个与此密切相关、常常与受众研究联系在一起的领域就是"媒介史"（media history），尤其是文学研究中的书籍的历史，从流通中的实体（例如手稿、书籍，或者博客）出发理解读者。

接受史研究两部分内容。首先是一个读者在特定时刻阅读特定文本时接受传统并做出突破而变化了的期待视野，要区分出哪些是新的视野哪些是旧的，它不只是此时此地发生的一次变化，而是在时间中相继发生的变化。这种考量大体上是审美的。接受史也包括语义不断变化的可能性，你也可以说是意义的不断变化的可能性，例如，为什么某个特定文本在某个特定时间受到了阅读公众群体的重视？这种考量大体上属于阐释的问题。

让我们举一个例子，来看看对接受的历史瞬间保持警觉在此时此刻是如何发挥作用的。最近，百老汇复兴了一个名叫《该死的洋基佬》(*Damn Yankees*)的老音乐剧，它讲述一个棒球手为了战胜纽约洋基队而出卖灵魂的故事。在这个剧目最初诞生时，人们认为纽约洋基队战无不胜。而在今天，当洋基队已经不再是常胜将军、兴奋剂丑闻缠身、许多球员为了获取胜利以及良好职业发展而出卖灵魂的时候，我们会情不自禁地去思考人们为什么对这个剧目重拾兴趣。或许正是在这样的社会与文化不满的氛围中，我们突然重新对《该死的洋基佬》感兴趣了。《拖车托尼》这个故事出现在20世纪80年代初，那是一个由富裕带来的恶习需要受到斥责的繁荣时期。《拖车托尼》或许能重新引起人们的兴趣，因为在现在这种经济低迷的时期，像尼托那样有钱或者容光焕发、像斯皮迪那样自顾自忙个不停似乎是不合时宜、离题的，真正重要的是做一个对别人有帮助的人。如果这个故事真的重新流行了，那么每个小朋友都会听到托尼的故事，父母也会感到高兴，英语文学教授们也会对它做出阐释（和应用）。这个故事将在历史中流传下去，并经历姚斯划分的接受的三个瞬间。

第17章
批判理论的法兰克福学派

阅读材料：

瓦尔特·本雅明：《机械复制时代的艺术作品》，见《批评传统》，1233—1248页。

马克斯·霍克海默和西奥多·阿多诺：《文化工业》，见《批评传统》，1255—1262页。

阿多诺文章节选。

随着我们转入关于文学与艺术的社会视角，你也许会问自己："为什么是马克思？为什么有这么多关于马克思的内容？为什么偏偏是马克思认为社会批评是对这个主题最好也最有相关性的研究方法？"这是因为，无论马克思主义思想在过去得到了什么结果或者在未来会有怎样的结果，它仍然是我们所拥有的对于社会幻觉最具杀伤性的批判，而社会幻觉在历史中既激励也限制艺术作品。当我们下堂课学到弗雷德里克·詹姆逊以及现在要对瓦尔特·本雅明做出思考时，我们将会看到，马克思主义思想为我们揭示，在我们对于现实的认知和对于我们在世界中位置的理解的背后，有一种叫作"政治无意识"的东西。我们首先已经研讨过语言无意识或者语言前定（linguistic preconditioning）了，然后是心理无意识，现在跟随詹姆逊的书名（下堂课我们会阅读其中的片段），我们将到达政治无意识。

还有其他对文学和艺术作品进行社会批判的方法。在保守派的前线，有列奥·施特劳斯（Leo Strauss）论阿里斯托芬的杰出著作，以及他对传统政治哲学文本影响深远的解读——从《理想国》出发，尤其强调苏格拉底对诗歌的批评。当然，还有一个十分强大的**自由主义**的批评传统，尤其是在公共领域的传媒当中。或许其中最有名的一个批评者就是莱昂内尔·特里林（Lionel Trilling），尤其是他收录在《自由的想象》（*The Liberal Imagination*）一书中的文章。因此可以说，过去存在，并且现在也存在来自政治光谱上不同位置的对于文学的社会批评方法。但是，迄今为止，最有渗透力的文学理论的社会批评仍然是马克思主义的批评。接下来，我们将继续保持对文学的关注，但我们的焦点将会是马克思主义美学。

与此同时，关于马克思我们需要了解什么呢？我希望我能想当然地认为，在我们这种课上，你们大部分人对思想史和西方文化有一定的了解，因而对马克思有着和弗洛伊德大致相当的认知（这两位都被福柯称为"话语性的奠基者"）。对我们来说，尤其重要的是"意识形态"这个难以把握的概念，因此需要在这里讲一讲。

在马克思、恩格斯的作品以及随后所有的马克思主义著述中，意识形态都是一个充满着歧见和争议的概念。主要的歧见在于，除了无意识的先入之见之外，意识形态究竟是否适用于有意识的认知。例如，如果我真心认为月亮是用绿奶酪做的——我对于自己的这个观点是完全清醒的，并且可以与人就此论理，还可以像堂吉诃德证明风车是巨人那样，不假思索地对此进行证明——那么，问题在于我的这种认知是否应该被当作意识形态去魅。同理，一位陈腐的贵族打算为阶级划分和阶级特权进行辩护，尽管他完全知道这是一个不受欢迎的理念，也许或多或少是一个不光彩的看法，但他却十分投入地相信它们对社会有益，并时刻准备引经据典为之辩护。那么，我们再一次面临这个问题：这也算是意识形态吗？

尤其是在恩格斯的著作中，与马克思的著作相比，总体来说答案是肯定的，这仍然算是意识形态。我们可以把意识形态定义为这样一种信条，那就是持有一种观点就认为掌握了真理，无论这种信条属于意识还是无意识。意识形态使我们认为，事物根据我们自己的意识中以物质与经济为基础的观点向我们呈现的方式不仅仅是它向我们呈现的方式，而且是它实际存在的方式。按照马克思的说法，意识形态就是一种信仰模式（mode of belief），它是先后出现的历史阶段中的统治阶级拥有的特征。随着资本主义的兴起以及进入所谓的晚期资本主义，这种信仰模式即我们所说的"资产阶级意识形态"。在资产阶级的意识中，那些促使中产阶级生活欣欣向荣的理念，诸如工作伦理、家庭观念、特定的道德行为准则，在所有历史时期任何环境下对一切阶级而言都是最好的理念。以这样的方式，意识形态假定适合一种物质条件的理念和行为基础是适合一切物质条件的。

在这门课的开头，我们引用了马克思《资本论》中关于商品拜物教的论述。在那里，马克思向我们展示了我们是怎样不自觉、不加反思地以为某种被生产出来的物品的劳动价值，即随着劳动投入的增加而增加的价值，以及产品本身可用于实际用途的价值，被某种似乎更加内在于这个产品本身的价值所超越，仿佛这个产品本身是其自身存在的动因。艺术之中同样存在这种价值转换，这就是本雅明在描述艺术的商品化作为其"光晕"（aura）时所意指的。如果我们忘记了艺术是**被生产**出来的，即它的生产过程中注入了一定量的劳动，如果我们仅仅是如痴如醉全神贯注地沉浸在艺术品之中，仿佛它具有某种客观价值，也就是它的本真性的光晕，那么我们这时就是在将艺术品"商品化"。换句话说，从本雅明的观点来看，任由自己沉迷于艺术品的光晕中就是以意识形态的方式将其作为商品来对待。

　　接下来，让我们回到马克思主义批评的美学目标这一总体性问题上来。面对这样一个受益于"奠基的"话语性的驳杂传统，我们需要进行仔细的梳理。但在根本上，马克思主义传统就艺术美学应该是什么这个问题提供了四种选择。从各个观点出发考虑在内的因素有：艺术应该怎样反映社会？艺术应该怎样批判社会？艺术应该怎样预先描绘一个理想的、新兴的、乌托邦社会？所有这些问题都是美学的问题，因为艺术表达社会的方式与政治专著不同，它必然是美学的。社会表达受到形式、体裁和风格的调节，而这些都被视作受物质因素影响的生产方式。

　　四种选择中的第一种是马克思和恩格斯自身的现实主义美学，但他们的现实主义是冷静的分析式的，也是十分精巧的。一些怀抱着为无产阶级进步而写作的理想的作家——我想到的是斐迪南·拉萨尔（Ferdinand Lassalle）、明娜·考茨基（Minna Kautsky）和其他一些人——会给恩格斯写信，把他们的"社会现实主义"小说手稿寄给恩格斯阅读。恩格斯表示不赞同，并且回复说不必美化无产阶级，也没有必要用这种方式来展现未来。他建议这些作者着眼于当下的社会动态，要如实地理解世界，而不能带有倾向性地去看待它。恩格斯眼中的文学英雄是巴尔扎克。这位反动的保皇派成功地揭示了社会各种各样的复杂性，尤其是它的阶级结构，恩格斯因而将他视为现实主义文学的最佳典范。

　　这种美学思想盛行于马克思主义蓬勃发展的早期阶段，包括俄国革命的初期。1927年，艾亨鲍姆发表了《形式方法论》("Theory of Formal Method")，海德格尔出版了《存在与时间》（*Being and Time*），本雅明造访莫斯科，文学哲学家格奥尔格·卢卡奇（Georg Lukacs）写了一本名为《历史小说》（*The Historical Novel*）的著作。卢卡奇曾经是一位黑格尔主义者，在转向马克思主义思想前，1920年时出版过一本名为《小说理论》（*The Theory of Novel*）的杰出的形而上学著作。读《历史小说》这本书就好像读恩格斯的信一样。这本书部分是卢卡奇对于他眼中的极端现代主义自我陶醉的内在取向展开的攻击（尤其针对乔伊斯与普鲁斯特），但其主题也追随恩格斯在信中向追随者推荐巴尔扎克的路线进行讨论。卢卡奇尤其推崇沃尔特·司各特爵士（Sir Walter Scott）的小说。司各特和巴尔扎克一样，是一个反动派，但他的作品在高地与低地、封建制度与商业资本、苏格兰与英格兰、旧的社会秩序与新的社会秩序之间达成了高度的辩证平衡。而卢卡奇将之视为对阶级关系的如实描写的绝佳案例。

但是，几乎在《历史小说》这本书发表的同时，随着斯大林逐渐掌权，曾给恩格斯写过信的考茨基、拉萨尔等作家的理念开始在苏联的思想界盛行。一位名叫安德烈·日丹诺夫（Andrei Zhdanov）的文学批评家阐述了以马克西姆·高尔基的作品为范本的社会现实主义学说，并被尊为1934年召开的国际苏维埃作家代表大会的官方思想。这就是四种美学选择中的第二种。你们可能知道这个笑话：男孩与拖拉机相爱，男孩弄丢了拖拉机，男孩去城里找到了拖拉机，把拖拉机带回乡下并和它从此过上了幸福的生活。这个基本情节——显然是一个婚姻情节的变体，但也包含了本雅明所说的"机械复制"——在苏联文坛盛行起来，所有形式或意识形态上的偏离都要受到审查，这种状况一直持续到1989年铁幕落下。

以上两种形式的现实主义通常被等同于马克思主义批评和文学生产。然而，20世纪自卢卡奇以来最有活力的马克思主义批评认为，现实主义是一种修辞，本身就是一种意识形态，并且已经被资产阶级所挪用。除了资产阶级，谁还会"坦白说"呢？谁还会不停地提醒你关注"真实世界"呢？谁还会在餐桌旁宣告，他或她是一个"现实主义者"呢？正如中产阶级将一切攫为己有，他也将现实主义这个概念挪用了，并使之变得平庸，在美学上显得老套。因此，正如我们将会看到的，第三种和第四种马克思主义美学选择将从现实主义分别转向形式主义和乌托邦浪漫主义。

这两种选择，瓦尔特·本雅明都不支持，但他同样对现实主义的局限性有着敏锐的意识。他认为，现实主义是晚期资本主义艺术光晕的商品化形式，是资产阶级艺术与鉴赏的最后一口气。然而，本雅明并不提倡远离真实，这也是我不把他的理论列为第五种选择的原因。相反，本雅明敦促我们沉浸在真实之中。对他而言，现实主义的平庸性需要**一种参与性的**美学来中和，碎片化的认知以及日常生活中注意力的分散都是它的一部分，而这并不是要逃离真实。与之相反，参与性艺术的艺术家和观众是将艺术品带入真实世界的生产方式中的公共劳动者。在我们稍后讨论本雅明的《机械复制时代的艺术作品》（下文简称《艺术作品》）时，将会进一步展开这些话题。

在马克思主义文艺批评中，你或许能在阿多诺那里找到最不寻常的美学活动，也就是四种选择中的第三种。西奥多·阿多诺所推崇的恰恰就是卢卡奇在《历史小说》中曾经攻击的极端现代主义美学。在文学领域，阿多诺推崇贝克特（Samuel Beckett）；在音乐领域，他推崇勋伯格（Schönberg）、贝尔格（Berg）和韦伯恩（Webern）。（阿多诺原本是一名专业的音乐学者，一生写了大量关于音乐和音乐史的论文和专著。）以上现代主义者是阿多诺崇敬的英雄，这也引出了一个问题：那些对社会关系无甚高见、每天沉迷于自己的艺术媒介，并对自己的使用媒介的历史以外的历史毫无兴趣的艺术家，怎么能够成为一名马克思主义美学批评家的参照基准呢？在一篇名为《论音乐的拜物教特征以及听觉的退化》（"On the Fetish-Character in Music and the Regression of Listening"，下文简称《拜物教特征》）的文章中，阿多诺对以上问题做出了回答。在本书的附录中有其中两处摘录，我希望我们可以在这上面稍作停留。因为我认为，阿多诺的文章在整体性（totality）或整体（wholeness）和集中（totalization）或极权主义（totalitarianism）之间做了敏锐地区分。前者是艺术形式提供的，而后者是现代掌握霸权的政府形式所强加的——不管这样的政府是公开实行极权，还是如他在你们读过的文章里讨论的"文化工业"那样，是在暗地里实行极权。

阿多诺认为，那些在文化工业支配下喜欢或觉得自己喜欢音乐的人，完全是受到了那些花哨的局部效果，或者你可以称其为托斯卡尼尼（Toscanini）效果的毒害。托斯卡尼尼是阿多诺深恶痛绝的一位指挥家，所谓的托斯卡尼尼效果，就是指在一篇曲目中，不顾全篇的整体效果将一个特定的时刻凸显出来，通过一些华丽的转音来炫耀，即阿多诺在别的地方所说的"精妙的谐音"。换句话说，托斯卡尼尼效果就是牺牲了对全篇的统摄，而专注于局部音效的完善。阿多诺在第一段中这样写道：

> 听者本应以正确的方式倾听音乐，但是当下瞬间的欢愉和明丽的外观成了为听者忽视整体而开脱的借口。沿着他几乎无法抵抗的方向【因为它毕竟是如此动听】，听者被转化为顺从的购买者。局部的瞬间不再能够充当对整体进行的批判【现代主义中有时会出现这种批判。换句话说，不和谐本身就是对与整体联系在一起的总体和谐的批判。所以，部分可以被理解为对整体的批判而无须挑战或者破坏整体。】，相反，它们中止了**完满的美学整体性针对不完美的社会整体性的批判**。【黑体是我标的】

换句话说，除了一件艺术品真正形成整体的本真性，再也没有别的什么能够对社会不完美的整体性的非本真性做出批判。在这些不同意义上的整体之间的差异正是一个批判的空间，它或许能够唤醒那些沉睡在愉快的顺从和默许中的文化工业的牺牲者们。

接下来，第二段强化了上一段的思想：

> 伟大的现代主义作曲家，诸如贝尔格、勋伯格和韦伯恩【被其他马克思主义批评家、那些和卢卡奇一样厌恶他所谓的"形式拜物教"（即牺牲社会参照和表达来将形式物化）的人称为】个人主义者，但是他们的作品不过是与消灭个性的力量进行的一场对话，这些力量的"无形的影子"深切地影响了他们的音乐。在音乐领域，集体力

量也正在将个性一扫而光，无法挽回，但只有个体能够自觉地代表集体的目标与之抗衡。

艺术作品的整体性——已实现的、完满的、本真的整体性——为集体性国家的乌托邦整体性提供了模型。任何当下国家的虚假整体性都与之相差甚远。换句话说，阿多诺认为，在纯形式中隐含着进步的政治。实现纯形式为实现一个集体社会提供了模型，总的来说，它们都是把部分合成整体。

这是一个引人入胜的脑筋急转弯。由于很难想象出现实的结果，它似乎有点不切实际。让我们试着想象一个人在聆听勋伯格的音乐时说："天哪，也许我应该成为一名共产主义者！"但这仍然不失为一种对马克思主义思想所认为的西方文明的主流美学（整体的拜物教）富有挑战性的辩证反转。【阿多诺或许是黑格尔以来最为敏锐的辩证主义者。】我们回想一下，新批评强调诗的整体性以及作为统一整体的分离的本体论对象，这是马克思主义批评通常会攻击的论调。所以阿多诺不把分离的本体论对象视为一种自恋个性的模型，而是视为集体性的模型，这是十分有趣的。

马克思主义美学的最后一种选择，在某种程度上也是我们下一堂课的主题，将会继续给我们带来惊讶。这种美学思想的起点可以追溯到恩斯特·布洛赫所著的《希望的原理》（1938—1947年）这套三卷本著作。布洛赫在书中的实质观点是，在我们所处的晚期资本主义世界，已经没有任何希望可言。后来阿多诺也提出了类似的观点。面对如此晦暗的观点，布洛赫以另一种观点来抗衡——尤其在民间艺术、民俗、口述文化以及大众文化中，即在被剥削和被压迫的人们的劳作所表达的向往中，存在着一种乌托邦主义，一种*浪漫史*，以及一种纵然以怀旧为形式却不是对往昔的追怀，而是将在真实世界中无法得到的可能性投射于未来的一种感触。

我所能想到的最好的例子就是《糖块大山》（"The Big Rocky Candy

Mountain")这首歌,演唱者是一帮被铁链束缚着的囚徒,而歌中描绘的则是从山顶奔流而下的小溪一般的美酒以及其他人们所能梦想到的一切美好事物。布洛赫的这一理念为詹姆逊所重视,尤其是在《政治无意识》这本书的前言部分,他讨论了**浪漫史**在取代破产的现实主义美学的过程中的重要角色,表达了在一个看似绝望的世界中被压迫被剥削的人们的愿望。

不过,今天我们要着重讨论的是本雅明的参与美学(participatory aesthetic)和阿多诺的现代主义整体性。我们可以看到二者之间的冲突,阿多诺的《拜物教特征》事实上是对本雅明的《艺术作品》的回应,阿多诺在文中以温和的方式表达了异议,而《文化工业》也是对《艺术作品》的回应。阿多诺是本雅明的好友,两人曾就《艺术作品》中本雅明的一些观点互相通信讨论,这些信件后来发表在1973年的《新左派评论》(*New Left Review*)杂志上,对所有对他们的意见差异感兴趣的人来说,这都是值得研读的。

阿多诺和本雅明都是法兰克福社会研究所或所谓的"法兰克福学派"的成员。在这个学派的许多成员逃离纳粹、移居美国之前,他们发表了大量将马克思和弗洛伊德的洞见结合起来的重要辩证思考,并聚焦于极权主义的根源这个问题【例如,阿多诺的两篇文章《权威主义人格》("The Authoritarian Personality")和《反犹太主义与法西斯宣传》("Anti-Semitism and Fascist Propaganda")】。这些著作中最为有名的是阿多诺与马克斯·霍克海默(Max Horkheimer)合著的《启蒙辩证法》(*The Dialectic of Enlightenment*),你们这堂课的相关阅读材料就摘自这本著作。在20世纪六七十年代的美国,来自这个学派的最著名的作品是赫伯特·马尔库塞(Herbert Marcuse)的《爱欲与文明》(*Eros and Civilization*)。除了霍克海默、弗雷德里希·波拉克(Friedrich Pollak)和齐格弗里德·克拉考尔(Siegfried Kracauer)【他的"大众饰物"理论和阿多诺一样探讨了文化拜物教的问题】也发表了与我们的主题相关的重要作品。我在上节课中提到了这个学派的一个年轻成员，也是今天这个学派最重要的成员——尤尔根·哈贝马斯，但是，与他的前辈和同事们的非革命的辩证唯物论相比，他的观点更接近自由人文主义。

本雅明仅仅在20世纪30年代很短的一个时期内是一名坚定的马克思主义批评家。在那之前，他曾对犹太教卡巴拉教派的文学和黑格尔的哲学传统深感兴趣。即便到了30年代，他也在两种思想的选择之间游移不定。在他造访莫斯科之后，他对当时苏维埃世界鲜活且完全不同的文化感到兴奋不已。通过俄国女革命家阿斯娅·拉西斯（Asja Lacis）的介绍，他还与当时的马克思主义剧作家布莱希特结成了亲密的友谊，我们在《艺术作品》中可以感受到后者的影响。但与此同时，本雅明也受到另外一位十分亲密的好友的影响，那就是犹太教神学家格肖姆·索勒姆（Gershom Scholem）。索勒姆是一位移居耶路撒冷的犹太复国主义者，曾邀请本雅明和他一起到耶路撒冷研究卡巴拉。从索勒姆那里、从自己兼收并蓄的学习中，或许还间接地从布洛赫那里，本雅明吸收了"弥赛亚"的理念，即可以在历史之中辨别出一种能够救赎历史的力量。本雅明将这种理念洗练并精美地写入他的最后一部著作《历史哲学论纲》（"Theses on the Philosophy of History"）之中。1940年，本雅明试图经由西班牙移民到美国。但当西班牙政府突然决定将难民营的所有人遣返至维希政府统治下的法国时，本雅明自杀身亡。

《艺术作品》是本雅明最著名的表现马克思主义思想的篇章，但他写于1936年题为《作为生产者的作者》（"The Author as Producer"）的短文也很有意思。在这篇文章中，本雅明深入探讨了他在《艺术作品》中提到的一段经历。在俄国参观时，他发现每个人不仅仅因为他们是否胜任一项工作而受到评价，还为是否能够谈论自己如何做这项工作、是否能写小册子或给报社写信、是否能够**参与**而受到评价。这种投入不仅仅意味着参加劳动，也意味着能对劳动进行反思，从而使每个人不仅仅是生产者，也是作者。在《艺术作品》中，大体上是通过暗示，本雅明建议我们以这种方式参与进来,如果可以说他提出了什么建议的话。

然而,凡是读过《艺术作品》的人,不会注意不到本雅明对"光晕",也就是进步艺术用它那富有侵略性的装置意欲抛弃的那种艺术的特征,抱有强烈的怀旧情绪。因此,对本雅明而言,提出我们必须打破光晕并以机械复制的亲身参与取而代之的主张,尽管具有解放意味,但无疑是十分困难的。他对朱莉娅·玛格丽特·卡梅隆(Julia Margaret Cameron)这样的维多利亚时代摄影家拍摄的柔焦肖像特别缺乏抵抗力,而这种摄影几乎称得上是以腐朽的手段不遗余力地营造光晕的。

可是谁又能责怪他呢?20世纪60年代,当我还在读书的时候,我在伯克利大学校园里的一个销售工艺品和给图画装裱的商店打工。所有学生都需要一些图片来装点他们的房间,所以我们就有堆积如山的凡·高的《向日葵》和马蒂斯的《舞者》,以及其他一些准能走俏的名画复制品。它们都是18英寸×24英寸大小,被我们称为"画笔印"。它们被装裱在硬纸板上,巨大的压印机从上压下来,使硬纸板印上像是画出来的画。假如你在学期初斜眼看这堆堆积如山的画,你会看到这座小山不断变矮,如同延时摄影所达到的效果。你由此可以知道,成百上千的学生的房间里都装点着凡·高的《向日葵》和马蒂斯的《舞者》。这是机械复制的成果吗?在这样的美学现象中,我们可以找到什么价值呢?

没错,机械复制将珍藏于博物馆内的艺术品带入了寻常百姓家,人们不再需要花钱排成长龙,才能够透过别人的帽檐瞥《蒙娜丽莎》一眼。但是,用这些小小的"画笔印"替代熟悉艺术史的机会真的是一种进步吗?我这么说听起来或许是在挑战本雅明的观点,但我讲这个故事的目的是想说明本雅明对这样的矛盾并非毫无意识,他十分清楚,他所提出的美学面临的最大威胁就是它可以轻易地被资本主义挟持,而且很有可能会被挟持。我这么说稍微有点超前了,因为这正是阿多诺对本雅明的观点提出异议的地方。我们待会儿会说阿多诺,但现在我想先回到本雅明。

1933年后,本雅明生活在巴黎,而阿多诺那时已经前往美国,但他恨透了美国。阿多诺在美国时期出版的诸如《最低限度的道德》(*Minima Moralia*)等书中，表达了他对世界阴郁的观点。这样的观点并不主要来自他在魏玛共和国时期体验到的虚弱的民主形式，但和那些经验一样不祥，甚至也不是主要来自他已然预料到的纳粹的崛起；作为一个社会观察者，他最深沉的阴郁来自他与美国文化的接触。他发现美国的大众文化令人难以忍受，他无法忍受爵士乐。请记住，这还不是比博普音乐的时代。而我一直觉得，如果阿多诺待的时间更长一点，也许他就会喜欢上保罗·怀特曼（Paul Whiteman）之后的音乐，以这位指挥家命名的爵士乐那时已经过时了，但即使这一点我们也无法确定。阿多诺也讨厌电影，这让他与喜欢电影的本雅明也有一些格格不入，尽管他们关于好莱坞的观点是一致的。在《艺术作品》中，本雅明为电影蕴含的进步潜力欢欣鼓舞，阿多诺在《拜物教特征》中对此的回应是侧面的批评，尽管这种批评被他对音乐的批评柔化了。然而，我们仍然清楚阿多诺的观点。我最近看了一部叫作《1940年的百老汇旋律》（"Broadway Melody of 1940"）的电影，弗雷德·阿斯泰尔（Fred Astaire）和埃莉诺·鲍威尔（Eleanor Powell）在其中表演了踢踏舞。这部影片主要讲述阿斯泰尔与他的死党乔治·莫菲从默默无名到成为埃莉诺·鲍威尔的搭档的故事，这是一个完美的塞缪尔·斯迈尔斯式的成功故事。影片充满了朗朗上口的旋律以及两位男主角儿高贵的资产阶级自我奉献精神。当时令阿多诺感到震怒的，正是这部令人十分愉悦的影片。

  阿多诺预见了20世纪五六十年代社会学的研究趋向，美国式的因循守旧是这些研究的焦点。他将个体的消失归咎于文化工业的压迫，我们每个人的特立独行、我们的怪癖和我们小小的原创性都被置于市场价值下仔细观察。小孩子说的最难以置信的事也能找到市场，很快每个狂妄的个性都成了其他人的仿像。在阿多诺看来，没有任何途径可以让我们逃离文化产业的监控和压制。针对这一切，阿多诺堂吉诃德式地以艺术的整体性力量进行对抗，只要它没有被华丽炫目的表演元素所污染。例如，他觉得音乐编曲应该被悬置于意识中,就如同一个围棋大师脑海中的棋局。另外,在向仍保持着鉴赏力的听众演奏时,曲谱应该以不带情绪的方式在发出平淡音响的乐器上演奏。

如我所说,《艺术作品》受到1934年以前的俄国艺术的影响,尤其是吉加·维尔托夫(Dziga Vertov)的影片的影响。在维尔托夫的影片中,路人和执行任务的人们成为前后相继的场景的内容,除此之外也有其他影片让本雅明认为观者成为参与者。在这样的背景下,本雅明能够明确地肯定将艺术请下神坛所具有的意义,我们不再向艺术作品致以如痴如醉的赞誉和掌声,而是参与到艺术作品之中,我们成为艺术作品的一部分。

在这篇文章中,参与所采取的主要形式是将再现性设备放置到被再现的场景中。本雅明这个复杂的想法的意思是,观者从生产方式的角度来看对象置身的场域,也就是说,观者通过加入生产的**过程**进行参与。最明显的情况就是当我看一部电影时,我显然是从摄影机镜头的角度来观看的,换言之,我的视角与摄影机的视角融为了一体。在克里斯托夫·伊舍伍德(Christopher Isherwood)战前发表的《柏林故事集》(*Berlin Stories*)中,有一个故事叫作《我是一台摄影机》("I Am a Camera")。我常常觉得伊舍伍德的这个提法与本雅明这个柏林人的提法或许碰巧有某种联系。

分享摄影机的视角会产生什么后果呢?可以说,观者通过这样的方式成了一名**批评者**。本雅明不断地将摄影机的视角比作"测试",甚至比作职业能力测试。仿佛本应当作舞台上进行的试演——在导演面前背诵剧本中的台词——被不断地在摄影机前进行的电影演员试演所替代。摄影机记录下电影演员的表演且有权随后抛弃不合格的镜头,这样一来,摄影机面前的演员就不断地处于被测试、进行面试的状态之中,正如你为了一份工作参加职业能力考试而被测试或面试一样。

如果观众从摄影机的视角看出去,那么他自己就成为一个批评者,就像一个体育运动爱好者一样。本雅明从布莱希特那里借用了体育运动爱好者的比喻。当然，他并不认为成为这样一个批评者就意味着成为好的批评家，完全不是这样的。尽管并无贬低电影的恶意，本雅明赞成人们更为倨傲的那种说法，即人们去电影院是为了解乏，只是想放松一下。事实上，他认为我们的常态就是处于分心之中。我们是批评者，因此也就是积极参与者，但与此同时，我们也是处于**分心状态**的批评者。用德语来说就是 *Zerstreuung*。我们是分心者，即便我们从摄影机镜头的视角在观看，也不是全神贯注的。

我会马上回到分心这个概念，但现在我们要指出的是，从摄影机镜头观看事物的视角处于拥有特权的位置，因为它向我们展示了我们通常无法注意到的现实的某些面貌，例如慢镜头、特别的角度，等等。本雅明对这些效果做了如下评论［1235］："照相摄影可以通过放大或慢摄等方法摄下那些肉眼未能看见的形象。"后来，本雅明还给这些效果起了一个名称，他说［1245］："我们只有通过摄影机才能了解视觉无意识，就像通过精神分析了解无意识冲动一样。"通过展示视觉的无意识，摄影机镜头对我们的意识形态进行去魅，它提醒我们，事物本身未必是我们所看见的那样。但是这并不意味着通过电影我们就能够抛除虚妄获得真实，摄影机也可能有自身的偏差，慢动作是一个明显的偏差，快动作也是一个明显的偏差；但我们也因此意识到，我们所看见事物的速度本身也是有偏差的。精神分析的无意识也并不告诉我们真理。梦境并不向我们展示一个与我们意识所观照的世界相对的真实世界。梦境以无意识唤起的一个世界对我们的意识提出了一个挑战，它提出的并不是什么是真实或什么是不真实的问题。在这一点上，它与摄影机镜头的视角是一样的，让情况变得复杂的是，我们没有很成熟的体验它的方式。

现在我们回到分心这个问题。观者是分心的，好吧，可这又如何呢？问题的关键在于，在本雅明看来，对任何进步的美学而言，在分心与震惊之间都有一个关键的辩证关系。或许，最好的类比就是扫罗去大马士革路上的故事。你们都知道这个故事。扫罗骑着他的马向大马士革行进，没有注意周围的情况。他处于分心的状态之中,然后突然从马上掉落下来。这就是一个震惊,而这个震惊取决于之前的分心状态。这个震惊是如此强烈,致使扫罗归信基督教。他站起身,掸去身上的灰尘,他的名字就成了保罗。由此可见,分心是产生带有启示的顿悟所依赖的氛围或媒介,这就是为什么观者—批评者漫不经心地吞着爆米花是一件好事的原因,尽管这对阿多诺来说是很恐怖的。

也许我们是那种在电影院专心致志看电影的人,因此不会发生震惊。但本雅明却富有说服力地向我们指出,有这样一种艺术,我们在大部分时间里都是在分心状态下接受它的。这种艺术就是建筑,我们接受建筑的方式就是从它旁边走过。我每天都在耶鲁大学英国艺术中心工作,因此,我已经很久不把它当成一座建筑予以注意。因此可以说,我就是在分心中"接受"路易斯·汗(Louis Kahn)最伟大的两座建筑作品之一的,但这并不意味着这座建筑没有成为我的美学经验的一部分。这仅仅意味着,我们可以通过不止一种关注状态,进行审美和掌握世界上的各种形式。在某种意义上,有的人生来就无法感受建筑之美,但与此同时,除非我们是面对泰姬陵目瞪口呆的旅游者——这一点,本雅明也考虑到了——除非我们处于那种特定的状态下,我们都是处在一种你可以称之为建构性分心的状态下,接受我们所处的世界的诸种形式,而所有这一切都构成了本雅明所说的参与式审美。

下节课我们讲詹姆逊,他早年研究了法兰克福学派的思想,尤其是阿多诺的思想,我们可以在一本名为《马克思主义与形式》(*Marx and Form*)的著作中看到他的研究成果。

第18章
政治无意识

阅读材料：
弗雷德里克·詹姆逊：《政治无意识》，见《批评传统》，1291—1306页。
詹姆逊和马克思著作的节选。

我们上节课讨论了马克思主义文学和艺术道路的四种美学选择，又花了比较短的时间讨论了现实主义，包括带着恩格斯和卢卡奇的趣味和历史议题的客观现实主义（objective realism）和尤其在1934年以后盛行于苏维埃世界的倾向性现实主义（tendentious realism）。而本雅明在1936到1937年间提出的参与美学被认为为倾向性现实主义增添了理论趣味。然后我提到，当现实主义成为资产阶级意识形态的基石之后，出现了两种背离现实主义的美学转向。其中第一个是阿多诺提出的讲求"整体"的极端现代主义（high modernism）美学。第二个是在思想链条上从恩斯特·布洛赫延伸到弗雷德里克·詹姆逊的浪漫史（romance），后者是我们今天要讨论的主角。（这里要提醒大家注意，就连詹姆逊的拥护者在发表文章时也经常把他的名字拼错。）

詹姆逊对于浪漫史的推崇，较早地出现在《政治无意识》一书中前言部分的《魔幻叙事》("Magical Narratives")题下，与诺斯罗普·弗莱所强调的罗曼史在社会中的作用（弗莱这里是指社会中的宗教作用）极为一致。但是詹姆逊提出一种浪漫史美学，这种观念认为，面对其他方法无法解决的矛盾，民俗、民间故事、神话以及各种各样的民间表达具有一种魔幻解决方式，也是与看似无法战胜的晚期资本主义社会中的阶级矛盾作战的最具建设性的手段——例如，保守派的政治力量能够借助与经济基础完全脱节的文化和宗教价值观来轻松说服劳动大众放弃自己的经济利益。我接下来引用的《魔幻叙事》中的一段长文，目的是推广浪漫史美学以及对那些固执于现实主义美学的人为进步思想带来的可能后果展开批判。詹姆逊写道：

可以将司各特、巴尔扎克和德莱赛【别忘了巴尔扎克是恩格斯最喜欢的作家，司各特是卢卡奇在1927年时最喜欢的作家，而所谓的自然主义运动中的美国小说家西奥多·德莱赛也很适合被列入这个名单】作为现实主义以现代形态出现的非时序性标识。这些早期伟大的现实主义的特点是，它们的素材中有一种根本的、令人振奋的异质性，而它们的叙事手段中有一种对应的多面性。在这样的时刻，存在物（the existent）的文类限制【作为一个现实主义者，你唯一要做的就是按照事物的原貌来谈论事物】对文本中的记录具有吊诡的解放效果，释放了一系列异质的历史视角——对司各特是过去、对巴尔扎克是未来、对德莱赛是商品化过程——人们通常会觉得这些与对历史当下的关注不协调。实际上，在"极端"（high）现实主义和自然主义中，这种多重的时间性倾向于被封锁和再次遏制，其中臻于完美的叙事手段（特别是作者的去个性化【即说话者的声音以**自由间接引语**的方式出现】、统一视角和场景再现的限制这三个必须手段）开始使"现实主义的"选择显出一种令人窒息的、自我施加的苦行。正是在晚期资本主义社会现实主义逐渐固化（reification）的背景中，人们才再次开始感到浪漫史是叙事的异质性的场域和脱离现实原则的自由。

在某种意义上，这段话是对弗洛伊德将现实原则供奉为建构性疗法的目标的猛烈批评。但与此同时，詹姆逊也指出，弗洛伊德也承受着对未经检查的道德律令越来越大的绝望：资产阶级的英雄不得不像枪手一样直面越发阴暗的现实。当现实成为紧身衣，糖块大山也无法依靠了。

在我们开始尝试从其他角度深入分析詹姆逊的阐释的三个视域或同心圆之前，让我们先做一个热身，在全部三个层次上来解读詹姆逊的**浪漫史**美学，我想这会是很有趣的。我们所说的三个层次当然是"政治的""社会的"和"历史的"："**政治的**"是指一个虚构文本内对先后发生事件做出的编年史般的记录，由某个个体声音建构成一个情节；"**社会的**"是指詹姆逊所说的意识形态素或各不相同、处于冲突中的阶级表达出的对世界的看法之间的矛盾，或对这种矛盾的意识；最后，"**历史的**"就是詹姆逊所谓的"必然性"。在这一节的末尾，他说历史就是"使我们痛的东西"。但就文学分析而言，我们将会看到，"历史"就是当一切都在历史时间中展开时，怎样去理解生产方式的重叠更替，及其相对应的上层建筑的滞后（对于无产阶级的保守分子来说，它们今天就是滞后的）。关于生产方式我们将做进一步讨论，但三个基本视域——我将在其中寻找浪漫史美学——就是詹姆逊所说的政治的、社会的和历史的。

应该注意的是，詹姆逊有时的确将这三个层次称为**同心圆**，因为你们应该理解，每当你们在这三个视域或三个分析阶段中前进的时候，你们在阐释方面都不会遗落什么。"政治的"包含在"社会的"之中，而"社会的"又包含在"历史的"之中。读者所读过的一切都会在每个越来越宽广的观点上被重新思考、重新考量，詹姆逊有时称之为"重写"。

那么，什么是创造性活动的**政治**时刻呢？就是詹姆逊所谓的"象征性行为"，这是从肯尼斯·伯克（Kenneth Burke）那里借用而来的。作为一个写作的个体，我在写作中象征性地解决特定的矛盾——任何阶级的视角都存在于矛盾之中，既包括与自身的需要和欲望的矛盾，也包括与其他阶级的矛盾。政治层面上的象征性行为的目的是在虚构作品中解决真实世界中没有解决方案的矛盾。换句话说，它就是白日梦，是关于公主和流浪汉的童话，它是在现实生活当中不可能有欢喜结局的情形之上强加的一个武断的大团圆结局。简言之，它就是对世界的浪漫的改写。

《贫民窟的百万富翁》（*Slumdog Millionaire*）就是一个有趣的例子。这是丹尼·博伊尔（Danny Boyle）的一部作者电影，这是通过宝莱坞式的电影手法神奇地解决了一个矛盾的一项个人行为。在现实中，印度教徒和穆斯林之间充满着矛盾，土著的贫民窟生活与全球化之间充满着矛盾，不同种姓之间充满着矛盾，这些矛盾中没有哪一个是可以得到解决的。但一种象征性的许可却可以做到，只要你中了乐透大奖。无论希望多么渺茫，你中了大奖成为百万富翁。谁想成为百万富翁？当然我们都想，但我们之中只有一个人可以神奇地通过一系列几乎完全难以置信的遭遇，成为一个百万富翁并抱得美人归。

但请注意，中大奖并不是**不可能**发生的。人们的确有机会中大奖，人们确实有机会答中奖金为64000美元的那个问题或其他什么问题。然而，我们要牢记在心的一点是，即便这样的赌博式的奇迹在现实中发生了，它也不可能解决任何矛盾，我想这就是电影结尾在火车站上演的奢华集体舞蹈最终表达的讽刺。**你的**生活也许会改变，甚至可以过上完美的生活（金钱**和**女人）；但整个世界不会像你一样梦想成真，在你身后起舞；世界被不幸的现实包围，其中一些掠夺成性，注定要损害你即将过上的童话般的生活。正如许多新闻报道证实的那样，中大奖可能是悲剧的开端。不管怎样，我们在这里将詹姆逊所理解的阐释的政治层次中的浪漫史元素分离了出来。

在第二个层次，也就是社会的层次上，之前提到的现实中无法解决的矛盾的童话式解决方案中暗含的颠覆元素更加凸显出来。第二个层次上有各种各样其他值得考虑的因素，但请记住，在转向其他因素之前，我发现了所有三个层次中都包含的浪漫史美学。在第二个层次上，詹姆逊这样提到了布洛赫［1297］：

> 比如，布洛赫对童话的解读，童话中魔幻般的意愿的达成，其对丰饶和乐土【顺便说一句，《糖块大山》是美国的乐土（pays de Cocagne）】的乌托邦幻想，通过展示这种"形式"对霸权贵族的史诗形式的系统解构和破坏，恢复了这种"形式"的对话性和反抗性内容。

换句话说，童话并不仅仅是一个象征性的白日梦，也是一种社会姿态。它朝着霸权力量扮鬼脸儿，完全是因为认识到不可能有解决或和解方案而产生的敌对行为。在第二个层次，也就是社会的层次上，社会各个阶层和视角的意识形态声音公开处于冲突之中，你甚至无法从中得到一种自知的武断的解决。你得到的只有颠覆和反作用力，以及各种喧哗的声音，它们并不是为了解决任何问题，而是为了将冲突完全展示出来。

然而，经由这种颠覆的声音，出现了一种来自底层的狂欢似的暴动，詹姆逊将之与浪漫史联系在一起：这发生在人们将某人选为"司戏者"（Lord of Misrule）的日子里，是精力的宣泄，同时也指向乌托邦的可能性；在这个特定的日子里，整个社会秩序被颠倒；底层被提高到权威的位置，并在这一天接管城门的钥匙。在这个狂欢日或盖伊·福克斯日（Guy Fawkes day），人们表现了冲突，但并不解决它，因为所有人都知道，明天一切将会照旧，而今天这个日子只是统治阶级精心设计的安全阀。但其中仍有浪漫史元素，即大众表达的一个愿望，这个愿望与第一个层次也就是政治层次上表达的愿望相似，但现在不再是以个人的方式，而是以集体的方式表述出来。在这个层次上，我们可以不再将《贫民窟的百万富翁》结尾时的宝莱坞歌舞视为一种不太可能由一个人的好运所改变的集体命运，而是看作对于苦痛的集体的反讽式表达，而这苦痛正是源于唯有荒谬方能解决的问题。

在第三个层次，也就是历史层次上，任何特定时期相对于其他生产方式的主导性生产方式被暴露出来。生产方式就是由整体的社会或经济安排生发出来的理念和商品生产系统。詹姆逊在他的书中列出了各种生产方式，我们将来会予以讨论和深入思考。詹姆逊给我们举了一个非常好的关于生产方式的重叠的例子。在18世纪后半叶，启蒙思想成为当时新兴的、受过良好教育的资产阶级的主导表达形式。那些推动着工业化和资本流通的价值与封建的和贵族的理想进行着斗争，而后者已经被编码为日常礼仪，显得不那么"实际"，而是有些天马行空、对凡人俗事不那么在意。启蒙思想可以被理解为一个新兴的生产方式的表达，也就是正在替代封建主义的资本主义生产方式的表达。

但詹姆逊指出，伴随着启蒙同时也出现两种反抗或论争模式，而这正与浪漫史相关。其中一种是浪漫主义。在这种语境下，浪漫主义可以被解读为（并经常是）一种朝向贵族式和封建式理想主义的返祖性倒退，它试图在启蒙时期将浪漫史时期的骑士精神或别的看似已经过时的理想主义重新编码。从这个角度看，浪漫主义就是一种与主导生产方式重叠或通过主导生产方式表达自身的反动的生产方式。然而，与此同时，**民间**也有一股对启蒙时期愈来愈强的机械化倾向的反抗。反对当时的政治经济学学说，反对正在崛起的社会工程学和各种与功利主义有关的社会组织形式。当时出现了一种在政治上和社会上具有破坏性的民间反击："打破框架"，它阻碍生产活动并抗议工厂工作条件等。这种骚乱也是返祖式的（这两种形式的反抗在约翰·克莱尔的生活和诗歌中汇聚到了一起），因为它坚持早期的农业和工业生产方式（比如家庭手工业）。在浪漫主义和对工业化的大众反抗的形式中我们可以看到，启蒙与重叠的表达浪漫史憧憬的生产方式共存。作为第三个层次也就是历史层次的分析焦点，多种生产方式之间的张力又一次揭示了作为一种希望的原则的乌托邦式怀旧。

以上或多或少是詹姆逊明确表达的美学。我们现在要问的问题是，在三个层次上进行文学分析对**阐释**有什么益处？詹姆逊认为，在这三个层次或三个同心圆之中的任何一个上进行分析，都要揭示"政治无意识"的一个元素。就如同在解构之中，就如同在弗洛伊德那里，这样的一个焦点会暴露或揭示与日常意识相对的一些东西，会破坏我们对事物的通常理解，让我们意识到在我们对事物的常规理解之下还有需要我们去了解的规律、因果和动态。然而，我们在这里所说的"无意识"既不是语言学也不是心理学意义上的。用马克思的术语来说，伴随着这些其他决定因素并且隐含于其中作为它们的"物质基础"的是政治无意识。我们是因为政治理由做我们所做的事，而不是其他的事，但我们却完全没有意识到或根本没有意识到这些理由，因此有必要推断出一个政治无意识。

就这三个层次而言，在"政治的"层次，通过个人的象征性行为揭示了什么政治无意识元素呢？詹姆逊从结构主义那里借用了一个绝佳的例子。你们从中也可以看出，詹姆逊对于叙事形式本身表达无意识希望的理解相当倚重结构主义。他让我们思考卡杜维奥人（Caduveo）的脸部彩绘。在《野性的思维》（*The Savage Mind*）以及《忧郁的热带》（*Tristes Tropiques*）中，列维－斯特劳斯都提出了我们要怎样理解这种绘画为什么极端复杂的问题。为什么这种脸谱在水平记号与垂直记号之间存在奇妙的张力？为什么我们在其中会感到一股张力？为什么在感受到美学上的美感的时候也能感受到张力和复杂？尤其是在水平线条上？

詹姆逊的观点是，卡杜维奥是一个阶层社会。作为这个部落的一名成员，必须要意识到在这个阶层社会中存在着公开的、明显的不平等形式。而在邻近的部落中（很有可能这个部落本身也能意识到），人们似乎找到了一种**解决**阶层社会固有矛盾的方法，那就是交换份额，例如交换亲缘礼物、姻亲礼物或其他列维－斯特劳斯讨论过的东西。交换份额似乎在实际上给现实生活的社会秩序加上了一种看起来更为平等的表象。没错，社会仍然是阶层社会，但与此同时，财富得到了分配，而每个人都拥有了一些表达尊严和自我价值的方法。尽管列维-斯特劳斯通过对比卡杜维奥人与邻近部落，诸如博罗罗部落成员的脸部彩绘，得出了大致相同的看法，但我认为詹姆逊阐述得更加明了。

相比之下，卡杜维奥人没有这样的制度安排可以依靠，列维-斯特劳斯和詹姆逊认为卡杜维奥人从来没有建立过一套交换礼物的制度，因此，他们不得不延续一种简单的阶层组织形式。根据列维-斯特劳斯和随后的詹姆逊的理解，卡杜维奥人通过引入水平记号——这些记号达到了艺术水准，而这种表达在这个水准上一定是受到限制的——象征性地解决了其他部落已经通过更加平等的财富和声望分配成功抵消的阶层制度。换句话说，其他部落能够在现实生活中以实际的方法完成的象征性行为，在卡杜维奥人那里只能在个人的层面上实现，也就是通过每一个女性个体在脸部涂上彩绘。我们可以认为这种象征性行为表达了一种政治无意识，因为我们推测这并不是每个人都意识到了的一种动机。根据詹姆逊的描述，这正是政治无意识被理解为一种个体象征性行为在第一个层次，也就是政治的层次呈现的方式。

就像詹姆逊所说的，在第二个层次，也就是社会的层次上，重写本身不再是一种个体行为，而是非常像巴赫金所说的，是一种杂语性的声音的表达。在这个层次上，政治无意识应该被理解为"意识形态素"的相互作用，这是詹姆逊类比列维-斯特劳斯的"神话素"或总的神话构成单位造出来的一个与结构主义相关的词。换句话说，也许人们都在不经意间不仅条件反射式地表达了"他们自己"，而且表达了折射出他们的经济和社会阶级的见解和意见。根据他们的生活状况，他们会抱持特定的观点，并在詹姆逊看来至少是处于部分无意识状态下在日常生活中成了意识形态素的喉舌。换句话说，人们不会认识到，自己如此狂热地表达的、虔诚地相信的观点不过是受自身所处社会环境制约的意见。而文学因此就成了一部意识形态素的戏剧，成为被聚拢在一起的各种声音之间的未被解决的冲突的再现。

你们可以看到，詹姆逊的著作正是在这一点上与巴赫金的最为接近，也最清晰地反映了我们已经讨论过的一些巴赫金的主要关注点。詹姆逊给出了一个很好的例子来说明这种冲突是怎样进行的，从而部分解释了这些冲突中的神秘性：这些冲突总是在一套共享符码（shared code）之中呈现自身。他讨论了17世纪英国发生在保皇党与议会派之间剧烈的宗教争端，全部争端都围绕着克伦威尔的摄政、查尔斯二世的复辟和发生在那个时期的大规模骚乱，主要是宗教骚乱。但是对于任何马克思主义者而言，这些争端都有其潜在的政治无意识，它的最终动机是伸张权利和表达阶级观念——权威历史家克里斯托弗·希尔（Christopher Hill）用这些术语使人们对这一时期有了最清楚的理解。同样，我们可以说，阶级斗争的对话是两种对立的话语在一个包含一切的共享符码的统一体之中的决斗。例如，在17世纪40年代的英国，宗教的主导共享符码成了重新解释和剧烈修改处于霸权地位的神学的主导阐释的场所。在政治和宗教上，英格兰教会都站在当权派一边。而议会派的观点、各种清教主义以及其他形式的宗教叛乱都是反对当权派的，然而他们却都以基督教话语说话（coded）。他们不得不在一个共同的战场上分出胜负。

让我们看看我们自己的时代，考虑一下20世纪六七十年代在伦理话语这一共同符码下发生的斗争，例如性解放革命。那里同样有一个共同的战场，有一种关于性行为处于人类生活的中心的共同感受；在这个话题上发生的代际冲突体现的是一种价值的颠倒，是对现存价值的重估，而非提出了一套新的价值。一群人认为不好的东西，另一群人重估后认为是好的。一群人避之唯恐不及的东西，另一群人却迫不及待地拥抱。你们在这里又可以观察到起源于并发生在一套共同符码中的无法解决的冲突，这就是**社会**对立在第二个层次上表达自身的方式。

在第三个层次上，我们则看到不同的生产方式争抢历史地位时的紧张局面。正如詹姆逊所说，将各种生产方式看作一连串前后更迭的霸权的危险在于，任何单个的生产方式都会依次被当作凝结在时间中的共时性时刻。如果你置身于资本主义之中，那么你可能会受到麻痹，认为别的生产方式都不复存在。如果你处于"男权体制"之中，情况也是如此，"男权体制"也是詹姆逊列出的一连串生产方式中的一种。然而正如詹姆逊指出的，在企业阶层制与男权体制之间存在的张力——这种张力时常在论辩中的马克思主义者与女权主义者的观点之间制造分歧——是一种属于不同时期的社会生产方式共存的体现：一种生产方式是当代的，一种被认为是过去的，但仍然持续存在并且与当代的生产方式相重叠，形成了当代生产方式内部的"玻璃天花板"。

以上这些都是历史中的一部分，而在文学分析中，当我们开始用更为正式的术语思考第三个层次的时候，我们可以看到，诗体的选择就是詹姆逊所谓的"形式的意识形态"的例子，它所表达的正是生产方式的冲突。在这里我将用雪莱的名诗《西风颂》为例。雪莱的《西风颂》有5个诗节，每个诗节都有着同样的形式：每一个诗节都是一首十四行诗；同时，在结尾的双行诗句之前12行也是由一组三行体诗组成。一个单独的诗节包含的这两种形式是按照截然不同的方式编码的，并有自身独特的意识形态。三行体诗是以"预言"的方式来编码的，因为它沿袭了但丁的传统。《神曲》就是用这种诗体写成的，它由三个单元组成，推动着全诗走向第三篇《天堂》，在那里，通过神圣的三位一体，一切矛盾得到化解。（注意此处与民间故事的三段式的相关性。）由此，雪莱用三行体诗表达了西风将通过他吹响政治预言号角的希望。如果冬天来了，春天还会远吗？革命即将发生，一切都会好起来。

但与此同时，这首诗也充满着一种悲观主义，或者是现实主义，如果你愿意也可以这么说。那是对于预言的遥不可及的一种意识。为什么风会顺着雪莱的心愿呢？风只是风，风不是灵感。因此，**直到接近末尾都是用三行体诗写成的诗节，同时又是一首十四行诗**。尤其第一个诗节，不只是按照一首十四行诗来编码，同时也暗指一首特定的十四行诗，那就是莎士比亚的第73首十四行诗，这首诗以"在我身上你或许会看见秋天"开头。我正在老去，我已经没有头发了，我只是一个荒废的歌坛，甜美的小鸟曾在那里歌唱，而我对此无可奈何。在诗的结尾，说话者的火苗将要熄灭。换句话说，冬天已经到了，而春天并没有到来，没有预言中的可能性，只有一个耗尽的生命的遗迹。正如十四行诗的形式所暗示的那样，这些生活的事实也是政治的现实，是理想主义（即詹姆逊在别处所谓的浪漫主义）无法征服的。

因此，你从雪莱所用的诗体中得到了一种理念之间的张力，那是一个在封建和以神学为中心的世界所拥有的预言理念，与一个商人阶级的冷静的现实主义之间的冲突，而后者在启蒙时期（莎士比亚通常被认为是启蒙时期的原型式人物）达到高峰。这个张力也是三行体诗与十四行诗两种形式之间的张力。于是，"形式的意识形态"反映了处于冲突中的**生产方式**，分别是封建的生产方式与启蒙时期的生产方式。它们反映了与它们的生产方式相关的态度。雪莱是一位具有非凡的自觉意识的诗人，他也受到了马克思及其同仁的钦佩，因此，在雪莱的案例中，或许我们与其说在他的诗中能观察到一种政治无意识，不如说是一种在詹姆逊第三分析层次上表达自身的政治"准意识"。

用正式的术语来说，我们可以认为第一个层次或政治的层次的核心关键任务是主题化：在故事结构中的个人象征性行为试图表达什么主题？在这个象征性行为中正在被解决的矛盾是什么？在第二个层次上，我们引入的形式原则是巴赫金的杂语概念，也就是不同声音的冲突和个人声音向社会声音的转换。在第三个层次上，我们看到詹姆逊所说的"手法的形式库"（repertoire of devices），我已经用雪莱的例子解释过了。

让我再引用另外一个来自浪漫主义的例子。詹姆逊提醒我们，启蒙时代的生产方式的重叠特别有趣，这个例子与此相符。浪漫主义继承了品达体颂歌的悠久传统，华兹华斯在创作《不朽的暗示》时，仍然在沿用这一传统。但与此同时,他与柯勒律治发展了一种新的颂歌,如果你愿意,可以称之为"对话诗":柯勒律治的《子夜寒霜》和《菩提树荫,我的牢笼》以及华兹华斯的《丁登寺》都是对话诗的杰出代表。

我们可以很容易地将这些不同类型的颂歌之间的差异视为生产方式间的一场冲突。传统的颂歌归根结底源自品达对古希腊的贵族庇主在奥林匹克运动会取得胜利的赞颂,被编码为封建—贵族式的。而对话诗,如同这个描述性词语所暗示的那样,很大程度上属于新兴的公共空间。对话诗与其说是在空间设置上,不如说是在形式上体现了咖啡屋的氛围,人们在那里彼此攀谈、交换观点。对话诗是朝向个人的,它们在某个特定的时刻朝向那一个人,有时甚至邀约对方发表观点。因此,从传统颂歌到对话诗的过渡本身,就可以被看作一种生产方式的过渡,或者是詹姆逊所谓的由剧变带来的"文化革命"。然而对话诗仍然处于模棱两可的中间状态,它是一种独白,它的谈话对象始终保持沉默,只能通过推断认为他在浪漫的孤独和内省氛围中出现了。对话诗并不反映一种特定的生产方式——公共空间——的胜利,而我们在狄德罗的《拉摩的侄儿》中生动的意见交流里可以发现这种胜利。

这些都是应用詹姆逊的三个层次理论的方法。詹姆逊提醒我们要注意其中的危险。如果我们习惯了将一段叙事看作一个象征性行为,那么我们就非常易于由于强调潜在的结构主义内容而忘记它是基于现实的,或者非常易于由于强调它正在解决的社会冲突而完全忘记参与其中的形式。正如詹姆逊所说,在一个层次上的这两种危险分别是结构主义和庸俗唯物主义面临的危险。与之相反,分析象征性行为的目的是为了在文本内的形式和社会元素之间维持一种平衡或进行综合。第二个层次上的问题在于,如果我们把已然无法调和的社会冲突作为思考的起点,我们的分析可能会趋于静止,仿佛社会阶级的观点不会改变,仿佛一种观点无法在另一种观点之后获得霸权。换句话说,仿佛从未发生过任何变化,而阶级矛盾是生活中的一个纯粹的事实。老板只会用言语侮辱工人,而工人永远都会在老板的背后嘲笑他。仅此而已。

最后，在第三个层次上，存在着思想陷入僵局的危险。例如，晚期资本主义就是一种无法超越的僵局。想一想阿多诺对文化工业表现出来的惊人的忧郁。阿多诺没有抱多大希望，不是吗？毕竟，你可以认为詹姆逊自己可能对于历史作为必然性、历史就是"疼痛的根源"也有一丝伤感，因此他自己也陷入了僵局。这也是为什么我要像马克思主义批评家们经常做的那样，为你们引述马克思的《关于费尔巴哈的提纲》中那振聋发聩的第11条："哲学家们只是用不同的方式解释世界，问题在于改变世界。"

让我们再来简单地看一看《拖车托尼》。按照那种僵化的现实主义观点，也就是詹姆逊在我开头引用的那段长文里所批评的观点来看，故事的结局对尼托和斯皮迪而言没有产生什么影响，除了证明他们是坏人外，对他们无能为力。他们在社会秩序中自然有他们的位置：一个是讲究的贵族或不想弄脏自己的势利小人，另一个是完全忠于生产率、打卡钟和劳动伦理，属于资产阶级的斯皮迪。在这个意义上，它们各自反映着处于冲突之中的生产方式，但我们对此却无能为力。他们对托尼很刻薄，但我们除了作为读者对他们感到愤怒、反对他们的做法，却无法指责他们。

但在第一个层次上，如果我们将事情得到解决的情节理解为一个象征性行为，原本可能是令人绝望的冲突，最后通过友谊——班皮和托尼之间的友谊——得到了解决。哪怕我只是一个工人，这也很好，因为我有我的朋友。我们一起喝啤酒，我们一起共度美好时光，生活十分惬意。哪怕阶级结构随后让人受到侮辱也没有关系。托尼实际上等于在说："我很高兴，我喜欢我的工作。"这个宣告本身，当然是一个对这个故事所能揭示的任何矛盾的预先解决方案。

在第二个层次上，你们能看到意识形态素的话语。尼托说："我不能帮你，我不想被弄脏。"斯皮迪说："我不能帮你，我太忙了。"而班皮说："我能帮你。"但是我们要注意到，这些回复全都是在一套单一的共享符码内做出的，这些话语相互之间的类似就暗示出了这一点。这些无法得到解决的意识形态素在一套单一的符码内争夺权威。

最后要谈一下第三个层次上的生产方式，尼托和斯皮迪在同一个故事当中的存在表明封建的与资本主义的生产方式之间存在一种张力，但它却不是一种能够自行消解的矛盾。在我看来，这里要注意的重要的事是**拉**与**推**之间的冲突。作为一辆拖车，托尼是一种生产方式。我之前就说过，一辆拖车需要别人来推，这非常有趣。这对托尼来说一定是个教训。班皮就像《小火车头做到了》，是朝向更早、机能和力量更差、更加低效的生产方式的退化，他必须推。我们想一想过去造墙的方式：在发明塔吊和滑轮之前，预制的墙只能被一群人推起来。在技术发展使拉成为可能之前，推一直是建筑劳动的焦点。在那之后，我们有了塔吊，你只要把钩垂下然后就能把墙拉到预定的位置。回到故事中，当我们看到帮助托尼的是一个退化者的时候，我们在詹姆逊的分析理论的第三个层次，也就是历史层次上可以看到旧的与新的生产方式的重叠。

下一堂课我们还会讲到《拖车托尼》，我们将讨论新历史主义，并借机看看能不能用本雅明和阿多诺的思想解读托尼的故事。

第19章
新历史主义

阅读材料：

斯蒂芬·格林布拉特：《形式的力量》，见《批评传统》，1443—1445页。

杰罗姆·麦根：《济慈与历史方法》，见《变调之美：文学研究中的历史方法与理论》，纽约：牛津大学出版社，1998年。

这节课我们要转向一种曾经横扫学界的文学批评方法。这种方法兴起于20世纪70年代末期，经过80年代，延续到90年代，这便是新历史主义。新历史主义起源于，或者至少可以说它的第一个学术中心是在斯蒂芬·格林布拉特（Stephen Greenblatt）主持下的加州大学伯克利分校。格林布拉特和其他同仁（托马斯·拉克奎尔、斯韦特兰娜·阿尔珀斯、霍华德·布洛赫）在这里共同创办了一份杂志，名为《表征》（Representations）。这份杂志作为新历史主义的思想阵地，目前在文学研究领域仍然极为重要，影响广泛。这个团体对待历史方法（"旧历史主义"）的态度，最早集中在早期现代时期，或者被称为"文艺复兴时期"。

实际上，促使用"早期现代"这一术语取代"文艺复兴"的正是新历史主义。实际上，很多领域和时期近几年来都被重新命名，用时间间隔取代可疑的思想品格（用"漫长的18世纪"取代"新古典主义"，用"18世纪晚期和19世纪早期"取代"浪漫主义"），以此来提醒学者们注意，各个时期都充满了骚动和多样性，从而弱化了这样或那样的思想潮流。这些变化，如果说并不总是由严格意义上的新历史主义的倾向导致的，那么也是历史主义的倾向导致的。

新历史主义的方法很快扩展到了其他领域上，在某些领域甚至延续至今，比其他领域更长久。我之所以说"至今"，是因为新历史主义今天仍在影响我们。这场运动的前提依然引人注目，尽管在焦点、主题以及低调的修辞上，它昔日的锋芒已有所消退。不管怎样，假如我不去解释为什么有些领域比其他领域更乐意接受新历史主义的方法，这节课同样有价值，但这一次这些问题都会受到应有的注意。然而，我认为我们可以这样说，除了早期现代时期之外，其他三个受新历史主义影响最大的领域是18世纪、英国浪漫主义时期（原谅我使用这个过时的术语）和从殖民地晚期到共和时期的美国问题研究。在最后一个时期，印刷文化开始出现，报纸和专栏的讨论给公共空间注入活力。在这方面，新历史主义从媒介史的角度更新、补充材料，做出了令人振奋的研究。当我们讨论杰罗姆·麦根（Jerome McGann）的文章时，我将会讨论他如何尤其影响到了浪漫主义研究。

新历史主义之所以能够在大约20世纪70年代末到90年代初这段时间内广泛流行、影响深远，原因是学术思想的政治敏感性不断增长。新历史主义是对外来压力的一种回应，也是对从内而来的相关压力的一种回应。用詹姆逊的话说，历史越来越是"疼痛的根源"。在学界的这种氛围中，出现了一种越来越响亮的宣判：将文本从历史潮流中孤立起来、自称以特定形式进行文学研究的实践陷入了伦理上的失败。从新批评开始，经过解构主义、精神分析学派的拉康以及其他人的艰深话语之后，尤其是年轻学者开始感到社会关怀的迫切性——后越南时代、敏感的身份关怀、关心权力和全球资本的分配——这种感觉强到人们只能称之为学院式文学研究领域的负罪情结，致使必须要做出方向的改变。正是这种负罪潮造就了"回归历史"。这让人感觉已经到达了道德制高点，以往流行的分析模式需要被取代，历史和政治意涵在新的分析模式中将变得突出和重要。

我不得不说，这种争论总是空话连篇，或许双方都是如此。如我一次又一次试图说明的，在许多方面，那些所谓的孤立研究方式并非真的是孤立的。举个例子，在第二代解构主义作者的著作中，写作主题总是关于伦理和历史的，并且试图调整它的分析技巧以期逼近历史。新历史主义本身表现出来的对形式问题和文本细节的专注当然来自之前的学科，我认为他们并不总是承认这一点。对于我们将要讲解的许多其他方法，尤其是由社会身份问题所带动的研究路径来说，情况也是如此。新历史主义在很大程度上挪用了先锋派理论的**语言**（或者更宽泛地说，是从敌人那里继承来的、作为尊重的幌子的理论言说的语言），也接受了结构主义的某些有用的观念，比如自我与他人的二元对立关系、不同社会群体间的二元对立关系。简言之，正是在辩论的气氛中，以及自我怀疑在学院内的文学专业不断蔓延的时候，新历史主义盛行了起来。

新历史主义的分析程序形成了一种模式，便于识别，非常迷人。我让大家读的这篇格林布拉特写的简短导论，就极好地展现了这一点。这种模式在一篇既定的文章中以离文学问题相当远的一则轶闻开始，至少从表面上看是这样，但讨论最终还是会转向文学问题。譬如，一个满身面粉的磨坊主在路上散步，随便想着什么，当他遇到一个当地权力网络中的官员——我们姑且叫他（可能是男性）长官——然后就想到了某些特定的法律问题。你们接下来就看到文章开始讨论《李尔王》。这种非凡的间接进入文学话题的方式，要归功于格林布拉特，尤其是他与路易斯·蒙特罗斯（Louis Montrose）以及其他许多人，包括受过历史学训练的学者卡洛·金斯伯格（Carlo Ginzberg）和娜塔莉·泽蒙·戴维斯（Natalie Zemon

Davis)的卓越处理能力。这种技巧成为新历史主义的标志,但这种技巧很容易受到戏仿,所以他们大多数人放弃了这种技巧,这实在令人遗憾。

但是,不管是否被人戏仿,这种从轶闻进入话题的方式向你们展示了很多新历史主义思维如何运作的重要内容。福柯是他们真正的话语性(discursivity)的奠基者。今天我不准备多谈这个问题,因为在下面讲解性别研究的语境中我会很快回到福柯——到时候我会把他和朱迪斯·巴特勒放在一起讲——但我在这里要简要地提一下,福柯的著作,尤其是晚期的著作,关注他所谓的"权力"在社会秩序中的流通。新历史主义追随福柯,对权力的分配问题很感兴趣。这个思想学派进行的历史研究部分目的在于揭示权力系统。

然而,甚至在福柯的理解中,尤其是在他的理解中,权力不仅仅是既定权威的权力、国家许可的暴力、自上而下的专制,理解这一点很重要。尽管权力**可以**是这些东西,而且也经常是,但福柯所说的权力是**知识**在特定文化中更为无处不在和隐秘的运转方式:我们认为恰当的思考——能被认同的思考——大多是由社会网络或系统中不可见的力量分配而来。我们可以说这种权力与意识形态不同,因为意识形态是社会和经济利益的自反性表达,而权力是思想对所感知的社会压制的顺从或者盲从,尽管这种压制并不必然是强制性的。对福柯来说,权力就是**知识**,或者换个说法,是某种知识形式获胜的原因——顺便说一下,"知识"并不必然是关于某种东西的正确的知识。在此,我要引用我最喜欢的格言,那就是和威尔·罗杰斯(Will Rogers)同时代的美国幽默作家乔西·毕林思(Josh Billings)所说的"大多数人遇到的麻烦不是出于无知,而是知道太多似是而非的东西"。福柯和追随他的新历史主义者是研究这种朴素真理的科学家。

由此才有对那些作为引子的奇闻逸事的兴趣。开始的时候要尽可能远离那些你最终要谈论的话题,它们可能是莎士比亚或者斯宾塞或者伊丽莎白时代的假面舞会这样的文本或主题问题。正是为了表明某些思想习惯或法律观念的无处不在，表明某种对自由的社会性约束或者限制的无处不在，开始的时候要尽可能远离这些问题。这种无处不在揭示了福柯式的权力是一种网络或系统，是知识流通的隐秘而普遍的模式。所有这些都暗含在——有时是明显的——新历史主义研究文学和文化的方法中。

那么，福柯关于权力的论述是个重要的先行条件。在福柯的影响下，作为一种假定的特殊言说的文学趋向于瓦解，返归更广泛或更普遍的"话语"观念。因为正是借助普遍话语，权力使知识得以传播。尽管如此，我们在这里可以说新历史主义修正了福柯，因为我刚才所说的这种文学训练，即便有时没有被予以重视，但它培养了研究者对于那些不仅在形式上而且在体裁上富有表现力的细节的注意。不管怎样，和深奥微妙的马克思主义批评一样，这种理解认为形式和体裁本身都受到了权力的影响。尽管新历史主义希望带领我们回到真实的世界，但它必须承认，这种回返受制于语言。正是通过语言，真实世界塑造了自身。这就是新历史主义如此强调文学和历史的关系是**双向的**这种观点的原因。

的确，历史决定了文学在某个特定时代所能言说的内容。历史是理解某些时代的某种言说的配价（valency）的重要方式。如同格林布拉特所谓的"旧历史主义"一直声称的，历史是话语或文学的背景。但新历史主义想要强调的与此大不相同。文学自身便具有历史的能动作用，话语性的力量会反作用于历史。这是格林布拉特这篇文章开头引用的逸闻的要点所在。"我是查理二世，你们难道不知道吗？"伊丽莎白女王说这话的时候，正受到埃塞克斯伯爵引发的暴乱的威胁，她风闻莎士比亚的《理查二世》正在上演。街头巷尾和私人院落都在演这部戏，她对此深信不疑。她认为，只要哪个地方有骚乱，只要哪个地方的人们希望推翻她并以埃塞克斯伯爵的朋党取而代之，哪里就在上演《理查二世》。她支持戏院，并且不以莎士比亚为敌，但她知道《理查二世》讲述了一个德高望重但性情软弱的国王——正是这种软弱使他坐在地上，讲述关于诸王之死的悲伤故事——这个国王被未来的亨利四世篡位，从此改朝换代。因此，伊丽莎白女王不得不认为,她的敌人策划上演的这部戏把她比作理查二世,准备将她罢黜,或许再以通常的国家理由处死她。她自然对此担忧不已,使她担心的正是一部**戏剧**。

所以,**文学**也是痛苦的根源!文学有着能够影响历史进程的话语能动性。当文学"就在那里"(out there)的时候,它甚至更加危险,因为格林布拉特认为,剧场据信有一种调节作用,能够缓和或者至少降低煽动叛乱的可能。当心怀私利的政治党派抓住同一个文本,并为煽动叛乱而将它搬上舞台时,人们可能完全无法以客观标准来看待剧场里的文学再现,或者接受任何在既定的界限里的文学。简言之,如同历史影响文学,文学也同样影响着历史的进程。

正是在这个方面,格林布拉特有效地论证了新历史主义与旧历史主义有别。除了这种差异,我们还有必要看到,旧历史主义歪曲了自己的主题,通过主张虚假的客观性而落入了诸多现代真理政体(福柯有时这样指称权力)的圈套。格林布拉特选择了一位德高望重的传统莎士比亚研究专家约翰·多佛·威尔逊(John Dover Wilson),来说明旧历史主义的特点。我在下面引用的观点嘲讽地重述了约翰·多佛·威尔逊的观点,以此指向一个之前所述的关于文学和历史之间关系的共识[1443]:

> 现代历史研究【指旧历史主义】向伊丽莎白保证,她没有什么好担心的:《理查二世》完全没有颠覆性,而是一首都铎王朝秩序的赞美诗。这部戏剧远非在鼓励反叛思想,而是把罢黜合法国王视为"亵渎的"行为、将国家拖入"混乱的深渊"的行为。"莎士比亚和观众将博林布鲁克视为篡权者,"约翰·多佛·威尔逊认为,"这是无可置疑的。"但在1601年,无论是伊丽莎白女王还是埃塞克斯伯爵,心中都不是那么肯定。

格林布拉特赢了。他选了这样一个生动而不容置疑的案例,真是个天才。我们知道伊丽莎白女王此时惶恐不安，这让约翰·多佛·威尔逊认为《理查二世》对她毫无威胁的说法不攻自破。这完全不是为了反驳威尔逊对《理查二世》的通常看法是对的。他无疑是对的，博林布鲁克确实被视为篡权者，理查被罢黜也确实是桩悲剧。但是，这并不意味着文本不会受到操纵而成为颠覆性的，这正是伊丽莎白相信已经发生了的，尽管实际的威胁没有她想的那么严重。王权风雨飘摇，但文学无能为力。

威尔逊并不承认这一点，因为他在看待历史与文学的关系时，认为只有历史影响了文学，而没有相反方向的影响。旧历史主义指向那个时期广泛的政治和意识形态共识：君主政体的合法性、国王的神圣权力、英国教会批准的王位继承，等等——实际上，当这些历史剧被创作出来的时候，所有这些受到的意识形态束缚都已松懈——全都是接受这类戏剧的背景，仿佛这些剧作所能做的只是反映共识。这就无视了一个事实，即任何人都可以利用这些情节并颠倒它们的价值，从而对既定政权造成真正的威胁。

如上所说，旧历史主义和新历史主义的另一个差别在于，旧历史主义从不承认历史学家主观观点的作用。格林布拉特说，历史"没有被理解为历史学家阐释的结果"。[1444]请注意，在这一点上我们又回到了伽达默尔。别忘了，这正是伽达默尔对历史主义（就是格林布拉特所谓的旧历史主义）提出的指责：坚信我们能够为了客观地理解过去而悬置自身的历史视域，排除一切历史偏见——"如其所是"，如一个世纪前颇有影响力的历史编纂学家利奥波德·冯·兰克所说。

格林布拉特也同样说过，认为学者的研究主题与其毫无利害关系，这是天真的想法。在格林布拉特的讨论中，非常精彩地设置了一段往事。他提醒大家，1939年，约翰·多佛·威尔逊面对一群德国学者发表了他对《理查二世》的这些看法。当时希特勒不仅即将成为，并且实际上已经成了德国的博林布鲁克，正在接替不那么有害的政权，这个政权有着理查全部的性格弱点。我们认为约翰·多佛·威尔逊希望他的听众对他的莎士比亚解读作出回应，得出这样的结论：他们的民主虚弱不堪，但还是不能失去这样的民主。马已经冲出了棚屋，他说这话的动机至多是自我安慰地确证自己的信念：伊丽莎白时代的英国王权稳固。

相比之下，新历史主义非常充分地认识到主观投入能够影响研究的选择。出于自己所熟知的原因，格林布拉特的个人兴趣是作为知识的权力的传播。他把这个过程视为既定权威与异议之声之间的策略性竞争。在新历史主义者眼中，世界在本质上是一个权力冲突的动态过程，是一种在既定权力的网络和颠覆破坏——在传播中也是一种权力——之间争夺表达权的斗争。一个能够找到这种颠覆破坏的地方恰恰是在隆重树立权威的那部分文本之中。比如，伊丽莎白时代的假面舞会以精心编排过的方式上演着宫廷与朝臣、来宾和食客的关系，这就是一种在其结构中包含颠覆性因素的方式，因为它是一个杂语的环境。

我不太清楚杰罗姆·麦根是否把自己视为一名新历史主义者。不过，别人都是这样给他贴标签的。但我觉得，至少在对早期现代的研究中，他和格林布拉特及其同事们的重心有一个很重要的不同之处。麦根并不像他们那样强调历史与文学的相互作用。他感兴趣的是，在我们阅读的文本的肌理中，或者更准确地说，在我们被引导着阅读的经过学术拣选的文本中，历史、社会和个人境况的在场。在你们已经读过的文章中，他的注意力主要投注在文本研究上，投注在学术版本的编制者和为课堂教学使用的文选选择篇目的编辑们是如何塑造我们对一个作者作品的理解上。他自己是最新的标准版拜伦著作集的编辑，也为斯温伯恩（Swinburne）做了相似的工作，在围绕文本研究展开的那些艰深的争论中，他还是某种强烈观点的辩护者：文本研究是否应该提倡出版一个混合了各种已有的手稿和印刷版本的文本？这个文本是否应该是作者最终和最好的思想？——麦根在这篇文章中所持的这个观点是对他立场的过分简化——还是应该是他的灵感初发之作？或许，他最终的立场是暧昧不明的，不过，举个例子，所有喜欢华兹华斯长诗《序曲》最早版本的批评家，包括我在内，在这个时候至少会对此表示支持。总而言之，我们应该明白，麦根论济慈的文章和论历史方式的文章是对文本批评的一项贡献，收录这篇文章的著作《变调之美》(*The Beauty of Inflections*)的大部分内容都和这类问题相关。

主要影响了麦根的观点的是巴赫金，而不是福柯。他把巴赫金视为一个学派的成员：

> 下面要对所谓的巴赫金批评学派提出的一些核心观念做出总结和推断。这个来自苏联的马克思主义批评家小组很早就开始抨击形式主义者的诗歌研究方法。巴赫金学派通过社会——历史方法将所有语言的言说——包括诗歌——看作标刻着它们具体起源和历史的现象。

通过这些现象多样性，它们被用来破坏浪漫主义的标准观念。按照麦根的观点，如果听听经过巴赫金调音的历史，人们会认识到来自浪漫主义孤独个体的声音并不真的属于他自己，而是不同视角的多语杂糅。

20世纪70年代和80年代的标志是回归历史。麦根对此做出的最有影响力的贡献是一本题为《浪漫主义意识形态》(*The Romantic Ideology*)的小册子，它抨击了人们广泛接受的有关英国浪漫主义诗人的观念——例如艾布拉姆斯(M. H. Abrams)和耶鲁学派的观点——但最终实际上是对浪漫主义本身的抨击。正如麦根所指出的，现代批评家遇到的麻烦是，他们自己"仍然是浪漫主义者"。《浪漫主义意识形态》混合了两本书的书名。其中一个来自有时也属于浪漫派的德国诗人亨利希·海涅(Heinrich Heine)对浪漫主义做出的早期重要评论。在他的《论浪漫派》(*Die romantische Schule*)这本书中，他强调了浪漫主义诗人的主观性，甚至唯我论，以及将自我隔离于社会关怀和展开的历史进程的做法，并对此做出批评。这便是麦根书名中的"浪漫主义"的来源。题目中的另一个名称来自马克思的小册子《德意志意识形态》(*The German Ideology*)。这本小册子内容广泛，但主要是关于咖啡馆知识分子的。他们自诩进步，但像黑格尔一样认为物质环境是由思想创造的而非相反。简言之，他们是唯心主义者，因此，在这种指责下，也就是浪漫派。麦根那篇论济慈的文章也抨击了所谓的耶鲁学派。保罗·德·曼以及杰弗里·哈特曼讨论济慈《秋颂》的那篇著名文章被挑了出来，尤其受到奚落，原因在于，如果我们在政治上参与和投入作为社会共同体的世界之中，那么，对浪漫主义的解读必然是一种反浪漫主义的批评。

我已经解释过，麦根在这篇论文中主要讨论了文本研究的问题。他为济慈深思熟虑的最终选择辩护，为了这个目的，他认为1820年刊登在《指标》(The Indicator) 上的《无情的妖女》("La Belle Dame Sans Merci")才是济慈深思熟虑的最终选择，或者说，无论从哪方面来说都是他最好的选择，而非由蒙克顿·米尔尼斯 (Monckton Milnes) 在他死后于1848年发布的版本。麦根关于文本的历史性、生产环境以及社会压力在文本中的浸透的基本看法令人鼓舞，也颇有价值。认为一个文本不过是从树上落下来的观点——如果曾经有人有过这种想法的话——明显站不住脚，而与之相反的观点，即一个文本是从复杂的社会和历史环境的母体中脱胎而来，无疑是正确的。麦根关于"浪漫主义"的观点是否正确，这是一个更为复杂的问题。毫无疑问，如果对于诗人的刻板印象依然有效，那么优秀的批评家就没法愉快地阅读这些诗人的作品，而麦根对于它们是否有效的问题不置可否。总体上说，论济慈的这篇文章就是要将济慈从这种刻板印象中解救出来。问题在于，麦根在这篇文章中关于他引起了大家注意力的文本的所有讨论都容易受到相当持久的反驳。如果人们认真对待格林布拉特在诚实的历史批评的主体性问题上的坦诚态度的话，那么，这并无出人意料之处。

以《无情的妖女》为例。首先，谁说我们只读1848年的版本？一个学术版本——麦根主要的攻击目标是杰克·斯蒂林格 (Jack Stillinger) 的学术版济慈诗集——提供了诸家的注解。没错，一个标准版用粗体字为你提供的是一个特定的版本，但它在脚注中提供了文本的异文，有时甚至放在对开页上。它不会向你隐藏异文文本。所有人都知道1820年刊登在《指标》上的版本。作为一个浪漫主义者，我对"What can ail thee, wretched wight?"（"不幸的人啊，是什么苦恼你？"）熟悉的程度，至少和1848年版本的开头"What can ail thee, knight at arms?"（"全副武装的骑士啊，是什么让你苦恼？"）一样。坦率地说，除了浪漫主义者，谁会那么在意是哪个版本？

浪漫主义者绝不会被所谓的反对1820年《指标》版本的历史阴谋所蒙骗，而不是浪漫主义者的人根本就不关心这个问题。麦根的观点是，1820年的版本更好，因为这首诗在讲述一个普通人和一个姑娘相遇、交欢，但结局并不美好。换句话说，它在讲述真实世界，而不是传奇故事。然而，在1848年的版本中，诗句"What can ail thee, knight at arms?"——以及这个版本的其他异文，如"轻吻四次"等——是一种自我无法察觉的浪漫幻想，这种幻想完全接纳了中世纪的妇女观，把妇女置于尊宠的地位，同时又害怕她们夺走年轻绅士宝贵的精气。为什么1848年版本中糟糕的意识形态占了上风？因为挽救了这个版本的查理·布朗（Charles Brown）对待女性行为卑鄙，讨厌方妮·布朗（Fanny Brawne），也因为这个版本的编辑蒙克顿·米尔尼斯是一位情色文学收藏家。

除了这些，谁会说1848年的版本不是济慈最终的想法？当《指标》上的文本在1820年发表的时候，他已经病倒了。他几乎没有能力去清楚地思考他的作品、去担心他的作品如何出版或者能不能出版。与此同时，我们不知道布朗是在什么时候得到**他**的这个版本的。我们不能假设布朗坐下来重写了这首诗，如果他没有重写的话，济慈给他的这首诗一定是1848年的版本。即便**这**不是最好的，谁能说这不是济慈最终的想法？不管怎样，这个取自阿兰·夏蒂埃（Alain Chartier）所作的中世纪民谣的标题"无情的妖女"，能够证实"What can ail thee, knight at arms?"这个版本。它是与仙女摩根（Morgan Le Fay）有关的。不管好坏，无论我们怎样从意识形态的意义上去思考它,如果标题是对的,那么这首诗就是关于1848年版本所唤起的那种女人的,而不是1820年版本中更为苍白的那种。

所以,1848年的版本与两个版本共同使用的标题更为般配,尽管标题中包含的讽刺意味并非有意为之。需要补充的是,尽管关于济慈小心谨慎的心智还有很多可说的东西(换言之,这与"浪漫主义"无关,如果浪漫主义是傻瓜的意思的话),但事实上我们没有理由欣赏他在诗中表达的对于妇女的态度。麦根试图给济慈的文本注入讨人喜欢的政治正确性。从我们自己的历史视域——和强调所有历史学家的议程是从这一点出发的一样,格林布拉特也强调自己是从这一点出发的——来看,我们并不希望济慈曾有贬低妇女的思想。但是,他的书信和其他诗歌都表明他确实有这种思想。因此,你尽可以得出结论,他想发表的和更喜欢的是1848年的版本。或者,既然存在两种文本,旨趣各异,那就让我们同时接受,毕竟许多版本都是给我们提供了两种文本。

对于麦根对他挑出来的其他诗歌的解读,我们同样可以提出各种各样的反驳。这些解读都是精巧的论证,无疑会引人深思,但它们不像麦根所想的那样是唯一的结论。这些论辩是为了获胜而已。格林布拉特完全承认,所有的历史主义批评都是有倾向性的,它生产和再生产的文本与生产了这种批评的文本一样多。通过公开承认这点,他自己的评论文章道出了真相。

让我快速地用从巴赫金到新历史主义的方法来评述《拖车托尼》,顺带提一下詹姆逊的观点,因为我们在上节课的末尾已经讲过了。先从巴赫金开始。你们可以看到,《拖车托尼》的第一部分充满了第一人称单数:我干这,我干那,我喜欢我的工作,我抛锚了——我,我,我,我。接着往后读,你们会看到"我"消失了,或者即使还出现,也出现在句子的中间部分,怡然地被其他声响环绕,而不是在句子开头。对自我的强调——不管我是否迷人,我都要排在第一——随着故事的展开逐渐被包含在故事的社会性之中。我不再是作为浪漫主义个人的"我"。我是被定义为朋友的"我",也是定义一个朋友,甚至"命名"一个朋友的"我"(我把这样的命名为朋友):一个人的身份是由其与他人的关系构建的。在友谊的这种相互关系中,第一人称单数消失了。换句话说,《拖车托尼》中发出的声音归根结底不是个人主体性的声音,而是社会团结的声音。然而,在一种杂语的环境中,这种改变过的声音受到了从未发生改变的声音的对抗。挑剔讲究的声音和工作狂的声音共享了一种密不透风的利己主义,始终是以第一人称单数开头的。

根据姚斯的观点,重要的是,《拖车托尼》所讲的故事不同于《小火车头做到了》。在每一代人的接受中,特定时刻流行的审美标准都是经过了人们重新考虑、反思和重组的。一种新的审美视域出现,文本以不同的方式构成,完全是在姚斯所谓的文学变化背后有确定的历史问题的意义上所说的,这与俄国形式主义者观点非常相似。《小火车头做到了》关注的是小个子和大块头之间力量的倒置,所以小个子以一种角色明显颠倒的方式帮助了大块头,故事显示了圣经中先知以赛亚所说的一切山洼都要填满,大小山冈都要削平。《拖车托尼》与此不同。这回小个子自己需要帮助了,需要另一个小个子的帮助。这种相互作用不是小与大之间的辩证关系,而是小帮小的加强关系。你可以看到,这是《小火车头做到了》和《拖车托尼》在视域上的变化。华提·派普尔(Watty Piper)的《小火车头做到了》本身也借用了一个1910年的故事,但很快以新的形式被经典化,这个新的形式出现在1930年,正是大萧条时期情况最糟糕的时候。此时马克思的学说席卷世界,革命风云涌动。相比之下,《拖车托尼》反映了晚期资本主义的僵局,即使对于詹姆逊来说,也很难想象如何克服。小个子和大块头就像夜行的航船,小个子们互相扶助,因为没有其他人会帮他们。

在本雅明看来,重要的是这样一个观念,**即叙事者是一个装置**。换句话说,我们是从装置的视角来看事物的。就像观影者从摄像机的视角来看待事物，我们从拖车的视角来看《拖车托尼》。那么，发生了什么？正如摄像机的镜头使所见之物用本雅明的话说是"非机械的"（equipment-free），因此，非常奇怪，如果我们从机械的视角来看事物，我们就被引向故事的道德层面：换句话说，引向故事的**人性层面**，其道德寓意就是将他人降低为机械的工具化是件糟糕的事情。也就是说，我在这种机械的包围下所看到的不过是现实中非机械的、完全人性化的方面。《拖车托尼》所表达的是，机械化世界通过我们的认同所实现的人性化。所以，这个故事发挥作用的方式与本雅明的机械复制理论是一致的。然而，对于阿多诺来说，对机械复制的装置在不平等的阶级关系中（总是被尼托和斯皮迪拒绝）扮演可怜的服务角色（一遍一遍来回**拖**）的默许，证明了本雅明理论中所假定的不会受制于文化工业阴谋的装置，可以也不可避免地将会被文化工业为实现自己的目的而收买。

  旧历史主义对《拖车托尼》的解读是对现状的再次确认：什么是美德什么是恶行一清二楚，毫无争议，永不改变——换句话说，反映了永恒不变的社会态势的现状。新历史主义的方法可能突然终止了这种解读，因为这看起来无疑是不可避免的。不过，让我来总结一下，如果文学影响了历史，《拖车托尼》可能很好地解释了我们今天为什么会推广节能汽车。《拖车托尼》是对高耗油汽车、运动型多用途汽车和小型货车的抨击——别忘了那个说"我太忙了"的汽车可能是位开车接送小孩的中产阶级妇女。如果我们放弃悍马，如果我们缩小和精简已有的模型，使之更为人性化，或许这就是因为托尼和它的朋友班皮。那么，这便是另一个影响历史的文本，与我们所展示的历史对它的影响程度相当。

  还有一点要说的是，《拖车托尼》中没有女人，至少大街上没有。这个问题是我们下节课要讨论的。

第20章
经典女性主义的传统

阅读材料：

弗吉尼亚·伍尔夫：《奥斯汀—勃朗特—艾略特》和《两性同体的视野》，见《批评传统》，602—610页。

伊莱恩·肖瓦尔特：《走向女性主义诗学》，见《批评传统》（第二版），1375—1386页。

  这节课上的许多内容都是一些初步知识，就像在文学文本中被称为"预辩法"的修辞手法，这些初步知识涵盖了我们第一次讲到但以后会重新讨论的主题。

  首先，可以说，当这门课进入到将特定人类身份问题作为理论焦点的阶段后，我们将会发现我们接触到的批评方法实际上既丰富多样又富有生产性。正如乔纳森·卡勒曾经指出的，"像女人一样解读"，或像非裔美国人一样解读，或在其他任何"主体位置"上来解读会让一切发生改变，令人震惊。身份批评带来了相当重大的实际效用。

  正如我们在上节课上看到的，斯蒂芬·格林布拉特的逸闻以伊丽莎白女王的话开头:"我是理查二世,你们难道不知道吗?"格林布拉特那时还不会从女性主义批评,或者实际上是从性别理论的立场来解读这种发言,这种理论我们稍后再说。但是,伊丽莎白女王会这么说真是件令人吃惊的事情,不是吗?这显示出事态是多么不同寻常:作为一个女人,她发现她不仅要为这个性别在传统上所遭受的痛苦和危险而焦虑,还担心要承受一个男性角色可能会经历的那些痛苦和危险。她非常明白,尽管一个女人"成为"理查二世实属罕见,但这并不是前所未闻的,这让她的这句话更为复杂。伊丽莎白自己就把苏格兰玛丽女王变成了理查二世。她囚禁玛丽并将其斩首,这就像她害怕埃塞克斯伯爵会囚禁和处决她一样。所以,当我们把这句话——"我是理查二世,你们难道不知道吗?"——理解为一个性别化经验的问题时,它就有了与它在新历史主义轶闻那里完全不同的意义。

在上节课结尾提到这节课的预习知识时,我撒了个小谎。我说《拖车托尼》中没有女人。当然,只看文字确实没有提到女人,只有男性汽车的对话。然而,如果你把我说过的插图加入进来,你会看到除了汽车还有其他角色。在这些房子的脸上,有的皱着眉头有的展露笑颜。当班皮最后出现并推动了托尼的时候,不仅汽车们对此感到高兴,背景中的房子也同样开心,它们直到现在一直不赞成尼托和斯皮迪的自私自利。当班皮帮助托尼时,房子们为他做了道德上正确的事情而露出赞成的目光 。

但是,它们自己还不能作为道德主体去行动。它们被无助地固定在家庭生活的场所中。在维多利亚时代——我真的觉得《拖车托尼》在这方面让人回想起维多利亚时代——有一个名叫考文垂·帕特摩尔(Coventry Patmore)的诗人。他算不上糟糕的诗人,只是因为在一首长诗里把女性描写为"家中天使",所以在女性主义的传统中变得声名狼藉。你们大概对这个说法也比较熟悉。35年前,安·道格拉斯(Ann Douglas)在她的不朽著作《美国文化的女性化》(*The Feminization of American Culture*)中表达了这种观点。这部著作认为,在19世纪的美国,道德、美学和文化的价值落在了客厅里茶几旁的女性(和教士)手中,她们向社会的**代理人**——全是男人——指示什么是有礼有节的处事方式。换句话说,家中天使这个角色不只是做饭看孩子,尽管这经常占去她们大部分的时间。家中天使这个角色也对家庭及其之外的生活做出道德评判,这些房子所做的正是这样的事,明显是在天使们的授意下皱眉和微笑的。所以,它们便是《拖车托尼》中的女人。

在我们的阅读材料中,转向对身份的关注确切地说算不得一个十字路口。它与从语言转向心理再转向社会不同,因为我们显然还在社会的层面上。事实上,并不是说我们至今还没有碰上社会视角的观念。显然,我们已经在各个方面上接触到了。但是,尤其是在巴赫金或詹姆逊的著作中,我们了解到了阶级斗争是如何通过对话的文学形式表达出来的,以及如果要理解文学文本,就需要借助身份观念——在这个案例中是阶级身份——解读阶级斗争。

但是,这里潜藏着一个问题。我曾经指出过,在我们的解读过程中的某些特定时刻,我们走到了十字路口前,完全无法同时选择各条道路。在理论层面上使对身份进行的思考变得复杂的地方在于,走到十字路口前这样的时刻是不可避免的,尽管在实践层面上并不必然如此。当我们把注意力转向身份,我们便会感受到许多绝妙的进步视角之间不断增长的**竞争关系**。在接下来我们进行的一连串讨论中,我会不时地提到这一点。但我们在一开始就会遇到竞争的源头,它至今仍旧未被解决:关注阶级问题的马克思主义的视角与包括女性主义在内的其他关注身份的视角之间的关系。身份和意识的潜在决定因素是什么?就比如,是阶级还是性别呢?它不是作为我们某种晚来的成熟,于今天才偶然发现的新鲜话题。听听弗吉尼亚·伍尔夫在《一间自己的房间》(*A Room of One's Own*)[600]中的说法吧:

> 像莎士比亚这样的天才,不是出生在整日劳作、未受过教育、

做奴仆的人群中的。在英格兰，天才不是出身于撒克逊人和布立吞人之中的。在今天，也不会出身于工人阶级。那么，又怎么可能从女性中出现呢？按照特里维廉教授的说法，几乎在她们还没有走出育婴房之前她们就被父母逼迫开始干活，而法律和习俗的力量又把她们约束在这类工作中。女性中必定也存在某种天才，正如它必定存在于工人阶级当中一样。

请注意，伍尔夫在揭露问题时表现得很委婉。她没有说阶级优先于性别，也没有说性别优先于阶级，即使是在她承认我们考虑女性受压迫的历史或女性表达观点的形式受到限制的历史，这两者可能成为相互竞争的解释模式时，她也没有这么说。对于玛丽·卡文迪什或凯瑟琳·菲利普斯（"无双的奥林达"）这样的贵族女性来说，情况自然和伍尔夫的"朱迪斯·莎士比亚"不同，尽管也不是**完全**不同。如果我们把这本小册子纯粹视为早期女性主义者的书面抨击的话，那么，当"一间自己的房间"这个题目将我们的注意力吸引到它至少部分触及了阶级的问题时，或许会让我们感到惊讶。伍尔夫后来的小册子《三个基尼金币》(*Three Guineas*) 则表现出更加清晰的阶级指向。这个小册子讨论的是女性在进步的社会运动中可能的行动范围。这些题目都根植于现实环境。伍尔夫站在牛津大学、剑桥大学的女性观众面前，说自己只讲一件事：如果你希望通过写作或其他不受父权限制的活动来解决所有问题，你真的需要500英镑的年收入和一间自己的房间。

事实上，当你读完《一间自己的房间》的六章内容后，你会发现，在一系列使每一章内容丰富多彩的印象式洞见之后，伍尔夫经常要回到这一点上。如果你不是简·奥斯汀，如果你不是一个每当仆人或家属走进房间的时候就把写了一半的小说飞快藏在针线活底下的天才，那么，你必须有500英镑和一间自己的房间。我认为，人们可以证明，即使是在《一间自己的房间》里——在所有曾经写过的关于女性写作状况的女性主义文章中，它即使不是最伟大的，也一定是最有说服力的论文——也还是一定程度上优先考量了阶级的视角。如果金钱和权力没有得到再分配，性别将继续受到它们的影响。

这种张力不仅时常出现在女性主义批评中，而且直到今天还在其他以身份问题为基础的批评形式中经常出现。以身份视角为主题的学术会议一般都会演变为关于这个问题的争论。在这样的学术会议上，最聪明的争论者是那些最后发言并且说所有与会者都天真地假设会议宣布的身份主题是个基本议题的人。在这种场合中，人们并不总是打马克思主义的牌，尽管这张牌会被经常打出来。你几乎总会指望这种学术会议的结束语是呼吁人们想想他们是不是本应该一直考虑女性问题或其他问题。我希望在这节课的最后我能讲明白，也许可以在德里达的意义上说，"经典女性主义批评"需要由对其他问题的强调所增补。其中一个是这里提及的对阶级问题的考虑，还有一个是性别理论。在这节课的最后，我会解释这后一种增补可能需要什么，然后，在几节课之后讨论朱迪斯·巴特勒和米歇尔·福柯时，我们还会回到这一点。

《一间自己的房间》是一篇令人惊异的杰作，是我最喜欢的书之一。我把它当小说读，从很多方面来看，它就是一部小说。伍尔夫研究者喜欢将之称为"小说—散文"。然而，要使这个说法没有争议，我们会遇到一个问题。如果夏洛蒂·勃朗特被认为要为作品中的倾向性负责，要为公开抱怨自己感受到的压迫负责，如果夏洛蒂·勃朗特的倾向性妨碍了小说的完满表达，就像弗吉尼亚·伍尔夫所正确评论的，如果我们想知道为什么在简长篇累牍地谈论自己想去旅行以扩大视野的愿望后，葛瑞丝·普尔会突然出现，我们就会认识到葛瑞丝·普尔的出现是不协调的，因为简的抱怨使叙述组织出现了裂缝：如果对夏洛蒂·勃朗特做出的批评是公正的，那么，这个批评也同样可以被用来批评《一间自己的房间》中散置的叙事和抗议——尽管伍尔夫无疑比勃朗特更善于将叙事和抗议结合在一起，并用反讽调和它们。

只有在你们读完全部六章后，你才会感到这一点的强烈冲击。我鼓励你们读完《一间自己的房间》，因为它非常有意思。说话人说"你愿意叫我什么都行"，这与麦尔维尔笔下的说话人说的"叫我以实玛利"没有什么不同。叫我玛丽·伯顿、玛丽·塞顿、玛丽·卡迈克尔，这都没关系，但我有点冒险，你们作为读者或听众可能觉得他们是虚构的人物。在虚构的世界中，叙事通过设计掩饰自身的存在。

正如她在第一章告诉我们的，她，玛丽·伯顿，曾坐在河边思索关于女性与小说的话题到底应该向台下这些年轻女性们讲些什么，并最终有了点想法，这完全不是真的。这就像将鱼从河里钓出，而鱼开始在她脑海中四处游荡。她变得很兴奋，接着她穿过草地。此刻，突然冒出来一个校内小吏，这个可怕的人穿着学院礼服。他指出，她作为女性未经允许不能走草坪，而应该走碎石小路，只有学校的学者和研究员才能走草坪。她在这种出神的状态中走进图书馆，一位年长的绅士告诉她，作为女人，她需要介绍信才能进图书馆。就这样，她所虚构的思考关于女性与小说的话题到底应该向台下这些年轻女性们讲些什么的一天，就以对她的角色来说很不愉快的方式开始了，这是一部由女性呈现出来的关于女性遭受不公待遇的小说。

接下来是一顿令人愉快的午餐。她作为著名作家被邀请来到校园。只要不过分地捣乱，女人当一个小说家便没什么问题。凭借这种才能，并且毫无疑问是在座某人的熟人，她被邀请来参加这场午宴，由于男人买单，用餐的氛围也是为男人设计的，因此这是一场令人愉快的午宴。然后，她去拜访一位在一所虚构的女子学院教书的女性朋友。她们在学院的餐厅吃晚餐，食物粗劣，口味一般。然后她们一起走进朋友的房间，开始谈起这座学院是在怎样的条件下建成的。19世纪的一群妇女尽其所能地募集了3万英镑，一切从简。她们都没什么钱，也不会有大笔捐助，所以草坪从没修剪过，墙砖普通，毫无装饰。

第二天，主人公走进伦敦的大英图书馆主阅览室（允许女性进入），因为她决意查明人们如何思考女人。人们请她谈论女人，但她并不知道女人是什么，她怀着蓄意的谦卑承认这一点，所以最好向专家请教。她发现不计其数的男人都写过女人：女人的劣势、女人的道德敏感、女人的气力不佳，等等。她在图书馆的总目中把这些列为细目。这个场景适合绝妙的讽刺，令人捧腹但仍然有倾向性。人们能感觉到，她不会让夏洛蒂·勃朗特侥幸逃开这种讽刺。弗吉尼亚·伍尔夫想说，如果夏洛蒂想要表达她头脑中所想的一切的话，就不得不克制怒气。好吧，听上去伍尔夫并不是很生气，她知道不该让人察觉到她的怒气。然而，我们知道她是通过喜剧效应排解了怨气，这是她最好的做法。

《一间自己的房间》余下的部分发生在说话人的书房里，那是一间她自己的房间。在那里，她大致按照文学史的时间顺序从书架上取书。她试图在书架上寻找文学史上最早时期的女作家，但一个也没有；是的，随后出现了女性作家，多数是小说家；在更晚近的时期，女性作家得到更多的活动空间，但仍然在与令人生厌的男性作家争夺书架上的位置。

这便是《一间自己的房间》的总体结构。我给大家大概介绍了它的内容，希望你们自己去读完。这种穿梭在小说、文学评论和社会批评之间的写作是有先例的。奥斯卡·王尔德的《W. H. 先生的画像》（*Portrait of Mr W. H.*）便是一例。这是一个对莎士比亚商籁体进行思辨的小说式的反思，但它同样是关于文学的文学。如你们可以想象到的，伍尔夫对夏洛蒂·勃朗特的评价一直在后来的女性主义批评中充满争议。女性主义批评家认为伍尔夫在很多方面被误导了，或者需要补充，这是其中的一个方面。大体而言，女性主义批评家认为夏洛蒂·勃朗特，或者其他任何作家，有权保持自己的倾向性。她们将伍尔夫对勃朗特的反应视为前者对现代主义的——由男性主导的——自主整体性美学（如我们所见，新批评同样对此不持异议）的接受。我们需要更多讨论的是伍尔夫雌雄同体的准则，这个准则在某种程度上是对任何一种性别思考的回避。与此同时，大多数女性主义批评认为雌雄同体不是女性非诗体创作应该追求的，无论雌雄同体在多大程度上实现了高贵、文雅和精雕细琢的最高标准,并因此通过批评夏洛蒂·勃朗特而显示出伍尔夫忠实于审美主义。

尽管我们可以据此批评《一间自己的房间》,但人们同时需要知道,弗吉尼亚·伍尔夫的讨论是多么全面地预见了后来的女性主义批评史。我只想指出其中几个方面。正如伊莱恩·肖瓦尔特(Elaine Showalter)所指出的,在现代女性主义批评的第一个阶段,首先关注的是男性在小说中对待女性的方式。玛丽·艾尔曼(Mary Ellmann)的《思考女性》(*Thinking about Women*,1968)和凯特·米丽特(Kate Millett)的《性政治》(*Sexual Politics*,1970)这两本书都关注怀有性别偏见的男性小说家,他们对女性的贬低应该被记录下来。这些主张被肖瓦尔特在文章中更倾向于使用的"女性批评"(gynocriticism)或"女性批评学"(the gynocritics)所取代。与其说女性批评关注男性在小说中对待女性的方式,不如说它关注女性作家在文学史中的地位,以及女性人物——无论她们是男作者或女作者的小说中的人物,还是被当作人物形象自身对待——在小说史中的地位。在20世纪60年代末到70年代初,女性批评将女性主义批评的重心从男性压迫的历史转向女性传统的历史、重建和放大。

在伍尔夫那里,反映在现代女性主义批评中的这一系列兴趣的变化早就得到了充分显现。她也希望讨论女性作家的可能存在,讨论她们如何可以且必然能够感受到自己并不孤单。然而,与此同时,她将这种对女性视角的强调限制在她对男人的严厉讽刺上,这些男人贬低女性并将她们束缚在原地——那些写过有关女人的书的男人,正如她假装在大英图书馆所发现的。所有这些都符合肖瓦尔特从艾尔曼和米丽特身上所看到的现代女性主义批评第一阶段的特征。你们可以在伍尔夫桥接两种现代传统的能力中看到她的方法适用于宽广的范围。她不像肖瓦尔特那样按照时间顺序呈现这两种传统,而是以共时的方式既强调男性对女性的边缘化,同时也强调女性的意识和传统,并认为这两者可以被同时阐明,并在某些特定方式下可以被视为相互生发的。

伍尔夫在论及《简·爱》时也是如此。这次是间接地涉及这部小说，她预见了桑德拉·吉尔伯特（Sandra Gilbert）和苏珊·古芭（Susan Gubar）引人入胜的著作《阁楼上的疯女人》(The Madwoman in the Attic)。《简·爱》中的贝莎是阁楼上的疯女人。在吉尔伯特和古芭的著作出版之后，这个人物成了女性主义批评的疯女人主题的案例：这个主题认为，由于女性不能像作家或艺术家那样通过其他媒介公开表达有创造性的想法，她们的创造性被迫转移到颠覆性的、隐曲的，或者是心理上自我毁灭的形式，正如夏洛特·帕金斯·吉尔曼（Charlotte Perkins Gilman）的《黄色墙纸》(The Yellow Wallpaper)中举例证明的。你会发现，伍尔夫其实已经触及了这个疯女人的主题［600］：

然而，每当读到一名女巫被人们所回避，或者某个女人被魔鬼附身，或者一个聪明的女人在卖药草，【她当然会接着补充】或者甚至某个杰出的男人有位母亲时……

换句话说，在这样的例子里，人们可以强烈怀疑一个人的创造性受到压抑，并被不幸地引向非社会或反社会的方向。伍尔夫的发明"莎士比亚的妹妹"，被很不光彩地埋葬在一个十字路口，这是她的一个非常恰当的例子。肖瓦尔特的女性批评视角希望学者能够熟悉女性的历史以及女性写作的历史，但这种视角一定导致将这样的压抑形式视为巫术、疯狂和药草学。

女性批评的基本任务也早已成了伍尔夫非常关注的问题：如果坚持认为**需要**一个女性作家传统，她们面临一个重大困难和短处——没错，她们有一些伟大的先驱，常常是奥斯汀、勃朗特姐妹和乔治·艾略特这些名字，但是，说有一种前进的、发展的、女性作家能在其中友善写作的传统根本没有意义。伍尔夫谈到过"男人的语句"［606］，谈到过甚至没有一种属于自己的语言所面临的困难，更不用说一间自己的房间了。"落笔在纸上，或许她明白的第一件事就是没有可以供她使用的任何公用的语句。"所有小说形式的散文模式都是男性化的，因为写作的氛围——这一点我随后会讨论——写作这个**事实**、戳笔的动作都笼罩着男性的光晕：

> 这是男人的语句【她刚刚引用了一个长句】，在它背后人们能够看见约翰逊、吉本和其他的人。它不适于妇女使用。夏洛蒂·勃朗特尽管具有出色的散文天才，却也由于手持笨拙的武器而跟跟跄跄地摔倒了。乔治·艾略特因此所铸成的谬误，笔墨难以形容。简·奥斯汀则看着它，嘲笑它，而且设计出一种适合于她自己使用的完全自然美观的句子，并且从不偏离它。这样，尽管她的写作天才逊于夏洛蒂·勃朗特，她却说出了远为更多的东西。

顺便说一下，这个说法还有讨论的余地。毫无疑问，我们可能理解简·奥斯汀的文风来自塞缪尔·约翰逊，或者是塞缪尔·理查生。但伍尔夫的观点是，奥斯汀有能力摆脱想表达却发现没有自己的语言的难题。一个人想作为一个女人来写作，想说女人想说的话，但只能用男人的语句达到这个目的。这是伍尔夫的观点，当然后面还有很多很长的分支。

大约从20世纪80年代开始，女性主义批评和性别理论瞄准伍尔夫关于"女性"写作和"男性"写作的思想做出了批评，关于这点我没有谈太多，但与此同时，我所提到的分支被理论上更为复杂的女性主义批评的一个分支——我们称之为"法国女性主义"——非常有趣地强化了。你们中的一些人可能知道露丝·伊利格瑞（Luce Irigaray）和埃莱娜·西苏（Hélène Cixous）的著作。这类作家坚信存在着女性语言这种东西。女性不只用她们的头脑和阴蒂写作，而且还用她们的整个身体写作。她们不用仔细构造出来的结构严谨的句子写作，而是使用线性的、并列的、主观的、散漫的和即兴的句子：没有自我的句子——由于这些句子缺乏结构，它们或多或少地与没有自我相对应。在讨论肖瓦尔特的时候，我们会回到这一点。

但与此同时，法国女性主义愿意选定并推广一种女性写作的观念，以及在这个观念背后暗含的**女人**是什么的观点，而后者陷入了另一种麻烦之中。将女人与某一种句子等同起来，也就是将她们从其他种类句子中驱逐出去。

为什么女人**不能**写出一个好的结构严谨的句子呢？毕竟，这实际上正是简·奥斯汀写出来的那种句子。如果女性真的可以做任何自己想做的事情，那么她为什么不能不写在法语中称作"女性写作"（écriture feminine）的那种性别化的句子呢？换句话说，为什么女性写作一定是**女人的写作**呢？

你可以说，当弗吉尼亚·伍尔夫开始思考同样有风险的雌雄同体观念时，她就预见到了一种针对法国女性主义的合理的批评。正是当人们不再思考自己是男人还是女人的时候，既是男人又是女人的思维以及用完全自我表达的方式进行的写作才出现——这种先进的思维写出来的句子不再是男性的句子或女性的句子。尽管我们可以争论，伍尔夫的"雌雄同体"概念是不是预先就拒绝了法国女性主义，并且也暗示了，在精神或实践层面没有必要存在某种被认作"女人"的基本实体，但与此同时我们也应该认识到，伍尔夫对于明确的性别认同显得游移不定。下面两者之间有一种可以原谅的前后矛盾，这是不同的修辞情境造成的：伍尔夫一方面认为雌雄同体的写作是不受约束的表达，另一方面又坚持认为，简·奥斯汀完整地表达了自我，因为她摆脱了男性语句的暴政，按照自己的意愿写作。我们并不确定，伍尔夫是否认为有可以被认作"女性写作"的东西，或者就这方面来说，是否有可以被认作女人的东西。

肖瓦尔特讨论了女性小说史的三个阶段。第一阶段是"女性的"（feminine），在这个阶段里，女性尽可能遵从男性的价值，试图像男人那样写作（或者至少看上去如此）——她们或许把一种"家中天使"的文化上的慈爱引入了男性视角之中，否则它们就显得冷酷无情，尽管最终还是男性的视角。这些女性作家经常给自己取男性的笔名，如库瑞尔·贝尔（Currer Bell）、阿克顿·贝尔（Acton Bell）、埃利斯·贝尔（Ellis Bell）、乔治·艾略特，等等。她们很少在书中以善辩者的姿态展开关于女性社会地位的论辩。肖瓦尔特接着说，这个阶段被小说史上的"女性主义"（feminist）时刻取而代之。在这个时刻，像伊丽莎白·盖斯凯尔（Elizabeth Gaskell）的后期作品那样的小说开始显示出倾向性，女性的地位和角色成为主导性话题。这个分类无疑有很大漏洞，夏洛蒂·勃朗特属于肖瓦尔特所说的小说史上的"女性阶段"，但是伍尔夫在勃朗特身上发现了破坏《简·爱》文本结构的原型女性主义。肖瓦尔特也对小说中的倾向性感到焦虑，她的小说史赞成用"女性"（female）小说取代女性主义小说。女性小说认为女性观点的真诚性和合法性是不言自明的，而且就以这种观点写作，摆脱了更早时期小说中的愤怒或反抗意识因素。

这种小说史与非裔美国文学批评家提供的小说历史轮廓在部分上相似，与肖瓦尔特记录的晚近女性主义批评的发展诸阶段非常相似，尽管只有两个阶段：如她所说，首先是女性主义时期，主要关注男人在小说中对待女人的方式，然后是女性批评时期，主要是女性文学史的发展。肖瓦尔特指出，晚近大多数女性主义研究的重要著作，也就是20世纪70年代的作品，致力于发掘和扩展女性写作的经典，尤其是那些非虚构写作。有一个时期，主要是19世纪，小说仍被看作琐碎的和低劣的模式，它向女性让步，以新闻业的方式为她们的写作冲动提供出口。另一方面，这个让步伴随着当权者的主张：她们不应该写作诗歌和剧本。肖瓦尔特将这些经典的扩充和深化看作是对这种主张极为重要的反抗声明。如她所指出的，我们需要从一个时段向另一个时段追溯女性写作，而不是从一部名作向另一部名作追溯。这样创造出来一个与男性传统相匹敌的女性传统，人们可以作为一位富有创造力的作家去思考它、在其中思考和利用它。所以，肖瓦尔特的小说史和现代女性主义批评史——或者最好说是现代女性批评——都终止在了一个地方，那就是在如何证明真的有女性的视角这个问题上。

但是，这就提出了一个我之前已经触及过、不得不经常思考的那种问题。在我们逐个讨论批评和理论中的其他身份视角的时候，我们会不断遇到这个问题。如果我说一个女人的写作，或一般意义上的女性写作是某种特定类型的话，如果我通过某些可识别的特质识别一个女人——她们是直觉的、有想象力的、主观的、敏感的、无逻辑的、非理性的、拒绝使用我们认为属于男性写作的结构严谨的语句——如果我像法国女性主义者那样为妇女挪用这种身份，那么，这不就是为《一间自己的房间》第二章中男人对于女人的居高临下庆祝吗？如果男人为自己保留了理性、科学、逻辑以及诸如此类的东西，并声称头脑高于心灵，除了反过来认为心灵比头脑更高等之外，还有什么能做的呢？父权制的范式丝毫未被撼动。这就是理论问题出现的地方。这就促使在朱迪斯·巴特勒的范式下工作的人们非常愿意在理论上说：**根本没有女人这回事**。如果我们努力实现这种愿望，即一位女性某天能够任其所愿地成为她自己的样子（当然，成为家中天使也包括在内），那么，对于她来说，也许除了最好成为她自己想要的样子之外，她什么都不是。我谁也不是，艾米丽·狄金森（Emily Dickinson）说。你是谁？

当然，这么做非常棘手，它不幸地证明了女性主义思想内部有时会出现分裂。在现实生活中，女人当然是**存在的**。女人受到法律和男人的压迫，很多时候男人就等同于法律。在全世界，女性的权利和生命都需要充满警觉的保护。在生活中，认为根本没有女人这回事的理论观点片刻难存。然而，与此同时，争论身份政治的后果常常被称为"本质主义"，"女人"被看作独特的存在（常常是某种危险地与男人经常认为女人是什么样子的相似的存在），即便在实践层面，这种表述的含义也妨害了对性别及其可能性更加敏锐的理解。在我们的第一堂课上，我就对通常主宰了我们这种课程的假设表达了保留态度。这种假设是，实践不过是应用理论。我们很快会讨论斯坦利·费希，有人曾经看到他穿着一件印有这样一句话的T恤："这在实践中可行，但在理论上是否管用？"身份政治的困境让我们明白，这并不是一个笑话。

女人是直觉的、情感的和主观的，这些都没有问题，但人们对此想说这么两点。第一，一个男人如果愿意成为这样，不可以吗？第二，为什么女人**必须**是这样的？那么很清楚，这两种情况都说明远远超出了规则的例外。

我认为肖瓦尔特的论文表明了，女性主义批评在20世纪80年代前后没有为这个困境找到意见一致的解决办法。在她论文的最后，请注意肖瓦尔特对马克思主义和结构主义表现出来的仇恨，理由在于这两种理论都将自身视为"科学"。当然，我在讲台上也这样抱怨它们以及其他许多理论。但是，现在的问题是，男性范式已将这些方法性别化为男性的，而女性主义接受了这种性别化。我们不想与马克思主义和结构主义发生什么关系，因为它们都是不难被认出的伍尔夫笔下的校内小吏，会再次扬起可憎的头颅告诉我们不要穿过禁止女人涉足的草坪。我们不要这些，谢谢。肖瓦尔特事实上在论文最后［1385-1386］指出，我们需要一种能够避免科学自负的批评；这种批评形式能够处理文本的现实和文本的传统，但又不会用理论问题来麻烦——嗯，好吧，但除此之外该怎么说呢？——它漂亮的头颅。

这个结论似乎是说，让女性主义在舒适的开拓殖民的位置上做任何它想做的事，只要不是理性的。实际上这并不是一件坏事，我倾向于表示同意，我自己对理性的睾丸素非常怀疑，但作为一种事先声明，它确实限制了女性主义批评。至于是无害的限制还是紧身衣，还有讨论的余地，但毫无疑问是一种限制。亨利·路易斯·盖茨（Henry Louis Gates）部分地受到巴赫金的影响，将通过一种很有意思的方式来说明，一旦避开主流批评的假设和术语，边缘化的少数群体批评会得到什么支持。我希望你们在阅读盖茨的论文的时候一定记着他的建议。在我们讨论性别理论，尤其是朱迪斯·巴特勒时，我们还会回到女性主义批评，主要是它20世纪80年代以来的情况。

第21章
美国非裔批评

阅读材料：

小亨利·路易斯·盖茨：《书写、"种族"及其造成的差异》，见《批评传统》，1891—1902页。

托妮·莫里森：《在黑暗中弹奏》，见《批评传统》，1791—1800页。

  非裔美国文学传统内容丰富、历史悠久。正如亨利·路易斯·盖茨告诉你们的，这个传统中的第一位重要诗人菲丽丝·惠特利（Phillis Wheatley）就生活在美国殖民时期。奴隶叙事形式于18世纪开始盛行，一直延续到19世纪。到了20世纪，在所有文学体裁上都出现了卓越的作品。尽管最引人注目的是哈莱姆文艺复兴时期，但作品的数量在整个世纪都在不断增长。在持续时间上，新近出现的美国非裔文学理论和批评传统与这个漫长的传统形成了对比，但在内容上同样丰富多彩。

  无疑，从杜波依斯（Du Bois）和休斯的时代开始，就有许多批评和美学上的著作。但直到盖茨自己这一代之前，很少以理论的方式出现。也许由于黑人知识分子彼此之间关系非常紧张，理论在开始的时候被有意避开了。从一开始，黑人批评和黑人女性主义批评就认为，作为思想流派，它们有着不同的议程。像芭芭拉·克里斯蒂安（Barbara Christian）、芭芭拉·史密斯（Barbara Smith）、哈泽尔·卡尔比（Hazel Carby）、贝尔·胡克斯（bell hooks）这样的批评家对美国非裔男性形象持有强烈的批评态度，而男性批评家则发现，自己关注种族但不关注性别，这使思想的有效性受到了某种限制。然而，20世纪80年代以来，基本上达成了一个充分缓和的局面，美国非裔文学理论大体上不再受到这些顾虑的束缚，向前发展。

在我看来，亨利·路易斯·盖茨在美国非裔批评中的作用是树立典范。尽管在你们阅读的文章中有许多尖锐的言论，我在后面会谈谈这些言论，它们或许暗示了盖茨思想中存在过于极端的因素，或许没有。这将是我在结论中要考量的问题，我无疑要抓狂地考虑两方面的情况。尖锐完全不是他通常呈现出来的形象。他是一位重要的调停者，观点微妙，不仅如此，还是一位杰出的管理者和项目组织者。当他离开耶鲁大学前往哈佛大学的时候，他能够招募安东尼·阿皮亚（Anthony Appiah）、康奈尔·韦斯特（Cornel West）和其他人一起组建一个超级大系。后来主要由于与当时的校长有矛盾，其他这些人大多数都离开了哈佛大学。但盖茨是一个建立在自己身上的帝国，所以或许这也没什么关系。你们为这门课阅读的材料是他早期的作品，连同他重新发现了哈丽特·威尔逊（Harriet Wilson）的一篇小说，一起奠定了盖茨的名声。他断言，这**是**一部小说，一部虚构的奴隶叙事作品，是对我们关于19世纪非裔美国文学的知识的重要贡献。

盖茨一开始是一位非常好的作者，但不知怎么突然就成了一位文体大师。他的职业生涯从为《纽约客》写文章开始，在这个阶段，他还写了一部有关他在西弗吉尼亚州长大的自传，并成了一位在公共领域中呼吁种族间和种族内部互相理解的代言人。他一直是一股温和的声音，从来没有遭受到出卖黑人利益的指责，尽管他与休斯敦·贝克（Houston Baker）多年来的争论——你们会在你们的文选中找到这场争论中的文章——可能展现了他的另一面。经过蒂娜·布朗（Tina Brown）的编辑工作，盖茨为《纽约客》撰写的那些温文尔雅、理智审慎的文章，以及亚当·高普尼克（Adam Gopnik）的巴黎来信，成为《纽约客》在那个特殊时期最好的作品。

那么，正如伊莱恩·肖瓦尔特以及在她之前的伍尔夫一样，你们会发现折磨着身份类型的概念问题一直困扰着盖茨。对于那些感到在文学和文化的苍穹需要寻找一个位置的人们来说，身份是一个重要的立足点。尽管如此，身份却至少在理论上导致了某些问题。有两个问题尤其缠绕着身份问题。其中一个是"本质化"，我马上就会讲到；另一个可以被称为身份串的问题：我是一个属于工人阶级的黑人同性恋女性主义者，我的祖国是巴勒斯坦。这给了我许多可供选择的身份选项，但问题在于我必须指出其中哪个具有优先权。哪一个身份是深层的决定力量，可以激励和塑造我在其他身份中生存的方式？一旦我选择了我的**元**身份，其他的就要相应地在身份串中往后排。

关于这个问题，我以后还会多谈，与此同时存在另一个受到更广泛承认的问题，在每一场有关文化史或者身份的理论争论中，它的反对者都将之称为本质化。盖茨非常清楚将本质特征赋予任何一群人或者一个种族会造成的危险〔1893〕：

> **种族**这个术语在日常用法中被定义为差异感，它被同时用来描述和**铭刻**语言、信仰系统、艺术传统、"基因库"和其他所有那些人们一般认为属于自然特征——诸如节律、运动能力、大脑活动、高利贷和忠诚——的差异。

正面和负面特征的刻板印象对谁都没有好处，因为在被挑出来当作独特特征的东西中，总是暗含着缺乏的东西：比如"大脑活动"在这里代指书呆子。

在文章的开头，盖茨认为现代种族意识的历史在两极之间摆动：一极是觉得难堪，根本不愿意谈论种族；另一极是赤裸裸的、带有刻板印象的种族决定论。与黑人隔离时代（Jim Crow）文质彬彬的批评者将种族得体地删掉不同，伊波利特·泰纳（Hippolyte Taine）在19世纪后期的作品似乎更受到盖茨和持刻板印象者及所有人的青睐。泰纳提出，"种族""环境"和"文化"是任何类型的艺术和文化生产的关键决定议题。盖茨感到一丝解脱，因为种族至少曾经被谈论过，但与此同时，他很自然地对从泰纳到孟德斯鸠以来的种族偏见思想避而不谈。（和许多人一样，我在**种族偏见**【racialism，即对种族的刻板印象，也就是指盖茨上面那个名单中的"自然特征"】和**种族主义**【racism，即对一个种族的歧视】之间做出了区分。）正如盖茨所说，20世纪对艺术经典中种族因素的沉默造成的后果是形成了这样的思想：我们都属于一个"伟大的传统"（F. R. 利维斯的术语），所有有价值的杰作都属于那个传统，任何排斥、忽视，甚或远离这些巨著的东西都要被放在一边、置之不理。正如你们发现约翰·杰洛瑞已经指出的，正是这种对反映了"普世"价值（但实际上是最近掌权的阶级和群体的价值）的核心经典的信奉，将近几十年来"文化战"争论中的思想和政治权利问题结合在了一起。

但是，本质化的问题并没有解决。假设你给可能被其他人称为刻板印象的赋予积极价值。如盖茨所说［1901］，这正是塞内加尔诗人列奥波尔德·桑戈尔（Léopold Senghor）在描述"黑人性"运动（the *Négritude movement*）时所做的：

> 比如，正像"黑人性"运动所做的（如桑戈尔为非洲人做出的争辩："我感觉故我在"），当我们通过倒置将种族挪用为表示一种本质的一个术语时，我们放弃了太多东西，比如一种普遍人性的基础。正如安东尼·阿皮亚观察到的，这种姿态是无用的、有害的，因为它进一步铭刻了新的稀奇古怪的刻板印象。

所以你能看到，在协商种族的话语时，需要避开很多雷区。盖茨对这些雷区非常敏感。

我们返回来还会遇上身份串的问题。盖茨自己至少时不时也会难以处理这个问题，因为在他这个事业的早期阶段，他仍然努力与美国非裔批评传统中的女性主义建立不稳定的缓和关系。因此，例如，他在下面这个多少有点问题的段落中似乎谈论的是身份串的问题，他说［1894］：

> 简单地说，当人们说"种族差异"时，它没有、也永远不可能得到性别差异中包含的生物学证据的支持。但我们使用这种语言的草率方式好像**希望**把这种**自然**差异感置入我们的构想中。

他断言，从生物学的角度看，两性之间当然有差异，但从生物学来看，所谓的主要种族之间并不必然有差异。根据这个观点得出的结论是，至少在女性主义传统中谈论女人和男人时，人们不得不直接面对事实上的差异问题，也就是一种基于生物学的固有的本质主义；但当人们在有关种族的话语的传统中谈论黑人和白人时，人们实际上根本不是在谈论真正的差异。因此，两种话语中带有更强的辩护理由的是只关注短暂差异的那种，由种族主义夸大了并给予了这些差异的确定性。与此相反，另一种话语关注本质上的差异，而不顾人们对这些差异有什么看法或者希望如何去理解它们。

当我们回到女性主义批评时，尤其是朱迪斯·巴特勒的性别理论时，我们会发现性别的生物学基础，即性别之间的生物学差异将性的作用本质化为繁殖的手段的整个问题，遭到了深刻的质疑。这不仅是因为所谓的跨性别者带来的问题，也是因为我们的性别身份本身就是我们建构的东西。简言之，主张性别之间的差异就如主张种族之间的差异一样，饱含争议。

我们在此可以看到我让你们读的托妮·莫里森（Toni Morrison）文章

的重要性。当然，我们对作为小说家的她很了解，但她也是一位杰出的批评家以及很有影响力的文学编辑。对我而言，她的思考似乎给我们提供了一扇离开我迄今所谈论的困境的侧门。这个困境就是本质主义的问题和身份串的问题。借用黑格尔在《精神现象学》中对主奴辩证法的讨论，莫里森想说的是，身份与其说是一个它是什么的问题，不如说是一个它不是什么的问题。她说，专注于黑人是什么这个问题是一回事，但思考黑人是如何被铭刻在白人传统中是另一回事。在这个语境中，黑人就是**白人所不是**的东西：黑人是那些用来**定义**白人性的东西的不在场、对立面或者否定性。为了建构白人的身份，为了美国文化传统的起源和发展，一定要有作为不在场或者缺失的非裔美国人，尤其是奴隶。

如莫里森所说 [1795]：

> 在黑人性和奴役的建构中，不仅能发现非-自由，而且能发现非-我的投射。其结果就是一个想象的游乐场。从减轻内部恐惧和合理化外部剥削的集体需求中产生的是一种非洲民族主义——一种臆造出来的黑色、他者性、警觉和欲望的混合——这是美国独有的。

她进一步指出，尽管她的话题是美国传统，在欧洲的殖民文学中也存在着相似的非洲民族主义。为了加强她的论点，她举了一个精彩的例子，它必定会以某种方式让你们想起福克纳小说中的托马斯·萨德本。历史人物威廉·邓巴（William Dunbar）不是从沼泽地里走出来的，而是受过苏格兰启蒙运动的熏陶，后来到了美国。据莫里森引述的历史学家伯纳德·贝林（Bernard Bailyn）的说法，邓巴在那里成了一位奴隶主，完全变了一个人。莫里森总结贝林提供的信息如下 [1796]：

> 我将【邓巴】视为美国人被建构为新白人男性这一过程的简洁描绘。这个形成过程有几个引人注目的后果，所有这些都在贝林对

邓巴这个人物的总结中有所提及，可以在邓巴感到"自己身上"有一种"以前从不知道的力量和自由感"的方式中找到。

在某种程度上，这与古希腊文化中对奴隶制的合理化有相似之处。希腊人总是说，他们之所以要拥有奴隶，是因为如此他们就自由了，他们这些治理者就可以从日常的谋生活动中解放出来，思考深邃的问题了。根据希腊城邦的哲学家—公民的说法，自由就是逃避劳动。

和萨德本一样，自由对邓巴来说不真的是逃避劳动。还有更广泛的、更为潜在的自由观念：逃避责任、逃避承认他者为人的必要性——换句话说，就是逃避由旧世界的礼仪强加在爱丁堡和伦敦那里的各种限制：在这片边疆、这个荒野、这个沼泽，自由不过就是随心所欲。这种自由是建立在黑奴背上的。如我所说，在某种程度上这与古希腊对奴隶制的合理化有相似之处，但如莫里森指出的，它更邪恶，也更辩证。她提出了一个问题：如果没有提供一个物化为非—自由的黑人作为对立面，一个人是否能**成为**白人。这个黑人的功能就像一个玩偶游戏盒（jack-in-the-box）中的弹簧，由于在盒子下面受到挤压，就可以使白人木偶从盒子里跳出来。

这个论点影响了她对《哈克贝利·费恩历险记》富有争议的解读。我觉得她的解读非常引人入胜，事实上远比使这本书在许多学区被禁的关于"黑鬼"（N-word）的争议更引人入胜，即使我们将会回到这个问题，即谁有权利说"黑鬼"这样的词。莫里森争辩说，小说以解放吉姆的失败为结局，令人沮丧，这本该是世上最容易做到的事，因为汤姆和哈克只要在河上的岔道指出正确的方向就可以了。但这个失败对白人的自我定义来说是绝对必要的，这个自我定义对汤姆和哈克适用，也含蓄地对马克·吐温适用。我们知道马克·吐温不知道该如何结束这部小说。稿子在他桌子上放了很久，然后他终于想出了这个凄惨的结局。哈克和吉姆之间关系的感伤成分如此之强，以至于一位名叫莱斯利·费德勒（Leslie

Fiedler）的批评家在一篇题为《蜜糖哈克，回到小木筏来》("Come Back to the Raft Ag'in, Huck, Honey"）的文章中说，他们两人是一种同性恋关系。但托妮·莫里森说，这是**唯一一个可行的结局**，因为这种感伤关系模糊了小说中的基本意识结构：吉姆必须一直是奴隶。假如吉姆自由了，那就没有了相对应的他者，使白人性可以将自己定义为自由的。

你们可以看出，莫里森的论点在很大程度上属于列维-斯特劳斯的传统，即没有熟的东西也就不可能有生的东西。这是一种基于否定的二元对立的论点，我们在很大程度上把它和结构主义联系在一起，但它同样属于黑格尔以来的辩证法传统。这是理论最强大的、最有特色的动作之一，我们还会在朱迪斯·巴特勒那里看到这点。她的性别差异非本质性的思想与盖茨在我们引用的那篇文章中的观点不同。那么，让我们回到盖茨。

然而，在我们回到身份建构（可以说与"物主身份"相对）这个关键问题之前，我想讨论一下盖茨以及其他人对非裔美国文学和批评传统的诸发展阶段的描述。首先，将批评传统基本上理解为一个两步的或者两部分的过程，这是他与伊莱恩·肖瓦尔特的共同之处。你们记得肖瓦尔特说过，妇女对文学批评的第一波介入是她所谓的"女性主义"的时刻，即凯特·米丽特和其他人谈论男性作品贬低女性和不公正对待女性的时刻。第二波介入是"女性批评"的时刻，或者是女性为她们自己挪用文学传统的时刻，所做的档案工作使女性文学经典不再是从一个伟人跳到另一个伟人的问题，而是从一个时代发展到另一个时代的问题。盖茨在美国非裔批评中看到了很相似的发展。他没有把这两个选项按时间顺序排列，但如果你们愿意，你们可以把它们映射到肖瓦尔特的序列上。他说［1896］："我引用这些……被滥用的术语【他尤其是指"他者"这个词】的意图是想指出：文学中的黑人形象是怎样的？以及黑人在自己创作的文学作品中扮演了什么**角色**？"

也如肖瓦尔特指出的，**文学**传统的问题比时间更短的批评传统的问题更复杂，因为它经历了更多的阶段。为妇女所拥有的自我表达的力量从她们最早的作品起就经过了不止两个阶段，非裔美国文学也同样如此。盖茨的描述与他在耶鲁大学的一位同事的工作有很多一致的地方。这位名为迈克尔·库克（Michael Cooke）的学者几乎在同时出版了一本题为《20世纪的非裔美国文学：亲密的成就》(*Afro-American Literature in the Twentieth Century: The Achievement of Intimacy*，1984）的著作。库克提出，从根本上说，非裔美国文学的历史经过了四个阶段。它始于"自我掩饰"：在这个阶段，非裔美国人第一次尝试写作。盖茨对这个阶段的评论是，写作事实上是要把自己写入人类群体，因为具备书写能力被视为成为人的证据，正是由于这个原因，南方的黑奴被禁止学习写字。不管怎样，第一次尝试写作的非裔美国人使用的是白人的模式。菲丽丝·惠特利可能一直在意指（signifyin'）——我们很快就会讲到这个关键词——但是在外表上，她像亚历山大·蒲柏一样写作。那么，她就是被库克称作"自我掩饰"的第一阶段的例子。

库克称第二阶段为"孤独"，这一阶段继续使用白人的散文和叙事模式，但将种族的自我定义当作核心主题。在此你可以想想弗雷德里克·道格拉斯（Frederick Douglass）或者通常的奴隶叙事。其重点还是受白人的教导，但出现了对从属地位的抵制，并指向了自我解放。库克把第三阶段叫作"血亲"，在这个阶段的文学中，非裔美国人彼此联系了起来，将自己认同为一个共同体，而不是为自由而斗争的个体。库克把这个阶段与方言实验、强调词语和语言差异的叙事和作诗方式联系在一起。兰斯顿·休斯（Langston Hughes）的诗歌和其他很多哈莱姆文艺复兴时期的写作都属于这个阶段。

当我们来到最后一个阶段时，我们也来到了库克和盖茨两人的分歧点，因为盖茨不认为我们已经到了最后的阶段，尽管我想他也会把这个阶段视为理想的结果。库克把这个终极阶段称为"亲密"。它自由地征用任何和全部的模式，而不是把自己限制在反映种族传统的美学和主题选择上。这种写作就像是后种族写作，有点像伍尔夫的雌雄同体的概念。

比如艾里森的《看不见的人》就是一部晚期现代主义的杰作。只要适合艾里森想要创作的作品，手边的任何传统都可以自由地采用。库克也许相当乐观地将这种美学（这无疑在主题上没有反映出来）与他所谓的"亲密"等同起来：就像在伍尔夫的论述中一样，随着各种传统最终达到了融合，人们不再作为一名代言人去写作。

我认为，盖茨正确地感到，我们还没有达到亲密。这就是为什么在谈论库克的第四阶段的写作模式时，我故意用"征用"这个词的原因。麻烦在于，如果我要接收我自己的传统中没有的模式，我并不是凭空接收它们的。我带着算计的目的使用它们。我们还不是十分亲密，因为就在我转向世界主义的过程中，自我定义仍然处于争论之中。你们可以谈《看不见的人》里面的晚期现代主义，如果你们愿意，甚至谈它的后现代主义，但这部小说仍然是关于作为黑人意味着什么的，甚至在美学的选择上也带有挑衅的手段。

如盖茨所看到的，自我定义仍然是个问题。我们使用别人的模式，**但我们需要把它们变成我们自己的**。否则我们就是被它们殖民了，那么我们又回到了第一阶段。菲丽丝·惠特利使用白人的模式，实际上是矢志于追求一个理念，即她是**一位诗人**，而不是异域的奇观、一个会写诗的女黑奴。她可以写任何她想写的、她希望写的东西，比如理查德·威尔逊（Richard Wilson）画作中尼俄伯的眼泪。但你们能够看出这里的问题。假如到达了第四个阶段"亲密"，即将不同传统不偏不倚的融合起来，那这不过是实现了菲丽丝·惠特利在第一阶段希望实现的。但这真的实现了吗？一种借来的表达仍然是他者的语言，因此如盖茨所坚持的，我们不得不承认对身份的视而不见尚未实现，这无疑是有原因的。

这把我们引向了盖茨的关键概念：征用其他人的传统，尤其是白人的传统，到底意味着什么呢？这样做的好处是什么呢？至少在那个时候，盖茨主要想的是批评而不是文学。他问，我们怎样才能用白人的语言做理论和批评呢？我们怎样才能**为我们自己**挪用白人的语言、术语和理论呢？必须为了自己的目的而扭曲语言，这是盖茨在题献中引用的巴赫金那个段落强调的。顺便说一下，这是理解巴赫金的一个核心段落，它和我们阅读巴赫金文章时学习的所有内容一样重要。我希望你们记一下笔记，因为我认为它能对我们那时讲过的内容有所启发。在盖茨的题献中，巴赫金说［1891］：

> 对个体意识来说，语言处于自己和他人之间的边界处。语言中的词语有一半是属于别人的。只有当说话人使之带上了自己的意图、口音【你们可以听见盖茨想要强调"口音"这个词】，只有当说话人挪用这个词，按照自己的语意和表达的意图改造它，它才能变成"自己的"。在这个挪用的时刻之前，这个词并不是存在于一种中立的、非个人的语言中（说话人毕竟不是从词典中获得他的词汇的！），而是存在于他人的嘴里、他人的语境中，为他人的意图服务：人们正是必须从那里获得这个词，把它变成"自己的"。

在文章中，盖茨还通过引用德里达来附和巴赫金的这种观点："如德里达所说，我们必须掌握如何'说他者的语言而不放弃我们自己的'。"［1901］

如何做到这一点呢？你们是如何开始接管你们给定了的语言的呢？这不只是一个协商种族差异的问题。这是我们所有人作为说话人彼此之间的关系的问题。如巴赫金在你们刚刚读过的这个段落里所说的，我们大部分时间都在说别人的语言，我们很少会感到像有创造力的作家那样，能够猛地扭转其他人的语言约定俗成的用法，使它成为我们自己的，稍微改写一下，就使它署上了我们的签名。更宽泛地说，这也是不想重复别人已经说过的话的理论家面临的挑战。

和肖尔瓦特一样，盖茨承认符号这个概念可能是白人男性文学理论的基石。他承认人们必须征用符号，以此为目的，他选择讨论人们可以怎样**意指**（signify）某些东西。他不动声色地介绍了这个动作，就好像是顺便一提［1900］："据休谟所说，由于书写是动物和人类之间差异的最显著标志，这些作者暗中意指【Signifyin（g）】链条本身。"用巴赫金的话说，请注意其中的"口音"。你不一定要发出 g 的音：这些作者在意指（signifyin'）链条。当然，有着等级之分的存在巨链与把犯人锁在一起的锁链完全不同，当然也与解构主义中的能指链完全不同。思想史中的链条（A. O. 洛夫乔伊【A. O. Lovejoy】的存在巨链）和水平轴上的链条也完全不同于一开始把奴隶、后来把自由人锁在一起的链条。批评家"意指"一个术语，是通过提醒读者这个术语同时还有没有说出的、暗含的意思。至少据盖茨所说，白人男性理论传统中的"能指"不过就是语言差异游戏中的一个占位符，黑人对这个术语的挪用可以给这个游戏引入一个新维度。

但"意指"某个东西到底是什么意思呢？这个表达方式是从哪里来的呢？它来自非洲。盖茨是从愚弄的传统中，即非洲故事中弱者更聪明的传统里找到这个概念的。在这个传统中，猴子或者蜘蛛一次又一次地愚弄庞大的坏家伙，比如大象和狮子。所有这些坏家伙之所以被愚弄，是因为它们更愚蠢，小东西总是能够欺骗它们而不让它们知道真相。这种谈论意指的方式属于非裔美国人的民间传说传统，第一次让我注意到它的是拟声爵士歌手小奥斯卡·布朗（Oscar Brown Jr.）作词并演唱的歌曲《意指的猴子》（"Signifyin' Monkey"）。它被不同的乐队组合翻唱过，是20世纪50年代和60年代灵魂爵士乐的标志。不管怎样，小奥斯卡·布朗反复咏唱的意指的猴子有助于激发盖茨的如下思想：将他人的话语从其语境中抽出，为了适应非裔美国人的语境而加以扭曲，后面这个语境是他们自己的，不是别人给定的。

最后，意指并不只是对一个白人的概念的接管，而是要用白人的材料建造一个真正的黑人文学理论。它也是一个愚弄大人物的小把戏。当 A 当着 B 的面和 C 谈论 B，但又不让 B 知道是在谈论 B 的时候，事实上就是让 B 受骗，这就是意指的社会动态。B 就是白人文学理论家，A 和 C 是黑人理论家，他们阅读 B 的杂志，并在上面发表文章（盖茨的文章发表在芝加哥大学出版社出版的备受尊崇的杂志《批评探索》【*Critical Inquiry*】上面）。他们分享了一个关于意指某个能指的笑话，将链条中虚拟的音响（充满了喧嚣与骚动，但不意指任何东西）转化为打破这个链条的实际的社会诡计，同时不让 B 意识到，这个行为已经改变了理论游戏的规则。这可不是"亲密"。

另一个"意指"的例子是盖茨从《紫色》（*The Color Purple*）中找的那个最后的例子。这是个关于"让男人从你眼中消失"的对话。但在这里，我开始提到过的甚至在美国非裔传统中也存在的问题又出现了。如盖茨已经指出的，惠特利和后来的丽贝卡·杰克逊（Rebecca Jackson）从教她们认字的白人男性那里获取了教育和自我发展的模式。在这两个例子中，这都是有害的，因为白人男性的的形象很大程度上还在她们的眼中。至少根据盖茨引用的《紫色》中的对话，你必须让男人从你眼中消失。但清楚的是，当莎格说"男人"时，她并不仅仅是在说**白人男性**。《紫色》支持这样的女性主义：为把自己从男性主导的不仅仅由种族所定义的社会建构中解放出来而斗争。盖茨正确地指出，我们都承认"男人"是"白人男性"的缩写（就像"比尔"可能是任何人的名字，但在赶时髦的人的意指用法中，他指的是"名字普通的白人男性"），"男人"这个词可以被意指为一个令人反感的术语，是我们视野中的一个污点和一种冒犯："让男人从你眼中消失"。但它也能被**女性主义**传统用来意指，以一种重合但部分不同的方式使它成为一个耻辱的术语："男人"是指所有的男人。我们在这里又发现了与非裔美国女性主义批评的轻微紧张关系，这反映出在缓和局面下不管怎样仍需选择一个重点。

最后，我想讲一讲对我来说这篇文章中最有争议的例子。盖茨一直在谈新重农运动（New Agrarian moment），从这个运动中出现了许多与新批评相关的人物，包括罗伯特·佩恩·沃伦。沃伦很早就与重农主义者断绝了关系，在他自己的作品中变得政治上很进步。你们可能读过《国王的人马》(All the King's Men) 和他的诗歌。沃伦是我们简要介绍过的新批评派中的核心人物。

沃伦写过一首题为《庞迪森林》("Pondy Woods") 的诗。诗中描写了一位黑人逃亡者躲在沼泽地里以逃避行私刑的暴民，并且被一只秃鹰嘲笑。诗中有一句秃鹰说的话（盖茨说这是"罗伯特·佩·沃伦的声明"）："黑鬼，你的血统不是形而上的！"黑人批评家斯特林·布朗（Sterling Brown）反驳这句话说："穷白小子，你的血统不是解经的！"我认为盖茨在这里不该跟着布朗走［1893］。他的"罗伯特·佩恩·沃伦的声明"就好像《尤利西斯》中的校长迪希先生说："莎士比亚说了什么呢？'只要把银钱放在你的钱袋里。'"莎士比亚没有说这句话，这是伊阿古说的。秃鹰欣喜地坐在树上，等着逃亡者死去。所以人们想说的是，布朗的解读对这首诗的作者沃伦完全不公平，因为沃伦的作品是在唤起一个动人的、让人同情的场景：一个处于恐惧和极度惊恐状态中的逃亡者会是什么样子。

但是，尽管我忍不住想到这是一个有倾向性的误读，但我能清楚地理解其中的道理，觉得这个道理在某种程度上需要被承认。盖茨的部分观点无疑是对我一直在这里提出的批评的提前反击。如我所提到的，盖茨一直在讨论新批评从新重农主义中出现的问题。这个经常被引用的谱系本身就有点误导人，但毫无疑问的是，有些批评家，诸如和沃伦一样是诗人的艾伦·退特和克林斯·布鲁克斯（比泰特的程度要轻），确实保留了新重农主义宣言中的社会保守主义。这个题为《我要表明我的立场》(I'll Take My Stand) 的宣言也有他们俩的文章。盖茨从他的立场说，新批评的思想中不可避免地包含反动的因素，并将"沃伦"—布朗的争论当作一个例子。我接着抗议说布朗的反应对沃伦是不公平的，因为诗人把这句令人反感的诗给了秃鹰。正如盖茨可能预料到有人会这么做，我这么说是在援引新批评的一个原则。正是罗伯特·佩恩·沃伦所属的**新批**

评派告诉我们，我们不应该混淆说话人和作者。

　　多亏了新批评派，当我们阅读诗歌时，我们才会认为这个合理的原则是理所当然的。在某种程度上，所有诗歌对我们来说都是以布朗宁和其他19世纪诗人作品为模型的戏剧独白。但对此的一个可能回答是，假如一个作者在脑海中有一个说话人，那这个说话人就是他的一部分，这个发明物是其他人无法想象的。秃鹰潜藏在沃伦身上的某个地方。在精明的商人莎士比亚的头脑中的某个地方潜藏着伊阿古给罗德利果的建议。这个警告让我们再回头讨论广为人知的《哈克贝利·费恩历险记》争议时，可能会比我们刚才相信作者持超然态度有更多的犹豫。我们自己作为能指，或许还作为关于什么的能指，我们真的需要问一问"谁有权利说黑鬼这个词？"，如果有人能说的话。尽管在许多非裔美国人的社会网络中，人们喜欢在描述或者问候朋友时用这个词打趣，但许多非裔美国老师都强烈阻止这种行为，因为这个词已经被严重污染了，以至于无法洗刷干净了。在别人的眼中，它意指卑鄙和堕落达到的程度，使它完全无法被意指了，或者无法从白人的仇恨和蔑视中捡回来或者拯救出来了。也许该出现这个经验法则了：不能被意指的词就应该被禁止。我们想豁免马克·吐温和沃伦，因为我们对他们心怀感激，也因为我们不喜欢书被焚毁。但是假如托妮·莫里森是对的呢？马克·吐温无法为吉姆指出自由的方向，而沃伦也不能帮助他的逃亡者逃出庞迪森林。

第22章

后殖民批判

阅读材料：

爱德华·萨义德：《东方学引言》，见《批评传统》，1801—1813页。
霍米·巴巴：《作为奇迹的符号》，见《批评传统》，1875—1899页。

  在这一部分所介绍的身份认同诸领域中，后殖民研究无疑是最为多样的一个：这之所以是必然的，不仅因为它涵盖了极为丰富的材料和文化，而且也因为在被昵称为"后殖"（po-co）的后殖民研究领域中始终盘绕着各种争议。我们在这一讲里集中讨论后殖民研究的一个发展脉络，从爱德华·萨义德（Edward Said）到霍米·巴巴（Homi Bhabha）的著作的发展可以被呈现为形成对比的思想议程，每一种思想都在不同阶段有着广泛的影响。

  我要顺便提一下若干与我们并非不相关、但也不属于最终关心的重点的问题，但是如果你确实对这个领域有兴趣，你就会希望考虑一下这些问题。譬如，你或许会问：谁说是"**后殖民**"？谁说我们已然走出了殖民？殖民地的总督收拾行李回了欧洲并不意味着在所谓的后殖民环境中一切已经大不相同，所以用"殖民研究"来描述可能一样说得通。还有，既然冷战至少在一般人看来已经结束，如何定义那些冷战期间（已然很大程度上是"后殖民"时期的一部分）处于超级大国或其代理人剥削之下地区的文化也是个问题。就这两方面的问题而言，当国家地域性衰落而全球资本主义地域性增强，世界上被殖民的那些地区的状况如果有任何变化的话，这些变化又是怎么发生的呢？

如果我们换个方式提出这个问题——这会把我们带向今天要谈的重点——就是要问，是否必然要从殖民性的角度来理解第三世界的社会、经济和政治危机。是否仅凭世界某些地区曾经被殖民的事实，就使它们成为今天的模样并决定了它们在第一世界国家和学者眼中的身份？19世纪时，德国的东方学与法国的东方学十分相似，尽管德国在中东没有任何殖民利益。萨义德在试图解释其中的原因时，曾经提出了上述问题。尤其是在19世纪整个早期，德、法东方学几乎没有任何区别，它们有着同样的关注、表达了同样的兴趣，这令萨义德感到惊奇，因为法国人的观点无疑受到自身殖民利益的影响，而德国人则至少在中东没有任何殖民利益。

萨义德用令自己满意的方式解开了这个谜团，他的答案是德国的东方学源自法国的东方学的同时代研究成果，不过是带上了法国思想的标记。萨义德从他所掌握的文献得出这一结论不足为奇。让-多米尼克·维旺·德农（Jean-Dominique Vivant Denon）在拿破仑资助下所著的《埃及史》对整个欧洲大陆影响颇深。然而萨义德也可以这么说，即存在着某种对第三世界的特定态度，借用詹姆逊的话说就是一种"意识形态素"，这种态度仅仅就是欧洲中心主义的一个方面，不管是否碰巧与殖民利益有关。

然而，这些观点都没有回答这种态度是如何流行开来的问题。近些年来，人们在国家利益和商业利益这两个根本原因之间犹疑不决。而真相仍然不甚明了，正如怀疑论者们会指出的那样，这是因为殖民性的经济基础常常被国家层面上多少是真诚维系的各种虚假意识所掩盖：人民从压迫下获得解放、国家安全、确保世界变得民主，等等。即使是在后殖民时代之前，近来反复提及的东方学的双重起源也可以在英国东印度公司的历史中提取出来。英国东印度公司既是殖民者也是远远早于现代阶段就出现的资本主义全球化先锋；这段历史在从殖民到第三世界投资的现代转化过程中重新书写了自己，则是更令人着迷的一面。我们要追问的是，东方学背后的动力是什么？总是宗主国中心侵占外省空间的地域性因素，还是全球化背景下的跨国利益？应该如何区分这些动机？在何时可以区分这些动机？人们可能很愿意说国家主义不再重要了，重要的是全球化，但这显然是不够的。继续驱动美国外交政策的仍然是"美国价值"包装下的貌似友善的国家主义，维持这种政策有赖于政治上的广泛认可，至少是美国两党中的温和派的认可，而与此同时，美国国内存在着与以往一样多的怀疑与争论，甚至更多，尤其是关于反恐和反专制干预行为在何种程度上成了推进美国全球利益的借口。

　　后殖民研究领域中的另一个被广泛讨论的话题，特别是在那些世界各类被殖民民族的代表当中受到广泛关注的话题，是斯皮瓦克所提出的问题："底层到底能说话吗？"斯皮瓦克的潜台词是："底层有说话的可能吗？"萨义德也提出过同样的问题，但是这个问题还有另外一个方面："底层应该用哪种语言说话？"也就是说，设想底层**可以**说话，比如设想恩古吉·瓦·提安哥（Ngugi wa Thiong'o）可以写小说，他也的确写了，那他应当用什么语言来写？恩古吉反对用英文写作并敦促其他非洲作家用自己的母语而不是殖民者的语言写作。这个观点在后殖民研究中常常是被肯定的，但也常常被否定，理由是文学上的影响有赖于国际范围的出版，而这又相应地需要被广泛使用的语言。

　　带着所有这些问题，让我们来考察从萨义德到巴巴的思想轨迹。要想谈论萨义德，我想我们首先还是应当通过弗吉尼亚·伍尔夫来接近他。在《一间自己的屋子》的第二章，演讲人坐在大英图书馆中，试图弄明白学者们是如何看待女人的。她以为她只用找几本书就好了并且准备就绪，结果发现自己被无边的材料所湮没。看来"女人"是**男人们写不完的话题**。自然，这些无数的男人组织自己的话题的方式，可以在图书馆的目录或数据库中最为清晰地看到：

> 中世纪妇女的状况；斐济群岛妇女的习惯；妇女被当作女神来崇拜；妇女的道德感较男人为弱；妇女的理想主义；妇女更为勤恳；南太平洋诸岛妇女处于青春期之时；妇女的动人之处；妇女被当作祭品而献祭；妇女脑容量小；妇女的潜意识更深；妇女体毛较少；妇女在脑力、道德和体能上较弱；妇女对孩子的爱；妇女寿命更长；妇女肌肉无力；妇女的钟爱之情强烈；妇女的虚荣心；妇女的高等教育；莎士比亚的妇女观；伯肯黑德勋爵的妇女观；印泽教长的妇女观；拉布吕埃尔的妇女观；约翰逊博士的妇女观；奥斯卡·勃朗宁的妇女观。

假如我们造出一个词"女人-学"（female-ism），用来形容所有这些男人们撰写的关于女人的貌似真实的书籍，那我们很容易就能理解萨义德的"东方学"（Orientalism）这个概念所要表达的意思。

东方学不仅仅制造无知的刻板印象，它是关于大体上被称为"东方的"民族的海量信息的集合，尤其是指根据19世纪的传统所谓的"东方的"，其中部分是学术性的，但没有任何东方民族自己所写的内容。萨义德主要关注的是中东各民族，但是他令人信服地表明，"东方学"（或许对我们而言是远东）这个概念是一个用来描述19世纪的学术与语文学传统的合适的术语。我们知道，直到今天，"东方"和"西方"也并不总是地理指称，而且我们可以肯定地说，按照我们习惯的理解，如果没有"西方"，就没有"东方"。图书馆里面有着一排排摆满了多卷本大部头的关于东方的著作的书架，几乎全是由西方人所著，描述的乃是萦绕在西方人想象中的"他者"。如萨义德所言 [1811]："东方学乃建立在外在性的前提之上，也就是说，是东方学家——诗人或学者——使东方说话，对东方进行描述，为西方展现东方的神秘。"文学在此也贡献颇多，首先是取材于《一千零一夜》的故事，以及拜伦这样的真正的旅行者的知识（"卜卜"叫的夜莺把自己钉在棘刺上为爱牺牲、瓶子里冒出来的魔鬼、苏丹造访后宫），后来是爱德华·菲兹杰拉德的译作《奥马·珈音鲁拜集》（*Rubaiyat of Omar Khayyam*）。

在讲到你们读过的萨义德选文之前，让我来解释一下为什么我要说萨义德和巴巴代表了后殖民话语的不同阶段。这里我要特别提到伊莱恩·肖瓦尔特关于女性主义（feminist）批评和女性批评（gynocritical）之间的区分，我们在盖茨的文章中看到了这种区分产生的结果。批判的焦点首先是男性在文学中对女性的刻画，然后是以女性文学传统为焦点的批判。把后殖民研究叠加在这个进程上，就会发现萨义德属于第一阶段。霍米·巴巴转而关注的是被殖民者和底层的主体位置。当然，他并没有弃殖民者的主体位置于不顾，因为这两者在他看来是完全交织在一起的，只不过他把重心主要放在被殖民民族的传统上，尤其是他们的防御策略上，所以巴巴是属于第二阶段的。

有一个萨义德和巴巴都没有强调的议题，就是调整白人男性文学理论为不同的目标服务的需要。关于肖瓦尔特和盖茨之间表面上的差别，有着各种各样或许是肤浅的解释方式。第三世界的知识分子常常是在强大的宗主国的学府接受的教育，当然我们这里主要指的是牛津和剑桥。在一定程度上，这些知识分子开始认同——其方式和巴巴论述的混杂性不无关联——殖民者的教育议程并参与其中。这纯属猜测，但必须承认，作为一种背景情况，它与女性主义或非裔美国学者的教育环境没有太大的区别。不管怎样，巴巴或者萨义德都以自己的方式分期袭击了"西方"文艺理论，他们无疑都分别利用了文学理论的结构主义和解构主义时刻，正如我们下面会看到的一样，巴巴引入的概念和"意指"（signifyin'）的概念并无不同。

从我刚才所说的"分别"出发，我们推测在诸多身份认同理论中共享着另一种两阶段的发展。萨义德的东方学研究是在结构主义的前提下完成的,其首要关注点是自我与他者的相互依存的二元对立——包括构造他者的方式同时也是构造自我的方法,自我在萨义德这里是指作为西方而存在的身份。萨义德观点中存在的根本性的二元对立常常成为批评的对象,这些批评主要来自巴巴的视角,即德里达式的对二元对立的解构。巴巴的"双重意识"概念并不只是两种视角的简单合并或混淆,而是视角本身的不确定性。如我所说,这里也包含了各类发展中的身份理论所共有从第一阶段向第二阶段的发展趋势。譬如,经典女性主义著作中的男—女二元对立后来被性别理论所动摇,还有我们讨论过的种族理论中满足于既定的黑人与白人观点的问题。

再来看萨义德,让我们先简单地谈一下关于"真理"的问题,我们在讨论结构主义者拉康和德里达批判拉康的文章《真理投递者》("The Purveyor of Truth")时谈论过这个问题。萨义德极力提醒赞同他的读者们,他所考察的对象,也就是对阿拉伯世界的夸张讽刺乃至妖魔化,都不能仅仅被视为一套谎言而嗤之以鼻。其中相当大的一部分,特别是训练有素的学者和"波斯老手"的知识,可以说是有其真实性的。在这一点上,萨义德有些含糊其辞,总而言之,他并不相信东方学的发现。毫无疑问的一点是,对于萨义德而言,根本的问题**不**在于东方学是否道出了真实[1802]:

> 我们永远不应认为,东方学的结构仅仅是一种谎言或神话的结构,一旦真相大白,就会烟消云散。我本人相信,将东方学视为欧洲和大西洋诸国在与东方的关系中所处强势地位的符号比将其视为关于东方的真实话语更有价值。……尽管如此,我们却必须尊重并试图把握交织在东方学话语中的各种力量关系。

大量煞费苦心积累起来的某种知识大量存在着,并且已经存在很长时间了,如我早先提到的德农的10卷本的《埃及史》。还是那句话,就其内容而言,其中一些是真实的。萨义德因此区分了真实的和有价值的内容。这不是说东方学话语必然地真实或错误。事实是,无论其内容是否真实,东方学话语都暗中贬低了它所关注的对象。对于东方学暗含的欧洲中心主义,萨义德并没有认为在所有的情况下它都是一种形成刻板印象的形式,然而即使是在最细致入微的研究者的长篇巨著中,仍然通过貌似不加选择地全面呈现真实而形成误导[1812]:"我对东方学文本的分析将重点放在这种**作为表述**的表述、而不是作为对东方的'自然'描写的证据上,这种证据不是不可见的。"

我们最好在这里暂停一下,对这个段落略作评判,因为在《东方学》的引言的结尾,你们会发现萨义德谢绝说出如何才能更好地描述东方,而同时却对说出真相的可能性保持开放。他没有解释为什么阿拉伯学者对于阿拉伯世界的描述就比他所批判的对象更"自然",而不是"表述"。他没有讨论我们是否应当认为他人在描述我们的时候所持的偏见就会比我们描述自己时所持的偏见——先入之见和成见——更大。他承认,他没有高级的理论来确定一种表述是真实可靠的而另一种是不可信的偏见[1814]:

> 也许最重要的是……从自由的、非压迫或非操控的角度研究其他民族和其他文化。但是这样一来,人们将不得不重新思考知识与权力之间的关系这一极为复杂的问题。所有这些,本书都未能展开深入的讨论,这不能不说是本书所留下的一大遗憾。

仍然令人好奇的是,"自然"的文本存在于何处。我们知道,符号是任意的,它的确将我们置于无处可逃的表述领域,在让人们**评估**哪种表述更有价值的同时,将真理的标准擦除。

萨义德公开说出了他的思想体系,对他而言最重要的两位学者——理论家是米歇尔·福柯（我们在上文引述过他的"知识与权力"的说法）和意大利马克思主义者安东尼奥·葛兰西，他们二人共有的一个想法值得我们略作讨论。萨义德解释过葛兰西对他产生了什么影响［1803］：

> 当然，人们会发现文化乃运作于市民社会之中，在此，观念、机构和他人的影响不是通过控制而是通过葛兰西所谓的赞同来实现的。

你们可以在这里看到与福柯之间的联系：真理的统治不是强迫你接受各种思想和法律，而是知识、意识形态的传播，通过赞同建立某些偏见的态度。葛兰西在这里做了一个区分，一种通过实际的权力与权威实现，而另一种则通过詹姆逊所谓的"意识形态素"的传播来实现。

萨义德在这一段中接着说："在任何非极权的社会，特定的文化形式支配着另一些文化形式，正如某些观念会比另一些更有影响力；葛兰西将这种起支配作用的文化形式称为文化**霸权**。"你们会经常碰到这个词，尤其是在马克思主义批评中，但是它和美国东部的读者们更为熟悉的福柯著作中的"权力"或"权力/知识"的说法也紧密相关。下一讲你们会读到福柯著作的节选，他与葛兰西一样，在警察、法律或独裁者的纯粹强迫的权力与整个社会结构所产生的广为流传的主导性和权威性知识的权力之间做出了区分。那么，葛兰西和福柯二人都在绝对权力与霸权或权力/知识之间做出了区分。跟随这些话语性奠基者，萨义德认为西方的东方学正是一种霸权。

对于萨义德来说，处于霸权地位的观点构建了后殖民世界并同时强化了这些观点的制造者们的权威（福柯所反对的作为作者的概念）。然而，在作者身份的影响力这一点上，萨义德与福柯的确有一点分歧。毕竟，作者在条件允许的情况下会是一种危险的权威，福柯大约也不会反对这种说法，所以我觉得萨义德是在夸张，说福柯认为所有作者都是微不足道的，即使在明显存在作者影响的领域也是如此。不过萨义德的观点还是值得引用，他注意到，即使没有警棍在手，权力也具有极端的压迫性〔1813〕："福柯认为，从一般的意义上说，单个文本或作家无关紧要；从实际经验看【也就是说，"从我的经验来看"】，对东方学而言，或许仅仅限于东方学而言，情况并非如此。"

换句话说，这里的"作者"是语文学家、社会历史学家、探险者、人口学家，他们都撰写了大量关于这一地区的著作，我们所读到的信息完全不受任何既有知识的质疑，他们说着不受挑战的神谕，可以毫无顾忌地吓唬别人。因此，在东方学这里，问题不是观点如同潜意识的鼓声一遍又一遍地重复自己——当我们说"他们说的是"（they say that...）时"他们说的"（they say）东西——这正是福柯所关注的那种现象。

所以，萨义德最终关注的是作为一种权力流通的东方学对于欧洲中心主义思想的**影响**。他对这一点的强调有些夸张，因为令他同样关注的是，东方学对于其描述的对象也会产生影响。为了坚持他的关切，他竟然提出东方学甚至可以说**构建**了欧洲中心论的思维〔1806〕："实际上，我的意思是说，东方学本身就是——而不只是表达了——现代政治—学术文化一个至关重要的组成部分，因此，与其说它与东方有关，还不如说它与'我们'的世界有关。"

还记得莫里森的话吧。在研究美国文学和文化的时候，我们需要把作为缺失的黑人的存在理解为构建白人身份的方式，将白人身份从各种禁锢形式中解脱出来，否则它就会失去活力。介于这个主题会反复出现，所以我或许应当讲一下黑格尔在《精神现象学》第四章中关于主—奴辩证法的论述。如黑格尔所述，很明显，主人与奴隶在一种相互关系的结构中互相离不开对方。没有奴隶的存在，主人就不是主人，就无法把自己定义为自由的和优越的，主人出于自己的斗争意愿征服了奴隶（黑格尔这里想到的是德国封建贵族的勇武嗜血）。处于依附地位的奴隶迫于生存压力，变得机警狡猾，学会了各种复杂的技巧，这意味着主人很快就会变得依赖奴隶，因为奴隶们逐渐在技术和文化上变得更优越。在阶级地位的逆转寓言中，奴隶们变成了主人，这种逆转情形会持续不断地发生。这种阶级关系的哲学也构成了莫里森关于阶级关系和萨义德关于东西方关系的理论。

我要在这里过渡到巴巴了，因为这种辩证法显然是一种二元对立的形式。如在索绪尔语言学的传统中一样，两种能指相互依存。我无法直接地说明红灯是什么，我只能在一系列复杂关系中知道红灯不是什么。在十字路口的交通信号灯中，如果没有黄灯和绿灯，红灯就没有任何意义。在这个符号体系中，红就是非黄和非绿。充分了解红色意味着了解它在两对不同的二元对立中的作用。简言之，我要想表述一个概念，哪怕是我本人的概念，都只能是将其表述为其他某个或某些概念的否定。

索绪尔语言学传统中的这一基本观念成为决定萨义德等人观点的基础，我们视自身为非他者的否定性方式是支撑萨义德观点的理论原则。尽管如此，当萨义德关于东方学的论点呈现为激进主义的社会批判时，并不包含结构主义的议程。萨义德只是使用了一个结构主义的观念来组织他的研究，他仍然认为他的研究是实证的。他知道自己使用了结构主义的观念，但是他相信可以直接将这个观念映射到现实世界上（如巴特所指出的，他并不是为了重新组合而分解），因为他已在文化政治领域看到了这个观念成为现实。

然而，前提仍然是结构主义的。巴巴公开批评了这种二元对立，实际上，他将持此类观点者视为黑格尔的同类［1879］：

> 正是【参与者在考虑自我概念时所感受到的】这种心理矛盾划定了殖民"关系结构"的边界——自我/他者之区分——并使得殖民权力的问题——殖民者/被殖民者之区分——既区别于黑格尔的主/奴辩证关系也不同于他者的现象学投射。

在这里，巴巴尽可能明确地把自己和萨义德的课题区别开来。上面的引文以"矛盾"(ambivalence)开头,我们应当尽量理解巴巴这个说法的含义,看看我们是否能够把握他的复杂思想。为了尽可能说清楚,我想先举一个历史上的例子。这里的矛盾既有殖民者和被殖民者的矛盾,也有底层的矛盾;驱动殖民活动的并不只是某一种态度。譬如在东印度公司的历史中,存在着两个不同的阶段,实际上,在整个20世纪,这两个阶段反复相继出现。第一阶段在18世纪,当时东印度公司由沃伦·黑斯廷斯(Warren Hastings)掌控,他致力于我们所谓的"本土化",而且他鼓励所有殖民地行政长官都这么做。按照萨义德的说法,黑斯廷斯非常了解东方化了的他者。他通晓所有当地的语言和方言,熟悉当地的习俗。显然,他怀着极大的兴趣注视着他所管辖的充满异国情调的土地,在某种有限程度上甚至可以说心怀敬意。但他仍然是一个无情的统治者,一个从不放松铁腕的殖民者。黑斯廷斯代表了巴巴强调的矛盾的形式之一,从不放弃一丝一毫的权威,同时似乎又与他者合二为一,暗自嘲笑那些不了解印度的面色苍白的英国游客。

然后,还有表达方式全然不同的另一种历史矛盾,是在查尔斯·格兰特(Charles Grant)在19世纪初执掌东印度公司时浮现出来的。在此之前,英国存在着一股宗教激进主义复兴的浪潮(主要是循道宗),并将传福音的热情注入了大英帝国的利益关注之中。查尔斯·格兰特以及和他一样的人不再有任何本土化的兴趣,相反,他们坚持植入严格的英国化标准,特别是英语圣经中的标准——巴巴在文章开头谈及的英语书籍的引入。将英国的价值观加诸被殖民者是这一时期殖民活动的明确议程,这无疑是满怀诚意地为长远的民族和商业利益服务的意识形态。历史学家托马斯·巴宾顿·麦考莱(Thomas Babington Macaulay)在著名的——很快就变成了臭名昭著的——《印度教育备忘录》中注入了这种态度,坚持在东印度公司的治下严格按照英国国内的模式来教育印度人:传教士们不再去适应当地的风俗习惯而是将一切严格地英国化。这是与黑斯廷斯对于殖民活动全然不同的态度,并且也可以被视为矛盾的。毫无疑问,这里存在着双重标准,传教士的热情常常伴随着真诚的善意,结果在个人层面上构成了一种比本土化更有同情心的政治。

在约翰·福特(John Ford)导演的令人不安的著名影片《搜索者》(The Searchers)中,还有另外一个你们可以称之为沃伦·黑斯廷斯时刻的例子,这是一个有趣但痛苦的例子。我希望你们有人看过这部电影。约翰·韦恩的角色是位孤独的漂泊者——这当然是西部片中的固定角色——他出现在一些亲戚的房屋里,听说家中一人的女儿被印第安人绑架了。约翰·韦恩在影片中扮演的角色公开表达恶毒的种族歧视,极度憎恨印第安人,但他并不无知。在某种意义上,他让自己变得土著化。他通晓所有北美土著的语言和方言,熟悉他们的习俗,认真地研究过他所憎恨的民族。电影呈现的是一种极不稳定的混合体,因为我们更习惯这样一种想法,即憎恨源自无知。沃伦·黑斯廷斯和约翰·韦恩饰演的角色非常相似,这是巴巴所描述的殖民者的矛盾中的一种。他提醒我们,在知识和同情之间没有必然的关系,殖民者的头脑中并不只有一种态度,有本土知识下的观念模式,也有强制推行优越文化标准的观念模式,策略则各有不同,尤其是教育的策略。

那么,这是殖民者的矛盾。然后,还有被殖民者的矛盾,与前者相似,此类矛盾也包含着对于同化与吸纳的复杂态度。巴巴在文章开头引用的轶事值得特别关注,其中的主角不是殖民者,而是某个完全被吸纳的变成了福音派基督徒传教士的印度人。他发现几个印度人坐在树下读《圣经》,对他们产生了误解,因为他相信,并很乐于去相信,《圣经》和基督教本身是一份"英国人的礼物"。但是这些印度人反对这种想法,他们不认为《圣经》是属于**英国人**的书,这是因为他们觉得他们打算要信仰的宗教必定是超越其地域来源的。他们喜欢自己读到的内容,也想要相信这些内容,但是他们希望能在其中发现与他们的社会习俗相符的内容。他们说,没问题,他们说不定这几天哪天就受洗了,不过他们还是得回家照顾庄稼收成。还有,他们要是真的受了洗,也肯定不能接受圣餐,因为那得吃肉。他们不吃肉,因为他们就是这样的。

你们可以看到,通过巧妙暗示,这些条件被附加到传教士想要灌输的态度之上,它们完全侵蚀了传教者的本意。这些印度人不认为《圣经》是英国的《圣经》,他们不把《圣经》当作英国的东西来信仰。他们只把《圣经》当作权威来信仰——普世的权威,而不是英国的权威——并使之符合自己的价值观,这个前提无疑深刻地改变了他们接受这一神圣文本的方式。巴巴指出,这时是1813年,正值治理权威从沃伦·黑斯廷斯模式向查尔斯·格兰特模式过渡之际,已不大可能考虑使圣经内容符合当地的信仰和环境。

不过,在这一时刻中吸引巴巴的还是鲜明展示被殖民者的各种复杂态度(或曰"矛盾")的方式,其中包括行方便之门的传教士的态度,还有传教士遇到的坐在树下的印度人更为复杂和有趣的态度。为了准备讲解第1881页上更为艰涩的段落,我想向你们说明巴巴所强调的矛盾——我们也可以把它等同于巴巴本人使用的"混杂性"(hybridity)一词——是被殖民者的双重意识,在两个方面之间徘徊。一方面是屈从于权威,但有一些差别,是用自己的方式屈从;另一方面是自愿地默许既定权威,如传教士的态度。巴巴随后描述了被殖民者的双重意识中的这种混杂性:

> 在我所提出的这种"处置"系统中,差异与他者性的位置,或者说对抗性存在的空间,从来不是完全外在的,也不是绝对难以调和的对抗。【换句话说,不是简单的我们与他们对抗的问题。】它是一种压力,也是一种在场,始终在授权【也是一种权威】的边界处起作用,纵然不是均匀一致的。所谓的边界处,也就是我所谓的处置即为赠予(disposal-as-bestowal)【我把它理解为顺从——被迫服从然而偷偷地保留自尊】和处置即为爱好(disposal-as-inclination)【意指被制度所吸引而自觉地顺从】之间的表面。

那么，仅仅因为认识到自己被打败而屈服，作为一种顺从的形式，会使人处于巴巴所谓的"狡猾的谦恭"（sly civility，参见1889页的内容）的位置，在我看来，这个位置与盖茨的"意指"概念非常接近。巴巴列举了好几个例子来说明这种狡猾的谦恭，但是，在文章开头的逸闻中，在那些树下围坐的印度人的机敏精彩的反讽中，这种狡猾的谦恭已经展露无遗。让我举一个我自己的例子，来说明狡猾的谦恭如何作为一种"意指"形式和被殖民者的一种反抗立场而起作用，它是意志的一种弥补，并非是反叛或任何颠覆权威的行为，而是在权威的范围内的权宜之计。

两位非裔美国人当着一位白人的面聊天，他们二人愉快地称在场的白人为比尔。嗨，比尔，今天怎么样？他们问道。如我上节课所说的，"比尔"这个名字一直是对白人的一种戏称，许多白人都知道。那么这个白人在被称为"比尔"的时候可以有两种选择：他可以生气，质问对方为何拿他开玩笑，这样一来相当于坐实了这个蔑称；他也可以装傻，扮演"比尔"这个名字本来暗示的傻瓜，假装他并不知道自己成了狡猾的谦恭意指的对象。对于非裔美国人而言，无论哪种选择都是万无一失的。让我们假设，被他们称为比尔的人是个奴隶主，或者是种族隔离时期某个棉花种植园的监工，或者是工厂的工头，但是他感受到了殖民者的矛盾。他想要和每个人和睦相处，但因为他性格中的善良因素，他陷入了两难境地。他或者抱怨他的下属待他不公——这种想法在主—奴关系中毫无意义——或者他可以装糊涂假装不知道别人在取笑他。无论是哪一种情况，我都希望这个场景说明了意指白人的狡猾的谦恭。它很清楚地表明，尽管权力结构在短期内无法被颠覆，却仍有生存之道——至少能在既定权力结构内保持人们的幽默感——同时给白人一点难堪。按照巴巴的说法是"处置即为赠予"。底层的狡猾的谦恭是一种态度，它让大人物感到好像底层的顺从乃是来自底层的不情愿的赠予，既不是必要的，也不是满怀敬仰地自愿给予。

这就是巴巴在被殖民者之混杂性观念中所包含的各种态度，其最富色彩和自我满足的形式是狡猾的谦恭的行为,或对白人的意指。在与殖民者——他本身就是矛盾的人物——的关系中存在的选择,不是二元的而是变化无常的,形式多样而微妙,体现为从诚心诚意到玩世不恭的一整套情感光谱。从巴巴对于后殖民的二元性的解构中浮现出来的正是此类场景。

第23章
酷儿理论和性别表演

阅读材料：

米歇尔·福柯：《性史》，见《批评传统》，1627—1636页。

朱迪斯·巴特勒：《摹仿和性别反抗》，见《批评传统》，1707—1718页。

尽管在这一讲的阅读材料中有许多新东西，但我们在这节课结束的时候会对我们近来阅读过的内容进行回顾和总结，并在下节课的开头会继续回顾。现在让我们先来看看今天的阅读材料里面有什么新的、有挑战性的，或者可以批评的内容。

在这整堂课上，朱迪斯·巴特勒（Judith Butler）这篇文章里面最难把握的一个概念叫作"心理过剩"（psychic excess），也就是来自无意识的释放或者过剩，它在某种程度上甚至可以动摇能被表演也在不断被表演的性别的许多方面。我们表演身份，我们表演我们的主体性，我们以颠倒的方式表演我们的性别，但在我们所**能**表演的之外，与心理过剩有关的是，还有从未受干扰的无意识领域释放出来的"性态"（sexuality）。因此，通过心理过剩而展现出来的性态暗示了存在一个"真实的"处所，而巴特勒那套著名的冷峻的社会身份辩证法并不假装已经接近或侵入这片领域。但至少对我而言,这种对真实的根基的暗示等同于一个警示灯,它告诉我们,我们所讨论过的许多关于身份的理论,恐怕尤其是性别理论,都具有强烈的结构主义特征。

就让我们从一个本应无关紧要的问题开始:"什么是性态?"面对这个问题,我们似乎理应知道它的答案。但是,如果你对行话术语比较敏感,"性态"这个词本身可能已经让你迟疑了。在我们备受围困的语言中,这是个相当新的词汇。在过去,人们不讨论"性态",而说"性"(sex)。对于人们所熟知的正常的或非正常的性行为,用"性"这个词就足够了。但"性态"是个更具有社会敏感性的词,因而也是去色情化的,用它来讨论我们生活中总是被思想警察陪伴左右的那个方面,比较容易被人接受,因此很快站稳了脚跟。但它同时又为探讨性别问题的最优秀、最前沿的学者提了一个难题:它暗示我们的构成的一个方面是纯粹的、真实的,与我们能够表演并确实表演了的那些方面相比,更属于**我们自己**。

对福柯来说,性态就像身体所渴望、所经历的快感。在他的作品里,性态也有一种不可侵犯的真实性,这是出人意料的。然而,福柯的社会批评坚持这种快感总是被它周围的一系列因素所管控。对于这一整套非常复杂的因素,我们下面要讨论的这一段[1804]可能是表述得最为清楚的。这段话说的是联姻部署(deployment of alliance)与性态部署(deployment of sexuality)之间的区别和交集;下面我要先引述这一段然后再做出简短评论。他在这一段的开头说道:"简言之,联姻部署被纳入它要维护的社会身体的一种内稳态之中。"联姻部署在这里特指某一特定文化中的生育原子单位的认定方式;通常这指的就是"家庭",虽然家庭的本质和结构各异。人们对家庭的看法,一个家庭中可以发生什么以及不该发生什么——比如大多数文化都不认可的乱伦以及滋生乱伦的条件——是被话语脉络包围着的,这个脉络传达着各种形式的"知识",以使该特定联姻部署显得自然,但实际上它是人为建构的,并受到法律和约束的保障。另一方面，"性态部署"是指人们谈论性态的方式，以及通过这种手段所鼓励和抑制的——并不必然是受到国家机器或法律制度的支配，而是受到各种流行意见舆论的力量的支配。福柯所说的这一段是这样的：

> 简言之，联姻部署被纳入它要维护的社会身体的一种内稳态【他用了内稳态（homeostasis）这个词，意指规则化】之中。因此，它与法律之间有着特殊的关系【这里指的是法律反映了当前社会关于家庭的假定，比如家庭不是一对同性恋加上他们的孩子】；而且，对于它来说，重要的时刻是"生育"。性态部署的存在理由不是生育，而是以日益细致的方式增加、更新、连接、发明、渗透各种身体，以日益周全的方式控制人口。

性态部署不见得是件坏事儿，它的主要功能并不是监管和惩戒。值得注意的一点是，一个允许节育或者同性恋存在的性态部署必定会导致生育的缩减。仅从这个意义上讲，性态部署与联姻部署之间会产生一些微妙的或者不那么微妙的矛盾（在"马尔萨斯派夫妇"的情况下除外，这一点我稍后会讲）。在福柯的用语中，"**联姻**"在绝大多数文化及社会生物学体系中被部署（安排、制度化）为具有促进和确保生育繁殖的功能，而"**性态**"无疑是由其自身流通的意见趋势塑造而成，被部署为具有分配快感的功能，受到密切相关的共同体的赞成或不赞成所左右。因此，在任何文化中，性态部署和联姻部署之间很可能在一定程度上形成冲突。

无论是在福柯还是巴特勒的体系中，性态这个概念一直困扰着我们。作为一个不可侵犯的本真存在，性态不能与任何概念构成二元对立关系。它充斥在巴特勒的"表演"之中，因而不能是表演的对立面或者"他者"。它又与福柯的"联姻"大幅重合，因而也不能被视为联姻的"他者"。它只是存在于此，与其他任何事物都不一样，让我们对它感到好奇。

我们在上一堂课上讨论萨义德的时候说过：福柯的中心观点是"权力"（power），这是他在关于性态的历史的三卷著作中不断发展的观点。这种权力不是通过立法、警察以及国家机器公开强制实施的，而是以其特有的潜移默化的方式产生影响，正如"知识"的传播与分布一样；而知识的本质是话语性的，它将它的规则强加在我们所有人身上，无论结果是好是坏。话语可以暴露或者构成抵抗的据点，当然也可以使我们遵从，而针对我们当前的主题，它既可以促成也可以阻止性态的发生。福柯有时候用一个连字符，称这种形式的权力为"权力—知识"。权力—知识这个词可以说统领了福柯的整个文本，也可以引导你们阅读福柯的著作。不过我要在这里再次提醒大家，尽管有些话语是进步性的，亦即它们比压制性话语更自觉、深思熟虑和合理（顺便说一句，你不必同意这一点，这不影响这里的整体论述），而福柯却从来尽力不把任何形式的知识与真理等同起来，虽然他有时会讥讽地称这种或那种形式为"真理体制"（regime of truth）。权力—知识决定了我们是谁，或者至少是我们以为自己是谁，用巴特勒的说法就是我们"表演"自己的方式，但它从来没有脱离意见的领域。

至于我们的问题——什么是性态？——福柯却小心地回避了。他讨论了性态，写了一部关于它的历史的三卷本著作，但他没有谈及性态**本身**，无论"本身"在这里是什么意思。他探讨了性态的部署，权力—知识建构性态的方式、使我们可以得到它的方式、使它成为力比多表达的一种常规表演的方式，却没有使我们偶然发现我们追寻的问题的答案：性态的本质。在权力的矢量之中，我们还是找不到它。

顺带一提，同性恋婚姻在联姻部署和性态部署**之间**占据着一个有趣的位置。许多同性恋活动家把它当作一项至关重要的政治事业，与此同时，又有许多人把这种同性恋生活的制度化视为同性恋者对自身的资产阶级式再定义和正常化，视为把联姻强加于性态之上，而这正反映了我先前说到的两种部署之间的张力。如果性态真的只是四处寻找表达自己的方式，利用看起来支持自己的部署而抵抗看起来管制自己的部署，那么它不应该对联姻产生兴趣。简单地说，同性恋者对同性恋婚姻的抵制其实就是对婚姻本身的抵制，也就是对我们习惯上称为自由恋爱的倡导，或许更准确地说是对自由的性态的倡导。那么，或许在这里，我们会对仍然不知道性态实际上是什么而感到沮丧，并且可以观察到两种不同的神秘化的冲突。爱的自由，无论是在雪莱的诗中还是在20世纪60年代作为一种"生活方式"，在我们看来不过是一种新时代运动式的天真，唯一适合它的应答是那首流行歌曲《与爱何干》("What's Love Got to Do with It?")。而另一方面，性态的自由时不时地让我们困惑不已。

我们需要承认，在阅读巴特勒著作的时候，"性态是什么？"这个问题不是一个好的开端。我们需要看到，许多我们认为可能是性态的东西，在巴特勒的论证中是被排除掉的。我们可能认为我们的问题是无辜的，但是我们很快就会看到，在巴特勒的体系中，你就是不能**是**一种特定的性态并且无疑无法宣称自己是某种性态。正如我们将要看到的那样，你可以表演一种身份，通过重复、模仿来表演，或者通过扮装戏仿这个身份来表演。你可以通过这些方式表演一种身份，但恰恰因为巴特勒坦言不断反复思考的心理过剩的因素，你无法**完整地**表演性态。在其强有力的去神秘化的范围内，巴特勒的理论并不只是关于"身份的建构"的，也不只是关于表演领域的。它承认在表演之外还有很难捕捉也很难清楚表述的东西。承认这种东西存在的主要原因，是为了解释我们为什么要表演。如果表演不是为了达到一个我们尚未达到的目标，我们为什么还要表演呢？巴特勒一直很清楚，尤其是在她回到无意识的问题的时候，还存在着表演这个概念之外的东西，或者表演所不能涵盖的东西。

好吧，我们承认第一步走得并不好。我们问了一个我们找不到答案的问题，但我们同时也学到了一些东西。我们现在知道，无论性态是什么，也比我们所表演的身份更加灵活，在某种意义上也是更加真实的：性态比意识更加接近人的本能驱动。那么，无论性态在无意识中扮演什么角色，它总是置身于任何社会编码之外：比如福柯在谈到性态部署或者联姻部署时所提及的那种编码，以及巴特勒经常谈到的被称为"性别化"（gendering）的那种编码。

我们还认识到，对他们二人而言，性态从根本上都是话语式的，无论是从部署的角度来看，还是从它所能找到的跟性别和表演相关的表达方式来看。它从语言学或符号学的构造中产生，福柯将这些构造理解为知识的流通，而巴特勒则理解为表演。福柯将性态视为权力—知识的结果，而巴特勒则将其视为表演的结果——只要它是可见的，或者说被表演出来的。

现在我们以巴特勒的文章中被讨论最多的一句话为例，看看我们认定的真实自我以及我们所表演的、我们作势努力追求达到的自我之间的关系："从十六岁起，我就一直在做一名女同性恋者。"（"Since I was sixteen, being a lesbian is what I've been." 1711）你们要记住，她在这篇文章的开头说过，她的目的是在性别研究中表达一种政治化的介入，采取的形式是对本体论、对"是"（being）进行哲学反思。也就是说，她要问的是，"**是**"什么究竟意味着什么。她在这句故意说得别扭的话——"我就一直在做一名女同性恋者"——中，指出了是什么（to be something）跟在做什么（to be "being" something）有着很大的区别。

比如，我可以说我很忙，期待你也真的认为我的确很忙。但你怀疑我真的很忙，可能会说："哦，他装作在忙着。"（Oh, he's *being* busy.）也就是说，我在表演我很忙碌。我装作忙里忙外，给你一个这个游手好闲的懒汉真的是在做什么事情的印象。那就是在表演忙碌。巴特勒在这里指出了有趣的一点：人们认为本体论领域关注的是事物单纯的存在，在哲学里，总是与能动性以及行为的表演相对立。但是，关于性态，巴特勒所说的是表演性的元素已然潜在于本体论领域。这就是她说她对这个问题的本体论方面感兴趣的原因。她说，即便是"是"，也在某种程度上是我们表演出来的。因此，在"从十六岁起，我就一直在做一名女同性恋者"

这句话中,"being"一词有着双重的意思。

在某种意义上,没错,她就是一个同性恋者。但从另一种意义上说,她是在做一名同性恋者,公开自己的性取向,扮演一个能为大家理解的角色。只要表演能够前后一致,也就是巴特勒在讨论异性恋的表演时所说的"重复",任何角色都能被理解。这就是她那样讲那句话的原因。如果你在那句话的旁边重重地打上记号,以为自己找到了她说她真的**是**什么而不是被构建成什么的地方,那我认为你会发现自己没有领会她的意思。在本体性作为真实存在,以及她所赋予的新鲜的本体性从属于表演的领域之内(或者至少离不开表演)的意义之间,她有意保持骑墙态度。她实在不愿意从墙头下来规规矩矩地站在任何一边,因为对她来说,她在她的社会批评逻辑之外瞥见的东西至今仍很神秘。而这正是她的著作让我最喜欢的一点,虽然这也着实让人头疼。关于这个话题她谈论了很多,但她从不假装自己已经详尽地探讨了这个"主题"。

暂且把这个神秘元素搁置一旁,然后,至少是现在,福柯和巴特勒看起来明显有一个共同的政治议程。福柯是个同性恋作家,在写作《性史》的后期已经因为艾滋病而生命垂危,而巴特勒是位女同性恋作家。他们二人对其被边缘化的性别角色的政治意蕴都非常关注,同时他们在理论上对此又都各有复杂的论述。就像经常发生的那样,从他们著作中出现的矛盾是我们经常能够发现的理论和实践之间的矛盾。他们共同的政治议程是动摇异性恋规范,否认特定性别角色的真实性,或者用巴特勒的说法是"本源性"。巴特勒提出疑问,谁说是先有异性恋的?福柯提出疑问,谁说某特定文化关于性的约定是自然的?这些是福柯和巴特勒共同提出的政治化的问题。

所以,在我看来,福柯和巴特勒在很大程度上是意见一致的。现在我们简短地看看他们意见不一致的地方。你们可能已经注意到,巴特勒的这篇文章在一个脚注中提到了福柯。巴特勒指出,在南卡罗来纳州参议员杰西·赫尔姆斯(Jesse Helms)攻击罗伯特·梅普尔索普(Robert

Mapplethorpe）的摄影作品时，对男同性恋者大加漫骂，但根本就没有提到女同性恋者，这是对女同性恋者的简单抹除。她说，无视其存在或者默认其非法性，是比宣判其离经叛道还要糟糕的。她如此解释自己的观点［1712］："被明令禁止意味着占据一个话语位置，从那里可以产生类似的反话语。被暗中禁止则意味着还没有资格成为被禁止的对象。"

提及福柯的脚注就出现在这里［1712n15］："正是这种抹除的诡计，福柯在他关于权力的分析中基本没有触及。"巴特勒的论据是，套用福柯的词汇，有**话语**才有身份。赫尔姆斯对"女同性恋者"这个类别的拒绝仅仅是因为疏漏（顺便说一句，我们当然知道，他的遗漏基本**只是**因为疏忽造成的），这种拒绝换句话说就是对话语的抹除。没有话语，就没有身份。巴特勒在脚注中想说的是，从福柯的立场出发必然有此结果。以我们目前对福柯的讨论来看，她的说法也是有道理的。由话语而产生权力—知识。由权力—知识而产生身份。因此，没有话语也就没有身份。由于赫尔姆斯通过拒绝关于女同性恋者的话语而擦除了这个类别，那么接下来必然是女同性恋者这个类别不存在。这个脚注接着说：

> （福柯）几乎总是【我们必须注意"几乎"这个词】假定权力以话语为工具而存在，而压迫与臣服（subjection）和主体化（subjectivization）有关，也就是说，它被设立为主体身份的确立原则。

为了为福柯作出辩护，我们看看下面这个相当长但值得一读的段落。这是在很多方面都很引人入胜的一段话，在这里尤其可以作为对巴特勒提出的反驳［1632］：

> 比如，让我们考虑一下曾经被认为违反自然的"那个"大罪恶的历史。涉及鸡奸（这是个极度混乱的范畴）的文献都极端审慎，一谈到它时，几乎普遍地三缄其口，这就使一种双重的运作成为可能。

我们发现，在这段开头，福柯说同性恋身份在某个时期是被当作鸡奸看待的，但仍是一个为人所知的范畴。但对它的**沉默**（巴特勒关于女同性恋的申诉点）使两件事成为可能。他接下去说，鸡奸是会受到法律极其严厉的制裁的，但与此同时又没有关于它的话语，或者说几乎没有。但丁对此并不是沉默的，这一点我相信大家都知道，但这一时期绝大多数人对此都是闭口不谈。所以，法律对它进行迫害，却没有人谈论它。这**看起来**违背了福柯自己的话语建构身份的前提，但它同时也直白地反驳了巴特勒关于在福柯那里身份总是由话语建构的断言。

福柯接着说：

> 一谈到它时，几乎普遍地三缄其口，这就使一种双重的运作成为可能：一方面是极其严厉的处罚（火刑一直沿用到18世纪，而在该世纪中叶之前没有出现过任何实质性的抗议）【在这里，话语的失败还在于它没有构成反抗的阵地，而且无人对酷刑提出抗议，也没有人太多地谈论这些惩罚】，另一方面是一种相当广泛的宽容（这是我们间接地从司法机关极少对鸡奸判刑中推论出来的，而且通过有关存在于军队或学校中的男性社团的一些见证可以更直接地看出来）。

换句话说，身份是**存在**的，而不是由话语建构的，至少在很大程度上不是由话语建构的。继续读下去，他接下来说的是当同性恋开始成为一个公开讨论的话题时，同性恋者的处境在某种意义上反而更加悲惨，但他**不会**说在同性恋未被讨论时它就不是一个范畴。没错，在同性恋成为人们讨论的话题之后，同性恋者受到的惩罚减轻了，但对它的监视却比之前没有关于它的话语时远为坚定和无处不在，它受到了医师、神职人员以及其他所有可能谈论它的人的关注。对于福柯在这里所说的，我们很难不这样理解，即沉默可能对少数人来说是危险的，但对多数人来说却是件好事。话语或许可以把少数人从极度的恐惧中解放出来，但却在所有其他人身上强加了一种霸权的权威，把他们建构成权力—知识认定他们所应该是的样子，而不是他们按照自己的性取向自发所是的样子。在这种时刻，我们明白了为什么福柯认为权力—知识即便在其强制性最微弱的时候也是令人沮丧的。

也就是说，沉默可以抹除关于一个范畴的知识，但无法抹除它的存在。在我看来，福柯已经预先回答了巴特勒对他的质疑，但如果你仔细想一想，他们实际上也并没有分歧。女同性恋者可能会觉得被杰西·赫尔姆斯忽略是受到了轻视，但她也避开了他的怒火。福柯的立场其实比巴特勒所认为的更加灵活，但那其实相当于与她自己的立场很相似。正如我前面说的，二人的观点非常接近。

然而，从方法上看，他们有些不同。福柯更多的是一位历史学者。历史学家们经常批评他不给出可以令人接受的历史学解释，因为他从来不告诉你他是怎样从一个历史时刻过渡到另一个的。他从身体或知识结构出发去谈论不同的历史时期，他有时称之为"认识时刻"（epistemic moments）。这些时刻然后就神秘地转变成新的不同的时刻。历史学家们要求给出的因果关系在福柯的论述中总是被忽略的。然而，他一直关注的是人们的态度随着时间发生变化的方式。他的《性史》集中讨论的就是这些变化本身。

为了这个目的，他确认了时间上先后相继的一系列的心态结构。比如，从19世纪初到现在，有四种权力—知识优先认识的人的类型受到了仔细的审查。他将他们描述为女性癔病患者、手淫的儿童、马尔萨斯派夫妇以及性倒错的成人，即无论哪种的同性恋者。[cf. 1634] 19世纪早期的政治经济学家托马斯·马尔萨斯曾经训诫人们不要过多地生育，因为经济将难负重荷。"马尔萨斯派夫妇"就是指听从该训诫的夫妇。这是利用联姻操纵和控制生育的例子，在这个时刻，联姻部署和性态部署出人意料地互相配合，因为很显然，节育和同性恋性行为都可以控制生育。可以看出，这两种形式的部署之间的关系不一定总是冲突的。这里还应该再多说一句,性态部署就其本身而言也很有可能会促进生育,比如当人们"纵情享受"的时候。

从19世纪至今,这四种问题类型成了心理治疗、教士、家庭或父母忠告的关注焦点,以及其他所有权力—知识传播形式关注的焦点。一位女性如果被怀疑整个存在都是从子宫(hysteron)向外散发的性态,就被认定为"女性癔病患者"(hysterical woman),这种状态完全不符合当时对女性作为家庭天使的期待。"手淫的儿童"违背了受洗的儿童已被洗清罪愆的宗教信条,同时也挑战了18、19世纪之交开始流行的对纯真的自然之子的浪漫崇拜。这个孩子因此引起高度警惕,成了严格的监视和约束的对象。权力—知识宣称,手淫会引起阳痿、发育不良,甚至早亡——所有这些意见主宰了当时的儿童读物,直至20世纪。

"马尔萨斯派夫妇"主要是19世纪初的"政治经济学"的一个衍生物,但因为全球范围内宣传节育的进步运动而流行。"我们必须控制人口"反映了我们的严峻现实,我们可能同意这种观点。但它首先是由马尔萨斯提出来的,他是从家庭的经济利益出发,想要对生育进行严格控制。在这一点上,福柯挑战了支持他的读者,因为我们这些自由主义者热切地认为在我们认可的这件事中没有霸权存在,但是在这个问题上这种权力—知识的特别关注也是世俗自由主义根深蒂固的一部分。对于身处名义上的天主教国家的福柯来说,可能比我们更加清楚这一点。

最后,正如我在前面的段落中所说的,"性倒错的成人"是在19世纪开始被公开讨论的,直到今天仍有相当广泛的讨论,参与者常常是弗吉尼亚·伍尔夫意义上的女性话题的男性专家,以及萨义德意义上的东方主义者。但是凭借繁荣的文学和新闻报道,性倒错的成人在今天已经有了他们自己的声音和话语。他们已经几乎成了主流话语,但仍要面对争论和至少是来自法律及神学残余的阻力,因为在这个话题上持相反意见的"真理体制"仍然厚颜无耻地同时存在着,并且表达着自己的观点。

对于福柯来说,他的一项历史课题,即关于性态的"历史",就是由这类观察构成的。另一方面，对巴特勒来说，这是一个把同样的议题引向大陆哲学传统的问题。你们可以从她的文风中看出这一点，和巴巴一样，我敢肯定你们能从她的作品中认出德里达的痕迹。我已经说过，她认为你们读过的那篇文章是对被称为"本体论"的哲学分支（研究"是"的哲学）的贡献。她的基本动作是源于黑格尔的思想的辩证否定，我希望你们这回对此已经变得熟悉，或许甚至有些期待。

对我们来说，或许最早的这类行动是列维-斯特劳斯做出的各种区分。我们在这里回顾一下。直观上我们认为先有生的，然后有熟的，因为纯粹按照时间顺序来说的确如此。但是，如果我们把生与熟之间的关系理解为话语构成，那么我们必须承认，如果你说正在吃一根生的胡萝卜，那么你肯定已经吃过或者至少听说过熟的胡萝卜。下面是巴特勒的行动。先有异性恋，后有同性恋？异性恋是原始的性态，同性恋仅仅是对它的摹仿？显然不是。如果没有同性恋，谁会想到异性恋这个概念，又怎么会把这个概念强化为"异性恋规范"？如果你是世界上唯一的人并有语言能力，那么你看看四周，正如夏娃或者另外一个亚当一样，你可能会说你是一个性的存在（sexual being），但你不会说你是异性恋或者同性恋。两个概念相互依靠，作为已知的不同的实践从反面界定对方，而不会提出谁先谁后的问题。巴特勒关于性态的一个有力的假设就是二者没有先后。它们一直已然共同存在于我们用来辨识性态的心理过剩中。从社会的角度看，认为异性恋是自然的而同性恋是非自然的、衍生的、对异性恋的模仿的想法，可以轻易地以两个概念不可分离的事实来证伪。

性别与扮装（drag）也是如此。扮装是对性别的摹仿或者戏仿，但扮装表演揭露的是，性别就其本身而言就是表演。如果性别不是表演，不像表演一样连贯一致、不断重复，充满服装、姿势、步态、声音等识别标志，它就不可能被扮装所摹仿。坚持说我们在表演我们的身份可能看起来有损我们的人格，但至少作为表演者而言，我们每个人都是大师。现在我站在你们面前表演着职业精神。我还在表演着白人性、男性，以及更多这类东西。可能如果想让我比较集中地仅仅表演我的男性身份而不是其他的东西会比较困难，但我的表演中肯定是包括男性特征的。想要表演我的扮装演员就会集中表现那一点。巴特勒说，我对我所表演的男性身份以及所有其他东西都很没有安全感，因为如果我不继续表演它们我就会失去它们。换句话说，我不停地重复着我认为我所是的自我，同时这也是我希望我所是的自我。我对我自己并不感到舒适和自信，也不会对我认为我所是的自我完全放松。我把它表演出来。这种无休无止的自我建构同时做着两件事情：一方面它使我的身份得以稳定，但同时它又暴露了我对自己身份感到的焦虑，因为我必须不停地重复表演使其保持下去。在某种意义上，我是我自己的扮装表演者。

扮装使我们注意到我们的自我表演。它向我们彻底地展示了在看似自然的性别分类背后隐藏的是什么。我们可以将我们的性别想象为我们穿着的一身舒服的旧衣服，而扮装的一个特点就是对舒服的旧衣服的拒绝。它提醒我们那被我们称为身份的自我着装实际上是多么的不合适。

你们可能一度问自己这些到底跟文学理论有什么关系。问得有道理，但我希望你们注意到了巴特勒在文章的结尾提供了一个很好的文本应用的例子。"假想一下艾瑞莎在为我歌唱。""你让我觉得"——不是天生的女人，因为没有天生那回事。"你让我觉得我像一个天生的女人"，"你"在这里应该是指一个异性恋规范下的他者，使我明白做一个女人究竟是什么样的。然而，现在假定"艾瑞莎在为我歌唱"。在这种情况下，我们不需要强调"像"，因为现在的意思就是我（"你"）使她觉得她的身份得以实现，仿佛作为一个女同性恋者的她是天生的/自然的。还可以假定她在对着一位扮装皇后歌唱：只有一个男扮女装的男人才能使她把身体中觉得自然的东西释放出来。无疑，这是一项在文学理论的帮助下阅读歌词的练习。

我写了这样一句话："情绪糟糕（dark）的哲学家在他的东方地毯上踱步。"我在写这句话的时候，明显是在想着弗吉尼亚·伍尔夫《到灯塔去》中的拉姆齐先生的。这句话写得很糟，我要为此道歉。弗吉尼亚·伍尔夫肯定不会写出这样一句话。但是让我们现在权且用它来提醒我们自己，我们做的的确是文学理论，也就是那么一套可以帮助我们阅读，也可以让我们得出令人吃惊和有趣的结果的协议。

马克思主义批评家会注意到"他的"，因为马克思主义者关注这句话的关键在于对一件商品的拥有。非裔美国批评家会提醒我们注意以白色为中心的颜色编码，坚持阅读文学时应该把将白色作为光亮、中心的比喻去神秘化。按此比喻，黑色如托尼·莫里森在她文章中所说的那样，总是代表缺席或负面。那么黑暗的情绪就是不好的，需要摆脱。对于后殖民主义批评家来说，问题在于被剥夺的财产（如马丘比丘手工艺品），也在于无差别的商品："东方"这个词的意思并不是东方。你可能指的是哈萨克、布哈拉，或者基里姆。换句话说，在这个概念中，具体性的缺乏恰恰指出了存在于话语的想象或意识中的被具体化或者客观化的他者。

最后，对于性别理论来说，这个哲学家的男性的愤怒（你们应该还记得拉姆齐先生总是感到很挫败，因为他无法越过 r；他想到达 s，但是无法越过 r），这个哲学家的男性化的愤怒掩饰了一个在书房中铺着东方地毯的人的柔弱、明显的美感。或者，他表演的正是这种柔弱的学者派头。我家的地毯是在楼上的。

第24章
文学研究的制度建构

阅读材料：

斯坦利·费希:《当你看到一首诗时你怎么能认出它是一首诗》,见《批评传统》,1023—1030页。

约翰·杰洛瑞:《文化资本》,见《批评传统》,1472—1483页。

　　现在,我们已经讲完了一系列关于身份的研究方法,在这个过程中我们总是关注着——尽管最近经常是远远地关注着——身份在文学中是如何被建构的。我一会儿会回到文学这个有时看起来像是缺失了的环节。现在我只想指出一些纵然我没有提及,但我相信你们已经注意到了的问题,也就是每一种研究身份的方法都有一种包含两个阶段的历史。每一段历史都会到达第二阶段,即一个像是解构主义的时刻,它意指理论自身,意指这样的断言:理论可以提供一个清晰而确切的身份概念——在大多数情况下是一个二元对立的身份概念,而这是历史的第一阶段。比如,我们发现在巴巴的混杂性概念中,它通过双重意识或者多重意识破坏了文化的二元对立。人们在双重意识和多重意识中同时体验到一种与国家机器的认同和一种推翻它的愿望。这导致了一种"狡猾的谦恭"(或者"意指"和"扮装"——当性别不再被视为某种本质的东西而是某种表演出来的东西时,性别理论的解构时刻就到来了)。

顺便说一下,我可以以亲身经历给你们举一个关于狡猾的谦恭的例子,因为干我这一行的人就是它的对象。在脱口秀和各种公共利益委员会中,他们邀请被他们称为"教授"的人参加。这表面上是一个光荣的头衔,表示被这么称呼的人是一名专家。有时它也许真的表达了尊重,并且代表社会威望,因为教授们一般是富人的后代,是"无薪人员"(dollar a year men)。但现在这些几乎已经成了历史。人们不喜欢对一位"所谓的专家"表示尊重了,也不知道为什么他们应该得到尊重。现在,被称为"教授"的所有含义就是你是一个不了解真实世界的书呆子。如果你是一位教授,被这么称呼真的很让人沮丧。这就是成为狡猾的谦恭的**对象**的感受。你要么反对大家的观点,要么装傻肯定大家的观点。当巴巴说混杂性的话语催生了恐怖主义的因素时,他可能有点夸张了。他是在发生"9·11事件"很久之前写的那篇文章,所以对于我们现在的口味来说,他的用词也许有些过于轻松了,但它明显涉及令人沮丧的恐吓。有些人认为自己至少和其他享有真实或想象的权威的人是平等的,对于他们来说,狡猾的谦恭是必然的选择。受到双重意识影响的底层人的自信和太太的局促不安不是角色的真实互换;世界一切照旧(我并没有把我的博士文凭交还给脱口秀的主持人),但角色的二元对立关系已经被推翻了。

我们已经讲解过的每一种身份理论的历史都提供了一个知识作为否定、作为符号学知识的例证。这一直是我们这门课的核心主题。除了作为我们不是什么的对立面外,我们不知道我们是什么。我只是以我**不是那个**的方式来确认自己。一旦我将我不是什么具体化或者分类(假如我的或者别人的身份的稳定概念真的能出现的话,我就需要这么做),我才根据托尼·莫里森或爱德华·萨义德或朱迪斯·巴特勒的论述第一次认识到,我自己分别是白人、西方人和异性恋者。简言之,自我定义是否定性的,这与语言和文学的符号学理论传统是一致的。

我所说的这一切都是想向你们保证,我们还是在谈论文学理论。每个例子中的身份理论都首先是结构主义的,然后是解构主义的。当我们的阅读材料转向社会关系时,思想结构并没有伴随着发生变化,一如当我们将语言视为理解的首要决定因素时所考察过的。我们不过是把语言——现在被视为社会性理解的决定因素——转化为我们所谓的"社会文本"。正如德里达可能会指出的,我们现在的"中心"不是索绪尔的语言,即作为一个任意的共时系统存在的虚拟物(创造它的历时因素仅仅模糊了它作为一个科学对象的稳定边界),而是充满了其他人的语言的语言。它是一个空间,社会在其中争夺关注并努力塑造自己——社会自身也被理解为一个话语构造的系统。这是个根本的变化。当然,结构主义和解构主义也不认为我们能够自主地占有语言,因为问题的关键总是在于,语言是那种我们只有通过斗争才能使它在言语中成为我们自己的东西。但在读过我们最近的阅读材料之后,我们就能够更清楚地把语言理解为一种给定的社会构成。假如我们不能意指它,它就会转而塑造了我们。

这把我们引向了这节课的主题,也就是对阐释前提的关注。是什么使我们能够思考某个东西?或者认为什么是真的?你想的是一回事,而我想的却不同,这是怎么回事呢?另一方面,我们之间为什么会有共同之处呢?如你们的阅读材料所表明的,我们已经到达"阐释共同体"的主题了。

为了讨论这个话题,让我们先回到《拖车托尼》。我们一直在说,《拖车托尼》和我们碰巧谈到的无论任何东西都有关,我希望这听起来不太像个玩笑。它一直是实物教学的例子,来说明阐释是如何运作的。但正如斯坦利·费希会坚持的,它不仅仅是一个"无论你说什么,它就在那"的问题。("很像一头鲸鱼",波洛涅斯说。)用俄国形式主义的历史编纂学术语想一想这个问题。在一个既定的文本中,所有可以被认为是文学中的自动功能的"手法"都会出现,其中一些在共时功能上是主导的,一些是潜在的。手法的总数就是随着时间的推移被阐释共同体普遍接受和认可为文学构成因素的总数。所以批评方法总是能发现他们要寻找的东西——当然这是一个危险的信号！——而且总是有一定道理的。（为了防止你们感到奇怪，我已经说服自己相信我对《拖车托尼》说的一切都是有道理的，即使谈论一些占主导地位的事情比谈论其他一些潜在的东西更一针见血，在级别上更为合适。）但是某些回应（《拖车托尼》真的与我在六年级时的实地考察旅行相关）并不与公共领域中属于一个阐释对象的任何部分相对应，因此不被视为阐释。

所以让我们再思考一下《拖车托尼》，这一次是"关于"我们最近讨论过的身份形式。比如，我们可以说，《拖车托尼》是一种马克思主义者对阶级作为身份的社会决定因素的合法化。如我们之前所说的，它是一个在恩格斯和卢卡奇经典传统中的现实主义文本：没有展现出任何社会变动，但它确实忠实地反映了社会存在的结构，如我们将会看到的，包括族群和性别的差异结构。

《拖车托尼》是一个反映了美国社会大熔炉中的混杂性的全球故事。你们应该一直很清楚托尼是一个有着底层复杂人格的意大利裔美国人。一方面他相信美国梦："我喜欢我的工作。"但另一方面，他知道他在这个世界上有自己独立而隔绝的位置：黄色的小车库，这部分地为它提供了他的身份。相比之下，尼托是个神经质的白种盎格鲁—撒克逊新教徒（WASP），而斯皮迪是被约翰·杰洛瑞称为"专业人士/管理阶层"中的一员。斯皮迪身上有趣的一点是，他的种族、阶级甚至性别——他也许是一个女工作狂——不像人们想象的那么重要，因为专业人士/管理阶层——如约翰·杰洛瑞的资料来源艾尔文·古德纳（Alvin Gouldner）长篇论述过的——是一个有着共同利益的新兴群体，但不能说他们分享了阶级的或者已有的其他身份。尼托在民间故事式的三段重复中首先出现不是偶然的，因为尼托代表了一个旧阶级，一个让位于专业人士/管理阶层的阶级。所以尼托先出现，斯皮迪第二个到。

《拖车托尼》也是一个性别寓言。我们已经说过,除了那些皱眉或者微笑的房子,书中没有女人,但还不仅仅是这样。在图画中,尼托系了一个小蝴蝶结领结,而且还娇里娇气地说"我不想被弄脏",很明显这些都是人们对同性恋者的刻板印象。当然还有接下来班皮的"推(进)了又推(进)"——你们不会想往这方面想下去。

那么问题就在这里,它真的为我们提供了一个向今天的阅读材料的过渡:我这段时间一直在对《拖车托尼》做什么呢?如你们现在所能看到的,我一直在做的正是斯坦利·费希对"雅各、罗森堡、列文、索恩、海耶斯和奥曼"所做的。我一直在试图说明,如果你将某种假设带入到你阅读的东西中,你将会进行某种阐释活动,这不是在某种压力下做出的阐释,而是差不多以自发的方式做出的阐释,因为这些都是你在习惯下做出来的。

在费希讲解17世纪敬虔诗的课堂上,完全可以把黑板上为前面那节课开列的语言学阅读书单当成一首诗来解释,当然,你们可以看出,那个书单也提供了做出这种解释的诱惑。费希承认这个书单是个幸运的发现,但他接着用手指指着他教书的那个学院的职员表说,你们也可以把**这些**名字当成一首诗来读。我觉得他说的有道理,因为《拖车托尼》向我们展示了文本的阐释弹性有多好,我们可以把它拉向这边或那边。我们甚至还能发现,他在课上也错过了一些重要的问题。他没有提到"列文"(Levin)这个词的古义是闪电,也就是伴随着所有宗教启示而来的那道光。而且,我们很难理解全班师生为什么被"海耶斯"(Hayes)这个词难住了,因为我们暗中透过一面镜子去看,如坠迷雾(haze)之中。这恰恰是我们在17世纪敬虔诗中瞥见宗教真理的反应。

你们说,好吧,我们玩够了这些猜谜游戏,但我们还是有权知道被我们称为文本的这种有意图的言语**到底**是干什么的。比如,如果你们还记得 E. D. 赫希所做的区分的话,你们也许想知道我是否认为《拖车托尼》有一个意思,而不仅仅只是有意义。事实上,我认为它有意思。我以前随意提到过这点,但那只是出于直觉(奇怪的是,我对此不是那么肯定,不如我对所有"阐释方法"已经展现的顿悟时刻那么肯定),相信我,它不是来自我对精神分析可能有的任何偏好。但是,我确实相信,一个写给小孩的关键句是"他推了又推,终于——我上路了"的故事,非常明显是关于如厕训练的。肛门期的儿童会知道推了又推指的是什么东西,而且或许对其他的东西知道得很少。你们要是嘲笑我,难道你们之前都没有看过《南方公园》(South Park)吗?所以,这就是"我的"阐释,优先于其他所有通过我表达出来的阐释。但这个结论受到了什么制约?我已经否认了我对精神分析有特别的兴趣,但我确实对它有些了解。精神分析是我的阐释共同体的一部分,是我在这个特定的例子中汲取资源的那部分。

就像费希的课一样,我们一直在玩游戏,因为作为一个团体,我们是一个能够识别出诸多方法的阐释共同体,凭借你们几乎都乐意领会我所说的东西这个事实,因此这一点显而易见。我们一直都对《拖车托尼》有很多的了解,同意它是关于这个、关于那个,甚至可能是关于星期四的。在此,让我对我们基本一致的认同提出两点附加说明。首先我想说,在构成我的观众的阐释共同体中,即那些对阐释感兴趣的人组成的团体中,一直都有人怀疑阐释是一个愚蠢的游戏,所以你想体验一下这种课程以了解它到底有多愚蠢。我们所有人都关注阐释活动周围那些情况的潜在复杂性。我们是一个对阐释感兴趣的阐释共同体,所以我们在各种视角的游乐园里共同玩耍。

但是其次,我想冒险提出,在这个阐释共同体中有两个亚共同体,它们完全理解这种多元化的练习的重要性,但仍然很想坚持反对它。其中的一个亚共同体,对于一种或另一种观点要么一直有要么刚刚产生了非常强烈的信仰,这些观点我们在课上都介绍过。如果有人将他们视为最重要的观点、真正的观点看作一系列观点中的一个,他们会认为这是一种侮辱。你们应该记得,在第一堂导论课上我在为概论课做辩护时,提到过那些瞧不起概论课这个想法的学生和同事，毕竟，对他们来说，唯一有价值的东西是马克思的思想或者别的什么思想。这种观点可能不太会引导你说《拖车托尼》仅仅是关于这件有价值的事的，而会说多元的阐释是草率的、侮辱性的练习，因为重要的是仅仅认真对待这件事，而不管《拖车托尼》说的到底是什么意思。

我们阐释共同体内的第二个亚共同体是仍然信仰"高雅文化"的那一个。这个共同体并不一定否认条条大路通罗马，但坚持认为我们应该一直阐释《利西达斯》或者《古舟子咏》。根据这种观点，我们用《拖车托尼》当例子就显示出我们对高雅文化缺乏尊重。这种观点的言外之意是，使用多种方法解读一部严肃的文学作品，将会对**最好的**方法产生一定的共识（不一定是唯一一种方法），与之相比，其他所有方法的解读将会被证明是不重要的。假如你们信仰的不是一种观点而是高雅文化，你们不会提前说哪种方法是最好的，但你们将会假设一部伟大的文学作品会为你指明最好的方向，或许会为了进行阐释而产生出自身的术语，这应该受到尊重。当约翰·杰洛瑞讨论为西方文化主流经典辩护的观点时，他批评的就是这种观点，或者是这种观点更为灵活的版本。

尽管如此，作为一个阐释共同体，我们确实都承认我们可能会反复停留在某个文本上，一如我们过去做过的那样。如果有人这么做了，我们就会意识到，无论我们是否喜欢这么做，我们自己可能也会这么做——从斯坦利·费希的观点看，也从约翰·杰洛瑞的观点看，这是一个证据，说明我们属于同一所**学校**里，所以我们有很多共同之处。正是我们的共同之处让文本以多种方式成为我们所有人的关注点，而不会造成太多的混乱或怀疑。

但这正是让我们少随意说些"阐释共同体"和"学派"，更细致地关注我们的作者在使用这些术语时想说些什么、不想说些什么的时候。下面让我们转向费希，首先看看他的第一个句子［1023］。由于这是一系列讲座的一部分，所以他在开头这么说：

第 24 章 文学研究的制度建构

上一次我概略叙述过这样一个论点：意义既不是固定、稳定的文本的财产，也不是自由、独立的读者的财产，而是阐释共同体的财产；这个共同体既为读者活动的状况负责，也为这些活动生产的文本负责。

我不确定他在这个讲座中把这个论点推进得更远，所以我觉得值得在这个句子上多停留一会儿。

我想尝试通过勾勒出费希有趣的事业弧线来解释一下这句话。他自己也承认，他的想法事实上改变过两次，而这些改变也在我刚才读过的那句话中都留下了痕迹。下面是他的三个基本立场，先后相继，又都颠覆了前一个立场。当我在加州大学做费希的学生时，他坚定地持有第一个立场。那时他刚刚出版了《为罪所撼：〈失乐园〉中的读者》(*Surprised by Sin: The Reader in 'Paradise Lost'*)，这本书是为一门研讨课试讲的，我是那门课的试听者。他的第一个立场是**文本生产了读者**，为了给你们举例说明他是什么意思，我要引用一段他从弥尔顿作品中引用的段落。撒旦持着长矛从火焰湖中出现，将自己提升到最高处："与他的长矛相比，那根最高的松木【好的：长矛，松木，尺寸差不多？】/砍自……/可做大船桅杆用的【因此：桅杆＝松木＝长矛？】/也只不过是个小短杖"！你们突然意识到，尺寸的顺序被完全翻转了，与撒旦的长矛相比，你们意识中已经填满的东西——最高的松木——不过是个小短杖。所以，弥尔顿在干什么呢？他在说：你们以为你们知道撒旦有多庞大，但你们不要惹到撒旦，因为他比你们所能想象的更庞大。作为亚当的后裔，你们堕入了弥尔顿句法的陷阱，还将不断地堕入别人的陷阱中，就像同样不小心的假设会让你堕入撒旦的掌控之中一样，直到你认识到阅读不能草率地下结论，而会翻转判断。

后面那些我还没有引用的话说明，即使我们承认他的身材无可比拟的庞大，我们仍然只看到了最虚弱的状态。这段话接着说："只不过是个小短杖/他拄着长矛走,支撑他跟跄的步伐。"他现在是前所未有的虚弱,但仍然远超你能掌控的范畴。草率地下结论、过早地获得阐释信心就是堕落、不断地堕落。《失乐园》的句法告诉我们,每一次我们过早觉得自己抓住了一个文本的意思时,我们就在证明我们是堕落的读者,还不是可以从这个关于堕落的故事中受益的"少数但完美的观众"的一部分。

  费希的第一个立场就是**文本生产了读者**。在这之后没多久,在写作《自我消费的人工制品》(*Self-Consuming Artifacts*)一书的过程中,他开始形成一个与第一个立场多少有些相反的立场。他拿定了主意,不是文本使读者存在、使读者认识到在《失乐园》例子中的那种存在堕落状态。不是文本使读者存在,而是读者使文本存在。**读者生产了文本**。即使是受到误导的,毕竟是读者表演了阅读的动作,是读者最终使弥尔顿所用策略的特色呈现出来。所以,就让他感兴趣的文本中的动态教益而言,费希变换了他的场地,但同时还保留了他第一个立场中的相似的论证结构和洞见范围。

  直到费希想起读者不只是一个自主的思维,而且也反映了受到的影响时,第二个立场看起来是很有道理的。相应地,他在思考"读者反应"(和伊瑟尔的贡献一样,他的理论贡献主要属于这个广阔的领域或者学派)的过程中发生了第三个革命:不是文本生产了读者,也不是读者生产了文本,**而是阐释共同体生产了读者,而读者接着又生产了文本**。

  当费希说[1025]"阐释不是解释的艺术,而是建构的艺术;阐释者并不解码诗歌,他们制造诗歌"时,他还只是处于他的思考的第二阶段,因为我们仍然可以假设,阐释者是个自主的人,他的阅读策略或者建构策略是自我产生的。但他很快就澄清说[1027]:"但这并不能让我臣服于主体性。"换句话说,他不是在说无论我把什么放进文本都是合法的,也不是在说由于我们都有着不同的主体性因此制造出了完全不同的文本,所以任何稀奇古怪的阐释都是可能的。他说的不是这个。根据他随后提出的理由,我不能说《拖车托尼》是关于我六年级时的实地考察旅行的。

"但这并不能让我臣服于主体性，因为制造【文本】的方式是社会的、约定俗成的。"

我们对《拖车托尼》做出的各种各样的阐释，包括偶尔离经叛道的阐释，都是以关于可以做出什么样的阐释的某种在地的共识、一个阐释共同体共享的某种意见为前提的。换句话说，假如我期待被别人理解的话，我不能对某种东西持有一种稀奇古怪的阐释。假如我被锁在自己的屋子里，我假设我可以对某个东西有种稀奇古怪的阐释（或者制造一个稀奇古怪的文本），但没有人会出版它。只有源自生产、分享"阐释"和"文本"这些**概念**的共同体的技巧和假设，我的阐释才能被算作一种阐释。

如果说只有被惯例武装起来的共同体才有能动性，才能生产出被视为文本或其他事物的无论什么东西的话，那接下来的推论就是既没有主体，也没有客体。与德里达和解构主义相似，这是费希攻击西方形而上学传统的方法。和我们阅读材料的其他地方一样，我希望在这里这一点是清楚的：这里丝毫没有质疑事物的真实存在。费希绘声绘色地说共同体生产了事物，但他是作为一位实用主义者说的，而不是作为一位极端怀疑主义者或者一位壁橱里的唯心主义者说的。"生产"一个事物就是生产一种手段，人们通过这种手段可以将那个事物识别为——在其他情况相似的事物中被认出——那个事物。如果我们反驳说，一首十四行诗就是一首有十四行诗句的诗，无论我们是否读它（"生产它"）都是如此，那我们就忘记了，想要知道、清晰详细阐述一首诗、一行诗、一定数量的诗行，以及最终一首十四行诗到底是什么，需要接受某种特定的教育（与其他共同体相区别的教育）。这也把我们带回我们最初的一些思考，也就是关于海德格尔和伽达默尔的"前有"概念，以及我们总是把某个东西视为某个东西的方式的思考。但费希远离了这种思想，否认主体性在阐释过程中的作用。伽达默尔强调的是历史视域而不是浪漫虚构的个人作者或读者，这在某种程度上或许预示了费希的一个想法，后者坚持认为，个人只能看到或者生产他所处的阐释共同体制约着他所能看到的东西。

那什么是一个阐释共同体呢？我已经说过，我们都属于一个反映了我们一起在此存在的阐释共同体，也说过我们之中有两个持不同意见的亚共同体。但在这些广泛的一致性中有明显的复杂性。我们能相互理解，但同样正确的是，我敢肯定你们也都想到了，我们每个人都不会和其他人有一套**完全**相同的意见。如果我们接受这个论点的一个较弱的版本的话，我们很容易就会同意，我们确实是根据某些习俗让事物出现的，这些习俗通过我们在一个阐释共同体中的成员身份演化而来。但同时，你们每一个人都会说，你们不太会以费希在他的那堂课上所用的方式去阐释雅各、罗森堡以及其他剩余的人名，也不会以弗莱教授补充这些阐释时所用的方式去阐释它们。你的阐释有些不同，你旁边的同学也和你不一样。我们共享着一些生产性的假设，但我们每一个人生产出了不同的文本。

费希会对此说些什么呢？我认为他可能会让步接受这一点，我真的认为这一点需要被认可，因为它只是削弱了而不是破坏了他的立场：的确，从某种意义上说，我们全都处于一个共同体之中——正如约翰·杰洛瑞说的，某种意义上我们都处在同一所学校中——但另一方面，我们每一个人也都是所有我们所属的以及我们从中出现的阐释共同体的总和、混合物。我们每一个人都是不同的，因为我们所属的阐释共同体的总数总是与其他人分属的共同体的总数有些不一样。共同体的概念还在，但有人或许会说，它只是在简化的意义上存在，就仿佛原子论所说的那样，共同体的总数与个体的总数一样大。

反对社会建构主义的另一种观点也许可以被称为生物建构主义。爱德华·威尔逊（Edward O. Wilson）这样的社会生物学思想家、"人工智能"的提倡者以及其他一些认知科学领域的科学家都指出，大脑天生，或者几乎可以说是天生就能做以及识别各种各样的事情。实验室研究显示，甚至我们所有人的审美倾向也要取决于我们天生的偏好。当我们说审美倾向是客观的——我们总是说"趣味无争辩"——的时候，总是沦为别人的笑柄。我们都喜欢所谓的黄金分割,我们喜欢拱形,也许是因为我们喜欢能够遮蔽和保护我们的形状。无论如何,有相当确凿的证据表明,我们天生就共享认知和指称。达尔文在最后一本书里描述了我们从婴儿开始就能识别他人的表情以及动物的表情,所以社会制约的存在是几乎没有任何疑问的。

但是,我不确定费希的论点是否容易受到这个立场的攻击,因为天生的毕竟既是共同体制约的,也是社会制约的。而且与此同时,天生论并没有证据表明我们都**感受**同样的事物,证据只显示出我们所有人**建构**同样的事物,这与费希的观点一致。所以对我来说,尽管对所谓的激进建构主义的反驳观点通常会指向天生倾向,但它实际上并不成功;有人指出,假如我们要保留限定的阐释共同体这个概念,它们必然几乎和分享它们的人数一样多,这是两种观点中更为有效的一种。

约翰·杰洛瑞将学校视为一个阐释共同体。这个论点事实上终结了他希望强化和弄糟的关于学术经典的争论[1477]。他认为,在接下来的25年乃至更长的时间里,学界的热点问题将会是文化战:经典对非经典的战争、文化对多元文化的战争——他为人们会对这些术语进行没完没了的争吵感到担忧。嗯,这一切没有发生,因为他自己的观点是如此出色,以至于每个人都醒悟过来,意识到这场争论的表达框架是不合适的。杰洛瑞的著作《文化资本》(*Cultural Capital*)并没有使公共领域的文化战消歇——没有什么能使公众消歇——但它确实终止了那些"学派"对"文化"的争论。这些学派是他的主要对象。

如我所说,杰洛瑞的主要关注点——这个关注主要来自社会学家皮埃尔·布尔迪厄,并且如他自己详细说明的,也来自安东尼奥·葛兰西——是学校确立和增殖葛兰西所谓的"领导权"(hegemony)的方式。根据这种观点,学校通常培养的不是以特定具体的知识或者理解武装起来的头脑。它生产出来的反而是刻有一定总量"文化资本"印记的人,尤其是在人文学科中——杰洛瑞认为,人文学科在自己的惰性中使自己陷入了困境。换句话说，它重复了，或者用布尔迪厄的术语说就是它"复制"了某种"阶级"——在这里是指马克思的上层建筑意义上的阶级，而不是指被金钱或者必然被家庭编码的阶级，尽管二者之间必定会有重合。不管一个学生认为她自己已经掌握了什么具体内容，不管它对进步主题有怎样的强调，学校都是通过占有文化（交响音乐会的门票、在晚餐后的闲谈中引用诗句，当然也有对多元文化的热衷）来培养优越感，复制了对特权的趋近。而这种特权就是杰洛瑞所说的西方文化中的学校一直在培养的东西。学校复制的与其说是知识，不如说是**其自身**，它体现出的态度、它存在和发展的理由以及它与权力和国家机器的关系。这就是杰洛瑞之所以会说文化战的双方在同等程度上落入了由学校复制的单一意识形态之手的原因。不管文本本身有多进步或者"边缘化"，只要它首先作为一件文化商品被加工，然后作为一件文化商品被占有，那就不会引发变革。

当你们把接受多元文化主义、"非经典"当作主张杰洛瑞所谓的"进步教学"的唯一手段时，你们只是成功地把你们所关注的对象从它所属的文化中抹掉，这种方式正如"西方文明的伟大丰碑"长期以来已经被从它所属的历史和文化环境中抹掉了一样。你们将西方文明**和**另类经典都同样简化了，将其进行无根的商品化，称为文化资本。就西方文明而言，它为晚餐后的闲谈提供了谈资。就多元文化课程大纲而言，是有了在相似的情况下以完全相同的方式提及的机会。任何文化产品都植根于历史和社会环境，杰洛瑞认为，在这两种情况下，我们根本就无法学到任何与之相关的知识。

这种观点基于这样的假设：在"学校"意识形态下，讲授伟大作品或者非经典作品的方式是将它们视为思想和原则的化身。它们被当作信息来教授。西方经典将自身精炼为一个有关美国价值优越性的信息，就仿佛它们自古至今从未改变。多元文化经典将自身精炼为一个论辩式的信息，认为任何人无论碰巧说了什么都是美的和重要的。所有作品都不再是从它们被写成的历史环境中出现并对这个历史环境进行说明的文化制品了。

这种观点归根结底是一种对新教学法的呼吁。事实上，杰洛瑞自己对伟大作品抱有最深的忠诚。他在学术生涯开端是一名早期现代学者，第一部著作是一本论斯宾塞和弥尔顿的杰作。他后来有关文学社会学方面的著作丝毫没有动摇或破坏这个事实：在他学术生涯的早期，他对一种特定的文化经典感兴趣。托马斯·格雷（Thomas Gray）的《墓畔哀歌》（"Elegy Written in a Country Churchyard"）尽管是用俗语（即英语）写成的，但它逐渐在英文系教学大纲中占有一席之地。事实上，在《文化资本》中，最有意思的一章可能就是他讲明其中原因的那章。换句话说，他讲明了这首现在已经是一座文化丰碑的诗歌，是如何破坏了加诸古典作品、拉丁语知识的特权的，是如何助推了俗语的国家课程大纲的出现的。

杰洛瑞自己喜欢古典作品，包括被《墓畔哀歌》替代了的那些作品。他实际上同意葛兰西那表面看来显得保守的思想，即所有阶级的所有学生应该有机会在一起讨论一些共同的主题，并不排除古典作品。但是，杰洛瑞说明了西方文明的专家是如何被这样的观点愚弄了，即一部经典应该是"传统的"或者永恒的。经典在历史上不断变动。书籍积累得越多，你能读到的就越少，以前的经典就必须越来越多地静悄悄地退出所有课程大纲，包括西方文明的课程大纲。我们每次为一门基本课程制定新的课程大纲时，都会看到这一幕的发生。（假如我决定，或者说我应该介绍新的理论家时，那么我们阅读材料中的某些理论家该怎么办？）今天，我们认为我们知道什么是"伟大的经典"，因为我们读了一些柏拉图、亚里士多德、荷马、维吉尔，也许还有修昔底德和希罗多德的作品。而在以前，人们并不仅仅读这些大师的作品，他们要读所有用希腊语和拉丁语写出来的东西，由于他们还有点时间，他们接着还读了那些当时用英语发表的极少数作品。现代语言和文学极大地缩短了经典的名单，好为它们自己腾位置。

杰洛瑞的论点取决于置身于这种争论——要区分两种形式的"文化"的争论——中的任何人的失败。没有受过任何教育的人和新专业人士/管理阶层可以共享一种文化，文学在这种文化中根本不重要。在这种文化中，耐克是一种运动鞋。正如我们所说的，还有一种以大写字母K开头的文化，以文明的丰碑为特征，当那些另类经典被当作类似的法宝传播时，也以它们为特征。杰洛瑞说，由于我们把这两种文化形式之间的关系理解为完全断裂的，所以出现了他所抱怨的教学中的抹除行为。他自己认为，**任何东西**只要根据它的社会和历史环境来讲授，都能被合理地、进步地讲授。他指出，一部"伟大的著作"之所以伟大，部分原因就在于它不可能被简化为对某个个人见解的无聊肯定。而这是西方文明鼓吹者们强加在它身上的负担（1482）：

> 任何有趣的文化作品都不可能简单到可以被这样可靠地寓言化，因为任何文化作品都将以自己的形式和内容将社会冲突**具体化**，而这种社会冲突被有关经典的争论通过一种分裂的课程大纲寓言化了。

《奥德赛》中充满了欺骗、诡计、阶级背叛。《伊利亚特》中有一个很有趣的角色叫忒耳西忒斯，他很少鼓吹那些我们能将之与西方文化联系在一起的价值。不管怎样，这就是杰洛瑞说的意思：如果你读得够仔细、够专心，你就不能用这种方式经典化任何东西。所以，他的论点归根结底就是一个更好的阅读计划，这个计划用鲜活的环境为这个被我们称为学校的阐释共同体通风换气。这个鲜活的环境在一种耐克既是一双运动鞋也是一位女神的文化中生产和表达自己。

反对理论与支持理论

第25章

理论的终结？新实用主义

阅读材料：

斯蒂芬·纳普和沃尔特·本·迈克尔斯：《反对理论》，见《反对理论：文学研究和新实用主义》（W. J. T. 米歇尔编），芝加哥：芝加哥大学出版社，1985年。

这节课我们要关注一篇文章，这篇文章是两位年轻学者写的，文章一发表就立刻引起了广泛的称赞和争议。其中一位当时还没有拿到终身教职，还在学术道路上跋涉。这篇发表在《批评探索》（*Critical Inquiry*）上的文章无疑给他们带来了成功。《批评探索》的编辑们立即决定将《反对理论》（"Against Theory"）一文以及一系列回应文章集结成书出版。假如你们对由这篇文章引起的争议感兴趣的话，这篇文章值得你们全文阅读，我希望我能说服你们这样做。

斯蒂芬·纳普（Stephen Knapp）和沃尔特·本·迈克尔斯（Walter Benn Michaels）都是"新实用主义者"，他们受到的最直接的影响来自哲学家理查德·罗蒂（Richard Rorty）在20世纪70年代出版的名著《哲学与自然之镜》(Philosophy and the Mirror of Nature)。罗蒂自己又身处这样一个传统之中：经过20世纪三四十年代的约翰·杜威（John Dewey），往前不仅可以追溯到威廉·詹姆斯（亨利·詹姆斯的哥哥）的伟大的哲学介入，也许最重要的是，还可以追溯到哲学家查尔斯·桑德斯·皮尔士（Charles Sanders Peirce）提出的符号理论。皮尔士的理论古怪而深奥，当时除了他的几个同事（包括詹姆斯）外，并不为世人所知。他在《致维尔比夫人的信》(Letters to Lady Welby)中最清楚地表达了他的思想。这个理论被以理查兹（I. A. Richards）为首的剑桥大学的一个圈子吸收。在《意义之意义》(The Meaning of Meaning)一书（节选《致维尔比夫人的信》的内容作为附录）中，理查兹和奥格登（C. K. Ogden）对皮尔士的符号学做了一些思考，这成了许多后来的批评家了解这个话题的介绍。他们很看重"第三项"，即符号（sign）和对象（referent）之间的"解释项"（interpretant）或者人这个能动者（agent）的作用。对于那些怀疑符号和对象之间有可靠的介导关系的说法而言，这是一种很有影响力的反驳。

今天，实用主义（或者说新实用主义）在学术界的文学思考中越来越有影响力。皮尔士将自己的符号学视为索绪尔符号学的一种替代品，因为它是有物质基础的，反映出了社会交换的动态变化，包括"阐释共同体"的动态变化。我将试着通过纳普和迈克尔斯的文章来介绍一下这些思想，最后希望能够表明，索绪尔的前提为什么不能像纳普和迈克尔斯所认为的那样可以被轻易抛弃。（至于对皮尔士做出的索绪尔式重新解读，我向你们推荐安伯托·艾柯的一篇文章，题目是《皮尔士的概念"解释项"》【"Peirce's Notion of the Interpretant"】。艾柯将解释项视为中介符号，而不是人这个能动者。[1]）

在美国，1982年标示出文学理论既令人着迷又令人沮丧的最高峰。如我们已经说过的，文学理论那时是一个热点话题，如今已没有那么热门了。如我们已经看到的，我们对文学理论——或者至少是我径直称为索绪尔式的文学理论——的兴趣现在至少在某种程度上属于历史研究性的。但是在1982年，你在这些问题上的立场关系重大。正是在那样的氛围中，纳普和迈克尔斯发表了《反对理论》。

一名新实用主义者要像索绪尔的信徒那样是"反基础的"（anti-foundational，这是罗蒂的用语），就是对作为知识和交流基础的客观世界不做任何解释。但对新实用主义者而言，重要的是要记住：我们就是知道东西（无论什么原因：如他们在文章中所说的，知识和信仰之间没有区别）；我们无法**不**知道东西；而且在我们所知的基础上，我们必须采取合适的**行动**，由此才能在社会环境中展示出**能动者**的作用。对新实用主义者而言，说话像其他行动一样都是一种能动性的形式。你们能够看到，通过坚持将能动性视为做人的中心特征，新实用主义者至少在修辞上比诸如解构主义者更热忱地防止虚无主义和激进的怀疑主义可能带来的严重后果。

你们在斯坦利·费希的文章中会见到这些观点。费希认为，我们通过自己的能动性而相信和强化的知识绝大部分是由我们所属的阐释共同体生产出来的。你们会注意到，在纳普和迈克尔斯的文章的第三部分，他们礼貌地提出了针对费希的反对意见。很清楚，他们与费希在主要问题上是一致的，但他们将费希视为一个实例教训，那就是在随意的口误中复制不良的思考习惯是多么容易！为此，他们在费希的文章中挑出了一段，费希在那里退回到这样的看法：我们掌握的是与信仰相关的知识，而非就是信仰。在随后成书出版的《反对理论》中，费希写了一篇回应，不过是就一些无关紧要的问题进行的友好交流。在这堂课上，我将着重讲讲纳普和迈克尔斯提出的三个论点中的头两个。我也会稍微谈谈知识和信仰的关系，罗蒂曾对这个哲学问题做出了最好的评论。

你们会注意到纳普他们的语气和费希的很相似，是一种坦率、直截了当、直面问题的语气。在读过德里达或拉康的文章后，你们会感到如今如释重负，仿佛是在经历了辩证的绕来绕去之后度了个假。从某种程度来说，这种语气是自然而然的结果。它来自对新实用主义观点的拥护，因为实际上你告诉你的读者的，是你们只需要做你们所做的事，想你们所想的事。不要四处摸索什么基本原理，就好好处理思维和行动。作为一名文学阐释者，你**注定**会对你阅读的东西有种种看法，你不会没有看法的。所以如果你在阐释你阅读的东西，好好做就行了。假如你不想作为一个未经中介的读者独自进行阐释（而且，由于很难忘记阐释不可能是客观的这一点，你可能倾向于放弃阐释），你可以去研究阐释产生的原因：在所有可以从历史角度加以详细说明的阐释共同体（或者说"公共空间"【public sphere】这个大家经常加以改编引用的哈贝马斯的等效术语）中，其他人为什么说了那样的话。你唯一能犯错的方式就是为你所做的阐释胡乱拼凑一些理论性的辩护理由。

纳普和迈克尔斯认为，当人们犯了三个基本的错误时（再一次地，第三个错误就是把知识和信仰相分离），就会与理论提出的问题纠缠在一起，这既是没有必要的，也是不正确的。第一个错误就是假设意义和意图（intention）有区别：换句话说，一方面就是你必须能够借助一个意图获得意义；或者说，另一方面，如果缺乏一个意图，我们就不能决定意义是什么。这是他们的第一个论点：当人们犯了一种或者另一种（它的对立理论）将意图与意义分开的错误时，他们就陷在了理论之中。我们一会儿会回到这个论点来。第二个论点来自他们坚持认为语言和言语（speech）之间没有区别。他们反对索绪尔的这种观点：语言（*langue*）是在我们头脑中虚拟存在的数据库，它产生出言语（*parole*），被人一句接一句表达出来。以上每一个论点都宣称，通过假设或者假定思维中先在的事物状态和使事物状态处于行动之中有区别，"理论"使自身成为可能。然而准确地说，事物永远只是处于行动中的状态。

在我仔细考查这些论点之前，我先说说两位作者觉得理论是什么又不是什么。在他们文章的第一段里，他们有趣地将某些思考文学的准科学方法从对理论的普遍指责中免除了：

> 这个术语【理论】有时会被用在与阐释具体作品无关的文学主

题上，比如叙事学、风格学和诗体论。尽管它们是概括性的，但在我们看来本质上是经验的，因此我们反对理论的观点对它们不适用。

这有点出人意料，因为在这门名义上是讲理论的课上，我们已经讲解过这些内容：叙事学；风格学，也就是有关风格的科学，以及人们怎样才能从句法和统计数据上研究风格；诗体论是诗学的一个方面，通过数据提出基本理论，揭示诗是如何写成的。所有这些获得准许的研究活动一定会让我们想到俄国形式主义者。如我们之前所了解的，叙事学主要来源于结构主义以及弗洛伊德的一些思想。这个谱系很难让人觉得它不是理论。但是对纳普和迈克尔斯而言，这些思考文学的方式是他们所谓的"经验的"，被排除在他们对理论提出的挑战之外。致使他们将"诗学"豁免为非理论的原因似乎是好观察和坏思考之间的区别——这对反基础主义者来说是一个很难做出的区分（什么算是事实？）。我们不用在此花费太多时间，但顺便做出这个评论可能是有用的："阐释学"（hermeneutics）应该是比纳普和迈克尔斯所谓的"理论"更合适的名称。他们是在"反对阐释学"，也就是为阐释寻找基本理论。

所以，意图和意义必定是一回事，然后，语言和言语也必定是一回事。在我们要开始思考这些观点的时候，我希望你们记住斯坦利·卡维尔（Stanley Cavell）的一句话："我能够知道一个词的意义，但我能知道一个词的意图吗？"这句话来自《反对理论》一书中收录的他的回应文章。那是一个令人振奋的挑战，我们将会仔细思考它的一些长远影响。

在我现在所说的这些东西上，我将会一路同意纳普和迈克尔斯的观点，事实上几乎一直都是赞同的，但在这条路接近终点的地方，我打算来个急转弯，希望能够拯救理论，最终使它们有存在的必要。这是我的责任。我很难在上了26次课之后最终承认，我们一直谈论的东西应该从我们的词汇表中排除出去。所以我将试着屠龙，但你们还要等一会儿，因为正如我所说的，这条龙很聪明，有很多优点。

纳普和迈克尔斯说，在我们的头脑被理论弄糊涂之前，我们就理所当然地认为任何表达都有一个意图，他们说得没错。无论我们什么时候碰到我们觉得是语言的音响或标记时，我们都会赋予它一个意图；他们说，**语言从定义上来说就是有意图的**。对于那些我们无法推断其作者的音响和标记，我们就否认它们是语言，因为我们不认为它们是有意图的。

纳普和迈克尔斯给出了一个现在已经很著名的例子来测试这个假说，这使我们认识到假设我们知道什么东西的意义的危险所在。一般来说，我们总是自然地说："我知道那是什么意思。"或者至少会说："虽然我不知道它是什么意思，但它一定有意义。"如果我们认为什么东西属于语言的话，我们一般就是这么处理语言片段的。试想我们走在沙滩上，偶然看到四条线——说"线"已经很危险了——那是沙子中的四行标记，看起来非常像华兹华斯《安眠封闭了我的灵魂》（"A Slumber Did My Spirit Seal"）一诗中的第一节：

> 安眠封闭了我的灵魂；
> 人世的恐惧忘却罄尽。
> 她如若一物
> 感受不到岁月的痕迹。

我们不会感到迷惑，因为我们会认为这是某个华兹华斯的爱好者来到这里并在沙子上画出了这些线。那是对一个有意图的表达的有意图的引用。要理解这些表达的意义是很难的（一些当代最好的评论家为此想破了脑袋），但是因为它是有意图的，所以一定意味着什么。这时海浪冲刷过海滩，在上面留下看起来像那首诗的第二节的痕迹，正好在第一节的下面。这自然会让我们大吃一惊：

> 纹丝不动，杳无声息；

她不听也不看；

伴着巨岩、石块和树木，

追随大地昼夜飞驰的转轮。

正如纳普和迈克尔斯帮我们推测的，大海也许是一种喜欢写诗的泛神式的存在，如果是这样的话，那就是大海意图写下这个诗节。也可能是有些小人在一个小潜水艇里做的一个实验。我们可以一直为这个诗节推断其作者，但更有可能的是，我们只会说这不过是个神奇的巧合，确实很神奇，但就是一个巧合而已。它还能是什么呢？

这个练习的目的是让我们认识到，无论在何处，只要我们假定一些标记是书写出来的，我们已经为这些标记假定了一个意图。假如没有人在沙滩上写下这些像词语一样的标记，如果不是从上帝往下的任何实体或存在写的，那么这些标记就不是语言，仅仅**像**语言而已，完全是巧合。尽管它们看起来像语言，我们突然就能认识到认为它们有意义将会是愚蠢的。有一首诗正好与我们面前的这堆标记非常相像，诗有意义，但这堆标记没有意义。

现在，我想我们大多数人可能会抵制这种想法，即我们无法阐释这堆标记。我们可以同意意图就是意义，但我们想说，假如某个东西**看起来**像是有意图的，那么没有什么能够阻止我们相应地阐释它好像具有的意义。或许可以找到一个例子，能够更清楚地说明有意图之物和纯粹存在之物（前者是语言而后者不是）之间的区别。

比如，几年前《纽黑文记事报》（*New Haven Register*）刊登了一幅照片。在照片上，离这儿很近的米尔福德市的两位女士面带狂喜的表情，盯着树干上的一个疤痕，那个疤痕看起来像耶稣的头像。除了这两位女士，还有几百人参观了这个地方。他们当然相信，这个树疤之所以看着像耶稣头像，是因为这是上帝显灵的意图。对他们来说，意义是很清楚的。他们知道，同样的事情也在芝士三文治吐司上发生过。但是许多不那么信神的人觉得不是上帝让树疤看起来像那样的，这不过是个巧合。在这种情况下，没人会说这是耶稣的面孔，或者任何什么人的面孔，不过是看起来像一张脸而已。这样就不会产生阐释这个树疤的诱惑，所以我要说这个例子比华兹华斯诗歌的巧合拟像那个例子更好，因为诗行仍然会让人产生阅读的迫切需要。这么做我们就会假设有某个神秘的作者存在，而面对树疤我们就没有这种灵活性。比如，我们不能说是"自然"使这个标记看起来像一张脸，因为我们知道，只有基督教的上帝才能通过自然或法令（因此，不能认为风、细胞增生或者穿实验服的小人是能动力量）使它看起来像耶稣的脸。

简言之，无论你对《安眠封闭了我的灵魂》是什么感觉，在看起来像耶稣面孔的树疤的例子里你不得不接受纳普和迈克尔斯的论点。你要承认它确实依赖于推断出来的一个意图。没有意图就没有意义，如果意图可以被推断出来，那意图就是意义。我认为对任何和所有的表达（稍后我会解释，至少是能被我们称为**言语行为**的表达，只要我们能够做出这个行为我们就会做）来说，这都是无法动摇的论断。为了弄明白意图就是意义这个道理，你或许只需要从词源学上想想。当我说"我的意思（mean）是"时，我的意思是"我意图（intend）使你明白这个和那个"。并不是所有语言里情况都是这样的（德语中有 Ich meine，是"我意欲"，但是只有 das heißt 或 das bedeutet，也就是"**那个**意思是"，而不是"我的意思是"），但在我们的语言里确实是这样。这有助于我们认识到，将两个词语分开考虑是违背常识的。

你可能把一个意义或意图弄错了，事实上你很可能犯错，但这与我们所说的意义和意图之间是否有区别的问题没有任何关系。如果一个句子不是由一个能动者（人或者其他的什么）有意图地说出来的，它就不会有意义，因为它就不是纳普和迈克尔斯所说的"语言"。这实际上把我们引向了他们文章中的第二个论点。再重复一遍我所说的，为了让一个表达能被理解为语言，必须要假定有一个意图。反过来，假如我们无法推断出一个意图，那我们应该能够明白，我们看到的不是语言，而仅仅是语言的拟像，是对语言的有效复制，就像猴子在打字机上敲出的词语。

纳普和迈克尔斯可能会说，谈论不是作为语言**符号**的音响或者标记根本就没有意义。皮尔士区分出了几百种不同的符号。对他来说，所有的符号都是**活跃的**（active）。这就是说，他们都有一个能动性、一个目的、一个实际功能。皮尔士可能会同意索绪尔的观点，认为符号是区分性的，但对他来说，关于符号最重要的一点是符号是姿态性的（gestural），它要完成一个目的。语言中的符号已经是活跃的了，充满了目的。因此，纳普和迈克尔斯说，语言和言语没有区别。

持索绪尔式语言观的人很难接受这个观点。索绪尔认为，语言是虚拟空间里的一个共时的实体，而言语是语言在实际时间里历时的施行。但是，让我们确保我们弄清楚了纳普和迈克尔斯的论点为什么是有道理的。我认为他们在一个脚注中给出了最有说服力的例子，像很多脚注一样，这可能是这篇文章最出彩的地方："一部词典是某种特定言语行为中的常见用法的索引，而不是各种抽象、前意图的可能性组成的矩阵。"想想这句话。我们直到现在一直在假设,语言除了是一套语法和句法的规则，还是为言语行为提供的一套定义。纳普和迈克尔斯在这个脚注里否认了这个假设。他们声称，词典中的定义在某种程度上可以说仅仅是**活动中的词语**的总和，所以，每一个词条只是定义了一个**已经**是言语行为的词语。《牛津英语词典》会给一个词提供多种定义，所有定义都嵌在句子或言语行为中。它们可以从句子中被取出来，但他们表演出来的能动性仍然能被理解。在这种观点下，定义是由言语行为提供的，同时也是为言语行为提供的。词典中的任何一个词都是这个词现在以及历史上在言语行为中的使用方式的固化记录。一部词典就是言语行为的总和。因此，在作为缺乏能动性的某种存在的语言和作为从语言向行为的转化的言语之间做出区分，是错误的做法。即使认为语言在我们之前就一直在那里存在，它仍然是在我们之前所发生的言语行为的记录。一部词典不过就是一本

有意图的言语行为的纲要，正如一本历史上的言语的纲要的样子。因此，"理论"不应该去寻找一个作为言语基础的先在的言语媒介，而应该去寻找能够解释意义的意图。

我们确实需要一路跟随这个对我们的思维提出的挑战走出很远，可以说比我们预期的更远。但我们应该为索绪尔做出辩护，因为他在某种程度上预见到了这个立场。（我还没有开始拯救理论；这里只是顺便评论一下。）记得我曾经告诉过你们，为了理解结构主义及其影响，我们只需要在语言（*langue*）和言语（*parole*）之间做出区分。但事实上，索绪尔那里还有第三个中介性的范畴，被他称为言语活动（*langage*）。这是所有已知言语行为的总和。纳普和迈克尔斯会说，言语活动是"经验性的"，和他们所说的语言（language）没有什么区别。但对索绪尔来说，与言语活动相对的语言仍然是一个符码，而不是一个姿态的档案。

对我们来说，新实用主义的语言观是有说服力的。因为巴赫金以及我们最近阅读的其他作者的一些阅读材料已经让我们相信，语言是社会性的，它的所有部署都是交互式的：把来自其他人的言语行为挪用为自己的一套言语行为，同时又作为言语行为影响其他人。假如这一切都是真的，**语言为交流而存在**看起来好像就是不言自明的。也许在我们了解了这一切之后，我们觉得我们从来都是这样想的。为什么？毕竟，交流是我们使用语言的目的。假如这真是语言的目的，那我们有理由认为它承载了言语挪用的能动性。但是现在是我打算拯救理论的时候，请打起精神！

请注意，我说的是语言为交流而存在**"好像是"**事实。那它还能为别的什么而存在吗？说我们喜欢在沙子上涂鸦或者乱画没有意义的标记，没有什么太大帮助。我们大多数人不这样做。这也就是赛·托姆布雷（Cy Twombly）的画有趣的原因，他确实喜欢画一些看起来有点像铭文的无意义的标记。我们大多数人都喜欢做出能起交流作用的标记。我们生活在一个活生生的世界里，语言的目的不是交流这种论断几乎对所有人都是难以置信的。我们已经将语言锤炼成了完美之物，成为一种有效、灵活，有时甚至是具有说服力的交流媒介。

但是如果我要拯救理论，我需要证明这个看起来不证自明的前提是错误的。假设我们从一个我称之为思辨人类学（speculative anthropology）的角度进入这个问题。大多数关于"自然状态"（the state of nature）的讨论——在霍布斯、卢梭那里，或者马克思论"原始共产主义"中——都属于思辨人类学，都猜想史前史的状态。现在轮到我了。让我们试着用实实在在的评论来证明我的论点。有人说，语言的目的是为了交流。这难道不是与说火的目的是为了做饭很像？或者，假如你反驳说火是外在于人的有机体的，而语言不是，这难道不是与说拇指的目的是为了握东西很像？但是，即使我们能够真的做外在和内在这种区分，我也不确定这是否是重要的。岩石表面上的一个小洞不是一个山洞，不是**为人居住用的**，直到我们为了居住而用它。用火做饭很好、用拇指握东西很好、用岩石上的小洞做居所很好，这些都是偶然发现的目的使然。但是，它们都以各自的方式就在那里，而不是在那里以待我们发现它们是有用之物。目的是我们强加在已然在那儿的东西上的。

语言和拇指一样，是作为一种进化的突变在我们之间出现的。我们"发现了它的用途"，尽管我们承认，这是一种不完美的说法。也许更谨慎周到的说法是，我们发现语言对我们来说有交流的用途，所以，一旦我们能运用这种制造区分性音响的能力，语言就会在那里为了我们和我们的目的而交流。当然，我们用语言取得了很大的成功，或者是造了一座语言的巴别塔，无论你怎么想，语言在我们之间发展成为一个交流的媒介。

让我们假设一下，在一个突变使人类有能力有效利用不同的音响后的第二天，一场雪崩、地震或者海啸让这种突变的拥有者都灭绝了。在这之后的时间里，很可能还有人通过手势或者其他我们无法推测的符号系统交流，可能还难以置信得流利，甚至带有文学天赋。或者就这点而言，智人可能在其发展道路上绕了个弯，以至于交流不再被认为是人类所独有的。从某种程度上说，所有有感知能力的生物都进行交流，所使用的符号系统大多只能在隐喻意义上称为语言。但如果我们这个特殊物种的交流还只停留在老鼠或者蚂蚁的水平上的话，那我们可能就会在发展道路上绕了个弯，无论我们发展出了其他多么了不起的能力。

你们看，如果我们从人类学的角度来思考语言——我们用来交流的特性——这一切都是可能的。我会认为，语言以这种方式存在以至于很难说它的目的是交流。就像羽毛一样，它不过是一种被证明有用的现象，而不像那些没发现有什么用途的突变。

假如我们跟随索绪尔的观点，我们就会注意到语言符号中有某种我们相信是真的东西。索绪尔非常强调这一点，即语言是由区分性的、任意性的符号构成的。他否认在语言中存在着自然符号这种东西。索绪尔和俄国形式主义者——你们回忆一下，他们的研究始于发现了文学语言中**不是用来交流**的方面——都提醒我们，不要相信拟声的手法——例如小鸟"唧唧"叫——是起源于世界上的音响、事物的属性或感觉的自然符号。索绪尔提出，拟声符号不过是词源史上的偶然事件。拟声词在语言中有相当高的出现频率，因为它有助于交流，使交流有趣，但它并不是作为自然符号进入语言的。在一个既定词语的演化过程中，它的音响和对象之间的关系仅仅是在某些时刻看起来是自然的。bow-wow（英语中的"汪汪"）和 *wauwau*（德语中的"汪汪"）在言语中都是拟声的，但在它们各自所属的语言中，它们与其他符号的区分性关系才是影响它们真正的外形和用法的因素。

索绪尔和俄国形式主义者都强调这个问题。当你们阅读这些段落时，他们似乎是对一个看起来没什么价值的问题作了过度的说明，你们可能想知道他们为什么这么做。但是你们可以看到，对于他们来说，对拟声词做出正确的符号学理解是重要的，因为这里停靠着他们关于语言的核心信仰，即语言不是言语，而纳普和迈克尔斯现在正在攻击这一点。当我们说话时，我们不仅仅在试图交流；我们还试图**提及**（refer）。换句话说，我们试图让语言与自然世界对应（correspond）。我们使用一个符号系统（一套就其自身而言不是自然的而是任意的符码），试图让语言符号看起来是自然的。在这样做时，我们强化了语言的存在是为了交流这个想法。但我要说，语言不是为了交流而存在的，**言语才是**。

但是这一点也需要加以证明，这对拯救理论来说很重要。如俄国形式主义者所展示的，我们并不总是仅仅为了交流才说话、写东西。在我们的言语中浮现出来的某些异常的模式和关系——比如，不必要和低效的重复形式——似乎并不能促进交流。事实上，它们看起来竟然在妨碍交流。当我真的开始在组合轴上混合东西的时候——比如刘易斯·卡罗尔（Lewis Carroll）的 "'Twas brillig, and the slithy toves / did gyre and gimble in the wabe"——我把注意力放在了节奏、形态和音响的反复这些因素上。你不能说这些因素对交流直接产生了影响，它们反而阻碍了交流。

这些都是从言语中窥视到的关于语言的经验事实，因此不能被纳普和迈克尔斯仅仅当作理论而抛弃。我们在之前所讲的内容中反复看到语言使自己在言语中被听到的方式。这些冒出水面的不必要的废话是语言对自己的演化起源的确认，以及它拒绝被禁锢在智人为其发现的目的——交流——之中的确认。同样，在弗洛伊德那里，弗洛伊德口误——如果不犯某种错误，通常是令人难堪的错误，人们就无法说完一句话——就是努力说出有意义的话的意识失去控制而冒出水面的话。

出于同样的原因，通过对言语行为中的这些时刻，即词典的定义无法准确反映其实际用法的时刻进行经验性研究，我们认识到语言是别的什么东西，是不受意识控制的东西。我们从言语的古怪行为中推断出语言。语言的这个意义（我将在我的结束性评论中多谈谈这点）使我觉得，纳普和迈克尔斯说语言和言语没有区别是在误导我们。如我所声明的，如果语言和言语之间有区别的话，如果这个区别像索绪尔及其直到解构主义为止的继承人所认为的那么大的话，我们已经成功地拯救了文学理论，我们还意外地发现了一种描述它有什么用的方法：**从实用角度来说，文学理论研究言语中的语言**。

但是，一个实用主义者会回应说，即使这个观点可以接受，对理论来说最多只是个惨胜。我们毕竟都是实用主义者，我们都想提升人的能动性，强调言语和阐释过程中的这些方面，由此，交流是有效的，可以获得意义。我似乎以非常大的代价拯救了理论。我所能想到的所有能做的就是指出在有序的表达中也有失误，这让俄国形式主义者在1914年着迷。即使是他们也很快超越了这一点，不是吗？好吧，在下一节课，也就是最后一节课上，我将试着证明他们并没有，他们的方法得到了扩展，覆盖了一切曾被视为属于文学的手法，包括对象自身，他们开创的传统还远远没有结束。

最后一点，它将把我们带回到纳普和迈克尔斯否认的意义和意图之间的差异。他们提出，两个对立的文学阵营都搬起石头砸了自己的脚。一方面，赫希这样的人相信你可以为了固定一个意义而援引作者的意图；另一方面，解构主义阵营的人说，**由于**没有可推断的意图，所以文本本身没有意义。但这并不是解构主义的意思。他们完全不是在说文本没有意义，也不是在说人们无法最终确定意义是什么。解构主义要说的是，你不能在一个文本中把意义用绳子**围起来**。文本有太多的意义，能迸发出过量的意义。你不能通过推断意图来限制文本生产意义的方式，因为即便是意图被正确地推断出来——假设这是可能的——它也无法说明语言在言语中或者通过言语的爆发。所以，我们把理论从语言和言语没有区别这个论断中拯救出来的立场，也就是回应意图和言语没有区别的立场。语言根本就是没有意图的。如卡维尔所说，我能够知道一个词的意义，但我能知道一个词的意图吗？

语言—言语问题其实并不是这个观点——为了知道意义，你必须能够推断出作者的意图——的反面，而纳普和迈克尔斯想让你这么认为。在他们那两个坍塌了的区分之间，没有多少对称。无论解构主义说了什么，无论解构主义有什么优点和不足，我们并不清楚它是否以这样或那样的方式将意图与意义的关系问题非常放在心上。如纳普和迈克尔斯所说，言语是有意图的，如果没有意图就不是言语。但是语言使言语的意图在追溯语义的剩余中没有决定性的阐释作用。如我所说，在对这门课进行总结时，我将试着展示这个观点为理论开拓的适用范围。

第26章

结　论

现在谁不恨理论？

在上一节课里，纳普和迈克尔斯宣布要驱逐理论，我们提出语言和言语之间确实有区别，以此延缓执行了这个判决。在今天这节最后总结的课上，我还想继续探讨这个论述。与此同时，当我一直说我们拯救了理论时，你们很有可能会问：为什么有人会费心去拯救它？我们上一节课已经开始好奇地发问了，尤其鉴于新实用主义者声称语言和言语拥有共同能动性——他们将两者视为同一个东西——我们是否会得出理论根本不可能与现实目标有任何关系的结论？这也是我今天重新讨论理论时的一个关注点。我们为什么会费心去拯救理论？好吧，简单来说，这与我们发现的交流的局限性有一定关系。

如我们上次所说，言语无疑是"为了"——也就是说，我们已经使它为了——进行交流的。因此，现在该轮到我们问那个不幸的老问题了，也就是："我们相互之间交流得有多**好**？"关于在存在主义盛行时期法语中的所谓的"交流的缺乏"（la manque de la communication），我想说上两句。首先,我想坚持说我们交流得相当好。为我们祝贺!我认为,人们所担心的那些是否能让我们相互理解的通常沟通方式,尤其是在跨文化语境下的敏感的沟通方式,都被非常戏剧化地夸大了。我个人的感觉是,在大部分时间里,我们相互理解得很好。如果我们不如此高调地斤斤计较于我们每个人是"从何处来",我们会相互理解得更好。我认为,我们努力提高每个人的个人意识在一定程度上是一种坏信仰。这里的假定是,我们对待彼此如此糟糕是因为我们没有充分理解每个人的"主体位置"。我不相信这一套。言语表现得不错,不能因为我们持续已久的恶意而受责。言语有着耐用而顺手的有效性。我想说,如果任何人否认这一点,他们都是在不明智地将注意力从问题本身移开。这些问题可能是由交流的困难之外的原因造成的。

但如果这是真的,那么为什么**理论**一直说事实并非如此,认为在交流中还是有小差错呢?问题——如我们所见,纳普和迈克尔斯就否认存在这个问题——就在这个使人不得安宁的被称为**语言**的实体身上。如俄国形式主义者所说,它不断地在交流的过程中煽风点火,挡在中间妨碍交流。但从他们的角度看,这是好事。事实上,在日常言语中听到的些许语言上的模糊真的没有那么糟糕;就像我说过的,我们仍然能够很好地交流。那为什么理论会觉得在这个看起来琐碎的问题的争议上,它无须再对那些认为语言就**是**言语而不是其他什么东西的人多说废话呢?

理论的部分功能就是评估言语在何种程度上以一种不受干扰的方式交流,以及如果人们期望言语仍然能够进行有效交流需要达到的准确和细节水平。如果你们仍然不觉得这个问题有多么令人惊讶的重要性,我不会责怪你们。但我确实希望,在这节课结束后能够说服你们相信这个问题归根结底有着让人惊奇的重要性。

与此同时,我们需要记住理论不是什么。这个学期伊始,我们就在理论和哲学、理论和方法论,甚至理论和阐释学之间做了区分。我们之所以这么做,是因为哲学、方法论和阐释学的全部目的就是发现意义,而理论的目的并非如此。理论更关注意义受到妨碍的方式。当然，尽管你很熟悉理论，知道理论的目的，你仍然可以做其他的事情。你可以是构建系统的人，像哲学家那样解释万物的总体。如纳普和迈克尔斯所说，你同样可以经验性地处理关于文学的数据，将它们组织起来成为被我们称为"诗学"的一种方法论。最后，你能够进入阐释的循环并寻找意义；事实上，这是你面对一个文本或表达时首先要做的事情，在这个第一次涉入活动之后的任何反思，包括理论，都在重新思考阐释行为发生的环境。你可以做所有这些事情，不必觉得理论正站在路边对你挥拳头或者竖中指。人们不必像害怕看门狗一样害怕理论。尽管不是每个人都同意我，但至少在我看来，理论真的让我们走自己的路，它不过是要提醒我们，当我们在思考阐释和意义的问题时，我们最好记住其中有一些局限性和保留意见。

所以，我会把理论定义为并已经定义为思维的一种否定性运动，勘察对交流产生怀疑的合法途径，而不是令人痛苦、束手无策的途径。理论是与那些通常被当作真的、被假设为真的、**被说成**真的——被宣布、清晰地说出是真的，这说到点子上了——东西对立的反作用力。如果是这样的话，为什么会有专门针对语言的争吵？为什么我们会迅速将注意力缩小到语言上？对你们来说，我上次关于语言和言语之间的关系所说的话似乎是难以令人信服的，因为它太狭隘了。我现在要极大地扩展我所说的"语言"的意义范围。我相信，理论以三种方式鼓励人们对言语的有效性产生一定的怀疑，以及对言语带有一个意图这个想法的怀疑。

上节课我只提到了其中一种方式，但现在我要描述这三种方式。第一个我上节课确实提到了，就是语言自身作为**音响**干扰了言语的指称功能。这就是说，如果我们把言语当作交流的媒介，我们就迫不得已要问自己，当我们说话的时候，言语是如何以及为什么用噪音来增加自己的负担，而且是以一种在很大程度上对我们没有任何用处的方式。无可否认，一些音响类型有时似乎有助于交流。你们可能会问，音响是否不是增强意义的。在以前讲解新批评的时候，我告诉过你们，你们所有人在高中时就已经使用过新批评了。这是你们学习文学阐释的方法。新批评的批评家要寻找的，而且确实找到了的，就是通过声响增强意义。这一点写进了如何理解诗歌的手册，是蒲柏首先在《批评论》(*Essay on Criticism*)中提出的。在很多场合下，我们都能从通过使用不同音响类型来增强有意图的意义或结构的复杂性中获得乐趣。在蒲柏笔下，受伤的蛇缓慢地往前爬，敏捷的卡米拉飞掠过平原，这两句诗的音响分别是笨重和迅速的，但都让我们感到愉悦。

同时，在研究俄国传统中的头韵体诗歌、民间故事、民歌以及充满了格言的诗歌时，俄国形式主义者发现，根本没有办法理解所涉及的音响因素中的语义目的。在我们的自然表达中有一种奇怪的重复音响的倾向。这并不是说我们大多数时候都在用抑扬格和押头韵的方式说话，只是我们不知道而已。在《语言学和诗学》一文中，雅各布森提醒我们注意这样的时刻：当某个暴力事件在我们身边发生时，我们将自己视为"无辜的旁观者"(innocent bystander)。我们本应该说自己是"目击者"(witness)，而不是"旁观者"的，但是双扬抑抑格决定了我们的选择。一个人之所以是无辜的旁观者，不是因为这个表述有特别的意义或语义指向，而是因为它朗朗上口。音响的这种功能可以被称为言语中音响的多元决定的表现，经济学家可能认为这是非理性的。它们就在那里，发挥着作用，但你很难称它们是交流。

关于音响已经谈了很多了，但这不仅仅是关于音响的事。如果仅仅是这些，如果文学理论仅仅是关于俄国形式主义者头两三年的研究工作的，我们可能就不会为这个科目开一门导论性的介绍课程。语言还以其他两种方式妨碍着言语。首先要说的这种方式是让人忧虑不安的：语言在所说的话中产生出不受控制的**语义**流变(drift)，它偏离了言语中的语义流变。语言似乎有它自己的意义。正是索绪尔花费了多年时间研究根植于拉丁语和其他印欧语系诗歌中的回文构词法(anagram)。他希望在这些发现的基础上建构一个诗歌的普遍理论。有些意义中的意义是不可能被植入在那儿的，但是非常奇怪，人们就是在那儿找到了它。在试着背诵一首大家都熟悉的诗——我们在上节课用到了这首诗，因为这是纳普和迈克尔斯在《反对理论》一文中用过的例子——的同时，大家读读这首：

Ah slum per dead, um, I spear'd seal. Eye add, know Hume, 'n fierce! Shah seam（duh!）thin; the tic oud-knot fee ill: thud! Uh shover the lee ears. No mo'! shun hash e'en ow, no fours, shhh! knee th'rears, Norse ease. Role drown, an' hurts, die, urn: all corpse, whither oxen?—sst!-onus entries.

下面这首是你们已经背诵过的：

A slumber did my spirit seal;
I had no human fears:
She seem'd a thing that could not feel
The touch of earthly years.

No motion has she now, no force;
She neither hears noe sees;
Roll'd 'round in earth's diurnal course
With rocks, and stones, and trees.

（安眠封闭了我的灵魂；
人世的恐惧忘却馨尽。
她如若一物
感受不到岁月的痕迹。

纹丝不动，杳无声息；
她不听也不看；
伴着巨岩、石块和树木，
追随大地昼夜飞驰的转轮。）

你们能够看出，以第一种方式写"诗"就是在做一个练习，实质上就是乔伊斯在《芬尼根守灵夜》中所做的那种练习。事实上，当我以这种方式写那首诗的时候，我一直对自己说，它也可以出现在《芬尼根守灵夜》中。你们可以想象，我对自己很满意。你们要注意，我用的**都是实际存在的词语**。在我的转写里没有一个不是真的词语。我的拼写有些时代错乱，用了一两个外来词，我还用标点符号使这段话有了点意义，它有一部分关注死亡，这与华兹华斯那首诗的意义有种神秘的重叠。我本可以改写成毫无意义的胡话——就像刘易斯·卡罗尔的那首诗：'Twas brillig, and the slithy toves / Did gyre and gimble in the wabe——那是说明言语被不受控制的语义流变所影响的更直接的证据。刘易斯·卡罗尔那首著名的无意义的诗的有趣之处在于，我们都觉得我们知道它在说什么："风在咆哮，黏滑的癞蛤蟆跳进浪中嬉戏。"（'Twas blusterous and the slimy toads did leap and frolic in the waves.）我们觉得它大概是这个意思，但是语义流变——这是被刘易斯·卡罗尔故意引入以压制我们想象中所呈现的诗的平淡意义的——阻止我们对意义下任何确定的结论。

我希望我对华兹华斯《安眠封闭了我的灵魂》基本上无意义的转写可以向我们展示，言语中**含有**语义流变所达到的程度。假设你是一位远离我们其他人如斯坦利·费希所说的那样所属的阐释共同体的人，你甚至根本不知道诗是什么，更不用说这首大多数文学系的学生马上就能认出的华兹华斯的诗。有人当着你的面背诵了一遍我刚才引用的两段，如果你笔头很快把它们听记了下来，你造出的东西很可能与我在黑板上写下的这个玩意相似。换句话说，你所听到的不会自然而然地正是华兹华斯实际所写的东西。这种语义的流变在任何表达中都会出现。

表达不会经常以这种方式被误解，因为我们确实很擅长理解语境。这也是为什么我说所谓的交流问题不像人们有时声称的那么严重的原因之一。因此，我们不太可能犯很严重的错误，但是有些情况下我们确实会犯大错。林登·约翰逊（Lyndon Johnson）的一位演讲稿撰写人在一篇为他准备的演讲稿中用了"误导"（misled）这个词。当林登读演讲稿时，他在讲坛上一砸拳头说："我们将不会被'买'导（myzled）。"但愿不会。我们全都知道，这是拼写检查程序引出的麻烦。你们打开拼写检查程序开始写论文，写完后懒得校对就交了上来。论文里面充满了滑稽可笑的错误，这当然是因为语言里充满了同音词，而拼写检查程序总是神秘地给你提供错误的词。坦白说，你碰上麻烦了，因为你的老师在嘲笑你的粗心失误，而没有注意到你的重要思想。简言之，不要用拼写检查程序，要记住，拼写检查程序向我们展示了语言的语义流变渗透进言语的程度有多深。

语言还有第三种妨碍言语的方式。我记得我说过语言是一种**虚拟的**实体，因为你永远不会在以任何编纂形式写下来的东西中见到它的全貌。没错，我们有词典里的词汇表，但那仅仅是它的一部分。注意，到目前为止，当我们谈论语义流变时，我们一直仅仅在谈论词汇；而除了词汇，语言还是一套规则——语法和句法的规则，由于这些规则，而且仅仅由于这些规则，言语才有意义。因此，当我们说话时，除了提供音响和词语的选择，语言对我们在语法和句法上的选择也产生着影响。

不幸的是，这些规则可能是不可靠的。举例来说，当我们用"天在下雨"这个平淡无味的表达来解释雅各布森的信息的六种倾向时，"天在下雨"的元语言功能突然让我们愣住了。我们问自己："这个'天'到底指什么？"这个"天"可以把我们引向奇怪的方向：雨神、上帝、宇宙、云。其中一些貌似有理，但没有一个是确定的。我们认识到，这个词在句子中是一个形式主语，不发挥作用。相信我，不仅仅是英语中有这个怪现象。如我之前说过的，你们可以在其他语言中找到例子：*il pleut*，*es regnet*，等等。在所有这些表达中，它都没有什么实际意义。我们开始认识到，哪怕是一个平淡无奇的表达，如果我们过于倚重它，我们就会处于经济学家所谓的非理性之中，尽管我们持续不断地努力去使它说得通。

但是，真正限制了流变支配表达的方式的，是论断在语言中起作用的方式。如我之前所说的，任何论断、任何对真理的声明同时也是一个隐喻。任何论断的深层结构都是在声明A就是B；换句话说，根据定义它是一个论断。但是，当"A就是B"是主语和谓语的连接（即语法学家所说的连系词）的时候，我们不把A和B之间的关系理解为同一性的关系（即隐喻地宣称A就是B），而是如德·曼所说的换喻关系。但问题在于，任何一个换喻地宣称A就是B的句子——也就是说，作为一个语法的命题——同时也是隐喻的。没有哪个隐喻能使本体和喻体完全对应起来，其中总是含有一种词语误用的因素。朱丽叶并不真的是太阳。语法否认了同一性，但符合逻辑；隐喻（或者德·曼所谓的"修辞"）声明了一种同一性，但违抗了逻辑。每一个系于"是"（to be）的句子都同时说出了这两个无法调和的主张。

这是德·曼在《符号学和修辞》一文中提出的观点：在任何表达之中，语法和修辞之间都存在着永恒的张力。没有任何合格的表达不是符合语法的，没有任何表达不是修辞性的。但不幸的是，语法和修辞总是或公开或隐蔽地互相矛盾，就像谓语和修辞总是互相矛盾一样。换句话说，所有句子中的语法和句法规则都在隐蔽地干扰你可以称为修辞的规则的东西，即修辞部署自己的方式，我们可以从对我们所谓的隐喻的理解中提炼出这些方式。

所以，如我所说，每个句子不仅被难以捉摸的音响以及词和重复词（word-echoes）的语义流变蒙上阴影，而且被语法和修辞的不相容性蒙上阴影。所有这些对言语的扭曲影响都是索绪尔及其信徒所谓的语言的一部分。换句话说，这些就是语言——如果我能这么说的话——通过言语说话的方式，就是我们在任何场合下说的话都受到其他声音影响的方式。我们已经把它理解为巴赫金式的杂语这个社会学术语了。我们也已经把它理解为在潜意识里出现的他者的话语这个精神分析术语了。我们也已经把它理解为语言这个纯语言学术语了。但是我认为，从隐喻的角度说，我们现在还可以把它理解为弥漫在我们有意图的言语中的先在言语。**语言是没有意图的言语。**

请记住，没有人——没有任何理论家、没有任何头脑正常的人——会反对这种观点，即言语是有意图的，我们说出的话是出于某种意图的。纳普和迈克尔斯在这一点上是对的，能够时刻提醒我们对意图产生怀疑是滥用了怀疑精神。认为言语就是没有意图的这个想法是什么意思？言语就是意图，但我一直在试图证明的是，存在着一种没有意图的言语，即"语言的言语"，它就在那里。我们不能不对它加以考虑。当我们关注交流的成功时，它或许会被忽略，但我们不能把它丢在一边，仿佛根本不存在一样。它会时常出现。我们会时常在某些问题上遇到它，如果我们足够认真地研究阐释的艺术的话——换句话说，如果我们真想刻苦钻研人们说的话：要超出使用的层面进行研究，去发现任何场合下的所有表达中都蕴含着的令人惊奇的易变性。

语言部分上作为言语的起源，通过言语说话。这就仿佛它是在确证自己的身份，而在我们发现它对某个东西有用之前，这个身份就有了。请记住我们上节课关于这一点所说的，你必须发现火对做饭是有用的。火不是"为了"做饭而存在的。山洞不是为了居住而存在的。拇指不是为了握东西而存在的。你必须打通它们为人类所用的通道。语言存在于我们所说的话中，仿佛在提醒我们它并不总是为我们服务的，在提醒我们有意识的表达的全部历史就是我们永不停歇地努力掌握语言的历史。职业作家对此有着最清醒的认识。你努力想让语言屈服，但这实际上是我们所有人的梦想，无论你是在写一部伟大的美国小说还是在修改一篇期末论文。我们都在努力使语言屈服，而我们都知道这并不容易。我现在想解释一下这是为什么。

语言作为言语的来源被我们说出，但它的说出也意味着言语的终结。换句话说，在语言被说出的过程中，言语的有目的的能动性最终遭到了质疑，在某种意义上是受到了破坏。我认为，将语言——再一次是在隐喻意义上——称为言语的墓志铭是合适的，也是公正的。在任何言语中，语言都铭记着言语自身的能动性的终结，即使那个能动性还在确证自己。

我会通过例子来检验这些论断，同时也向你们更多地展示一些语义流变是如何起作用的，还有语法和修辞之间的危险关系是如何运作的。让我们来看几个墓志铭。如果语言是言语的墓志铭，那为什么不看看墓志铭是怎么回事呢？

当你走过一座墓园，偶然看到迄今为止我最喜欢的墓志铭时，我希望它能让你咯咯一笑。你在墓碑上看到这么一句："我告诉过你我病了。"（I told you I was sick.）这个表达很有趣，背后有很多原因。一方面，这值得人们驻足思考，你**能**从这句抱怨中推断出许多能够有效交流明白无误的信息的说话人，不是一个，而是许多。在艾米莉·狄金森（Emily Dickinson）和其他作家的作品中已经有了许多死者说话的先例了。当然在这个例子里，最显而易见的说话人是在坟墓里说话的死者："这么多年来，我坐在角落里，一直告诉你我头痛。你却从来也没听进去。"

但是，说话人也可能是别人。我这么说**不是**想引起大家对意图产生一定程度的怀疑。当我们假设存在一个意图的时候，我们只是在几个可能的说话人中确定谁在说话，我们完全遵循我们的言语是有意图的这个假设，没有一丝怀疑。说话人可能是一位心怀歉意的亲属，承认他们以前没有倾听死者说的话，但是却带着幽默的口吻，装成死者的声音在抱怨："我告诉过你我病了。"这是一种申辩的形式："是的，我知道你说过。我对此追悔莫及，但我当时有别的事要操心。"

然而再一次地，说话人还可能是某个通过墓碑说教的人，这种习俗在18世纪的墓志铭上很常见。这可能是一位哲学家在说："正如我一直告诉你们的，染病是人类的境况。我出版了很多书，它们全部的目的就是说明'我病了'。我是陀思妥耶夫斯基笔下的地下室人。我是一个病人，身染重病。好吧，让我病得更重吧！"或者，说话人还可能是一位文化批评家，用一种讽喻的口气在石头上刻下此话暗示文化的死亡。长期以来，文化一直病得很重，它现在终于在这里倒下了。用大白话表达这个意思大概就是："我，文明，告诉你我病了。我用过多种方式让你知道我病得很糟糕，而你根本没注意我。这就是结果。"

　　我想说，所有这些解读墓志铭的方式都适用于阐释学。它们与我们去理解说话人的意思的努力是一致的。但是假如我们说，如同其他表达一样，"语言"一定对这句表达施加了影响，你们就会看到，这里不是一个音响的问题。它甚至不是一个语义流变的问题，尽管如果你对站在你身旁的一位视力不好的人朗读这个墓志铭"aye tolled yew eye was seek"时，可能会让他琢磨一番，正如其中潜藏的生存论上的隐喻"我是病"（I was sickness）或者现在的青少年极为自命不凡的口头禅"我有病"（I was sick）也可能会让他琢磨一番一样。语言还以另一种方式让自己被感知到。它使我们突然以一种也许不是出于任何一个说话者所意愿的方式来理解这个句子。它完全变成了一个对言语无效性的讽喻，由**语言**巧妙地引发出来。这只是言语的问题，不是吗？"我反反复复地告诉你们一些东西，"言语在语言的魔力下说，"你们就是不听。"这是因为语言弱化了我的言语。这就是我作为一名讲师的问题了。"你们不听讲。"语言在我的言语的墓志铭上说。"哦，好吧，"你们说，"他的语言只是在开玩笑。"

　　根据牺牲言语、意指言语的语言所引发的这个讽喻，大体上言语的情况都是如此。这个坐在角落、痛苦地抱怨没有人听她或者他倾诉的人其实是个讽喻家，在告诉我们言语一直都是如此。所以当我说语言是言语的墓志铭的时候，我们认识到，躺在这里的是言语自身。尽管做出各种努力想要说真话，最终还是说了谎（lied），这里躺着（lies）的是言语。

　　让我们再试试另一个："这里躺着的是张三。"这大概是一个**元**墓志铭。

我们这次甚至不去考虑说话人。让我们立即转向语言引发的问题。首先,张三明显不会真的躺在"这里"。事实上,如果你仔细想想,张三完全可能躺在任何地方,就是没有躺在"这里",因为我们知道张三不可能躺在这个句子所在的地方。如我所说,他可能躺在其他任何地方。因此,所有墓志铭都是自我声明的衣冠冢,铭刻在遗体所不在的地方。这一点自然向我们充分说明了语言的任意性本质。语言不是由与真实世界连接在一起的自然符号构成的。以身体为例,文身是外指的言语,也就是可能会被雅各布森称为情感—意动的表达,而非铭文或者指称性的表达,哪怕它说的是"这是我的皮肤"。言语可以存在于事物上,存在于事物的外缘上,比如说在一块石头上,但是语言让它说的谎使它和它的对象之间产生错位。

所以"这里躺着的是张三"是指除了这里的任何地方,就是不是这里。我们因此对墓志铭里的常用词"躺着"产生了兴趣,我们已经注意到这个词了。这个表达是一个谎言,这既因为张三不是躺在这里而是躺在附近,也因为这不是想要指责死者的墓志铭所宣称的那样是可怜的张三说的谎。是语言让言语说了谎,而且我们已经看到,它是在多个层面上让言语说谎的。这是墓志铭有趣的地方,在被我们宽泛地称为"解构主义"传统中的许多作者都注意到了这个问题:对研究语言如何挑战、破坏和移置言语来说,墓志铭是个特别让人有收获的地方。

言语之所以说谎,是因为它永远无法制止语言对它的扭曲,因此我们说出的和我们要表达的永远不可能完全一致。我们可以表达我们心中所想的,但总不能准确表达。这可能是阐明这个问题最惯常的说法。当斯坦利·卡维尔在他的一本著作《言必所指?》(*Must We Mean What We Say?*)的题目中提出这个问题时,他确实给我们提供了这种可能性:不管我们是否能够表达我们心中所想的,这或许并不是说话的全部意义。比如,说话还有雅各布森所说的"去应酬"或者交际的作用。正如卡维尔指出的,当我敲着麦克风说"测试,一、二、三"时,我是真的或者必须要说"一、

二、三"吗？

现在，你们问——你们真的应该发问，因为它毕竟一直是我们的忠实向导——语言在《拖车托尼》中是否是通过言语说话。当然是。我不久之前讲过，这一页的这一栏在纵轴上每一句都以一个垂直的"我"（I）开头。随着你阅读这个文本，那里有一个给拉康式女性主义的礼物：这个菲勒斯—逻各斯中心傲慢地变长了，成了"我"（I）。但是，"我"从来就不是新生儿会说的第一个词。这是拉康的另一个教诲。用朱迪斯·巴特勒的话说，"我"是你不得不学着如何才**是**的东西，所以"我"——这个在《拖车托尼》中一句接着一句开头的无比挺直的柱子——是婴儿自主性的**承诺**：站得笔直的光辉身份的承诺，这个身份是镜中所见之物的成功的拟像，然后发展成弗洛伊德所说的"自我陛下"，指的是婴儿开始进入这个世界的方式。

但是如我所说，这是一个有关友谊的社会化的故事，我最终不再最先出现。我认为，这也可以通过语言层面的方式（不能被真的称为言语）揭示出是与婴儿相关的。比如，班皮（读作 BUM-py）和托尼（读作 TO-ny）之间的友谊存在于 uh-oh 的音响中，同时也通过 uh-oh 表现出来：远在婴儿可以说"我"之前，他们说"uh-oh"，而"uh-oh"也在班皮和托尼的友谊中回响。为什么是"uh-oh"？因为托尼被困住了，它对受困的自然反应就是"uh-oh"。这时班皮来了，它不仅发现了问题，而且解决了问题。

另一方面，通过对他者的意识（意识到那不是我），镜子前面的婴儿开始注意到自我的问题，也是这个垂直的"我"中所蕴含的问题。那个不可化约为自我的东西成为焦点，表达它的一种方式就是哼出"咿—咿—咿—咿"（e-e-e-e），这可能是"他—他—他—他"（he-he-he-he）的面具或者拟像。我认为，职此之顾，故事中的两个反面角色被称为斯皮迪（读作 SPEE-dee）和尼托（读作 NEE-to），它们是不可同化的他者，不肯提供帮助。换句话说，"咿—咿—咿—咿"在我看来清楚地表达出那种对他者——也就是难以控制、无法被有效地简化为自我的东西——的感受。（由于友谊激活了对他者的认同，班皮【Bumpee】和托尼【Tonee】提供了第三个和第四个"e"，但不是发重音的。）因此，婴儿从这个故事里被朗读出来的词里听到的不是言语，而是语言。假如你想在言语中听到语言，就去听听婴儿的话吧！这就是无意义的诗歌对小孩非常有吸引力的原因。他们还在听语言，就像华兹华斯《不朽颂》("Intimations Ode")中的那个海岸上的孩子，在听浩浩波浪不停地奔流。他们在听他们脑壳里的哼声，而大人在听言语中的有效的社会性。

人的历史就是接受言语、掌握言语——或者我也许该说掌握语言——的历史。个人的情况也是如此。天生有语言能力的个人必须努力将这个天赋移到我们称为言语的地方。因此，我们在一个婴儿那里首先听到的就是语言，在儿童故事和无意义诗歌中最重要的可能也是语言，它不能被简化为任何语义的量子。没错，我刚才阐释了《拖车托尼》中的语言，仿佛它有某种意义，但这个意义仅仅来自对情感的观察，来自对儿童在实际场合下实际上会说什么话的关注。这些话不能被称为言语，而是当语言将自己拖向言语时对语言进行的实验。我们不能将它与言语混淆，但和镜像阶段一样，它部分还是对成人的摹仿。当成人偶尔说"uh-oh"的时候，他们没在里面投入儿童投入的东西。对儿童来说，这通常是他们清楚发出的第一个音响，所以会高兴地不断重复。正如在弗洛伊德有关小汉斯的故事中小汉斯玩的"去/来"游戏，"uh-oh"似乎表达的是与他者的遭遇以及控制他者的企图。

关于托尼的故事我们说到这儿。我想混淆（confuse）——我想说的是我想总结（conclude）——三个论点。注意，你必须很小心地说话，否则就会受到语言的干扰。我不得不非常小心地说出"三个论点"——当然，我在这之前刚刚犯了个错误。我不想说"混淆"，不是吗？注意，"混淆"事实上不是随意的一个妨碍交流的常见的词。它**恰恰**是我不想说的一个词，因为我一直希望能够避免混淆，尤其是在做总结时。我本可以说出任何别的词,但我说了"混淆"。语言带着精神分析的负担干扰了言语,这就是弗洛伊德口误。

所以,这里是我关于语言的三个论点,我觉得其实就是一个。首先,**它永远没有意义**。语言不产生意义。它是任意的。它是一个符号系统,这些符号是任意的而不是自然符号。**你**产生意义,而不是语言。你通过有一个意图并将语言转化成言语产生意义,征用语言为你的目的服务。语言不产生任何意义,你产生意义。

第二,语言自身和现实毫无关系,因为它是一个自我封闭的系统、一个符码、一个任意的符号的系统。我想用两种不同的方式表明我们的习语是怎样肯定这个论点的。如我们所说,你接受现实(you *come to terms with* reality)。这就是说,你通过词语接近现实;你带着语言来到现实,所以你在言语中认出了现实。另外一个,你想出来了(you *figure it out*)。你将言语的描绘(figure)施加在现实上,就和你接受了它一样。

第三,我要改编一个你们可能都熟悉的说法,我最后要说的是:通往现实的路是用**你的**意图铺就的,无论这些意图是好是坏。

附 录 I
讲座上引用的段落

第1章

  可见，商品形式的奥秘不过在于：商品形式在人们面前把人们本身劳动的社会性质反映成劳动产品本身的物的性质……；要找一个比喻，我们就得逃到宗教世界的幻境中去。在那里，人脑的产物表现为赋有生命的、彼此发生关系并同人发生关系的独立存在的东西。在商品的世界里，人手的产物也是这样。

——卡尔·马克思《资本论：政治经济学批判》第一卷

  那么什么是真理呢？一群活动的隐喻、转喻和拟人法，也就是一大堆已经被诗意地和修辞地强化、转移和修饰的人类关系。它们在长时间使用后，对一个民族来说俨然已经成为固定的、信条化的和有约束力的。真理使我们已经忘掉其为幻想的幻想，是用旧了的耗尽了感觉力量的隐喻，是磨光了压花现在不被当作硬币而只被当作金属的硬币。

——弗里得里希·尼采《真理与谎言之超道德论》

> 三个看起来互相排斥的大师主宰着怀疑学派：马克思、尼采和弗洛伊德……在"作为说谎的真理"的否定性标签下，人们可以安置这三种怀疑练习。
>
> ——保罗·利科《弗洛伊德和哲学：论阐释》

第3章

> 当我们要做某事的时候，对切近之物素朴的看源始地具有解释结构，如果想对某种东西不是以"作为"的方式来把握，恰恰需要做出某种调整。在纯粹凝视之际，"仅仅在眼前有某种东西"这种情况是作为不再有所领会来发生的。这个没有"作为"结构的把握是朴素地领悟着的看的一种褫夺，它并不比素朴的看更源始，倒是从素朴的看派生出来的。
>
> ——马丁·海德格尔《存在与时间》
> 第一部第一篇第五章第三十二节

> 解释可以从有待解释的存在者自身汲取属于这个存在者的概念方式，但是也可以迫使这个存在者进入另一些概念，虽然按照这个存在者的存在方式来说，这些概念同这个在者是相反的。无论如何，解释一向已经断然地或有所保留地决定好了对某种概念方式表示赞同。解释奠基于一种先行掌握之中。
>
> ——马丁·海德格尔《存在与时间》
> 第一部第一篇第五章第三十二节

> 准确的经典注疏可以拿来当作解释的一种特殊的具体化，它固然喜欢援引"有典可稽"的东西，然而最先的"有典可稽"的东西，原不过是解释者的不言自明、无可争议的先入之见。
>
> ——马丁·海德格尔《存在与时间》
> 第一部第一篇第五章第三十二节

康德认为，道德行为的基础是人应该被看作目的本身，而不是其他人的工具。这种命令可以转化为人的词语，因为言语是人在社会领域的延伸和表达，也因为如果我们无法将人的意图和他的词语结合在一起时，我们就失去了言语的灵魂，也就是传达意义、理解说话人的意图。

——E. D. 赫希《阐释的目标》

第5章

送给人类的艺术中【除了一种】没有不把自然的作品当作自己的主要对象的。……只有不屑于受任何这样的臣服所束缚的诗人，才能以自己创造才能的活力提升、事实上培育了另一个自然……他不肯定任何东西，所以他从不撒谎。

——菲利普·西德尼爵士《诗辩》

愉快和善二者都和欲求能力有关，并且前者带有以病理学上的东西为条件的愉悦；后者带有纯粹实践性的愉悦，这不仅是通过对象的表象，而且是同时通过主体和对象的实存之间被设想的联结来确定的。

——伊曼努尔·康德《判断力批判》

趣味是通过不带任何利害的愉悦或不悦而对一个对象或一个表象方式做判断的能力。这种愉悦的对象被称作美的。

——伊曼努尔·康德《判断力批判》

美是一个对象的合目的性的形式，如果这形式是没有一个目的的表象而在对象身上被知觉到的话。

——伊曼努尔·康德《判断力批判》

美同时既与在它之下的愉快区别开来，又与在它之上的善区分开来：对这两者来说，必然有利益附着在它们身上。它们都按照愿望行动，为了图像的现实存在或者深思熟虑的想法而激起欲望。

——塞缪尔·泰勒·柯勒律治《论温和批评之原则》

一切艺术都是相当无用的。

——奥斯卡·王尔德《道林·格雷的画像》序言

被称作美的经验超越了强大的伦理意志，就像它超越了动物般的激情一样，事实上，后两者是相互竞争也相互协调的。

——约翰·克罗·兰色姆《纯属思考推理的批评》

第8章

如果我们同时从几种观点来研究言语，这样，我们看到的语言学的对象就像一堆离奇古怪、彼此毫无联系的东西。【这个】做法为好几种科学——心理学、人类学、规范语法、语文学，等等——开启了大门。这些科学与语言学截然不同，但由于语言学家用上了错误的方法，它们都声称言语是它们的一个研究对象。

在我看来，要解决这一切困难只有一种方法：我们必须从一开始就站在语言的阵地上，把语言视为其他所有言语活动的表现的标准。

——费尔迪南·德·索绪尔《普通语言学教程》

语言学只是符号学这门普通科学的一部分。【符号学考虑所有的符号系统："聋哑人的字母、象征仪式、礼节形式、军用信号"、哑剧、铁路信号灯、聚光灯，等等。】

——费尔迪南·德·索绪尔《普通语言学教程》

语言不是说话人的一个功能；它是个人被动吸收的一个成品。

——费尔迪南·德·索绪尔《普通语言学教程》

共时和历时分别指语言的状态和演化的阶段。

——费尔迪南·德·索绪尔《普通语言学教程》

任何共时事实都有一定的规律性，但是没有命令的性质；相反，历时事实却是强加于语言的，但是它们没有任何一般的东西。

——费尔迪南·德·索绪尔《普通语言学教程》

第11章

我倾向于加诸文本一种内在的权威性，我认为我的这种倾向比德里达的意愿更强烈……我愿意以一种复杂的方式坚持这个主张："文本解构自身，是自我解构的"，而不是被一种来自文本之外的哲学干涉所解构。

——保罗·德·曼《抵制理论》

第17章

听者本应以正确的方式倾听音乐，但是当下瞬间的欢愉和明丽的外观成了为听者忽视整体而开脱的借口。沿着他几乎无法抵抗的方向，听者被转化为顺从的购买者。局部的瞬间不再能够充当对整体进行的批判，相反，它们中止了完满的美学整体性针对不完美的社会整体性的批判。

——T. W. 阿多诺《音乐文集》

【伟大的现代主义作曲家，诸如贝尔格、勋伯格和韦伯恩被其他马克思主义批评家称为】个人主义者，但是他们的作品不过是与消灭个性的力量进行的一场对话，这些力量的"无形的影子"深切地影响了他们的音乐。在音乐领域，集体力量也正在将个性一扫而光，无法挽回，但只有个体能够自觉地代表集体的目标与之抗衡。

——T. W. 阿多诺《音乐文集》

第18章

可以将司各特、巴尔扎克和德莱赛作为现实主义以现代形态出现的非时序性标识。这些早期伟大的现实主义的特点是，它们的素材中有一种根本的、令人振奋的异质性，而它们的叙事手段中有一种对应的多面性。在这样的时刻，存在物的文类限制对文本中的记录具有吊诡的解放效果，释放了一系列异质的历史视角——对司各特是过去、对巴尔扎克是未来、对德莱赛是商品化过程——人们通常会觉得这些与对历史当下的关注不协调。实际上，在"极端"现实主义和自然主义中，这种多重的时间性倾向于被封锁和再次遏制，其中臻于完美的叙事手段（特别是作者的去个性化、统一视角和场景再现的限制这三个必须手段）开始使"现实主义的"选择显出一种令人窒息的、自我施加的苦行。正是在晚期资本主义社会现实主义逐渐固化的背景中，人们才再次开始感到浪漫史是叙事的异质性的场域和脱离现实原则的自由。

——弗雷德里克·詹姆逊《政治无意识：
作为社会象征行为的叙事》

哲学家们只是用不同的方式解释世界，问题在于改变世界。

——卡尔·马克思《关于费尔巴哈的提纲》

附 录 II
阐释的种类
文学理论延伸阅读指南

斯蒂芬·埃斯波西托

文学理论质疑阐释的条件和假设。这一点在理论提出的问题类型中很明显。我们如何阐释作者的思维过程和呈现出来的文本之间的联系呢？我们如何阐释一首抒情诗中政治和经济因素的重要性呢？作者的性别、种族或性观念应该塑造我们阅读一本小说的方式吗？不同批评流派的关注点差别很大，但所有质问阐释本质的人文研究都有一个共同的祖先，那就是阐释学的世俗化。在涉足其他的文学理论和文化阐释之前，想要加深对文学理论理解的学者应该好好思考一下这个传统。

弗里德里希·施莱尔马赫是现代阐释学的奠基者。在《论宗教》（*On Religion: Speeches to Its Cultured Despisers*, 1799）、《独白》（*Soliloquies*, 1800；第二版, 1810）、《先前伦理理论批判纲要》（*Outlines of a Critique of Previous Ethical Theory*, 1803）和《基督教信仰》（*The Christian Faith*, 1821—1822；修订版, 1830—1831）这些著作中，施莱尔马赫将严肃阐释的范围从对神圣文本的隐秘争论扩展到人类交流的所有领域。和约翰·哥特弗雷德·赫尔德一样，施莱尔马赫也认为所有思考都依赖于、受限于或者等同于语言。相应地,他指出阐释学应该是一门普遍的学科,既适用于法律,也适用于文学;既适用于口头表达,也适用于书写文本;既适用于现代资料,也适用于古代资料。

施莱尔马赫文学和哲学阐释学著作的优秀英文译本,请参考安德鲁·鲍维(Andrew S. Bowie)翻译的《阐释学和批评及其他著作》(*Hermeneutics and Criticism and Other Writings*. Cambridge: Cambridge University Press, 1998)。施莱尔马赫也创作了现代时期第一篇关于翻译理论的著作《论翻译的方法》(*On the Different Methods of Translation*, 1813)。有关施莱尔马赫这部将浪漫主义阐释学、文学理论和翻译研究交汇起来的著作的概述,请参阅劳伦斯·韦努蒂(Lawrence Venuti)主编的《翻译研究读本》(*The Translation Studies Reader*. London: Routledge, 2004)的导言部分。

跟随施莱尔马赫的脚步,但也受益于利奥波德·冯·兰克(Leopold von Ranke)的历史主义,威廉·狄尔泰试图将阐释学转变为一门相当于检验阐释假设的现代实验科学。在《人文科学中历史世界的形成》(*The Formation of the Historical World in the Human Sciences* [1910], ed. Rudolf A. Makkreel and Frithjof Rodi. Princeton: Princeton University Press, 2002)一书中,狄尔泰提出,阐释涉及间接的或者被中介的理解,它只可能通过将人类表达置于历史语境中来获得。因此,理解不是一个重构作者思维状态的过程,而是一个将文本所表达的东西清楚加以阐明的过程。约斯·德·穆尔(Jos de Mul)的《有限性的悲剧》(*The Tragedy of Finitude: Dilthey's Hermeneutics of Life*, trans. Tony Burrett. New Haven: Yale University Press, 2004)是对这个问题的出色研究。

我们可以在马丁·海德格尔的现象学阐释学中发现这些阐释学先驱们和现代文学理论的联系。海德格尔扩展了阐释学的哲学范围,指出它不仅仅是一门文本的、语言学的或者文化的学科。正如施莱尔马赫指出的,阐释学具有普遍的意义。而据海德格尔认为,它也有本体论的要求。

理解或者阐释不只是一种阅读的方法，或者某种实验程序的结果。它就是我们自身。海德格尔的巨著《存在与时间》（*Being and Time* [1927], trans. John Macquarrie and Edward Robinson. London: SCM Press, 1962）产生的影响后来被视为阐释学的本体论转向。海德格尔的下列著作探讨了阐释的哲学和存在论的意义，更直接地关注了文学（尤其是诗歌）如何质疑语言和存在之间的关系:《艺术作品的起源》("The Origin of the Work of Art," in *Poetry, Language, Thought*, trans. Albert Hofstadter. New York: HarperCollins, 1971)、《荷尔德林的颂歌〈伊斯特河〉》(*Hölderlin's Hymn "The Ister,"* trans. William McNeill and Julia Davis. Bloomington: Indiana University Press, 1996)。对海德格尔著作中艺术和本体论关系清晰而深入的研究，请见赫伯特·德雷福斯（Hubert Dreyfus）的论文《海德格尔的艺术本体论》("Heidegger's Ontology of Art," in *A Companion to Heidegger*, ed. H. L. Dreyfus and M. A. Wrathall. Oxford: Blackwell, 2005)。就其作为解构的哲学对手而言，海德格尔的阐释学本体论重估对文学理论很有影响。对这份遗产的细致研究，请见约翰·卡普托（John Caputo）的著作《激进的阐释学》(*Radical Hermeneutics: Repetition, Deconstruction, and the Hermeneutic Project*. Bloomington: Indiana University Press, 1987)。

现代阐释学和文学的其他重要交叉研究可以在以下著作中找到：伽达默尔的《真理与方法》(*Truth and Method* [1960], trans. Joel Weinsheimer and Donald G. Marshall. New York: Continuum, 1994)；吉亚尼·瓦蒂莫（Gianni Vattimo）的《超越阐释》(*Beyond Interpretation: The Meaning of Hermeneutics for Philosophy*, trans. David Webb. Stanford: Stanford University Press, 1997)；保罗·利科的《弗洛伊德和哲学》(*Freud and Philosophy: An Essay on Interpretation*, trans. Denis Savage. New Haven: Yale University Press, 1970)、《阐释的冲突》(*The Conflict of Interpretations: Essays in Hermeneutics*, ed. Don Ihde, trans. Willis Domingo et al.. Evanston, IL: Northwestern University Press, 1974) 和《时间与叙事》(*Time and*

Narrative, 3 vols., trans. Kathleen McLaughlin and David Pellauer. Chicago: University of Chicago Press, 1984, 1985, 1988）。

许多对现象学阐释学或者本体论阐释学的批评也值得关注。它们对许多不同的批评运动都产生了不小的影响，包括媒介研究以及对文学和公共领域的社会学研究。卡尔－奥托·阿佩尔（Karl-Otto Apel）的《理解与解释》（*Understanding and Explanation: A Transcendental-Pragmatic Perspective.* Cambridge, MA: MIT Press, 1984）试图重构理解（*Verstehen*）和解释（*Erklärung*）的关系，希望能对语言做出更实用、更科学的解释。在尤尔根·哈贝马斯的著作《社会科学的逻辑》（*On the Logic of the Social Sciences* [1967], trans. Shierry Weber Nicholsen and Jerry A. Stark. Cambridge, MA: Polity Press, 1988）和《交往行动理论》（*The Theory of Communicative Action*, trans. Thomas McCarthy. Cambridge, MA: Polity Press, 1984—1987）中，他批评了浪漫主义阐释学和现象学阐释学中的意识形态内涵，尤其是伽达默尔的传统概念和海德格尔本体论的政治后果。哈贝马斯论交往和公共领域的著作也影响了许多做文化研究和印刷文化的兴起的美国学者。迈克尔·华纳（Michael Warner）的著作《共和国的字母》（*The Letters of the Republic: Publication and the Public Sphere in Eighteenth-Century America.* Cambridge, MA: Harvard University Press, 1990）和《公众与反公众》（*Publics and Counterpublics.* Cambridge, MA: Zone Books, 2002）是透过哈贝马斯的眼光对美国文学、文化、政治和宗教进行的巧妙研究。

作为一种对阐释学本体论转向的矫正，读者反应批评（尤其是康斯坦茨学派）出现了。这种研究范式的重要著作包括：彼得·霍恩达尔（Peter Uwe Hohendahl）的《接受美学简介》（"Introduction to Reception Aesthetics," *New German Critique* 10 [1977]: 29—63）；诺曼·霍兰德（Norman Holland）的《文学反应的动态》（*The Dynamics of Literary Response.* New York: Columbia University Press, 1989）；斯坦利·费希的《为罪所撼》（*Surprised by Sin: The Reader in Paradise Lost.* New York: Macmillan, 1967）；

米歇尔·里法泰尔（Michael Riffaterre）的《风格分析的标准》（"Criteria for Style Analysis," *Word* 15 [1959]: 154—174）。罗伯特·赫鲁伯（Robert C. Holub）的《接受理论》（*Reception Theory: A Critical Introduction.* London: Methuen, 1984）是一本简明的入门读物。《读者反应批评：从形式主义到后结构主义》（*Reader-Response Criticism: From Formalism to Post-Structuralism*, ed. Jane P. Tompkins. Baltimore: Johns Hopkins University Press, 1980）是本出色的补充材料。关于汉斯·罗伯特·姚斯在其中的作用，请参阅保罗·德·曼为姚斯的著作《走向接受美学》（*Toward an Aesthetic of Reception*, trans. Timothy Bahti. Minneapolis: University of Minnesota Press, 1982）所写的序言。

虽然阐释学的本体论转向有时被视为一场保守的学术运动，它在对西方哲学传统兴起激进批判的过程中很重要。深受海德格尔的影响，保罗·萨特激励了整整一代法国知识分子去重新思考文学的哲学意义。他的《什么是文学？》（*What is Literature?* [1947], trans. Bernard Frechtman. Cambridge, MA: Harvard University Press, 1988）是这方面的奠基之作。在萨特、胡塞尔和海德格尔的现象学著作基础之上，乔治·普莱在他的文章《阅读现象学》（"Phenomenology of Reading," *New Literary History* 1.1 [October 1969]: 53‐68）和著作《内在距离》（*The Interior Distance*, trans. Elliott Coleman. Baltimore: Johns Hopkins University Press, 1959）中将阅读行为理论化为一种意识的现象学。

对当代学者来说，俄国形式主义者的光彩有点被他们的后继者米哈伊尔·巴赫金和他的同代人遮蔽了，但还是有很多英文文献可以参考。有两篇介绍性的文章：维克托·埃尔里希（Victor Erlich）的《俄国形式主义》（"Russian Formalism," *The Journal of the History of Ideas* 34 [1973: 627—638]）和彼得·斯坦纳（Peter Steiner）的同名文章（"Russian Formalism," *The Cambridge History of Literary Criticism*, ed. Raman Selden, vol. 8. Cambridge: Cambridge University Press, 1995: 11—29）。与艾亨鲍姆的文

章相似，同时代有一篇对这场运动的介绍文章，就是鲍里斯·托马舍夫斯基（Boris Tomashevsky）的《俄国文学史中的新流派》（"The New School of Literary History in Russia" [1928], *Publications of the Modern Language Association* 119 [2004: 120—132]）。关于巴赫金的研究，请参阅卡瑞尔·爱默生（Caryl Emerson）和加利·索尔·莫森（Gary Saul Morson）撰写的词条《米哈伊尔·巴赫金》（"Mikhail Bakhtin," *The Johns Hopkins Guide to Literary Theory and Criticism*, ed. Michael Groden, Martin Kreiswirth, and Imre Szeman, 2nd ed. Baltimore: The Johns Hopkins University Press, 2005），以及凯特琳娜·克拉克（Katerina Clark）、迈克尔·霍尔奎斯特（Michael Holquist）合著的《米哈伊尔·巴赫金》（*Mikhail Bakhtin*. Cambridge, MA: Harvard University Press, 1984）。

和现象学、存在主义与俄国形式主义一样，费尔迪南·德·索绪尔的结构主义也是文学理论的重要学术催化剂。乔纳森·卡勒（Jonathan Culler）的《结构主义诗学》（*Structuralist Poetics: Structuralism, Linguistics, and the Study of Literature*. Ithaca: Cornell University Press, 1975）和汉斯·阿尔斯列夫（Hans Aarsleff）的《从洛克到索绪尔》（*From Locke to Saussure: Essays on the Study of Language*. Minneapolis: University of Minnesota Press, 1982）是这方面的经典研究。卡勒的《费尔迪南·德·索绪尔》（*Ferdinand de Saussure*. Ithaca: Cornell University Press, 1986）也是本必不可少的读物。彼得·考斯（Peter Caws）的《结构主义》（*Structuralism: The Art of the Intelligible*. New York: Humanities Press, 1988）探究了结构主义的哲学意义。特伦斯·霍克斯（Terence Hawkes）的《结构主义与符号学》（*Structuralism and Semiotics*. London: Methuen, 1977）研究了这场运动对文学阐释的重要性。此书文笔典雅。

罗兰·巴特是一位与结构主义有联系的重要人物。他的早期作品《写作的零度》（*Writing Degree Zero* [1953], trans. Annette Lavers. New York: Hill and Wang, 1977）强有力地控诉了萨特对实验文学的不屑态度。他后来的著作在马克思主义、结构主义和后结构主义批评之间摇摆不定。《神话学》(*Mythologies* [1957], trans. Annette Lavers. New York: Farrar, Strauss, and Giroux, 1972)试图将资本主义社会日常生活中的文化象征和符号(比如广告或者摔跤比赛)去自然化。《S/Z》(*S/Z* [1970], trans. Richard Miller. New York: Hill and Wang, 1975)是对巴尔扎克小说《萨拉辛》厚重而详细的符号学解剖。《图像、音乐、文本》(*Image, Music, Text*. New York: Hill and Wang, 1977)一书中收录的作品表露出对阅读的激进看法,将其视为激活文本无限游戏的行动。

巴特后面的这种思想与当代文学理论和大陆哲学最重要的学者之一雅克·德里达的思想不谋而合。凭借着1967年出版的3本著作,德里达一举成为学术巨擘。这些作品为全方位批判西方形而上学传统的解构主义打下了基础,影响了整个人文学科和一些社会科学。这些奠基性著作包括:《论文字学》(*Of Grammatology*, trans. Gayatri Spivak. Baltimore: Johns Hopkins University Press, 1976)、《书写与差异》(*Writing and Difference*, trans. Alan Bass, Chicago: University of Chicago Press, 1980)和《声音与现象》(*Speech and Phenomena and Other Essays on Husserl's Theory of Signs*, trans. David Allison. Evanston, IL: Northwestern University Press, 1973)。德里达后来的著作将对西方形而上学的解构运用到伦理和政治问题上去。比如他的《马克思的幽灵》(*Spectres of Marx: The State of the Debt, the Work of Mourning, and the New International*. London: Routledge, 1994)、《友谊的政治学》(*Politics of Friendship*, trans. George Collins. London & New York: Verso, 1997)和《论好客》(*Of Hospitality*, trans. Rachel Bowlby. Stanford: Stanford University Press, 2000)。

耶鲁学派领衔的美国解构主义也生产出许多经典批评著作。《解构与批评》(*Deconstruction and Criticism*. New Haven: Yale University Press, 1979)收录了德里达、哈罗德·布鲁姆、杰弗里·哈特曼、希利斯·米勒和保罗·德·曼的文章,展示了解构开辟出来的多样的研究方法。杰弗里·哈特曼在其

《拯救文本》(Saving the Text: Literature/Derrida/Philosophy. Baltimore: Johns Hopkins University Press, 1981) 一书中精细地分析了德里达实验性的文学—哲学文本《丧钟》(Glas, 1974)。这本书为解构在批评史中的地位提供了一种更实际的描述。乔纳森·卡勒的《论解构》对隐含在这场运动中的理论基础和阐释变动做出了最好的评论。芭芭拉·约翰逊的《批评的差异》(The Critical Difference: Essays in the Contemporary Rhetoric of Reading. Baltimore: Johns Hopkins University Press, 1980)、卡罗尔·雅各布斯（Carol Jacobs）的《伪装的和谐》(The Dissimulating Harmony. Baltimore: Johns Hopkins University Press, 1978) 和辛西娅·蔡丝（Cynthia Chase）的《拆解比喻》(Decomposing Figures: Rhetorical Readings in the Romantic Tradition. Baltimore: Johns Hopkins University Press, 1986) 都对文学和理论文本中疑点重重的修辞结构做出了娴熟的阅读。

毫无疑问，耶鲁学派中最有影响也最有争议的人物是保罗·德·曼。他的主要著作《浪漫主义的修辞》(The Rhetoric of Romanticism. New York: Columbia University Press, 1984)、《阅读的隐喻》(Allegories of Reading: Figural Language in Rousseau, Nietzsche, Rilke and Proust. New Haven: Yale University Press, 1979) 和《盲点与洞见》(Blindness and Insight: Essays in the Rhetoric of Contemporary Criticism. Oxford: Oxford University Press, 1971) 都已成为文学理论的经典作品。以一种厚密而又比德里达更直白的写作方式，德·曼巧妙地揭示出华兹华斯、荷尔德林、雪莱、卢梭这样的作家意义不确定的特性。他的著作激发了其他一些同样深刻的阐释分析，如克里斯托弗·诺里斯（Christopher Norris）的《保罗·德·曼》(Paul de Man: Deconstruction and the Critique of Aesthetic Ideology. London: Routledge, 1988) 和鲁道夫·加谢（Rodolphe Gasché）的《阅读的未知数》(The Wild Card of Reading: On Paul de Man. Cambridge, MA: Harvard University Press, 1998)。德·曼在"二战"期间德国占领下的比利时写了一些通敌卖国的文章，这些文章的发现加剧了围绕着德·曼以及整个

解构运动的争议。这些民族主义的、有时还有反犹色彩的文章在德·曼的报纸写作中占一小部分，被收录在《战时新闻》(*Wartime Journalism, 1939–43*, ed. Werner Hamacher, Neil Hertz, and Thomas Keenan. Lincoln: University of Nebraska Press, 1988）中。来自德·曼的同事、学生和同时代人的反思、辩护和理论回应都收录在《回应》(*Responses: On Paul de Man's Wartime Journalism*, ed. Werner Hamacher, Neil Hertz, and Thomas Keenan. Lincoln: University of Nebraska Press, 1989）一书中。

解构所追求的对西方形而上学的激进批判是许多法国女性主义者的重要思想来源。和露丝·伊里加蕾（Luce Irigaray）一起，埃莱娜·西苏（Hélène Cixous）将德里达的逻各斯中心主义概念与拉康式精神分析结合起来，发展出一套对父权结构的哲学批判。在《美杜莎的笑》("The Laugh of the Medusa," trans. Keith Cohen and Paula Cohen, *Signs* 1.4 [1976]: 875—893）一文中，西苏提倡一种新的、被她称为"阴性书写"的女性写作模式。在《他者女性的反射镜》(*Speculum of the Other Woman* [1974], trans. Gillian C. Gill. Ithaca: Cornell University Press, 1985）和《非"一"之性》(*The Sex Which Is Not One* [1977], trans. Catherine Porter. Ithaca: Cornell University Press, 1985）中，伊里加蕾赞成需要一种女性的写作模式，以抵抗在西方哲学中占统治地位的唯一真理概念。法国女性主义理论传统中的另一位重要人物是茱莉亚·克里斯蒂娃（Julia Kristeva）。在她论"符号学"的著作中，克里斯蒂娃注意到语言的身体性或者物质性的经验，而不是意义象征的、沉默的菲勒斯中心领域。阐述这种理论的重要著作是《语言中的欲望》(*Séméiôtiké: Recherches pour une sémanalyse* [1969]）。她后来的著作主要关注女性作者面对的不同挑战。请参阅她的《女性天才》(*Female Genius: Life, Madness, Words: Hannah Arendt, Melanie Klein, Colette: A Trilogy*, 3 vols.. New York: Columbia University Press, 2001）。

许多美国女性主义者发展了这种源自法国的符号学和精神分析的联姻。珍·盖洛普（Jane Gallop）的作品是其中特别重要和犀利的例子。请参阅她的《女儿的诱惑》（*The Daughter's Seduction: Feminism and Psychoanalysis*. Ithaca: Cornell University Press, 1982）、《阅读拉康》（*Reading Lacan*. Ithaca: Cornell University Press, 1985）和《通过身体思考》（*Thinking Through the Body*. New York: Columbia University Press, 1988）。盖洛普还撰写了一部出色的关于女性主义学术研究的报告：《大约在1981年》（*Around 1981: Academic Feminist Literary Theory*. New York: Routledge, 1991）。托莉·莫娃（Toril Moi）的作品也流传甚广，被收入到许多选集中。关于法国女性主义理论著作与其先驱之间的差异，莫娃给出了最清楚的说明。在《性/文本的政治》（*Sexual/Textual Politics: Feminist Literary Theory*. London and New York: Methuen, 1985）中，莫娃概述了以伊莱恩·肖瓦尔特、桑德拉·吉尔伯特（Sandra Gilbert）、苏珊·古芭（Susan Gubar）、凯特·米利特（Kate Millett）和安妮特·科罗德尼（Annette Kolodny）等理论家为代表的盎格鲁血统美国女性主义。据莫娃说，女性主义在学术界的主流讲述的是一个本质主义的女性自我概念，这既是自由人文主义的特色，又与其同流合污。在《什么是妇女？》（*What Is a Woman? and Other Essays*. Oxford and New York: Oxford University Press, 1999）中，莫娃回到这种对盎格鲁血统美国女性主义的批评立场上，想要追求由克里斯蒂娃、西苏、伊里加蕾和西蒙娜·德·波伏娃倡导的那种另类的女性身份观。

对性别和性观念的文学研究（包括女性主义文学理论、酷儿理论和文化研究）从米歇尔·福柯的作品中受益匪浅。福柯的早期著作（1961）是讨论疯癫的文化史和制度史的《疯癫的历史》（*History of Madness*, trans. Jonathan Murphy. London: Routledge, 2006）。由于对性别和性观念的分析及其对文化、权力和主体性之间关系的理论洞见，他的《性史》（*History of Sexuality*, 3 vols., trans. Robert Hurley. New York: Vintage Books, 1988—1990）有极大的影响力。他后期的系列讲座主要关注权力和知识在各种异常或者病态的社会结构中的层叠交错。请参见《福柯精粹》（*Essential Works of Foucault, 1954–1984*, 3 vols., ed. Paul Rabinow. New York: New

Press, 1997—1999）。赫伯特·德雷福斯和保罗·拉比诺（Paul Rabinow）的《米歇尔·福柯》（*Michel Foucault: Beyond Structuralism and Hermeneutics.* Chicago: University of Chicago Press, 1983）是一本出色的著作，研究了福柯的哲学意义。

除了朱迪斯·巴特勒以外，还有很多理论家和批评家从福柯那里汲取营养，再去分析性别和性观念的文化和制度建构。苏珊·鲍德（Susan Bordo）的《不能承受之重》（*Unbearable Weight: Feminism, Western Culture, and the Body.* Berkeley: University of California Press, 1993）精巧地分析了在西方社会中指导着对性别化身体做出解释的那些权力运作。《男人之间》（*Between Men: English Literature and Male Homosocial Desire.* New York: Columbia University Press, 1985）和《衣柜认识论》（*Epistemology of the Closet.* Berkeley: University of California, 1990）是伊芙·科索夫斯基·赛吉维克（Eve Kosofsky Sedgwick）的两本文学和文化批评经典。赛吉维克在书中指出，同性恋—异性恋的二元对立是作为支持异性恋和男性主导的工具发展出来的。李·艾德尔曼（Lee Edelman）的《同性铭刻》（*Homographesis: Essays in Gay Literary and Cultural Theory.* New York: Routledge, 1994）通过解构主义和精神分析的视角重新论述了性身份和性政治的问题。在《酷儿理论：男女同性恋观念》（"Queer Theory: Lesbian and Gay Sexualities," *differences: A Journal of Feminist Cultural Studies* 3.3 [1991]: iii—xviii）一文中，特瑞莎·德·劳拉蒂斯（Teresa de Lauretis）创造了"酷儿理论"一词，希望这个新词的使用能打开性和性观念的话语视界。

包括佳亚特里·斯皮瓦克（Gayatri Spivak）、舒拉米斯·费尔史东（Shulamith Firestone）和米歇尔·巴雷特（Michèle Barrett）在内的许多重要的女性主义理论家都将精神分析和人类学批判与马克思主义的社会理论硬凑在一起，以扩展女性主义理论的范围。比如米歇尔·巴雷特的《真理的政治》（*The Politics of Truth: From Marx to Foucault.* Stanford: Stanford

University Press, 1991）和盖尔·卢宾（Gayle Rubin）的《走私买卖妇女》（"The Traffic in Women: Notes on the Political Economy of Sex," in *Towards an Anthropology of Women*, ed. Rayna Rapp Reiter. New York: Monthly Review Press, 1975）。

当代最有影响的马克思主义文学和文化理论家是弗雷德里克·詹姆逊。詹姆逊在《语言的牢笼》(*The Prison House of Language*. Princeton: Princeton University Press, 1972）中研究了结构主义思潮，之后他在一系列著作中发展出自己的一套深受路易·阿尔都塞影响的文化理论。这些著作包括：《侵略的寓言》(*Fables of Aggression*. Berkeley: University of California Press, 1979）、《政治无意识》(*The Political Unconscious*. Ithaca: Cornell University Press, 1981）和《后现代主义或晚期资本主义的文化逻辑》(*Postmodernism, or, The Cultural Logic of Late Capitalism*. Durham, NC: Duke University Press, 1991）。特里·伊格尔顿的《审美意识形态》(*The Ideology of the Aesthetic*. London: Blackwell, 1991）是一部马克思主义批评的新经典。它将18和19世纪的审美理论置于复杂多样的意识形态和政治话语之中。尽管恩内斯特·拉克劳（Ernesto Laclau）和查特尔·墨菲（Chantal Mouffe）的《领导权与社会主义的策略》(*Hegemony and Socialist Strategy*. London: Verso, 1985）不是专门研究文学和艺术的著作，但他们继承了安东尼奥·葛兰西的思想，分析了文化在将强加的权力结构自然化中所起的作用。

詹姆逊的著作特别受到后殖民主义理论家的批评，因为他在《跨国资本主义时代中的第三世界文学》("Third-World Literature in the Era of Multinational Capitalism," *Social Text* 15 [1986]: 65—88）中宣称，所有第三世界文学都应该被阐释为民族寓言。这就可能忽视了其他有效的阐释方法。在《詹姆逊的他者修辞和"民族寓言"》("Jameson's Rhetoric of Otherness and the 'National Allegory,'" *Social Text* 17 [1987]: 3—25）一文中，阿吉兹·阿罕默德（Aijaz Ahmad）有力地反驳了詹姆逊的观点。伊姆雷·塞曼（Imre Szemen）在《谁害怕民族寓言？》（"Who's Afraid of National Allegory?: Jameson, Literary Criticism, Globalization," *South Atlantic Quarterly* 100.3 [2001]: 803—827）一文中为詹姆逊做了辩护。佳亚特里·斯皮瓦克的名篇《底层能说话吗？》（"Can the Subaltern Speak?"）是论述后殖民臣民发言困难的经典作品。文章收在《马克思主义和文化阐释》（*Marxism and the Interpretation of Culture*, ed. Cary Nelson and Lawrence Grossberg. London: Macmillan, 1988）一书中。

许多优秀的著作研究了与法兰克福学派联系在一起的那些非正统马克思主义学者：马丁·杰伊（Martin Jay）的《法兰克福学派史（1923—1950）》（*The Dialectical Imagination: A History of the Frankfurt School and the Institute for Social Research 1923–1950*. Berkeley: University of California Press, 1996）；塞拉·本哈比（Seyla Benhabib）的《批判、准则和乌托邦》（*Critique, Norm, and Utopia: A Study of the Foundations of Critical Theory*. New York: Columbia University Press, 1986）；罗尔夫·魏格豪斯（Rolf Wiggerhaus）的《法兰克福学派》（*The Frankfurt School: Its History, Theories, and Political Significance*. Cambridge, MA: MIT Press, 1995）；托马斯·惠特兰（Thomas Wheatland）的《流亡中的法兰克福学派》（*The Frankfurt School in Exile*. Minneapolis: University of Minnesota Press, 2009）。

总体来说，有多少国家遭受过殖民统治，就有多少种后殖民研究。但是，在这个批评模式中还是可以找出一些奠基之作。艾梅·塞泽尔（Aimé Césaire）的《论殖民主义》（*Discourse on Colonialism* [1950], trans. Joan Pinkham. New York: Monthly Review Press, 2001）和弗朗茨·法农的《黑皮肤，白面具》（*Black Skin, White Masks*. New York: Grove, 1967）是重要的开山之作。法农运用精神分析理论探索了被殖民者分裂的自我认知。在《全世界受苦的人》（*The Wretched of the Earth*. New York: Grove, 1965）中，他用相似的方式研究了阿尔及利亚人民的独立斗争。阿尔伯特·麦米（Albert Memmi）的《殖民者和被殖民者》（*The Colonizer and the*

Colonized. Boston: Beacon Press, 1965）对统治者和被殖民者之间相互依赖的关系做了准结构主义的说明。爱德华·萨义德的经典著作《东方学》（*Orientalism*. New York: Vintage Books, 1978）分析了东方主义者对中东的研究和想象中权力和知识的互动。瓦尔特·米尼奥罗（Walter Mignolo）的《拉丁美洲的概念》（*The Idea of Latin America*. Oxford: Blackwell, 2005）采取了相似的策略,探讨了发明"拉丁美洲"这个术语背后的殖民权力网络。阿奇乐·姆班贝（Achille Mbembe）的《在后殖民地》（*On the Postcolony*. Berkeley: University of California Press, 2000）关注的是暴力、好奇和笑等经验,阐释了对主体性的各种再现,质疑了死硬派的非洲主义和本土主义视角,同时也研究了后殖民理论的一些重要假设。在《黑色的大西洋》（*The Black Atlantic: Modernity and Double Consciousness*. New York: Verso, 1993）中,保罗·吉洛伊（Paul Gilroy）研究了非洲的学术史及其文化建构,将那些遭受了大西洋黑奴贸易苦难的人们重新塑造成流亡者身上不可避免的文化杂糅性的代表。通过将精神分析、解构和文化理论奇异地融合在一起,霍米·巴巴在《民族与叙事》（*Nation and Narration*. London: Routledge, 1990）以及《文化的位置》（*The Location of Culture*. London: Routledge, 1994）中勇敢面对民族性和身份中矛盾的现实和暧昧性。

美国非裔文学理论也是批评研究中广阔而富有活力的一个分支。除了弗莱教授在课上介绍过的小亨利·路易斯·盖茨和托妮·莫里森的著作之外,这个领域还有一些经典文本:休斯顿·贝克（Houston A. Baker）的《布鲁斯、意识形态和非裔美国文学》（*Blues, Ideology, and Afro-American Literature: A Vernacular Theory*. Chicago: University of Chicago Press, 1984）；小爱迪生·盖尔（Addison Gayle Jr.）编辑的《黑美学》（*The Black Aesthetic*. New York: Doubleday, 1971）；克劳迪娅·泰特（Claudia Tate）的《精神分析和黑人小说》（*Psychoanalysis and Black Novels: Desire and the Protocols of Race*. Oxford: Oxford University Press, 1998）；罗伯特·斯太普托（Robert B. Stepto）的《来自面纱之后》（*From Behind the Veil: A Study of*

Afro-American Literature. Urbana: University of Illinois Press, 1979）。《美国非裔文学批评（1773—2000）》（*African American Literary Criticism, 1773 to 2000*, ed. Hazel Arnett Ervin. New York: Twayne Publishers, 1999）也是一本有用的阅读提要。

尽管女性主义、马克思主义和后殖民研究不断地从精神分析的主题、概念和思想家那里汲取营养，但不幸的是，近些年来，对弗洛伊德和拉康思想和作品的研究有点退潮了。不过，哈罗德·布鲁姆的《影响的焦虑》（*The Anxiety of Influence*. Oxford: Oxford University Press, 1973）仍然是理解诗人及其前辈关系的有效模式。通过聚焦的精神分析视角，彼得·布鲁克斯的著作研究了法律、文学和美学话语中修辞序列的运作。他的作品包括：《情节阅读》（*Reading for the Plot*. Cambridge, MA: Harvard University Press, 1983）、《身体活》（*Body Work: Objects of Desire in Modern Narrative*. Cambridge, MA: Harvard University Press, 1993）、《恼人的供认》（*Troubling Confessions: Speaking Guilt in Law and Literature*. Chicago: University of Chicago Press, 2000）和《现实主义的幻影》（*Realist Vision*. New Haven: Yale University Press, 2005）。

在创伤研究领域，精神分析理论的发展更有活力。绍莎娜·费尔曼（Shoshana Felman）与多里·劳布（Dori Laub）医生合著的《见证》（*Testimony: Crises of Witnessing in Literature, Psychoanalysis, and History*. London: Routledge, 1992）是这个分支领域的奠基之作。和布鲁克斯的著作一样，费尔曼的著作经常与其他学科（包括哲学、法律和人类学）交叉。她的《写作与疯狂》（*Writing and Madness: Literature/Philosophy/Psychoanalysis*. Stanford: Stanford University Press, 2003)研究了写作和尼采、巴塔耶、奈瓦尔这些作家的疯狂之间的关系。《法律无意识》（*The Juridical Unconscious*. Cambridge, MA: Harvard University Press, 2002）则转而研究审判，尤其是有重要历史意义的审判，以及它们与集体创伤之间的关系。

就精读精神分析的经典文献而言，菲利普·拉库－拉巴特（Phillipe Lacoue-Labarthe）和让－吕克·南希（Jean-Luc Nancy）合著的《信（文字）的题目》(*The Title of the Letter: A Reading of Jacques Lacan*, trans. Francois Raffoult and David Pettigrew. Albany: State University of New York Press, 1992）是不可不读的。这本书是对《无意识中文字的能动性》("The Agency of the Letter in the Unconscious, or Reason since Freud"）的精读。菲利普·拉库－拉巴特和让－吕克·南希深入研究了拉康文本中系统性、基础和真理的修辞序列。斯拉沃热·齐泽克也介入、发展了拉康式精神分析。他的《如何阅读拉康》(*How to Read Lacan*. New York: W. W. Norton, 2007）是对核心概念和理论基础清晰易懂而又尖锐深刻的解释。他指导编辑的文集《不敢问希区柯克的，就问拉康吧》(*Everything You Always Wanted to Know about Lacan (But Were Afraid to Ask Hitchcock)*. London: Verso, 2010）提供了许多对经典电影（包括《惊魂记》和《后窗》）的生动解析。《意识形态的崇高客体》(*The Sublime Object of Ideology*. London: Verso, 1997）发展了一条将黑格尔、阿尔都塞和拉康联系起来的思路，辩证分析了主体性和意识形态之间的关系。

吉尔·德勒兹怪异且时常晦涩难懂的思想深受精神分析的影响，他对精神分析既爱又恨。彼得·霍尔沃德（Peter Hallward）的《精彩绝伦》(*Out of This World: Deleuze and the Philosophy of Creation*. London: Verso, 2006）对他的著作做出了出色的解读。同样受到拉康式精神分析的影响，阿兰·巴丢在吉尔·德勒兹的学术基础上展现出了对哲学阐释学和传统美学不一样的理解。参阅巴丢的《非审美手册》(*Handbook of Inaesthetics*, trans. Alberto Toscano. Stanford: Stanford University Press, 2004）和《存在与事件》(*Being and Event*, trans. Oliver Feltham. New York: Continuum, 2005）。

上面提到的这些哲学理论阐释流派和方法经常将自己视为对美国新批评思想的补充或者修正。每一个文学和文学理论学者在阅读革命性的批判文献时最好都联系上这场20世纪中叶的运动。事实上，如果没有新批评学者们在方法论和教学法上的创新，文学理论对文化的精细分析就不可能存在。关于新批评的细读与各种理论流派之间关系的详细讨论，请参阅威廉·斯伯林（William J. Spurlin）和迈克尔·费彻尔（Michael Fischer）的《新批评和当代文学理论》（*The New Criticism and Contemporary Literary Theory*. New York: Garland Publishing, 1995）。

克林斯·布鲁克斯的论文《新批评》（"The New Criticism," *Sewanee Review* 87.4 [1979]）对这场运动的核心假设、目标和方法做出了清晰而深刻的说明。这些方法在《精致的瓮》（*The Well Wrought Urn*. New York: Harcourt Brace, 1947)和《理解诗歌》（*Understanding Poetry*, with Robert Penn Warren. New York: Henry Holt, 1938）中那些技艺娴熟的阅读实践里面有所展现。克林斯·布鲁克斯是塑造现代文学研究以及英文教学法的奠基者。马克·温切尔（Mark Winchell）的《克林斯·布鲁克斯和现代批评的兴起》（*Cleanth Brooks and the Rise of Modern Criticism*. Charlottesville: University Press of Virginia, 1996）对此做出了精巧的解释。约翰·克罗·兰色姆的《新批评》（*The New Criticism*. New York: Harcourt Brace, 1947）评论了理查兹、艾略特和伊沃·温特斯（Yvor Winters）的作品，认为他们是一种对待文本的新方式的先驱。这种方式关注语义和诗歌的心理效果，而不是作者的品位或者心理。理查兹的名著《实践批评》（*Practical Criticism*. London: Kegan Paul, Trench, Trubner, 1929）本身就是对阐释过程的经验调查，利用了从学生那里收集来的自我报告。关于美国南部的新批评与保守派的重农主义政治运动之间的关系的有趣记录，请参阅保罗·康金（Paul K. Conkin）的《南方重农派人》（*The Southern Agrarians*. Knoxville: University of Tennessee Press, 1988）。新批评当时的主要理论对手是由新亚里士多德批评家组成的"芝加哥学派"。这个学派认为，如果没有一个深思熟虑的类框架，阐释就不可能可靠。参阅R. S. 克兰（R. S. Crane）的论文《克林斯·布鲁克斯的批评一元论》（"The Critical Monism of Cleanth Brooks," in Crane, ed., *Critics and Criticism: Ancient and Modern*.

Chicago: University of Chicago Press, 1952）。

当然，已经有不少书完成了我的概览要完成的工作，包括大卫·里克特的书，我们推荐选修本门功课的学生去购买那本选集：《陷入理论》（*Falling Into Theory: Conflicting Views on Reading Literature*, 2nd ed. Bedford/ St. Martin's, 2000）。此外，我们还要挑出两本推荐给大家。推荐的第一本是因为在新批评运动时，它是关于文学理论可能是什么的基本纲要（而且必须要承认，本书的书名就是借用那本书的）：勒内·韦勒克（René Wellek）和奥斯汀·沃伦（Austin Warren）的《文学理论》（*Theory of Literature*. New York: Harcourt, Brace, 1949）。推荐的第二本是因为它是当时（时间还算比较近）对各种批评运动的出色总结。每一章都对一个理论立场做了清晰而客观的说明，直到最后一两页打出马克思主义牌时才失去冷静：特里·伊格尔顿的《二十世纪文学理论导论》（*Literary Theory: An Introduction*. Cambridge, MA: Blackwell, 1996）。

上面提到的各种文献当然无法涵盖所有的文学理论分支。研究理论的部分乐趣和智力充实就来自发现新思想家、追索他们思想来源的过程。结合每一次的讲座，弗莱教授和我希望这些阅读材料能激发学生和活到老学到老的人去探索自己的道路，重新思考阐释的种种假设和自己的文学体验。

注　释

第 2 章

1. Anton Chekhov, *The Cherry Orchard*, trans. Sharon Marie Carnicke (Indianapolis: Hackett, 2010), p. 22.

2. Henry James, *The Ambassadors* (New York: Harper & Brothers, 1903), p. 150.

3. Samuel Johnson, *Selected Writings*, ed. Peter Martin (Cambridge, MA: Harvard University Press, 2009), p. 369.

第 3 章

1. Mark Akenside, The Poetical Works (London: Pickering, 1835), p. 32.

第 6 章

1. In William Butler Yeats, New Poems (Dublin: Cualla Press, 1938).

2. William Empson, Seven Types of Ambiguity (New York: New Directions, 1966), p. 18.

3. Empson, p. 19.

4. Empson, p. 192.

5. F. W. Bateson, Wordsworth: A Re-Interpretation (London: Longmans, Green, 1956).

第 7 章

1. Boris Eikhenbaum, "The Theory of the 'Formal Method,'" in Russian Formalist Criticism: Four Essays, ed. and trans. Lee T. Lemon and Marion J. Reis (Lincoln: University of Nebraska Press, 1965), p. 111.

2. Eikhenbaum, p. 102.

3. In Roman Jakobson, Verbal Art, Verbal Sign, Verbal Time, ed. Krystyna Pomorska

and Stephen Rudy (Minneapolis: University of Minnesota Press, 1985).

4. Jakobson, 114.

5. See Matthew Arnold, The Complete Prose Works, Volume IX: English Literature, ed. R. H. Super (Ann Arbor: University of Michigan Press, 1973), pp. 52 – 53.

6. Eikhenbaum, 118.

7. Viktor Shklovsky, Theory of Prose (Normal, IL: Dalkey Archive Press, 1991), 20.

8. Yuri Tynianov, "On Literary Evolution," in Twentieth Century Literary Theory, ed. Vassilis Lambropoulos and David Neal Miller (Albany: SUNY Press, 1987), 162.

第 8 章

1. Edward Estlin Cummings, 100 Selected Poems (New York: Grove Press, 1994), p. 79.

第 9 章

1. Roman Jakobson, "Two Types of Aphasia and Two Types of Language Disturbance," in Roman Jakobson and Morris Halle, Fundamentals of Language (The Hague: Mouton, 1956), pp. 69 – 96.

第 10 章

1. William H. Pritchard, "The Hermeneutical Mafia or, After Strange Gods at Yale," Hudson Review 28.4 (1975): 601 – 610.

2. Roland Barthes, The Eiffel Tower and Other Mythologies (New York: Hill and Wang, 1984), pp. 3 – 17 (4).

3. Michel de Certeau, "Walking in the City," in The Practice of Everyday Life (Berkeley: University of California Press, 1988).

第 15 章

1. Jean-François Lyotard, The Inhuman (Stanford: Stanford University Press, 1991).

第 25 章

1. Umberto Eco, "Peirce's Notion of the Interpretant," MLN 91.6 (1976): 1457 – 1472.

出版后记

近些年来，随着网络条件的成熟，国外优秀大学摄制的公开课视频已在国内流行开来。耶鲁大学是其中的佼佼者，以其课程的丰富多样、教授个人的课堂魅力以及教学内容的前沿权威赢得了良好的口碑。鉴于在美国内外的优良表现，耶鲁大学出版社策划出版了公开课的讲稿。这些讲稿都经过了教师本人的精心修订，使之更加完整系统，却又不失课堂上深入浅出的风格，因此也赢得了口碑与市场的双赢成绩。

本书是该系列中的文学理论课程改写而来。虽然与许多已经译介过来的介绍20世纪文学理论的著作一样，本书主要也是根据文学理论四要素组织结构，但是读者只要开始阅读就会发现，作者并非意在简单介绍各个流派的基本事件和观点，而是以阐释文本的实践贯穿始终，各个流派只是提供了一种视角和工具，不断启发出新的问题和观点。作者在代领读者穿越各个流派之后，总结提出自己的独特见解，非常精彩。希望读者能够通过本书走入文学理论的世界。

服务热线：133-6631-2326　188-1142-1266
服务信箱：reader@hinabook.com

后浪出版公司
2017 年 8 月

图书在版编目（CIP）数据

耶鲁大学公开课：文学理论 /（美）保罗·H. 弗莱
著；吕黎译. -- 北京：北京联合出版公司，2017.9（2024.2重印）
ISBN 978-7-5596-0818-5

Ⅰ.①耶… Ⅱ.①保… ②吕… Ⅲ.①文学理论
Ⅳ.①I0

中国版本图书馆CIP数据核字（2017）第193728号

THEORY OF LITERATURE by PAUL H. FRY
Copyright © 2012 by YALE University
Originally published by Yale University Press
Simplified Chinese edition copyright：2017 by POST WAVE PUBLISHING CONSULTING（Beijing）Ltd.
All rights reserved.
本书中文简体版权归属于后浪出版咨询（北京）有限责任公司

耶鲁大学公开课：文学理论

著　　者：[美]保罗·H. 弗莱
译　　者：吕　黎
出 品 人：赵红仕
选题策划：后浪出版公司
出版统筹：吴兴元
责任编辑：熊　娟
特约编辑：张　鹏
营销推广：ONEBOOK
装帧制造：墨白空间

北京联合出版公司出版
（北京市西城区德外大街83号楼9层　100088）
北京天宇万达印刷有限公司印刷　新华书店经销
字数355千字　690毫米×960毫米　1/16　26.5印张　插页2
2017年12月第1版　2024年2月第4次印刷
ISBN 978-7-5596-0818-5
定价：60.00元

后浪出版咨询（北京）有限责任公司　版权所有，侵权必究
投诉信箱：editor@hinabook.com　　fawu@hinabook.com
未经书面许可，不得以任何方式转载、复制、翻印本书部分或全部内容
本书若有印、装质量问题，请与本公司联系调换，电话010-64072833